KB156589

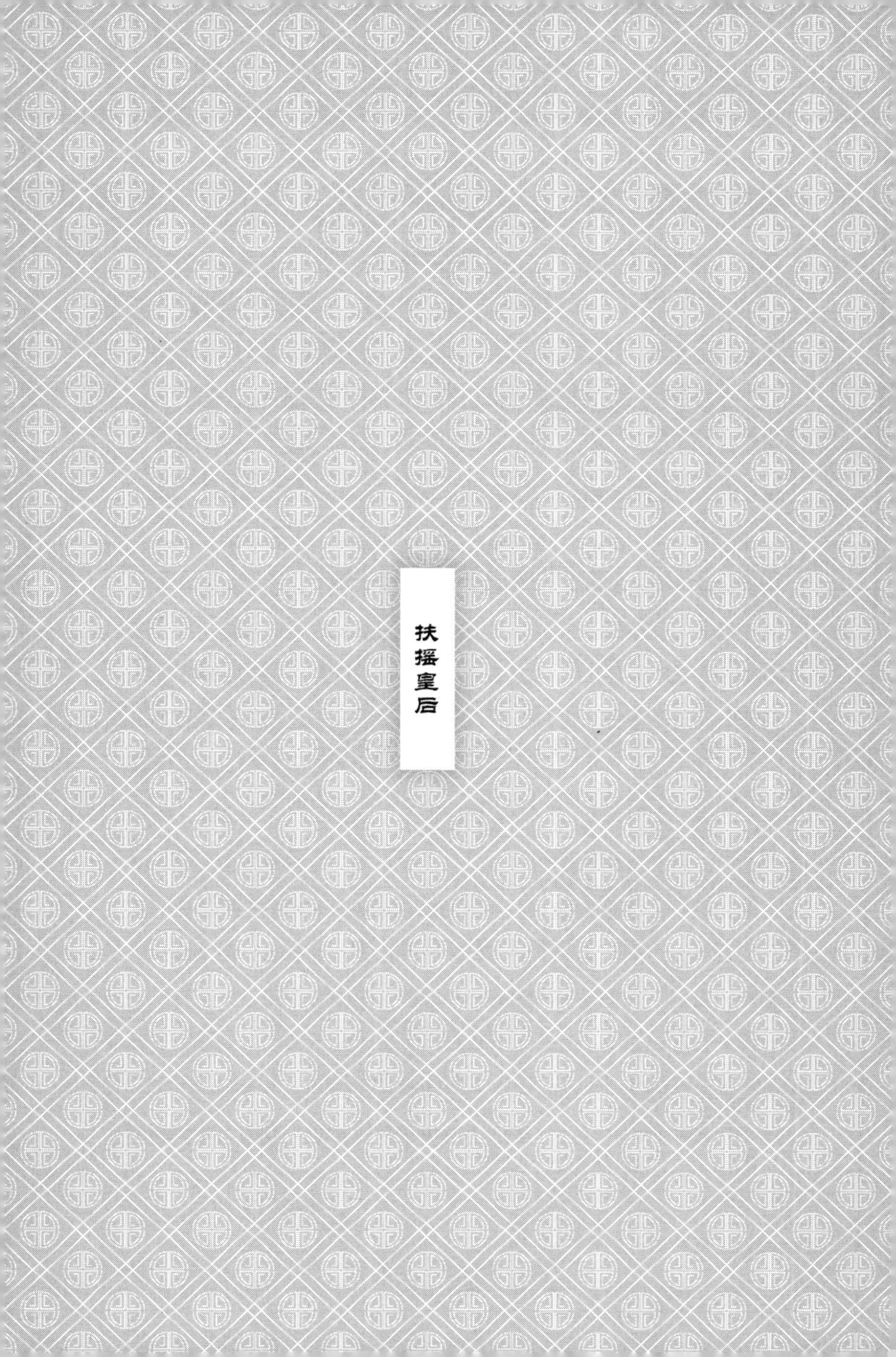
扶揺皇后

부요황후 10

초판1쇄 인쇄 2020년 9월 21일
초판1쇄 발행 2020년 10월 13일

지은이 천하귀원 天下歸元
옮긴이 김지혜

펴낸이 박대일
편집 이문영 · 박지해 · 임유리 · 신지연 · 곽현주
마케팅 임유미 · 손태석
일러스트 리마
디자인 박현주

펴낸곳 파란미디어
출판등록 2004년 9월 14일 제313-2004-00214호

주소 03992 서울시 마포구 동교로23길 14 국제빌딩 6층
전화 02.3141.5589 영업부 070.4616.2012 편집부
팩스 02.3141.5590
전자우편 paranbook@gmail.com
카페 http://cafe.naver.com/paranmedia
페이스북 http://www.facebook.com/paranbook

ISBN 978-89-6371-816-3(04820)
978-89-6371-770-8(전13권)

扶搖皇后
10
부요황후
천하귀원天下歸元 지음 | 김지혜 옮김
파란

차례

6부 부풍의 해적

사랑도 미움도 그저 이슬 같아라

"아아악!"

채찍을 맞고 정신이 들자마자 얼떨결에 침상 아래를 내려다본 십황녀의 비명이었다.

"끼아악!"

동시에 비명을 내지른 사람은 황후였다.

십황녀는 침상에 앉아 뻣뻣하게 굳은 채, 존엄하고도 고귀한 자신의 어머니를 멍청히 내려다봤다. 얼굴이 익숙해도 너무 익숙하지 않았다면 모후를 본뜬 가면을 쓴 다른 여자라고 생각했을 터였다.

분명 어머니가 맞는 것 같은데, 알면서도 도저히 믿을 수가 없었다. 십황녀는 제 손가락을 멍하니 입으로 가져가 콱 깨물었다. 날카로운 통증에 짧은 신음을 뱉은 그녀는 지금 눈앞에 보이는 광경이 악몽 따위가 아니라 온 천하를 통틀어 그녀가 가장 받아들이기 힘든 현실임을 깨달았다.

"아악!"

십황녀는 악을 쓰면서 이불을 끌어다가 머리끝까지 덮어쓰고 그 안에 바싹 웅크렸다. 그러고는 그때부터 꼼짝도 하지 않았다.

그사이에 황후는 배를 허옇게 드러내고 죽은 물고기처럼, 혹은 천년 묵은 미라처럼 경직된 뒤였다. 그녀는 푹신하고도 따스한 융단 위에 누운 채 딱딱하게 굳어 있었다. 조금 전까지만 해도 흥분을 이기지 못해 구부러들었던 발가락은 이제 물갈퀴처럼 똑바르게 펴져 있었고, 허벅지에서는 파르스름하게 도드라진 핏줄이 연신 움찔거렸다.

열락의 구름 위에서 갑작스레 추락해 처박힌 곳은 현실의 냉혹한 심연이었다.

내가 무슨 짓을 한 거지? 내가 무슨 짓을? 이런 데서, 딸의 방에서, 딸이 자고 있는 침상 아래서, 딸이 보는 앞에서…….

미쳤어! 미친 거야! 길바닥에서 몸 파는 여자라도 된 것처럼. 나는 이 나라의 황후인데, 선기국에서 가장 존귀한 만백성의 어머니인데! 어떻게 그걸 잊고서, 남자가 고파 제정신이 아닌 보통 중년 여자처럼 굴었던 걸까. 어쩌자고 절대 용서받을 수 없을, 그 무엇보다도 치욕스러운 죄를 저지르고야 만 걸까. 나는 황후인데! 황후인데!

맹부요가 찬웃음을 지으면서 허리를 굽혀 황후의 핏기 가신 얼굴을 내려다봤다. 그러더니 냉소를 그대로 입가에 건 채 채찍을 휘둘러 벽면을 후려쳤다. 벽 한 면이 뿌리만 남고 통째로 와르르 넘어갔다.

안개비가 추적추적 내리는 바깥에는 공주부 식구 전원이 모여 있었다. 부마에서부터 시작해 제일 밑바닥 사환까지, 한 명도 빼놓지 않고. 그들은 사나운 대한국 호위병과 무극국 은위들이 들이댄 도검에 내몰려 봄날 오후를 적시는 빗줄기 속에서 있던 참이었다. 오주대륙 역사상 가장 자극적인, 사서에 길이길이 기록되기에 충분한 비사의 탄생을 기다리며.

벽이 넘어가면서 두 남녀의 모습이 만천하에 드러나자 입이 쩍 벌어진 사람들이 소리 없는 비명을 질렀다. 단체로 입을 다물지 못하는 모양새가 얕은 물가에 내몰려 입만 뻐끔거리는 물고기 떼를 연상시켰다.

아무것도 아닌 개인도 견디기 힘들 그 눈길들을 긴 세월 일국의 황후로서 오만하게 살아온 여인이 무슨 수로 감당해 내랴. 군중의 헤벌어진 입은 영혼을 삼키는 동굴이었고, 안 보려고 노력하는 것 같으면서도 흥미로 번질거리는 눈빛은 무더기로 난사되는 화살이었다. 그러한 동굴 속으로 떨어진 황후는 마구잡이로 날아들어 심장을 관통하는 화살에 갈기갈기 찢겨나갔다.

그녀는 이내 고개를 뒤로 젖히면서 폐부가 찢기는 듯한 비명을 토했다.

“끼아악!”

그러고는 정신을 놓아 버렸다. 참으로 대단하고 편리하게도 까무러쳐 자기 위에 올라탄 사내의 품 안에서 축 늘어져 버렸다. 극단적으로 오만했기에 그만큼 패악스러웠던 여자가 그 교만이 허물어지고 존엄이 철저히 짓밟힌 순간에 보여 준 반응은 악취 나는 진흙탕 수준에 지나지 않았다.

반대로 옥형은 내내 태연했다. 일련의 일들이 삽시에 휘몰아치는 동안, 맹부요가 저벅저벅 걸어 들어와 십황녀를 깨우는 순간에도, 정신이 나가 있던 황후와 달리 옥형은 느긋하게 자기 할 도리를 하고 있었다.

일생 처음이자 마지막이 될 행위였다. 옥형은 자기 자신에게 집중했다.

맹부요가 벽을 무너뜨리자, 혼절한 황후를 안고 침상 위로 날아올라 한 바퀴를 굴렀다. 그 동작과 동시에 침대보가 두 사람의 몸에 휘감겼고, 십황녀는 아래로 데구루루 굴러떨어졌다.

이어서 옥형이 침대보에서 몸을 빼내자 바닥에 아무렇게나 널브러져 있던 옷가지들이 휘리릭 날아 그의 몸에 입혀졌다. 그는 침대보로 황후를 조심스럽게 감싸 침상 아래로 밀어 넣는 작업까지 마친 뒤에야 여유롭게 몸을 돌려 맹부요를 마주하고 섰다. 돌아서는 순간의 그는 심지어 옅게 웃는 얼굴이었다.

눈앞의 사내를 쳐다보는 맹부요의 눈빛에 감탄이 서렸다. 말 그대로 면전에서 태산이 무너져도 눈 하나 깜짝 안 할 배짱이 아닌가.

방금 벌어진 일이 어디 황후에게만 씻을 수 없는 치욕이었으랴. 만천하를 발밑에 두고 존경받는 십대 강자 옥형에게도 치욕적이기는 마찬가지였을 터. 그럼에 저처럼 침착할 수 있다니, 역시 일대 종사라 불릴 자격이 있는 인물이었다.

옥형은 아무래도 황후에게 진심인 것 같았다. 대체 저 악녀의 어디가 좋은 건지는 모르겠지만, 맹부요는 타인의 진지하고 순수한 감정을 항상 존중해 주는 쪽이었다.

그래, 순수. 한 여인의 곁을 지킨 세월이 십수 년이었다. 자기에 비하면 무력하기 짝이 없는 여인을 제 것으로 할 기회야 수도 없이 많았을 텐데, 그는 시종일관 황후에게 손끝 하나 대지 않았다. 오늘 여러 사람이 힘을 모아 연환계를 펼치지 않았다면 아마 옥형은 죽을 때까지 황후를 깨끗하게 지켜 주었을 것이다.

세상 사내 대부분에게 순수한 정신적 사랑이란 실현 불가능한 명제였다. 특히 힘 있는 사내들에게는 더욱 그러할진대.

사랑 때문이었다. 옥형이 황후를 위해서 했던 모든 일들은. 황후가 기뻐하기만 한다면, 황후에게 득이 되기만 한다면, 그는 좋고 나쁨을 가리지 않고 무슨 일이든 했다. 장손무극과 맹부요를 갈라놓으려던 시도 역시 그중 하나였다.

맹부요는 문득 배 위에서의 그날 밤, 옥형이 본격적으로 자신을 범하지 않고 그 시간을 몸태 감상에 허비했던 이유를 알 것만 같았다.

처음부터 옥형에게는 그녀를 욕보일 계획이 없었던 것이다. 그의 목적은 단지 장손무극과 그녀 사이에 불신을 조장해 서로 등을 돌리고 갈라서게 만드는 것까지였다. 또한, 옥형이 그런 일을 벌인 이유는 누굴 미워하거나 해치고 싶어서가 아니라 그저 황후를 만족시키기 위해서였다.

맹부요는 일순 멍해졌다. 따지고 보면 그녀 자신 또한 사람을 밥 먹듯이 죽이는 부류였고, 그녀 주변의 남자들은 그녀가 목적하는 바를 돕기 위해 덩달아 손에 피를 묻히고 있었다. 그녀에게 필요한 일이라면 그들은 무엇이든 했다. 어떻게 생각하면 그들 역시 옥형과 다를 게 없지 않은가. 입장을 바꿔 생각해 보면 옥형이 꼭 틀렸다고만은 할 수 없었다.

조용히 한숨을 내쉰 맹부요가 손에 쥔 채찍을 휘두르며 담담하게 말했다.

"옥형 대인, 지금 여길 떠나서 앞으로 다시는 선기국 일에 관여하지 않겠다면 우리 사이의 빚은 그걸로 청산된 셈 쳐 주지."

옥형은 아무런 대답을 내놓지 않았다. 기름만큼 귀하다는 봄비 한복판, 그의 길고 가느다란 눈 안에서도 봄비처럼 촉촉한 광택이 넘실거리고 있었다.

그리고 잠시 후, 돌연 묘한 웃음을 지은 그가 입을 열었다.

"내가 왜 떠나야 하지?"

옥형의 팽팽하던 피부는 맹부요가 그를 쳐다보고 있는 그 잠깐 사이에도 벌써 무너져 내리고 있었다. 그가 웃음을 지었을 때는 눈가를 따라 잔주름이 거미줄처럼 퍼져 나가는 게 보였다. 동자공이 깨지면서 일신의 공력이 썰물처럼 빠져나갔을 터, 더는 젊은 외형을 유지하기가 힘든 게 당연했다. 지금의 옥형은 이미 맹부요의 적수가 아니었다.

“만약 떠난다면 저 여자도 데려가겠다.”

옥형이 고개를 틀어 침상 아래에 있는 황후를 쳐다봤다.

“미안하지만 그건 안 되겠는데.”

맹부요가 차갑게 말했다.

“지금 상황이면 말이야, 내가 여기서 당신을 죽여 버려도 이상할 게 없거든.”

“그럼 긴말할 거 있나?”

옥형이 키득거렸다.

“맹부요, 네가 십대 강자 명단에 이름을 올렸다고 해서, 그리고 내가 동자공을 잃었다고 해서 승리가 반드시 네 것이리라 착각하지는 말아라. 진정한 강자는 날개가 꺾여도 날 수 있는 법이니까.”

“그럼 어디 한번 평생 날아 보시지.”

맹부요가 미소 지었다.

“다시는 땅에 발붙일 생각 말고.”

말이 끝나기도 전에 금빛 섬광이 폭발했다. 맹부요의 위치는 이미 섬광 위쪽이었다. 채찍이 마치 황금색 번갯불처럼 공기를 일직선으로 찢으며 무섭게 뻗어 나갔다. 채찍 위에 올라선 맹부요의 신형은 그보다 더 날쌔고 맹렬한 번개였다.

채찍 끄트머리를 밟고 서 있던 맹부요가 발끝을 살짝 차올리자 채찍이 금빛 광채의 막을 부채처럼 넓게 펼치면서 한 바퀴를 빙그르르 돌았다. 포효와도 같은 바람 소리가 울리고, 맨 끄트머리부터 손잡이에 이르기까지 채찍의 각 부위가 각기 다른 접촉점을 겨냥해 옥형의 상반신 대혈 곳곳을 한꺼번에 덮쳤다.

옥형은 다만 허리를 슬쩍 비틀었을 뿐이었다. 허리가 비틀리면서 몸 전체가 꼬였다. 극도로 유연하고 탄력 있는 꽈배기처럼. 옥형은 그렇게 순간적으로 교묘히 몸을 꼬아서 대혈을 노리고 매섭게 날아든 공격을 전부 흘려보냈다.

공격이 빗나가는 찰나, 소맷부리 속에서 쓱 뻗어 나온 그의 손이 채찍 끝을 톡 건드렸다. 채찍이 마치 급소를 찍힌 뱀처럼 힘을 잃고 축 늘어지자 옥형은 손가락을 내밀어 흐느적거리는 채찍을 가뿐하게 낚아챘다.

번개처럼 빠르고, 변화무쌍하고, 막힘없이 유려하고, 자유분방하고, 종적을 좇을 길 없는 연결 동작이었다. 게다가 그 동작들에는 단 한 톨의 진기도 동원되지 않았다. 전적으로 요령을 활용하되, 단순한 요령이라기에는 한 단계 더 높은 경지의 무엇인가였다.

맹부요는 비로소 '십대 강자 서열 상위권과 하위권 사이에는 엄청난 격차가 존재하고, 5위권 이내에서는 개개인의 실력 차 자체도 어마어마하다.'는 말의 의미를 명확하게 깨달았다.

십대 강자 서열 4위 옥형. 그는 무인에게 생명과도 같은 진력을 모조리 잃고도 같은 십대 강자 반열인 그녀에게 조금도 밀리지 않고 있었다.

이쯤 되자 오히려 승부욕이 일었다. 옥형은 보기 드물게 정교한 초식의 소유자였다. 옥형과 통쾌하게 한판 붙는다면 그 또한 다음 경지 달성의 발판이 되어 줄 것이다.

맹부요는 검지 두 번째 마디가 삐죽이 튀어나오도록 주먹을 쥐었다. 그러고는 채찍을 빼앗아 오는 대신에 곧장 옥형의 맥소를 향해 일격을 날렸다.

옥형의 표정이 대번에 굳었다. 자신은 가진 진기가 없고 맹부요는 진기를 자유자재로 운용하는 상태. 이 상태에서 맹부요와 진력 대결을 벌일 수는 없었다. 그는 물 흐르듯 뒤로 물러났다. 깃털처럼 가벼운 움직임이 언뜻 경공술을 쓰는 것처럼 보였다.

그러나 맹부요는 그게 경공술이 아니라는 걸 알고 있었다. 오랜 세월 연마한 무공의 특성상 그는 원래가 몸이 가벼운 것뿐이었다. 그렇기에 지난날 배 위에서도 인신 제사에 희생될 뻔한 소년을 연기할 수 있었던 것이다. 당시 소년을 안았던 철성이 아이에게서 성인의 무게를 느끼지 못한 것도 같은 이유에서였다.

배 위에서의 그날 밤 이후, 범인이 누구일지를 차근차근 되짚어 본 결과 최종 용의 선상에 오른 것은 소년이었다. 소년을 부모에게 데려다주러 갔던 호위병도 도중에 아이가 온데간데없이 사라져 버렸다고 했고.

몸이 워낙 가벼운 옥형은 지금도 경공술이 가능한 상태나 마찬가지였다. 거기에 특유의 정교한 초식까지 더해지면 내공 대결을 벌이지 않는 한 상당한 시간을 버틸 수 있을 터였다.

맹부요는 눈을 들어 하늘을 올려다봤다. 여기서 너무 많은 시간을 허비하고 싶지는 않았다. 다음 차례로 황궁이 기다리고 있으므로.

느닷없이 공중으로 솟구쳐 오른 그녀가 종잇장이 바람에 나부끼듯 둥실 날아서 옥형의 발치에 납작 내려앉았다. 바로 다음 순간, 그녀의 손에 들린 시천이 검은 광채를 번뜩이며 옥형의 발바닥을 향해 달려들었다. 옥형은 물러나는 수밖에 없었다.

뒤쪽으로 훌쩍 몸을 날린 그가 다시 아래로 내려서려는 찰나였다. 맹부요가 또 둥실 날아와 조금 전과 똑같은 자세로 똑같은 부위를 노렸다. 바닥을 디딜 기회를 주지 않겠다는 뜻이었다.

오랜 시간 공중에 머무르려면 진기를 동원하지 않을 수 없었다. 맹부요가 가진 진력이면 체공 상태로 꽤 긴 시간을 버틸 수 있을 테지만, 지금의 옥형은 중간중간 지면을 디뎌 줘야만 했다.

그런데 발끝이 지면에 닿을락 말락 하는 순간마다 맹부요가 내지르는 칼날에 떠밀려 어쩔 수 없이 다시 위로 솟구쳐 오르는 상황이 반복되고 있었다. 호흡을 조절할 틈조차 주지 않는 통에 탁한 기운이 체내에 걸려 있다가 점점 위쪽으로 치고 올라오면서 현기증을 일으켰다.

노기 서린 눈을 번뜩 빛낸 옥형이 콧방귀를 뀌었다.

"범이 산 밖에 나면 개도 우습게 보고 덤빈다더니."

계속 물러서기만 하는 건 거기까지였다. 별안간 옥형이 맹부요를 향해 무섭게 돌진했다. 마치 한 줄기 푸른 섬광이 쏘아져 나가듯이.

맹부요가 찬웃음을 흘리면서 응수했다.

"개한테도 우습게 보일 정도면 개만도 못한 종자라는 뜻 아닌가?"

그녀의 손에 들린 시천이 공중으로 치솟으면서 흑색 광채를 뿜어낸 직후, 두 사람이 한데 뒤엉키자 천지간에 벽력같은 포효가 울렸다. 흑색 광채는 커다란 도끼가 천지를 휩쓸듯, 혜성의 꼬리와도 같이 검고 거대한 잔영을 끌고 벽 한 면이 무너져 내린 좁은 실내를 종횡무진 누볐다.

반대로 푸른빛은 길고 가느다랗게 이어지면서, 그칠 줄 모르고 창밖을 적시는 이슬비처럼, 혹은 가늘디가는 삼실이 엉키듯 흑색 광채를 겹겹이 휩싸고 돌았다.

흑과 청, 두 가지 색채가 경이로운 민첩성을 자랑하며 서로 쫓고 쫓기기를 반복했다. 바람결에 흩날리는 버들 솜 같은 신형이 방 안을 가득 메운 가운데 한 번씩 화려한 광휘가 묵직하게 작렬하고, 그 사이사이에 옥형이 낚아채 간 금색 채찍이 황금빛으로 번쩍였다.

흑, 청, 황, 삼색이 뒤얽힌, 실로 아름다운 대결이었다.

옥형은 싸우는 중에도 황후를 밀어 놓은 침상 주변을 절대로 벗어나지 않았다. 전장을 바깥으로 옮기는 편이 더 유리할 텐데도 그는 굳이 실내에서 싸우는 쪽을 택했다.

동작이 크고 현란한 맹부요와 달리 유연하고 복잡한 초식을 구사하는 옥형은 섬세한 부분에 공을 들이는 취향이었다. 푸른

색과 황금색의 빛살 속에서, 그는 세상 가장 솜씨 좋은 현악기 연주자가 되어 날듯이 손가락을 놀렸다. 찍고, 짓누르고, 움켜쥐고, 찌르고, 내던지고, 쏘고, 때리고……. 그 모든 살기등등한 동작들이 그의 손끝에서는 우아하고 아름답기 그지없게 펼쳐졌다. 옥형은 심지어 손가락 마디의 움직임만 가지고도 공격 방향이 제각기 다른 초식을 무려 다섯 가지나 시전해 냈다.

백삽십칠 수째에 이르러 맹부요가 짧게 기합을 넣자, 허공을 무서운 기세로 점령한 그녀의 잔영이 그물처럼 엮여 옥형을 덮쳐 갔다. 빽빽하게 서로 연결되어 한데 뭉친 잔영은 파구소 7성 3단계 '여의'의 정수가 발현된 것으로, 처음부터 하나의 완성체였던 양 빈틈이 존재하지 않았다.

옥형이 제아무리 정교한 움직임의 달인이라 해도 이처럼 태생부터가 격이 다른 공세 속에서 허점을 찾아내기란 불가능한 일이었다. 눈부시게 새하얀 섬광 속에서, 맹부요가 차게 웃으며 옥형을 향해 쇄도했다.

이때 돌연 옥형의 얼굴에도 웃음기가 비쳤다. 길고 가느다란 눈에만 봄비 같은 물빛이 넘실거리는 게 아니었다. 옥형은 온몸 전체가 봄비처럼 나긋했다.

허리가 유연하게 돌아가는가 싶더니, 어느새 그의 손에는 황금색 갈퀴가 들려 있었다. 사람 손가락처럼 끝이 뭉툭한 갈고리 네 개가 달린, 매우 독특한 형태의 무기였다.

눈을 가늘게 좁힌 옥형이 황금 갈퀴를 쓰다듬으면서 탄식처럼 말했다.

“무기를 써 보기는 오랜만이군…….”

그의 손길이 닿는 동시에 황금 갈퀴가 잔상만을 남기고 훌쩍 날아올랐다. 그러더니 허공을 어지럽게 채운 그림자 속에서 맹부요의 손바닥을 귀신같이 포착해 뭉툭한 ‘가운뎃손가락’을 뻗으면서 손바닥 한복판 노궁혈을 겨냥해 벼락처럼 쏘아져 갔다.

맹부요는 재빨리 손을 움츠렸지만 그 순간 한 줄기 위협적인 기운이 들이닥치는 걸 느꼈다. 진기가 지나는 통로의 분기점을 예리하게 노린 일격.

덜컥 가슴이 내려앉았다. 옥형의 손에 저런 가공할 무기가 있었을 줄이야. 적의 진기를 읽어 내 자동으로 공격 방향을 조정하고 진기의 흐름을 끊어 놓는 무기인 듯한데, 강맹한 계열의 무공을 상대하는 데 특화된 것으로 보였다.

역시 옥형은 주도면밀한 자였다. 막강한 동자공을 보유하고 있으면서도 혹여 파계의 순간이 찾아와 의지할 곳이 없어질 것에 대비해 미리 보완책을 준비해 놓은 것이다.

날아다니는 황금 갈퀴를 한 손으로 조종하던 옥형이 눈꼬리를 꿈틀하며 키득거렸다.

“이런 것까지 꺼내게 만들다니…….”

“아, 좀! 당신네 십대 강자라는 작자들은 무기 한 번 꺼낼 때마다 꼭 그렇게 감상문을 줄줄 읊어야 되나?”

잽싸게 끼어들어 말을 자른 맹부요가 한심하다는 양 어깨를 으쓱했다.

“사람 질리게 만드네, 진짜.”

그러자 옥형이 건조하게 대꾸했다.

"네가 이 황금 갈퀴에 죽는 것이야말로 나한테는 질리는 일이다. 그간 죽어 나간 놈들이 너무 많았거든!"

옥형이 기습적으로 황금 갈퀴를 휘둘렀다. 검은색, 푸른색, 황금색 광채가 여섯 자 크기의 침상을 가운데 두고 엎치락뒤치락 서로 쫓고 쫓겼다. 진기에 난도질당한 비단 휘장이 날개 찢긴 나비처럼 주변을 날아다니고, 천장 밑 먼지 받이에서는 먼지가 우수수 쏟아졌다.

쏟아진 먼지는 광채로부터 한 장 거리를 남겨 두고 거짓말처럼 모습을 감췄다. 진기에 분쇄되어 눈으로는 보이지 않을 만큼 미세한 가루로 화한 것이었다.

밖에는 여전히 봄비가 내리고 있었지만, 좁은 방 안으로는 한 방울도 들이치지 못했다. 방 안과 밖은 완전히 다른 세상이었다.

맹부요는 싸움 초반과 달리 수세에 몰려 있었다. 옥형의 기묘한 무기가 손가락을 바꿔 가면서 쉴 새 없이 덤벼들어 진기의 흐름을 단절시키고 역행시키는 탓이었다. 계속 진기의 흐름을 조정해 줘야 하는 지금 상태로는 무공을 마음껏 펼칠 수가 없었다.

진기를 사용하지 못하면 결국 옥형과 똑같은 처지가 되어 초식으로 승부를 보는 수밖에 없는데, 무공의 숙련도와 정교함으로만 따지자면 옥형이 그녀보다 한 수 위였다.

어디 문제가 그뿐이랴, 대결 도중에 진기의 흐름이 자꾸 바꿔다 보면 심각한 경우 주화입마에 빠질 가능성도 있었다. 그때는 꽤 끔찍한 최후가 기다리고 있을 것이다.

사람 손처럼 생긴 갈퀴는 맹부요의 움직임을 따라 번개처럼 접근했다가 멀어지기를 반복했고, 그때마다 대혈을 스치고 지나가면서 무공의 호흡을 끊어 놨다.

아까는 그녀가 옥형을 집요하게 쫓아다니면서 땅에 내려서지 못하게 했다면 지금은 옥형이 그녀의 진기 운용을 집요하게 방해하고 있었다. 맹부요는 정신없이 몸을 이리 날리고 저리 날렸지만, 그 어떤 신법을 펼쳐 봐도 갈퀴는 마치 자석이라도 달린 것처럼 그녀에게서 떨어질 줄을 몰랐다.

그녀가 빠르게 움직이면 빠르게 움직일수록 갈퀴의 추격 속도도 빨라졌다. 진력을 마음대로 운용할 수 없는 맹부요의 입가에 서서히 핏물이 배어나기 시작했다.

이때 멀지 않은 곳에서 옷자락이 펄럭이는 소리가 나더니 자색과 흑색의 그림자가 빠르게 접근해 왔다. 하나는 장손무극, 다른 하나는 암매의 얼굴을 한 종월이었다.

단박에 상황을 파악한 두 사람이 도움을 주려 하자 맹부요가 외쳤다.

"됐어요!"

이번 일에 더는 남의 손을 빌리지 않겠다는 게 그녀의 결심이었다. 지금 그녀가 봉착한 난관은 장손무극과 종월에게도 똑같이 적용될 문제였다. 무공이 고강할수록 더 속수무책일 텐데, 굳이 저들까지 위험에 빠뜨릴 필요가 있을까.

물론 그 모든 속내를 입 밖으로 내어 말할 수는 없었다.

그녀의 단호한 거절에 부딪힌 장손무극과 종월은 아무 소리도 못 하고 제자리에 멈춰 섰다. 종월이 한 걸음 뒤로 물러나면서 무언가를 꺼내려는 듯 품 안으로 손을 집어넣자 장손무극이 불쑥 그를 저지하며 말했다.

"스스로 하게 두시지요."

한 단계 높은 깨달음을 얻으려면 온몸으로 어려움과 부딪쳐 그걸 극복해 내는 수밖에 없는 법. 십대 강자와의 대결은 천재일우의 기회였기에, 장손무극은 가능한 한 맹부요가 홀로 싸움을 치러 내도록 매번 개입을 자제하고 있었다.

장손무극이 종월에게 한 말은 맹부요에게도 들렸지만, 그녀는 침묵을 지켰다. 잠시 후, 옥형의 움직임을 지켜보던 장손무극이 툭 내뱉듯이 말했다.

"흐름을 거스르는 자는 흐름에 몸을 맡기는 자를 이기지 못할 것이며 극한의 강함은 극한의 유함을 당하지 못할지니. 청풍이 산을 넘고 명월이 강을 건너는 이치가 바로 그러하리."

순간 맹부요의 눈이 반짝 빛났다. 줄곧 머릿속에는 있었으나 막상 시도해 보기는 망설여졌던 구상과 장손무극의 말이 맞물리면서 그녀의 눈동자에 빛을 밝힌 것이다.

맹부요는 그 즉시 힘을 안으로 갈무리해 넣었다. 그때부터는 폭풍 혹은 화염 같던 맹공 대신 청풍명월이 산야를 지나듯 최대한 단순하고 간결한 초식을 쓰기 시작했다. 초식이 간결해지자 진기의 방향을 조절하는 데 여유가 생겼고, 속도를 떨어뜨리자 진기의 흐름이 덜컥덜컥 차단당하는 빈도도 줄어들었다.

그녀는 묵직하고 웅혼한 초식을 이용해 차츰차츰 자신만의 진력장을 만들어 갔다. 그러고는 이미 진력을 잃어 대세를 장악할 힘이 없는 옥형을 천천히 그 안으로 끌어들였다.

세 단계에 걸쳐 변화를 거듭하던 싸움의 양상이 마침내 느림으로 느림을 상대하는 국면에 접어들었다. 속도전이 종식되자 옥형의 약점이 더욱 뚜렷하게 부각됐다. 오로지 초식에만 기댄 그의 움직임에는 한계가 있었고, 더는 맹부요의 현란한 동작 중간중간에 생기는 빈틈을 그가 공략할 수도 없었다.

반면 맹부요는 여유롭게 웃으며 손가락을 튕기고, 칼을 휘두르고, 소맷자락을 떨치고, 발차기를 날렸다. 전장을 휘젓고 다니면서 진기를 운용하는 한편, 옥형의 황금 갈퀴를 자기가 원하는 방향으로 인도해 전신의 대혈을 찍도록 했다. 그러다가 기습적으로 진기를 역순환시켰다!

느리고 웅혼한 초식을 전개하면서 전신의 진력을 차근차근 한데 모으다가, 돌연 허리를 뒤로 꺾으며 도약해 경맥을 따라 진력을 한꺼번에 역류시킨 것이다.

맹부요의 낯빛이 붉게 달아올랐다가 급격하게 창백해졌다. 눈앞이 아찔해지고, 누군가 온몸의 뼈마디를 잡아당겨 늘이는 듯한 느낌이 들었다.

싸움 도중 진기를 역류시키는 행위는 무인이라면 다들 아는 절대 금기이자 역사상 그 누구도 감히 시도해 보지 못한 일이었다. 무인들이 평시에 진기를 역류시키는 경우는 대부분 기존보다 높은 경지로 나아가기 위해서인데, 지나치게 갑작스러운 역진으로 인해 과도한 충격이 발생할 경우 경맥이 토막토막 끊어져 죽음에 이를 수도 있었다. 전투 중에 시도하기에는 너무 위험한, 득보다 실이 훨씬 큰 도박인 것이다.

그러나 현재 맹부요의 상황은 일반적인 사례와는 조금 달랐다. 그녀는 이미 파구소 7성 3단계를 달성했고, 8성을 코앞에 둔 상태에서 마침 변화무쌍한 무공을 자랑하는 옥형을 만난 참이었다.

옥형이 사용하는 무기는 진기의 흐름을 교란하고 고유의 진행 방향을 틀어 놓는 용도로, 아까부터 줄곧 맹부요의 진력을 역진시키고 있었다. 어차피 역행을 피할 수 없다면 흐름이 엉망진창으로 꼬이게 놔두느니 차라리 기묘한 무기의 공세를 적극 이용해 8성 정복을 도모하는 쪽이 현명했다.

지금껏 전신의 대혈을 수차례 자극하도록 의도적으로 갈퀴를 인도해 온 덕분에 그녀의 경맥은 역류하는 진기에 어느 정도 적응을 마쳤을 뿐 아니라 부단히 저항과 맞서면서 견고하게 단련된 상태였다. 전력을 다해 진기를 역진시킬 때의 충격을 두려워하지 않아도 될 만한 조건이 완성되었던 것이다.

천재일우와 일거양득, 두 가지에 다 해당하는 기회였다. 물론 원리를 안다고 해서 누구나 대전 중에 여기까지 생각이 미치는 것은 아니었다. 다른 사람도 아닌 옥형을 상대로 그의 공세를 다음 경지로의 도약에 역이용할 배짱이 누구에게나 있는 것은 아니듯이.

여차하면 뛰어들 생각으로 싸움을 지켜보던 종월이 미간을 찌푸리더니, 경악인지 감탄인지 모를 어조로 중얼거렸다.

"부요!"

장손무극의 눈동자에 쓸쓸한 웃음기가 어렸다. 비가 부슬부슬 내리는 하늘을 올려다보는 그는 흡사 자기 손을 떠난 봉황이 날개를 활짝 펴고 하늘 가장 높은 곳을 선회하는 모습을 지켜보는 듯한 눈빛을 하고 있었다.

뭇 산 넘어 아득히 만 리를 날아가 버린 봉황이 다시 돌아와 줄 날이 있을 것인가.

단숨에 진기를 역류시킨 맹부요의 단전에서 폭발음이 울렸다. 경맥이 '찌직찌직' 소리를 내며 팽창하고, 순간적으로 가해진 거센 압력이 전신 곳곳에서 무언가 세차게 분출되는 소리를 만들어 냈다. 그래도 앞서 옥형의 무기를 이용해 알게 모르게 대비를 시켜 둔 덕분에, 그녀의 경맥은 파열 직전 아슬아슬하게 팽창을 멈췄다.

급격히 넓어진 경맥으로 강물처럼 굽이쳐 흘러들어 온 진기가 순행과 역행을 반복하며 체내에 거대한 소용돌이를 형성했다. 거친 파도가 강기슭을 때리듯 진기가 휘몰아치면서 몸을 당장이라도 붕 날아오를 것 같은 흥분 상태로 몰아갔다.

맹부요는 눈을 번쩍 빛내면서 소리 내어 웃어 젖혔다. 그녀가 손을 들어 올리자 다섯 손가락 사이에 희미한 구름 뭉치 같은 소용돌이가 생겨났다.

파구소 제8성, '천역天逆'!

금빛 광채가 번뜩하더니 옥형의 황금 갈퀴가 달려들었다. 이번에도 과녁은 손바닥 한복판 노궁혈이었다.

씩 웃은 맹부요는 황금 갈퀴가 혈도를 찍는 바로 그 찰나를 노려 진기를 역행시켰다. 황금 갈퀴의 공격이 실패로 끝난 직후, 맹부요가 갈퀴를 향해 손을 뻗으니 '빠각' 하는 소리와 함께 갈퀴에 달린 손가락 중 제일 긴 중지가 부러져 나갔다.

안색이 급변한 옥형이 무기 회수에 나서자 맹부요가 진기를 실은 손짓으로 황금 갈퀴를 다시 자기 쪽으로 끌어들였다. 퉁 튕겨 돌아온 황금 갈퀴는 더 이상 진기를 교란하는 기능을 발휘하지 못했고, 맹부요가 휘두른 강철 칼날 같은 소맷자락이 '빠각' 갈퀴의 새끼손가락을 부러뜨렸다.

황금 갈퀴가 허공을 선회해 방향을 틀자 등을 둥글게 만 맹부요가 검은색 회오리바람처럼 회전하면서 따라갔다. 주인에게 돌아가는 길인 황금 갈퀴 앞을 그녀가 정확히 가로막았다. 그런 다음 싸늘하게 웃으면서 집게손가락과 가운뎃손가락을 가위 모양으로 벌려 갈퀴를 콱 붙들었다.

빠각!

갈퀴의 약손가락이 부러지는 소리였다.

이제 갈퀴에 남은 손가락은 네 개 중 하나뿐. 허공에서 손가락 한 개를 의미 없이 굽혔다 폈다 하는 꼴이 퍽 우스웠다. 입가에 냉소를 머금은 맹부요가 민첩하게 위쪽으로 도약하면서 주먹을 내지르자 칠흑의 맹풍이 공중을 사납게 휩쓸었다.

콰앙!

그토록 유연하고 정교하던 황금 갈퀴가 한순간에 울퉁불퉁 둔하게 생긴 뭉텅이로 변했다. 이제 어디가 손바닥이고 어디가 손가락인지 분간조차 가지 않았다. 맹부요의 주먹이 금갈퀴를 금덩이로 만들어 놓은 것이다.

미세하게 무언가 갈라지는 소리가 나더니 갈퀴 몸통에서부터 시작된 균열이 손잡이를 타고 느릿하게 갈퀴를 들고 있는 두 손으로까지 뻗어 나갔다. 그러자 창백하게 주름진 살갗에 소리 없이 불그스름한 줄이 갔다.

상흔은 점점 범위를 넓혀 가면서 더욱더 붉어졌고, 얼마 안 가 '투두둑' 소리와 함께 뼈와 살이 터지면서 하얀 힘줄이 드러나 보였다. 조금 전의 일격이 황금 갈퀴만이 아니라 황금 갈퀴를 부리던 손까지 끝장낸 것이다.

빗줄기가 사락사락 날리는 소리가 귀에 들릴 만큼, 주변은 침묵 그 자체였다. 빗속의 군중은 십대 강자 상위권과 하위권 사이의 대결을 지켜보았다. 그와 동시에 선기국 황족의 수호신이자 십대 강자 서열 4위에 빛나는, 긴 세월 황족들 사이에서 신처럼 떠받들어져 온 사내가 계략에 빠지고, 정조를 잃고, 명예가 땅에 떨어지는 과정 또한 낱낱이 목도한 뒤였다.

그는 생의 마지막 싸움에서도, 비록 몸부림의 결과였을지언정, 여전히 신적인 존재로서 찬란히 빛났다. 그러나 결국에는 소녀의 무한한 용기와 지혜를 당해 내지 못했고, 질척이는 이날의 봄비 속에서 패자로 전락하여 일생의 영광과 일신의 무공을 남김없이 잃고 말았다.

영광은 결국 죽기 마련이다. 지저분하게 썩어 가는 폐허 위에서.

저택에는 수천에 달하는 식솔이 있었지만, 지금 이 순간 주위는 아무도 없는 것처럼 고요했다. 옥형은 군중의 눈길 속에서 참담하게 뒷걸음질 쳤다. 셀 수 없이 많은 감정이 북받치는 눈으로 자신의 손을 내려다보며.

빛이 산란하는 그의 눈동자 속에서 파란만장했던 수십 년 세월이 찰나에 흘러갔다. 한때의 영예도, 발버둥도, 사랑도, 증오도, 모두가 강물처럼 도도히 흘러가 버리고 마지막에는 생의 그 어느 순간보다도 척박하게 메마른 강바닥만이 남겨졌다.

옥형이 떫은 웃음을 지었다. 그는 어느새 평정을 되찾아 가는 모습이었다.

맹부요는 예전과 달리 이기고도 승리감에 들뜬 기색 없이, 그저 한 자리에 조용히 서 있었다. 파구소의 경지를 한 단계 한 단계 밟아 올라간다는 것은 무공 실력의 환골탈태만이 아니라 심성의 환골탈태를 의미하기도 했다.

절세 고수와의 대결은 그녀의 용기와 지혜를 검증하는 혹독한 시험대인 동시에 단련의 장이었다. 그녀는 선혈과 화염 속에서 발버둥 치면서도 부단히 위로, 또 위로 나아갔고, 육체부터 영혼에 이르기까지 인세에서 가장 맹렬한 불꽃 속에서의 담금질을 견디어 낸 끝에, 마침내 차갑고 단단하며 바위처럼 흔들림 없는 자신을 완성해 낸 참이었다.

지금 그녀는 잔잔한 물이었다. 항상 흐르고 있되 폭풍에 휘말리지는 않을, 넓고 푸른 바다였다.

"옥형 대인, 어지간하면 여기까지만 하시지."

한 걸음 뒤로 물러나면서 시천을 칼집에 꽂아 넣은 맹부요가 차분하게 말했다.

"조건은 아까 말했듯이 이 나라를 떠날 것."

"네 손에 패한 자를 원래 이런 식으로 처리하나?"

옥형이 제자리에서 눈동자만 옮겨 그녀를 쳐다봤다.

"듣던 것과는 많이 다른 것 같은데."

"당신은 내 손에 패한 게 아니야."

맹부요가 무심하게 대꾸했다.

"만약 함정을 파서 공력을 잃게 만들지 않았다면 내가 이길 수 있었을 턱이 없지."

"무학의 길에 만약이란 없다."

옥형이 담담히 말했다.

"나를 함정에 빠뜨린 것도 네 능력이다. 더군다나……."

의미심장하게 웃은 그가 말을 이었다.

"내 공력이 그대로였다 해도 시일이 조금만 더 지났으면 네 상대가 못 되었을 수도 있고."

"그 말은 고맙게 받지."

맹부요가 허리를 살짝 숙였다. 영 마음에 안 드는 작자인 건 사실이었지만, 치욕과 패배 앞에서도 좌절하거나 낙심하지 않는 일대 종사로의 품격에는 존경을 표할 만했다.

"조금 전에 저 녀석이 무학의 요체를 살짝 읊어 주더군."

뒤쪽으로 물러나서 바닥에 가부좌를 틀고 앉은 옥형이 장손무극에게 짧게 눈길을 주더니 툭 한마디를 내뱉었다.

"그걸로는 부족한 감이 있었지만……."

맹부요의 눈이 반짝 빛났다.

그 말인즉슨 가르침을 주겠다는 뜻?

십대 강자 상위권의 가르침은 직접적인 대결보다도 훨씬 귀한 가치를 지닌다지만 무공을 잃은 옥형에게 뭘 꼬치꼬치 캐묻기는 거북스러워서 망설이고 있는데, 장손무극과 종월이 먼저 아무런 거리낌 없이 옥형 앞으로 다가갔다. 종월은 걸음을 떼는 도중에 장손무극을 쓱 쳐다보더니, 방금 옥형이 지목한 사람이 장손무극 하나뿐이라고 생각을 했는지 그 자리에 멈춰 섰고, 장손무극은 마저 앞으로 나서서 말없이 허리를 숙였다.

맹부요는 그런 그를 보며 생각했다.

아마 옥형과는 말도 섞기 싫을 텐데…….

그녀가 알기로 옥형에 대한 혐오감은 장손무극 쪽이 그녀보다 더하면 더했지, 덜하지는 않았다. 그런데도 선뜻 나서다니.

장손무극을 잠시 응시하던 옥형이 느릿하게 탄식했다.

"솔직히 내가 너희에게 가르침을 줘야 할 이유는 없다만, 내 무공을 계승한 제자는 단 한 명뿐인데 지금 봐서는 그 아이도 아마……. 내 대에서 문파의 맥이 끊기게 둘 수야 없지. 그래, 그날 일에 대한 보상이라고 해 두마……."

품 안에서 책자 한 권을 꺼내 장손무극에게 넘긴 그가 말했다.

"황후를 이리 데려와라."

맹부요의 눈썹이 꿈틀 치켜 올라갔다. 자기 손에 저 꼴이 나고도 가르침을 주겠다고 하는 이유를 비로소 알 것 같았다. 이제 본인한테는 황후를 지켜 낼 힘이 없다고 판단해 책자를 미끼로 거래를 하자는 것이다. 하지만 맹부요는 차라리 가르침을 포기할망정 황후를 살려 줄 생각이 없었다.

셋 중 누구도 움직이려 하지 않는 가운데 장손무극의 눈길과 옥형의 눈길이 맞닿는가 싶더니, 잠시 후 장손무극이 돌연 침상 곁으로 가서 아래쪽에 처박혀 있던 황후를 꺼내 왔다. 맹부요가 그 모양을 어이없다는 양 쳐다보고 있는데, 장손무극이 고개를 틀어 그녀를 마주 봤다.

불편한 심기가 고스란히 드러나는 그녀의 눈을 정면으로 보면서도 장손무극은 전혀 주춤하는 기색이 아니었다. 그의 맑고 투명한 눈동자는 확신에 차 있었다.

그 눈을 보면서 미간을 찌푸리고 있기를 한참, 괜히 본인 쪽이 켕기기 시작한 맹부요가 별수 없이 눈을 다른 곳으로 돌렸다. 이때가 바로 두 사람이 그날 밤 이후 처음 제대로 눈을 맞춘 순간이었다.

맹부요는 이번에도 본인이 졌음을 인정할 수밖에 없었다. 두 사람 중 어느 쪽의 의사가 더 사리에 맞는지와는 관계없이 항상 지는 건 그녀였다.

옥형은 둘 사이에 무슨 눈빛이 오고 갔든지 간에 전혀 관심이 없었다. 아직 정신이 돌아오기 전인 황후를 조용히 건네받아 소중한 보물을 다루듯 무릎에 눕힌 그가 황후의 긴 머리카락을 조심스럽게 어루만졌다.

여인의 나이는 어느덧 마흔이었으나 용모는 여전히 고왔다. 잠에 빠진 그녀는 평소의 사나운 분위기가 한결 누그러지고, 대신에 아름다움이 도드라져 보이는 모습이었다. 다만, 눈썹을 살짝 찌푸리고 있는 탓에 미간에 근심 어린 주름이 잡힌 게 아쉬웠다.

평소의 그녀에게서는 보기 힘든 표정인데, 눈에 익은 것은 어째서일까.

옥형은 하늘을 향해 고개를 들고 기억의 갈피를 뒤지기 시작했다.

구름 낀 하늘 한복판에 싱그러운 소녀 하나가 나타났다. 수십 년 된 기억 속에서 한가로이 걸어 나온 소녀가 고개 숙여 그를 내려다보면서 눈썹을 살짝 찌푸렸다.

"이봐, 당신 왜 그래? 죽은 건가?"

소녀는 발부리로 툭툭 건드려 본 것뿐이었지만, 뼈대가 허물어지기 직전인 상태로 누워 있던 그는 하마터면 그대로 산산이 해체될 뻔했다.

신음을 흘리며 눈을 뜬 그는 시야 가득 눈부시게 반짝이는 햇살 속에서 환하고도 강렬하게 빛나는 소녀의 눈동자를 발견했다.

"흔들지 마, 흔들지 말라고……."

그냥 하는 소리가 아니라 정말 흔들면 큰일 날 상황이었다.

뇌동, 그 싸움박질에 미친 작자는 일단 맞붙었다 하면 무슨 대포처럼 달려들어 본인과 대련 상대 모두를 작살내야만 직성이 풀렸다. 십대 강자 서열 5위 이내끼리는 종종 만나서 무예를 겨루곤 하는데, 다들 일대 종사답게 체면을 지킬 줄 알건만, 유독 뇌동만은 매번 촌구석 무지렁이들이 하듯이 목숨 걸고 사생결단을 내려 들었다.

빌어먹을 작자 같으니!

덕분에 지금 그는 함부로 움직였다가는 그 자리에서 허물어져 버릴 수도 있는 처지였다.

고개를 비스듬히 기울이고서 가만히 그를 내려다보고 있던 소녀가 잠시 후 허리를 바로 세웠다.

"남녀가 유별한데 이러고 있으면 안 되겠지? 가야겠다."

그는 아무 반응도 보이지 않았다.

갈 테면 가라지.

어차피 이대로 누워서 며칠 햇볕에 좀 타고 비에 좀 젖고 나면 괜찮아질 것이다. 사소한 지병 정도야 남을 수 있겠지만.

한참이 지나 소녀가 다시 돌아왔다. 하인까지 데리고서.

"흔들리면 안 된댔지?"

햇볕 아래에 쪼그리고 앉은 소녀가 눈을 반짝반짝 빛내면서 흐뭇한 투로 조잘거렸다.

"요 며칠 기분이 좋아서 도와주는 거야."

곧이어 소녀의 지시를 받은 하인이 나무를 베서 뼈대를 세우고 그 위에 덮개를 씌워 땡볕과 비바람을 막아 줄 작은 오두막을 만들어 줬다.

고맙다는 그를 뒤로한 채 고개를 빳빳이 세우고 밖으로 나가며, 소녀가 의기양양하게 말했다.

"백성을 사랑해야지. 난 만백성의 어머니가 될 몸이니까!"

그 후 한동안 소녀는 꼬박꼬박 하인을 보내 그에게 끼니를 챙겨 줬고, 가끔은 자기가 직접 올 때도 있었다.

곁에 와서 앉은 소녀에게 강호의 잡다한 뒷이야기들을 해 주고 있노라면, 후처리를 거치지 않은 목재가 풍기는 나무 냄새 사이로 소녀 특유의 은은한 체향이 섞여들었다.

그 향기만 유독 왜 그렇게 분간이 잘 가는지, 그는 때때로 향에 흠뻑 취해 코를 킁킁거리기도 했다. 세상에 이렇게 좋은 향내가 다 있구나, 하며.

그는 가난한 집에서 태어나 온갖 업신여김을 받으며 자라다가 천신만고 끝에 사문에 들어갔다. 사문의 대무상심법은 특출한 자질을 타고난 자가 아니면 익힐 수 없었다. 수련을 위해서는 평생 계율에 묶여 승려나 태감과 다를 바 없이 살아야 했다.

사문에 자질이 뛰어난 제자들은 적지 않았으나 색욕을 포기하지 못한 이들이 다 빠지고 나자 후계자 후보로 남은 사람은 사형과 그, 단둘뿐이었다. 그는 자신의 자질이 사형만 못하다는 것을 잘 알고 있었다. 그런 이유로 사형을 죽여 버렸다.

그렇게 해서 동자공을 익히게 되었다. 스승님은 여인을 불꽃이라 칭하면서 불꽃이 공력을 송두리째 태워 버리지 않도록 조심 또 조심하라고 신신당부를 했다.

그는 스승님의 당부대로 오랜 세월 여색을 철저히 멀리했다. 여인의 향긋함, 부드러움, 아름다움은 그와 하등 상관없는 강 건너편 세상의 일이었고, 멀리서 보는 것만으로도 경계심이 일어 허둥지둥 피해 다니기에 급급했다.

그러던 어느 날 소녀가 그에게 다가왔던 것이다. 결투가 남긴 후유증으로 땅바닥에 널브러져 있던 그에게는 접근을 거부할 여력이 없었고, 지난 수십 년간 고요하게 식어 있던 그의 가슴은 한 번도 접해 본 적 없는 싱그러운 향기에 흠뻑 젖어 버리고 말았다.

소녀의 성품이 그리 바르지 못하다는 건 며칠 지나지 않아 금방 파악할 수 있었다.

그녀는 종종 소가 끄는 수레를 뒤쫓아 요란하게 산에 올라오곤 했는데, 그녀의 재촉에 우왕좌왕 쫓기다시피 달리던 소들이 발을 헛디뎌 절벽 밑으로 떨어지기라도 하면, 방금 소가 처참하게 울면서 추락한 절벽 아래를 향해 들으란 듯이 깔깔 웃어 젖혔다.

"그러게 왜 걸리적거려, 죽으려고!"

한 번은 산에 오면서 그녀가 꽃을 종류별로 한 아름 꺾어 온 적이 있었다. 아리따운 꽃송이와 그런 꽃송이보다 더 아리따운 소녀의 미모가 화사하게 어우러진 광경에 그가 눈을 빛내는 참이었는데, 갑자기 꽃다발을 바닥에 내던진 소녀가 그걸 곤죽이 되도록 발로 퍽퍽 짓밟았다.

"뭐? 꽃 같은 미녀들이 사방에 피어 있어? 꼴 보기 싫어! 짜증 나!"

그는 꽃을 짓밟는 소녀를 그저 멍하니 쳐다보고 있었다. 무엇 때문에 심사가 뒤틀렸는지는 몰라도, 화가 난 소녀에게서는 또 그 나름의 살벌한 아름다움이 느껴졌다. 지금껏 봐 온 온화하고 얌전하기만 한, 재미없는 여자들과는 달리 그녀에게는 강렬하게 눈길을 잡아끄는 무언가가 있었다.

소녀는 강호에서 일어나는 일들에 퍽 흥미를 느끼는 듯 이런저런 질문을 할 때가 많았다. 귀족 아가씨가 왜 그런 이야기를 좋아하느냐고 물어봤더니 손으로 턱을 괴고서 느릿느릿 한다는 대답이 이러했다.

"지금껏 본 적이 없고 앞으로는 더더욱 구경도 못 해 볼 일이라서."

순간 흠칫한 그가 물었다.

"어째서?"

그러자 소녀가 일어나서 밖으로 나가더니 골짜기에다 대고 소리쳤다.

"나는 만백성의 어머니가 될 거니까!"

그는 피식 웃어 버렸다.

뜬금없이 웬 백성의 어머니? 역시 제정신은 아니지 싶었다. 하지만 소녀의 말은 진심이었다.

그가 '만백성의 어머니'가 의미하는 바를 알게 된 것은 보름

뒤의 일이었다.

그날 밤에는 비가 그야말로 억수같이 쏟아졌고, 임시 거처 덮개가 비바람을 못 이기고 통째로 벗겨져 나가면서 거처 안이 온통 물바다가 됐다.

잠자리에서 느릿느릿 일어나 앉은 그는 기지개를 켜며 생각했다.

진작에 다 회복된 몸으로 계속 못 움직이는 척 눌어붙어 있으면 뭐 하나, 슬슬 떠나야지.

막 거처 입구까지 나갔을 때였다. 산길에 드리운 칠흑 같은 어둠을 뚫고 하얀 형체가 달려오는 게 보였다. 번쩍거리는 번개 속에서 긴 머리를 풀어 헤치고 다가오는 형체는 흡사 유령처럼 보였다. 그녀였다.

폭우에 온몸이 쫄딱 젖은 채로 산길을 뛰어 올라온 소녀가 그를 보더니 신음 같은 외마디 외침을 내뱉으면서 품으로 달려들었다. 젊고 여린 청춘기의 여체가 예고도 없이 가슴으로 파고들어와 빗물에 젖어 적나라하게 드러난 곡선을 그의 몸에 비비적거렸다. 부드러운 옥석을 안고 있는 듯한 감촉이었다. 거기에 더해 소녀의 은은한 체향이 물씬 끼쳐 오자 그는 자기도 모르게 몸을 단단하게 긴장시켰다.

품 안의 그녀가 흐느꼈다.

"어떡해……, 어떡해……."

그가 소녀의 턱을 살며시 들어 올렸다. 비에 젖은 장미꽃 한 송이가 거기 있었다. 선연하고도 가냘픈, 가슴 떨리게 아름다운.

이 꽃송이를 꺾은 자 누구인가. 누가 이 서슬 푸른 소녀를 비 내리는 밤중에 여기까지 울며 달려오게 만들었단 말인가.

그가 등을 토닥여 주며 말했다.

"괜찮다, 괜찮아. 내가 있는 한 아무도 너한테 손 못 대."

그러자 소녀가 울음을 뚝 그쳤다.

그날 밤, 그는 소녀를 안고서 그녀의 '서러운 사연'을 찬찬히 들어 주었다. 얼마 전 선기국 황제가 남방 시찰을 나왔다가 잠시 그녀의 가문에 머물렀는데, 그때 눈여겨본 서출 아이를 도성에 돌아간 후 황궁으로 불러들였다는 이야기였다.

한집에 있던 그녀가 아니라 서출 여동생이 폐하의 눈에 들다니, 안 될 일이었다. 집안의 고귀한 대소저로서 어찌 그런 치욕을 견뎌 낼 수 있으랴. 그런 이유로 그녀는 여동생을 죽여 버렸다고 했다.

그러면서 하는 말이, 여동생이 사라졌으니 이제 자기가 대신 궁에 들어가는 수밖에 없는데, 아무리 자매여도 얼굴이 똑같지는 않은지라 들킬까 봐 두렵다는 것이었다.

몹시도 서러운 그 말투를 들어 주고 있자니 가슴속에 스멀스멀 한기가 퍼졌다. 섬뜩한 한기가 얼음 조각처럼 가슴을 틀어막는 통에 그는 하마터면 소녀를 밀쳐 낼 뻔했지만, 그러기에는 자신의 품에 안겨 있는, 오늘에야 처음으로 안아 본 너무나 부드럽고 미끈한 몸이, 너무나 파들파들 떨고 있었다.

마음을 고쳐먹은 그가 막연히 생각했다.

섬뜩할 건 또 무엇인가. 황후 자리를 가로채고자 동생을 죽인 그녀나 사문의 심법을 가로채고자 사형을 죽인 자신이나, 어차피 거기서 거기 아니겠나…….

품 안에서 고개를 든 소녀가 눈물이 그렁그렁한 눈으로 그를 올려다보며 훌쩍거렸다.

"나 지켜 준다고 했지? 그런다고 했잖아!"

그는 그녀를, 가시가 잔뜩 돋치고 독이 있는 장미를, 아주 오랫동안 내려다본 끝에야 입을 열었다.

"그래."

그의 일생을 결정지은 한마디였다.

옥형의 날개와 자유는 그 순간부로 피비린내 음산하게 떠도는 선기국 황궁에 영영 묶여 버렸다.

'그래.'라는 답이 나왔을 때 소녀가 보여 준 표정이 아직도 눈에 선했다. 눈물이 온데간데없이 걷힌 그 눈동자에 스치던 교활함과 의기양양함.

소녀의 얕은꾀를 몰라서가 아니었다. 그녀가 자신을 사랑하지 않는다는 걸 몰라서도 아니었다.

그녀가 일생 사랑한 것은 권력, 존귀, 영예, 지위, 독점이었고, 그는 일생 흐릿한 허상을, 늪 한복판의 장미를, 폐허 위에 핀 피안화를 사랑했다.

품속의 그녀가 떨고 있었다. 속눈썹이 파르르 움직이는 게 곧 깨어날 모양이었다.

그러지 말길, 깨어나지 말길.

눈을 뜨면 감당하기 어려운 세상사 고난이 그대를 울릴 것이니, 깨어나서 가슴을 도려내는 치욕에 직면하느니 차라리 눈을 감고 잠에 빠진 채 다음번 윤회에 드는 편이 나으리. 그대 역시 현실을 직면하길 원하지는 않을 터, 그냥 이대로 영영 잠들기를.

옥형의 입가에 엷은 미소가 번졌다.

이슬처럼, 번개처럼, 그렇게 지나가 버린 수십 년 세월. 새삼 뒤돌아보니 모든 것이 환상이었던 듯했다. 이제, 살아오는 동안 그녀가 저지른 악행과 그가 그녀를 위해 저지른 악행이 쌓이고 쌓여 만들어진 백골의 탑이 둘을 위한 영면의 침상이 되어 줄 때였다.

그 또한 나쁘지 않으리.

옥형은 빙긋이 웃으면서, 미련이 깃든 손끝으로 여인의 얼굴을 살며시 어루만졌다. 가슴 떨리도록 익숙한 윤곽과 수십 년이 흘렀음에도 변치 않은 향기를 뼛속 깊숙이 새겨 넣었다.

눈가에서 콧대로, 콧대에서 다시 입술로 미끄러져 내려가던 손길이 목에 이르러 멈추었다.

우둑!

소리는 크지 않았지만, 주변에 있던 사람들은 벼락이라도 맞은 양 소스라쳤다.

옥형의 표정에는 변화가 없었다. 그가 천천히 손을 거둬들이자 여인의 머리가 힘없이 한쪽으로 기울어졌다. 꺾여 버린 목과 마찬가지로 그녀의 생명 또한 깊은 잠 속에서 기척 없이 꺾인 뒤였다.

옥형은 축 늘어진 그녀의 머리를 쓰다듬으면서, 오래전 둘 사이에 크게 다툼이 났을 때 자신이 했던 말을 떠올렸다.

'계속 이런 식으로 하다가는 나중에 곱게 못 죽을 거다.'

그녀는 고개를 바짝 쳐들고 도도한 말투로 응수했었다.

'그러기 전에 당신 손으로 끝내 주면 될 거 아니야!'

녕寧……. 이로써 나는 한평생 그대가 부탁했던 모든 일을 다 마쳤다.

이슬비가 소리 없이 흩날리고 있었다.

맹부요는 뒤로 한 걸음 물러나면서 입술을 꾹 다물었다. 황후가 한 짓을 생각하면 지나치게 편안한 최후였지만 어쨌든 죽음은 죽음, 이미 간 사람을 두고 더 이러쿵저러쿵할 필요는 없지 싶었다.

더럽고 피비린내 나는 삶을 살았을지언정 황후는 분명 행운아였다. 옥형이 곁에 있었으므로.

맹부요가 조용히 한숨을 내쉬며 돌아서려던 때였다. 옥형이 고개를 들더니 그녀를 향해 미소를 보냈다.

"고맙구나."

흠칫 굳은 맹부요의 눈앞에서 옥형의 고개가 스르르 아래로 떨어졌다.

절명한 것이었다. 아무런 징조도 없이 갑작스레.

십대 강자 서열 4위로서 천하에 이름을 떨친 옥형은 자기 손으로 정인의 생을 소리 소문 없이 끝맺음 지었듯이, 본인의 생 역시 소리 소문 없이 끝내기를 택했다. 스스로 심맥을 끊었을 수도 있고 아니면 그저 천수를 다했을 뿐인지도 몰랐다. 생의 절반을 황후를 위해 살았던 그인 만큼, 그녀가 죽자 자연히 생명력이 바닥났을 수도 있었다.

그가 이 세상에 마지막으로 남긴 말은 자신을 흙바닥으로 추락시킨 맹부요를 향한 감사였다. 방식이야 무엇이 됐든지 간에 자신의 염원을 이뤄 준 데 대해 고마움을 전한 것이다.

그는 평생 황후의 곁을 지키면서도 그녀를 갖겠다는 욕심을 부려 본 적이 없었다. 그러나 막상 그녀를 자신의 것으로 만들었을 때 든 생각은 '이제 죽어도 여한이 없다.'였다. 지난날 받아 온 존경, 숭앙, 추종이 제아무리 빛난다 한들 봄비 내리는 오늘, 금빛 찬란한 가운데 마지막으로 폭발한 광채에는 비할 바가 아니었다.

맹부요는 저택을 나서면서 수하에게 명해 옥형과 황후를 화장해서 함께 묻어 주도록 했다. 옥형이 임종 직전 넘긴 책자의 유언을 따른 것이었다.

그녀는 저택 입구에서 당이중과 마주쳤다. 당이중은 저택을 지키는 3천 호위병을 제압하고자 장손무극을 따라왔다가 밖에서 대기 중인 참이었다.

장손무극이 며칠 전 당이중을 불러 긴히 대담을 나눈 것은 맹부요도 아는 사실이었다. 다만 자세한 내용까지는 모르고 있었는데, 오늘 저택에 나타난 걸 보니 대화 내용이 짐작 가고도 남았다.

황후가 죽었다는 소식을 전해 들은 당이중은 놀라서 입이 쩍 벌어졌다. 이어서 옥형과 합장할 거라는 이야기까지 해 주자 아예 턱이 툭 빠졌다.

"제정신입니까? 황실 체면을 대놓고 짓밟겠다는 거잖아요! 이러니저러니 해도 황후는 황후인데, 어쨌든 안릉에 묻혀야죠!"

"그간 한두 집 밟은 것도 아니고, 하나쯤 더 늘어도, 뭐."

맹부요가 심드렁하게 대꾸했다.

"그렇다고 옥형하고 합장은 좀 아니잖아요!"

당이중이 말을 더듬었다.

"그러면……, 그러면……, 그 여자 소원 성취시켜 주는 것밖에 더 됩니까?"

"틀렸어."

맹부요가 아까보다 더 심드렁하게 말했다.

"소원 성취는 옥형이 하는 거야. 그 여자 정도면 분명 죽어서도 안릉에 있는 봉황관에 들어가길 꿈꿨을걸. 자손 대대로 종묘에 향 올리는 거 받아먹으려고. 어림없지!"

이때 황후의 죽음 이후로 줄곧 한 마디도 안 하고 있던 종월이 그녀의 곁에서 흠칫 어깨를 굳혔다. 맹부요의 눈에 순간 예리한 광채가 스쳤으나, 곧이어 그녀가 말을 건 대상은 종월이 아닌 당이중이었다.

"이제 그만 위장막을 벗어 던질 때가 된 것 같군. 거기 도련님, 이 자리에서 결정을 내려 줘야겠어. 도성에 있는 그쪽 군사

10만 나한테 빌려줄래, 아니면 내가 좀 수고스럽더라도 대한국 군대 데려와서 해결을 볼까? 잘 생각하고 결정해."

"그야 물어볼 필요도 없는 거 아닙니까?"

당이중이 어깨를 으쓱했다.

"옥새 가지고 있는 사람이 갑이죠."

"호오?"

맹부요가 눈을 흘겼다.

"그럼 조서는?"

"조서요?"

당이중이 씩 웃었다.

"조서야 옥새를 찍어 주기만 기다리고 있습죠!"

"마음에 드는군, 그럼 가 볼까!"

맹부요가 훌쩍 안장에 올라타 지체 없이 말을 달렸다. 장손무극과 종월에게는 눈길도 주지 않고서. 따라오든지 말든지, 꺼지라고 내치지 않은 것만도 다행이었다. 물론, 그녀가 까칠하게 군다고 해서 신경 쓸 두 사람도 아니었지만.

십황녀의 저택 뒤편에서 출발해 황궁으로 진입하자면 북쪽 궁문을 통과하는 노선이 가장 짧은데, 북쪽 궁문을 지나면 곧바로 나오는 것이 바로 궁궐 서북쪽 구역이었다.

맹부요는 대전으로 직행하다 말고 갈림길 앞에서 문득 걸음을 멈췄다. 그러고는 고개를 살짝 틀어 길가 키 작은 덤불에 눈길을 던졌다. 덤불 뒤편에는 폐쇄된 화초담이 있고, 그 담장을 넘으면 그녀의 옛 기억이 깃든 전각이 있었다.

한참을 그 자리에 서서 처음 전각을 우연히 발견하게 된 과정을 되짚어 보고 있자니, 뒤늦은 깨달음이 뒤통수를 툭 치고 지나갔다.

"그날 밤에 우릴 그 버려진 건물로 유인했던 검은 그림자, 장손무극, 당신이 심어 둔 사람 맞죠?"

뒤쪽에 서 있는 장손무극이 고개를 끄덕였다.

"그렇소."

맹부요는 피식 웃으며 생각했다.

어디까지 기억해 내는지 보고 싶었겠지. 그러다가 중간에 그냥 돌아가자고 한 건……. 그 결단력 좋은 장손무극도 이번 건을 두고는 보통 사람처럼 갈등할 수밖에 없었다는 건가.

한숨을 푹 내쉰 후, 그녀가 대뜸 덤불을 헤치고 안쪽으로 들어갔다. 장손무극은 곧바로 뒤를 따랐지만, 종월은 덤불 앞에 그대로 굳어 있었다.

그런 종월을 쓱 한 번 돌아본 장손무극이 툭 내뱉었다.

"꼭꼭 싸매 놓으려 할수록 더 곪아 터지는 상처도 있는 법입니다. 한 번 후벼 파서 뿌리를 들어낼지, 아니면 심장까지 썩어 들어가게 놔둘지는 본인이 판단할 문제겠지만."

그러자 가만히 눈을 감은 종월이 이내 말없이 몸을 날려 덤불을 통과했다.

맹부요는 화초담을 넘고, 출입문을 밀어젖히고, 흙먼지 쌓인 진입로를 따라 안쪽으로 향했다. 바닥 먼지 위에는 그날 밤 그녀와 장손무극이 남긴 발자국이 그대로 찍혀 있었다. 발자국이 끊어진 지점은 곁방 창문 앞, 그녀가 방 안의 궤짝을 보고 본능적으로 기억을 차단한 바로 그곳이었다.

맹부요는 지난 발자국 위에 새 발자국을 겹쳐 찍으면서 살며시 창문 앞까지 걸어갔다. 잠시 거기에 차분하게 멈춰 섰다가, 이내 창가를 지나쳐 방문을 열고 안으로 들어갔다.

제일 먼저 눈에 들어온 것은 휘장 뒤쪽에 있는 궤짝이었다. 낡고 거무죽죽한, 14년 세월 동안 먼지를 잔뜩 뒤집어쓴 궤짝. 궤짝은 노로의 두 번째 그림 속에서와 똑같이 휘장으로 반쯤 가려져 있었다.

맹부요가 궤짝 앞에 쪼그리고 앉았다. 자물쇠는 어디로 갔는지 보이지 않았고, 궤짝 문은 비스듬히 열려 있었다. 상단부에는 칼날에 찍혀서 만들어진 듯한 균열이 보였다. 시커멓게 변색된 채 안쪽에 남아 있는 넝마 조각과 헌솜에는 쥐가 둥지를 튼 모양이었다. 역한 냄새가 훅 끼쳐 왔다.

장손무극이 고개를 틀어 궤짝을 외면했다. 종월은 문틀에 기대 있었다. 거미줄이 덕지덕지 걸린 먼지투성이 문틀이 얼마나 더러운지 자각도 없는 듯했다. 누르스름한 회색빛에 매몰되어 있는 그는 얼룩지고 흐리터분해 보였다.

돌연 맹부요가 조용히 궤짝 속으로 비집고 들어갔다. 축골술로 몸집을 어린애만 하게 줄여서 안에 몸을 구겨 넣은 그녀는 궤짝 문을 살며시 닫고, 길게 쪼개진 상단부 균열을 통해 밖을 내다봤다. 눈길이 향한 곳에는 침상이 있었다.

그 광경을 보고 휘청한 장손무극이 한 걸음 앞으로 다가서면서 그녀를 끌어내려는 듯 손을 뻗었다. 그러나 다음 순간, 그의 손이 허공에서 뻣뻣하게 경직되었다가 소리 없이 반원을 그리며 아래로 떨어졌다.

그사이 종월의 얼굴은 점점 핏기를 잃고 파리해져 가고 있었다. 문틀에 붙어 서 있는 그는 당장 무너져도 이상하지 않을 나무틀이 자기 체중을 전부 지탱해 주길 바라는 것 같은 모습이었다.

맹부요는 침상을 바라봤다.

과거 그 침상 곁에는 일렁이는 등잔불이 켜져 있었다. 그녀는 궤짝 안에서 어머니를 기다리고 있었다. 노로는 이미 나간 뒤였다.

조금 전 노로가 몸을 더듬을 때, 오늘만은 팔다리를 마음껏 움직일 수 있다는 사실이 퍼뜩 떠올랐다. 그래서 그녀는 바닥에 엎드려 그자의 손가락을 물어뜯었다. 비명을 꽥 지른 노로는 연고와 붕대를 찾으러 뛰쳐나갔다.

얼마 지나지 않아 시끌벅적한 소리가 들리더니 사람들이 우르르 방 안으로 뛰어 들어왔다. 창가도, 문 앞도, 전부 사람으로 꽉 들어찼다.

셀 수도 없이 많은 발들이 그녀의 눈앞을 왔다 갔다 하길 잠시, 주위가 갑자기 조용해졌다. 곧이어 누군가 장신구 짤랑거리는 소리를 내면서 느릿느릿 방 안으로 들어섰다.

화려한 다홍빛 치맛자락이 벽돌 바닥을 스쳤다. 치렁치렁한 치마가 행여 바닥에 쓸려 더러워지기라도 할까, 허리를 구부정하게 굽힌 시녀 둘이 치맛자락을 잡으며 뒤를 따르고 있었다.

치맛자락이 궤짝 앞에 멈추는 걸 본 그녀가 몸을 잔뜩 웅크렸다. 오늘 들어 세 번째로 궤짝 문이 열리는가 했는데, 치마의 주인은 쌀쌀하게 콧방귀만 뀌고는 궤짝 앞을 그냥 지나쳤다.

다소 날이 선 느낌의 목소리가 들려왔다.

"허완, 그 천한 것을 끌어오너라!"

그녀가 두려움에 질려 두 눈을 커다랗게 부릅뜨는 찰나, 무언가로 입이 틀어막힌 듯한 사람이 흐느끼며 발버둥 치는 소리가 들렸다. 흐느낌이 귀에 익었다.

밤마다 궤짝 곁에서 이야기를 들려주던 어머니 목소리를 어찌 모를까. 어머니의 목소리는 콧소리 한 번만으로도 구분해 낼 수 있었다.

하지만 어머니의 발은 보이지 않았다. 눈앞을 어지러이 오가는 헝겊신은 전부 태감들의 것이었다.

곧이어 사람 몸뚱이가 침상에 우악스럽게 내던져지는 소리가 나더니, 예의 날 선 음성이 울렸다.

"저 천한 것의 옷을 모조리 벗겨 내라. 대체 무엇으로 폐하를 홀렸는지 봐야겠으니!"

천이 찢기는 소리가 났다. 그녀는 눈을 질끈 감고 입술을 깨물었다.

최고의 밀리언셀러 작가! **정은궐 작가 시리즈**

누적 판매 부수 220만 부를 기록한 역사 로맨스소설의 전설
6개국 번역 출간, 소설의 세계를 뛰어넘어 다양한 장르로의 확장!
아시아가 주목하는 작가 정은궐의 귀환!

홍천기紅天機 각 권 14,000원(전2권)

하늘의 무늬를 읽고 해독할 수 있지만
앞을 보지 못하는 남자 하람
그의 눈이 되고자 당당히 경복궁에 입성한
백유화단의 여화공 홍천기
그들의 운명에 번져 가는 애틋하고 몽환적인 먹선!

〈성균관 유생들의 나날〉,
〈규장각 각신들의 나날〉,
〈해를 품은 달〉 정은궐 작가의 귀환!
놀랍고 강렬하고 신비로운 이야기!

성균관 유생들의 나날(개정판) 각 권 11,000원(전2권)

교보문고, 예스24, 인터파크, 알라딘 베스트셀러 종합 1위!
백만 부 돌파!
일본, 중국, 태국, 베트남, 대만, 인도네시아 6개국 번역 출판
독자들이 뽑은 가장 재미있는 소설!

금녀의 반궁, 성균관에 입성한 남장 유생 김 낭자의
파란만장한 나날들!

규장각 각신들의 나날 각 권 11,000원(전2권)

『성균관 유생들의 나날』 시즌 2, 잘금 4인방의 귀환!

'공부가 가장 쉬웠던' 성균관은 아무것도 아니었다.
'피똥 싸는 건 예사고, 없던 다한증까지 생긴다는'
무시무시한 규장각 나날이 잘금 4인방을 기다린다!

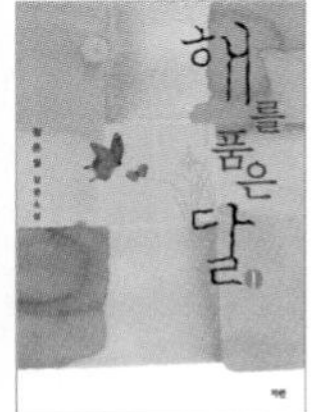

해를 품은 달(개정판) 각 권 13,000원(전2권)

드라마 '해를 품은 달' 원작
8주 연속 종합 베스트셀러 1위!
아시아 전역 번역 출간!

세상 모든 것을 가진 왕이지만 왕이기 때문에 사랑을 잃은 훤
사랑과 권력을 되찾기 위해 가혹한 운명에 맞선다!

가슴을 파고드는 애잔한 러브 스토리! 홍수연 작가 시리즈

《눈꽃》, 《불꽃》, 《정우》, 《바람》
홍수연 작가의 새로운 변신
당신을 숨 막히게 할 미스터리 스릴러 로맨스!

파편 각 권 13,000원(전2권)

일그러진 인연, 깨져 버린 시간
빠져나올 수 없는 늪으로 걸어 들어간……
조각난 그 밤은 아름다운 지옥

그 남자의 삶 속엔 오직 초 단위로 계획된 복수의 시간,
매일을 형벌처럼 살게 하는 끔찍한 기억,
그리고 언제든 손목을 그을 수 있는 유리 파편뿐…….
그런 그에게 빛으로 가득한 한 여자가
삶의 미련이 되어 버린다.

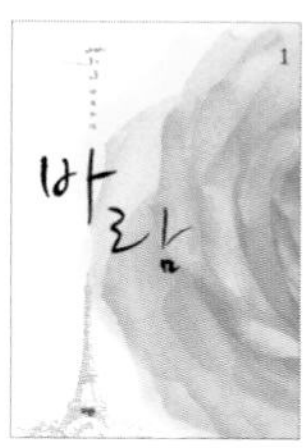

바람 각 권 12,000원(전2권)

너는 내가 이루고 싶었던 가장 아름다운 바람…….
오랜 시간 한 남자만을 꿈꾼 여자

어떤 장소에서 어떤 모습으로 만났어도
결국 한 여자만을 사랑한 남자.
파리, 시드니, 그리고 서울을 오가며 그들은 성장하고 사랑한다.
그리움의 바람도 커져 간다.

불꽃 값 10,000원

사랑은 법보다 강하고, 용서는 사랑보다 강하다.
당신의 얼음 같은 마음도 불타는 사랑 앞에서는 녹고 말 것입니다.

무엇보다 야망이 우선인 여자. 끝없이 상처받으면서도
여자를 놓지 못하는 남자.
불꽃같은 사랑과 증오, 그리고 애증의 복수가 펼쳐진다!

눈꽃(개정판) 

값 5,000원

차라리 욕망일 뿐이었다면, 이렇게 아픈 사랑이 아니라
그들의 사랑은 시리도록 하얀……, 눈꽃

한겨울의 차가운 바람처럼 시린 10년간의 사랑.
미국 대재벌가의 상속자와 평범한 동양 여자, 그들이 넘어야 할 두터운 얼음벽 사랑.

프렘더 김자인 지음 | 값 13,000원

너를 처음 봤을 때, 간절히 빌었어
드디어 발견한 내 오아시스가 사라지지 않기를

막막한 유학 생활과 상처뿐인 사랑, 그 모든 것을 끝내고 싶은 여자, 한나. 비밀을 숨기고 있는 남자, 헤리. 비뚤어진 사랑으로 한나를 어둠 속으로 몰아넣는 남자, 레온.
진실 혹은 거짓, 그 위태로운 경계 속에서 과연 이들은 서로의 세계에 안착할 수 있을까?

너의 바이라인 김이비 지음 | 값 13,000원

고백의 순간, 너로 인해 채워진 나의 바이라인

올곧은 신념과 의지를 가진 열혈 기자, 이다임.
정의와 반대되는 기사를 써 내라 요구하는 회사와 부딪히다가 결국 좌천되고, 설상가상으로 이별까지 겪는다.
좌절한 그녀의 앞에 대형견 같은 매력을 가진 연극배우 선우와, 능글맞은 엘리트 검사 현도준이 나타나는데…….

사랑도 처방이 되나요 최준서 지음 | 값 13,000원

안하무인 건물주와 위기에 빠진 세입자.
갑과 을에서 '남'과 '여'로 만나다!

조금 이른 봄 같은 남자와
아직 추운 겨울에 머무른 여자의 이야기.
김약국에서 진단하는 사랑의 처방전!

퀸 최준서 지음 | 각 권 9,000원(전2권)

잡을수록 사라지는 당신의 향기
그리움으로 만든 그 이름…… 퀸

강산 그룹의 후계자가 되기 위해 앞만 보고 달려왔으나 할아버지의 반대에 부딪힌 세아. 충동적으로 떠난 호주 여행, 정신없이 바쁜 한국에서의 삶과는 달리 평화로운 와인 농장과 그 풍경처럼 아름다운 딘에게 매료된다.

앤을 위하여 최준서 지음 | 값 13,000원

열두 번의 봄이 지나는 동안
그녀는 그를 애타게 기다렸고, 그는 그녀를 애써 지웠다.

하나를 얻으려면 다른 것은 놓아야 한다는 남자, 윤태하.
원하는 것은 모두 손에 넣어야 한다는 여자, 서은혜.
이들이 다시 만난 순간, 돌기 시작한 운명의 수레바퀴.

이때 갑자기 공기 중에 뜨끈한 기운이 퍼졌다. 절절 끓는 물이 한가득 든 물통이 방 안에 들어온 것이었다. 물통이 덜그럭거리는 소리 사이로 미세하게 쇠붙이 부딪치는 소리가 났다.

"바로 이 몸뚱이였더냐?"

웃음기 섞인 여자의 목소리가 느릿하게 이어졌다.

"제아무리 대단한 미인도 세월이 가면 백골만 남기 마련이지. 그 껍데기를 깡그리 벗겨 내도 폐하를 꼬드길 수 있을지 어디 한번 보자꾸나."

좌앗!

끓는 물이 끼얹어지는 소리였다.

그녀는 마치 자기 가슴이 그 물을 맞은 것만 같아 부르르 몸을 떨었다. 그토록 뜨거운 와중에 막대한 한기가 엄습해 왔다.

침상 위에서 어머니가 울며 몸부림치는 소리는 점점 격렬해지건만, 날 선 목소리의 여자는 웃고 있었다.

"재갈을 빼거라. 저 망할 년의 신음 소리를 들어야겠다. 폐하와 함께 침상 위에 있을 때도 같은 소리를 냈으려나?"

입에 물려 놨던 천을 빼자 허완의 처절한 비명이 화산처럼 폭발해 건물 전체를 뒤흔들었다.

"집행하거라! 형을 집행해!"

날 선 목소리의 여자가 외쳤다.

"부끄러운 줄도 모르고 폐하를 꼬드긴 천한 년에게 넝마가 된 제 살점을 보여 주거라!"

"이 악녀!"

허완은 이미 끓는 물에 데어 온몸의 살갗이 다 문드러진 상태였다. 피범벅이 된 채로 상대를 잡아먹을 듯이 노려보던 허완이 버둥거리며 소리쳤다.

"언젠가 너도 치욕 속에서 죽게 될 거다!"

"그럴 것 같으냐? 너한테는 본 궁을 치욕스럽게 죽일 힘이 없을 텐데, 안타깝구나. 그건 세상 누구도 못할 일이거든."

싸늘하게 웃던 여자가 문득 고개를 갸웃하면서 말했다.

"이 좋은 구경을 나만 할 수야 없지. 정작 봐야 할 사람은 따로 있는데. 여봐라, 칼로 저기 궤짝에 틈새를 만들어라."

궤짝 안에 있던 그녀의 눈앞에서 섬광이 번쩍했다. 궤짝 위쪽에 칼날이 박혔다가 빠지면서 침상이 내다보이는 틈이 생겨났다.

그녀는 부르르 진저리를 쳤다. 침상 위에 있는 저것이 대체 무어란 말인가. 핏덩어리, 고깃덩어리, 뼈가 하얗게 드러나기 시작한 사람 모양의 골조. 쇠로 만들어진 빗이 움직일 때마다 살점이 갈려 나왔다.

붉은 피가 흥건하게 흘러내려 이부자리를 흠뻑 적시고, 나무로 된 침상 틀에까지 스며들어 영원히 지워지지 않을 얼룩을 남겼다…….

멍들고 피맺힌 허완의 비명이 고통을 이기지 못하고 사방팔방 날뛰었다. 모두가 숨죽이고 있는 적막한 공간 안을 격렬한 돌풍이 되어 들이받고 다녔다…….

소세, 소세.

지난 생에 들어 본 세상 가장 참혹한 형벌이 그녀를 낳고, 기르고, 다섯 해 동안 지켜 준 여인의 몸에 행해지고 있었다. 그리고 그녀는, 어둠 속에서 그 광경을 고스란히 지켜보는 중이었다.

궤짝 안에 웅크려 앉은 그녀의 등에는 차가운 나무판자가 닿아 있었다. 그 시리디시린 감각은 꼭 온 세상을 점령한 빙산에 등을 붙이고 있는 것 같은 기분을 느끼게 했다.

핏빛 섞인 어둠이 빙글빙글 소용돌이치면서 덮쳐 와 그녀를 휘감았다. 끈적한 핏물에서 풍기는 냄새가 집요하게 그녀를 옥죄며 잡아당겼다. 오장육부가 터져 나오고, 온몸이 갈기갈기 찢기고 갈라져 가루가 될 때까지…….

"아아, 시간이 벌써 이렇게 됐네. 폐하께서 찾으시겠어."

온갖 보석으로 머리를 장식한 여자가 어스름한 등잔불 아래에서 홱 고개를 돌려 궤짝 쪽에 아쉬운 눈길을 보냈다.

그때, 줄곧 여자의 몸에 가려져 있던 사각지대에서 흰옷을 입은 수려한 소년 하나가 불쑥 튀어나왔다. 티끌 한 점 없이 깨끗하고 투명하게 빛나는 소년이 황후를 향해 몸을 살짝 굽혔다. 무척 품위 있는 자세였으나 그 각 잡힌 자세만 봐도 소년과 황후는 그다지 친밀한 사이가 아닌 듯했다.

"이모님, 나머지는 제가 맡겠습니다."

"그래."

황후가 소년을 토닥이며 말했다.

"월아, 너무 빨리 죽게 해 주지는 말거라. 최대한 오래 숨을 붙여 놓고 고통을 맛보여 줘. 그리고 화근은 철저히 뿌리 뽑는 것 잊지 말고."

소년은 그저 묵묵히 허리를 숙였다.

돌연 맹부요가 궤짝 문을 부서져라 밀어젖혔다. 힘을 이기지 못한 문짝이 요란한 소리를 내며 떨어져 나가고, 궤짝 몸체 역시 조각조각 박살이 나서 바닥에 와장창 내동댕이쳐졌다.

5년간 그녀를 가둬 두었던, 유년 시절의 가장 어두운 기억이 담긴 상자가 14년 만에 마침내 산산조각이 난 것이다.

맹부요는 궤짝 잔해를 거들떠보지도 않고 곧장 침상 쪽으로 걸어갔다. 허완의 피를 잔뜩 먹은 침상은 그간 좀이 슬고 나무가 썩으면서 색이 시커멓게 죽어 도저히 눈 뜨고는 봐 주기 힘든 몰골이 되어 있었다. 그녀는 손끝이 닿기만 해도 부스러지는 거무죽죽한 이불을 걷어 젖히고 침상 틈새를 뒤적거렸다.

잠시 후, 틈새에서 나온 그녀의 손에는 작은 천 주머니가 들려 있었다. 글자가 장식된 주머니 안에서 자그마한 옥연꽃이 모습을 드러냈다.

그러나 옥연꽃은 더 이상 옥빛이 아니었다. 당시에는 옥석의 결처럼 보였던 부분으로 선혈이 스며들어 꽃 모양 전체가 불그스름하게 물든 모습. 지난날의 옥련화는 이제 한 떨기 혈련화로 탈바꿈한 뒤였다.

맹부요가 손에 꽉 쥐고 있던 조그만 연꽃을 갑자기 가차 없이 내던졌다. 혈련화는 바닥을 때리고 튀어 올랐다가 다시 데굴데굴 굴러 종월의 발치에 가서 멈춰 섰다.

종월은 설련화를 빤히 내려다보며, 어째서인지는 몰라도 손끝을 가늘게 떨었다. 맹부요는 그런 그를 완전히 무시하고 밖으로 향했다. 그가 서 있는 문가를 통과할 때도, 한순간조차 걸음을 늦추지 않았다.

그녀가 종월 곁을 비집고 들어가는 찰나, 원래도 폭이 좁은 데다가 이미 상당 부분이 썩어 들어간 문틀이 압력을 견디지 못하고 빠지직 쪼개지면서 아래로 무너져 내렸다.

종월이 팔을 뻗어 그녀의 머리 위를 가려 주면서 자기 혼자 먼지를 고스란히 뒤집어썼지만, 맹부요는 그에게 눈길 한 번 주지 않고 바깥으로 직행했다.

그대로 대문 밖까지 나간 그녀가 담벼락을 살벌하게 걷어차자 문 위쪽에 걸려 있던 편액이 '쿵' 하고 떨어져서 땅바닥에 처박혔다. 떨어진 편액 가까이 가서 두꺼운 먼지를 발끝으로 걷어 낸 그녀는 편액에 커다랗게 적혀 있는 두 글자를 발견했다.

연릉.

연릉궁.

다시 한번 담벼락에 발차기가 꽂혔다. 이번에는 아까보다 더 맹렬한 기세였다. 오랜 세월 보수의 손길이 닿지 않은 담장이 그 괴력을 무슨 수로 버텨 내랴. 우르르, 담벼락이 통째로 무너졌다.

담장이 허물어지면서 흙먼지가 자욱하게 일었지만, 맹부요는 비켜나지 않고 부연 먼지 속에 그대로 서서 눈으로 주변을 훑고 있었다.

그러다가 한 지점에 눈이 고정됐다. 좌측 담장 아래에 자루 한 귀퉁이가 삐죽이 나와 있었다.

자루를 발견한 맹부요는 일순 파르르 떨었으나, 곧 이를 악물고 그쪽으로 성큼성큼 걸어갔다. 담장 아래에 쪼그려 앉아 맨손으로 흙을 파내고, 흙 밖으로 드러난 자루 매듭을 풀어 헤치자 하얀 인골이 눈앞에 나타났다.

허완. 연릉궁 담장 아래에 14년을 묻혀 있었던 허완.

14년이 흘러, 마침내 세상에 다시 나온 허완이 이번 생의 딸과 재회한 순간이었다.

아득히 먼 곳에서 바람이 불어왔다.

봄바람이 이리 차디찰 수도 있던가.

차디찬 바람이 14년 전의 그 악몽 같던 피비린내와 어둠의 냄새를 싣고 흐느껴 울며 주변을 맴돌았다.

맹부요는 유골을 자루째로 껴안고서 반쯤 허물어진 담장 아래에 멍하니 서 있었다. 차갑고 딱딱한 뼈가 가슴을 찌르자 지금껏 억지로 붙들고 있던 평정이 차츰차츰 무너져 갔다.

몸이 덜덜 떨리기 시작했다. 떨림이 점점 심해지면서 나중에는 똑바로 서 있는 것조차 힘들어졌다. 그녀는 담장을 짚고 천천히 무릎을 꿇었다.

자루가 묻혀 있던 조그만 구덩이 앞에 무릎을 꿇자마자 갑자기 후두둑, 눈물이 터져 나와 온 얼굴을 눈물범벅으로 만들었다. 주체할 수 없이 많은 눈물이, 진상을 알게 된 그날 밤부터 줄곧 가슴속에 얼어붙어 있었던 눈물이, 이 순간 비로소 마음의 둑을 뚫고 홍수처럼 쏟아져 나왔다.

그녀는 누가 듣든 말든 가슴이 찢어지는 소리로, 사지를 뒤틀면서, 정신이 혼미해지도록 통곡했다. 샘물처럼 솟구쳐 오른 눈물이 손에 들린 유골 위에 흩뿌려졌다. 눈물을 흠뻑 머금은 백골이 점점 무거워지면서 가슴을 무겁게 짓누르고, 날카로운 뼛조각이 마음을 쓰라리게 관통했다.

긴 세월 담장을 이고 있느라 얼마나 고단했을지……. 그 악녀는 당신의 저주대로 치욕 속에서 죽임당했어요. 당신 딸이 전부 갚아 줬어요……. 나는 잘 지내요. 오주대륙에서 제일 고귀한…… 왕이 되었는걸요……. 미안해요! 나를 버린 당신을 원망했었어요, 그래서 찾지 않으려 했었어요. 미안해요……. 다음 생에서는 부디 황궁과 얽히지 않기를…….

느릿느릿, 달이 떠올랐다. 푸르스름한 달그림자가 무너진 담장의 윤곽을 얼룩얼룩하게 그려 냈다. 버려진 전각 앞에 꿇어앉아 눈물을 떨구고 있는 검은 옷의 여인 위로, 대륙 전역에 이름을 떨치며 오주 7국을 종횡무진 누비던 대한 한왕의 평생을 통틀어 그 어느 때보다도 구슬플 이 순간의 가슴 위로, 달빛이 쏟아졌다.

아주 오랜 시간이 지난 후, 자루를 조심스럽게 여며 가슴에 안은 그녀가 몸을 일으키더니 돌연 고개를 틀어 종월을 노려봤다. 허완의 유골이 발견된 순간부터 내내, 먼지를 뒤집어쓴 채 문틀 아래에 굳어 있던 종월을.

그 이리 떼의 왕은 누구인가

싸늘한 달빛을 얼음 칼날 같은 수천수만 개의 조각으로 저민 후, 물빛 넘실대는 봄밤을 휘저으며 종월을 덮쳐 가도록 쏘아 보내고 싶다. 맹부요는 딱 그런 눈을 하고 있었다.

그녀가 한 자 한 자 짓씹으며 물었다.

"당신이 죽였어?"

거뭇거뭇하게 얼룩진 그늘 속의 종월에게서는 아무런 대답이 없었다.

세 사람 모두 가볍고, 가늘고, 경직된, 심장을 찌르는 철사 같은 숨소리를 내고 있었다.

한참 후, 종월이 마침내 입을 열었다. 봄밤을 떠도는 숨소리를 흐트러뜨릴까 걱정인 것처럼, 극도로 조심스럽게.

"그래."

맹부요가 길게 숨을 내뱉었다. 해탈의 한숨이라기보다는 이 기회를 빌려 가슴속에 맺힌 응어리를 토해 내려는 몸짓에 가까웠다. 한번 토해 내고 나면 그걸 도로 주워 담을 일은 없을 것이다. 질문이 이어졌다.

"내 목숨을 구해 준 것도 당신이고?"

종월은 이번에도 한동안 침묵한 끝에야 대답을 내놨다.

"맞아."

"그럼 됐네."

맹부요는 허완의 유골을 끌어안고 차분히 고개를 들어 하늘을 올려다봤다. 맑은 눈가에 쏟아져 내린 황옥색 달빛이 고요 속에 붉은 찔레꽃처럼 짙은 무언가를 피워 냈다.

한참이 지나 그녀가 말했다.

"은혜도 원한도, 계산 끝난 거야."

그러고는 자루를 품에 안은 채 미련 없이 돌아서서 성큼성큼 걸음을 옮기는 참이었다.

"선기국 황후는 나한테 먼 친척 이모뻘 된다. 아주 먼, 만날 일도 거의 없는 그런."

그녀의 등 뒤에서 종월이 조용히 입을 열었다. 맹부요는 걸음을 멈췄지만, 여전히 그를 등진 채 아무런 말도 하지 않았다.

"집안에 변고가 닥친 뒤로 나는 도망자 신세가 되어 오주대륙 곳곳을 떠돌아다녔어. 다른 나라에 흩어져 사는 친척 중에도 높은 자리를 꿰차고 있는 사람이야 적지 않았지만, 문제를 일으킬 게 뻔한 나를 선뜻 받아 주겠다는 말을 아무도 못 했지.

황후 한 사람을 제외하고는. 아예 존재 자체를 잊고 있었던 이모님이 어느 날 자기가 먼저 나한테 사람을 보내서는, 이 이모가 아무도 못 건드리게 지켜 주겠다고 말하더군."

종월이 긴 탄식을 흘렸다. 밤공기 속으로 흘러나온 그의 숨결은 흰색이었다. 겨울날 추운 날씨에 하얗게 뭉친 입김처럼.

하지만 지금은 봄밤, 나뭇가지에는 벌써 어린 살구가 파랗게 맺혔고 물가 제방에는 버들 솜이 하얗게 흩날리는 늦봄의 끝무렵이었다. 그토록 유려하고 아름다운 봄 경치도 그의 눈동자 안에서는 춥고 황량하기만 했다.

"딱히 내 처지가 가여워서 손을 내민 것은 아니었을지도 몰라. 아마 선기국 황후라는 고귀하고 영예로운 신분을 과시하고 싶은 마음이 더 컸겠지. 하지만 어쨌건, 제일 초기 가장 힘들었던 시기에 보살핌을 받은 것만은 사실이야. 광덕당 역시 선기국에서 시작해 차츰 오주 각국으로 세력을 넓혀 나갔고. 그때 도움을 받지 못했다면 나는 결국 집요하게 뒤를 따라붙던 암살자들의 손에 죽었을 테고, 긴 인내 끝에 복수를 완수한 오늘을 맞이하는 건 어림도 없는 일이었겠지. 너도 알겠지만, 난 복수를 위해서라면 못 할 일이 없었어. 황후에게 빌붙는 것 정도가 뭐 대수일까."

종월이 설핏 쓴웃음을 지었다.

"황후가 호랑이라면 나는 그 앞잡이 노릇을 하는 창귀였어. 옥형의 신분으로 행하기에는 너무 저급하다 싶은 일들은 내가 대신 나서서 처리하곤 했지."

"허완을 죽인 것과 소세 형을 집행한 것도 거기 포함이었고?"
맹부요의 질문은 사실상 질문이라기보다는 모나고 단단한 바윗덩이를 집어 던진 것에 가까웠다.
"어쩌면…… 그렇게 말할 수도 있겠지."
종월이 눈을 감았다.
"비밀을 들킨 허완은 도망치려 했어. 그런데 달아나는 방향이 바깥이 아니라 그 방 쪽이더군. 아마 너를 궤짝에서 꺼내 주는 게 먼저라고 생각했겠지. 그런 허완을 내가…… 막아섰어. 황후가 막으라고 하면 막는 수밖에 없었으니까. 그때는 몰랐어. 허완이 방에 돌아가려는 이유가…… 널 풀어 주기 위해서였음을."
맹부요는 아무런 말도 없이, 그저 등을 꼿꼿하게 세우고 서 있었다. 달빛 한복판에 박힌 옥기둥 같은 모습으로.
"내 손에 붙들리자마자 한마디를 하더군. 자기 딸만은 살려 달라고. 허완의 눈을 보고 있자니 어머니가 떠올랐어. 집안에 멸문지화가 닥친 그 밤, 저택에서 부리는 무사들에게 부탁해 나를 밖으로 빼돌리면서 어머니가 보냈던 눈빛이 딱 허완과 같았거든. 그래서 물었지. 지금 죽는 건 어떠하냐고. 놀랐는지 눈이 휘둥그레지더니, 이내 고개를 끄덕이더군. 참으로 총명한 여인이었어. 긴 설명이 필요 없이 즉석에서 결단을 내렸을 정도로. 허완을 황후에게 끌고 가는 길에 스승님께서 전수해 주신 폐혈대법閉穴大法에 따라 금침으로 혈도를 차단했어. 통각을 마비시키는 침이었지. 한번 그 부위에 침이 박히면 회생 가능성이 없다는 전제가 붙지만."

맹부요가 움찔 몸을 떨었다.

"이후에 벌어진 일은 너도 아는 대로야. 소세는 미처 예상치 못한 형벌이었지만. 고문이 그 정도 수준까지 가면 아무리 금침으로 혈도를 막았어도 통각을 전혀 안 느낄 수는 없어. 게다가 당시 나는 혈도를 능숙하게 다루기에는 아직 어렸으니…… 아프기는 아팠을 거야. 그나마 금방 숨이 끊어져서 다행이었지."

종월이 또 한 번 길게 한숨지었다.

"금침이 박힌 후에는 아무리 오래 버텨 봐야 반 시진이 고작이야. 허완의 고통은…… 네 생각만큼 참담하지는 않았어. 그래서 허완한테는 빚진 게 있다고 생각 안 해. 도망치려는 걸 붙들어 오기는 했지만, 내가 아니었어도 절대 황궁 밖으로는 못 나갔을 거야. 본인도 밖에 나가겠다는 생각은 없었고. 만약 나한테 왜 허완을 구해 주지 않았느냐고 묻는다면……, 그때는 굳이 구해 줄 이유가 없었으니까."

담담한 목소리가 이어졌다.

"부요, 너한테는 빚진 마음이다. 그때 허완을 막아서지 않았다면, 방에 가서 널 풀어 줄 시간을 줬다면, 적어도……, 적어도 네가 궤짝 안에서 그 모든 과정을 억지로 지켜볼 일은 생기지 않았을 터인데. 내 잘못이야."

"그래서 내 기억을 봉인했다?"

맹부요가 침묵을 깨고 물었다.

"그런 장면을 전부 지켜보게 했다는 사실이 날 극도로 불안하게 만들었어. 네 혈도를 짚어 궁 밖으로 데리고 나와서도 한참을 고민하다가 결국은 봉인하는 쪽을 택했지. 내 이기적인 결정에 너는 억울하다고 할지도 모르지만, 그때의 너는 너무……. 네가 미쳐 버릴 것 같아서 두려웠어…….”

종월은 입을 다물었다.

그날 밤, 빼빼 말라 팔다리가 구부정하게 뒤틀린 여자아이를 안아 들었던 순간이 떠올랐다. 소리는 지르지 않았지만, 아이는 미친 듯이 몸부림을 쳤다.

그는 무공을 익힌 몸이었고 아이에게는 기력이 없는데도 아이를 끌고 걸음을 내딛는 일은 무척이나 힘들었다. 궤짝에 매달리고, 침상에 매달리고, 휘장에 매달리고, 아이는 붙잡을 수 있는 것이라면 뭐든 죽기 살기로 붙잡고 늘어졌다. 불신과 증오가 가득 들어찬 눈으로 그를 노려보며.

행여 누가 보기라도 할까, 아이를 급히 안아 들고 그곳을 뜨려던 때였다. 아이가 침상 가장자리를 덥석 물었다. 곧바로 발견했기에 망정이지 그대로 걸음을 옮겼다면 아마 생니가 모조리 빠졌을 터였다.

그 원한과, 그 광기와, 그 고집. 처음부터 끝까지 아이는 눈물 한 방울 흘리지 않았고, 말 한 마디 입 밖에 내지 않았다. 결국에는 아이의 혈도를 짚은 다음 빠르게 성을 벗어나는 수밖에 없었다. 아이는 혈도를 제압당한 상태에서도 얼굴에 시뻘겋게 피가 몰린 채 연신 몸을 꿈틀거렸다. 기억을 남겨 뒀다가는 분명 아이에게 상처가 될 것 같았다. 그래서 그는 오랜 고민 끝에 아이의 기억을 봉인하기로 했다.

아예 흔적 없이 지워 버릴 수도 있었지만, 그러는 대신 묻어 두기만 하는 쪽을 택했기에 본인이 원하기만 하면 언제든 다시 떠올릴 수 있었다. 그러나 그녀는 기억을 떠올리지 않았다. 그녀는 그가 꽂은 금침보다도 더 지독하게, 스스로 저를 봉인해 버렸다.

10여 년 전, 독수봉 외딴 절벽 푸른 측백나무 아래에서, 그는 작은 소녀를 대나무 바구니에 넣어 물에 흘려보냈다. 바구니가 너울대는 물살에 실려 둥글고 커다란 달을 향해 흘러가는 모습을, 검푸른 벼랑에 서서 지켜봤다.

때는 가을의 한복판이었다. 환한 달빛이 천지를 그득히 비추는 가운데 벼랑 아래에서는 잔물결이 반짝이며 부서지고 있었고, 그 빛 가루가 시야를 어지럽히는 탓에 그는 바구니가 사라져 가는 방향을 똑똑히 확인할 수 없었다.

당시 그의 가슴을 온통 점령한 감정은 슬픔이었다. 알 수 없는 미래에 대한 탄식이 가슴속을 꽉 메우고 있었다. 물살에 실려 가는 아이를 보면서, 그는 자신이 아이를 운명이라는 바다에 방생했다고 생각했다. 설마하니 그게 제 손으로 상사의 성벽을 쌓는 결과를 낳을 줄은 꿈에도 모르고.

이 순간, 침묵에 빠진 종월은 암매의 모습을 한 채였다. 유리알 같은 눈동자와 길게 늘어뜨린 흑발, 불꽃처럼 붉은 입술이 선명한 아름다움을 자아내고 있었으나, 평소의 숨 막히는 농염함과 달리 지금 켜켜이 창백함이 배어나는 그의 모습은 서늘한 달빛과 닮아 보였다.

그는 복수를 위해 너무 많은 대가를 치렀다. 낮과 밤이 다른 이중 신분이 그러했고, 원래 얼굴과는 딴판인 암매의 외양이 그러했고, 영영 낫지 않을 내상이 그러했고, 황후의 앞잡이 노릇을 하던 소년 시절이 그러했다. 그러다가 문득 지금에 와서 돌아보니, 무엇보다 뼈저리게 쓰라린 대가는 부지불식간에 그녀의 대척점에 서서 그녀를 멀리 내쫓고 상처 준 것이었다.

맹부요 역시 침묵하고 있었다. 속내가 헝클어진 삼실 타래처럼 어수선했다. 당시 일에 종월도 분명 한 발을 담갔으리라 생각은 하면서도 자세한 내막을 캐는 것은 줄곧 회피해 왔다.

종월은 장손무극과 다르니까. 장손무극이 약속을 어긴 데는 말 못 할 사정이 있었겠지만, 종월은 꼭 그러라는 법이 없었다. 그는 원래가 좋은 사람 축은 못 됐고, 가문의 복수를 위해서라면 수단과 방법을 가리지 않는 인물이었다.

악착같이 발버둥도 쳐 보고 기댈 데 없이 유랑도 다녀 보았을 종월이 그 발악의 과정에서 손에 묻힌 피 중에는 죄 없는 자들의 것도 적지 않았을 터. 허완 역시 그렇게 희생된 게 아니라고 누가 감히 장담할 수 있으랴. 당시의 종월에게 그들 모녀는 생면부지의 남일 뿐이었을 텐데.

그날의 종월에게는 허완을 지켜 줄 이유가 없었지만, 허완을 해칠 사소한 필요성은 있었는지도 모른다. 그렇게 생각했기에 그녀는 진상이 드러나는 게 두려웠다. 종월을 은인으로 대해야 할지 원수로 대해야 할지 고뇌하게 될까 봐 겁이 났다. 노로의 가슴팍에 박아 넣었던 손을 급하게 빼낸 것도 그 때문이었다. 마지막으로 붙어 있던 숨을 완전히 끊어 놓아야 그자가 뒷말을 마치지 못할 테니.

그러나 피할 수 없는 것은 결국 피할 수 없기 마련이던가. 진실은 방식을 바꿔 기어코 다시 찾아왔다. 현시점의 맹부요는 자신이 직면한 진실에 내심 안도하고 있었다. 미리 상상했던 최악은 면했기에.

당시 종월은 어린 소년에 불과했고, 가족에게 일어난 변고가 소년의 심성을 바꿔 놓기는 했어도 그때껏 여린 부분이 조금은 남아 있었던 모양이었다. 결론적으로 그는 고문에 직접 가담하지 않았으며, 허완을 죽인 것도 어디까지나 배려 차원에서였다.

종월은 그녀가 궤짝 안에서 끔찍한 고문 장면을 목격할 수밖에 없었던 것이 도망치는 허완을 붙잡은 자기 탓이라고 했지만, 그 부분 역시 종월을 비난하기보다는 당초 궤짝에 자물쇠를 채워 놨던 여덟 살짜리 여자아이를 탓하는 편이 합당할 것이다.

세월 밑바닥에 침잠해 있던 의문은 마침내 풀렸으나 가슴에 맺힌 응어리는 그리 순식간에 풀어질 수 있는 것이 아니었다. 어쨌든, 허완이 고문당하는 동안 옆에서 팔짱 끼고 구경만 하고 있는 종월의 모습을 떠올리면 가슴속이 싸해질 수밖에 없었다.

허완의 유골을 가만가만 어루만지던 맹부요가 한참 후 담담하게 말했다.

"내가 해 줄 말은 아까랑 똑같아요. 하늘의 농간을 사람 힘으로 어찌 당해 낼까. 우리 사이에는 은혜도 원한도, 계산 끝난 거예요.”

말을 마친 그녀는 유골을 보듬어 안고서 뒤도 돌아보지 않고 전각에서 멀어져 갔다.

장손무극도 그녀의 뒤를 묵묵히 따랐다. 그는 종월 곁을 지나치는 찰나 무언가 할 말이 있는 듯한 기색으로 종월에게 잠시 눈길을 주었으나, 결국은 하려던 말을 그냥 삼키고 조용히 자리를 떴다.

잘못이 없다 하면 아무에게도 없을 것이요, 있다 하면 모두에게 있을, 다만 하늘의 뜻이 야멸차서 벌어진 일. 남는 것은 허망함뿐이리라.

미동도 없이 서 있던 종월이 잠시 후 주저앉았다. 14년의 침묵을 깨고 충격적으로 재등장한 연릉궁 앞에, 담장이 허물어지고 기와가 벗겨진 폐허와 흙먼지 속에, 그는 천천히 주저앉았다.

핏빛 섞인 달빛이 을씨년스러웠다. 14년 전 그날 밤, 외딴 산봉우리 푸른 측백나무 꼭대기에 걸려 있던 그 달처럼.

부요, 이제야 알 것 같구나. 만 리에 휘몰아치는 광풍도, 수많은 사람의 목숨도, 풍류에 젖은 세월도, 지나오지 못할 것이 없는 나였지만, 무정하게 돌아서는 너의 눈빛만은 견뎌 낼 수 없음을…….

아직 어둠이 한창인 밤하늘에 별들이 반짝이고 있었다. 선기

천성 30년 4월 초닷새 밤, 이제 날이 밝아 여제의 즉위식이 치러지면 선기국 역사의 새로운 장이 열릴 터였다.

그러나 이 시각 암담하게 가라앉은 황성에서는 새 시대의 도래를 앞두고 들뜬 분위기를 찾아보기 힘들었다. 단, 영창전 앞만은 대낮처럼 불이 환했다. 본래는 각 궁문을 지키면서 맹부요의 진입을 저지했어야 할 어림군 3만이 전원 영창전 앞에 집결해 있었던 것이다.

검이 칼집을 빠져나오고, 화살이 시위에 걸리고, 금탁을 치는 소리가 찬 바람에 실려 오고, 철갑 위로 싸늘한 달빛이 쏟아졌다. 전투태세를 갖추고 대기 중인 인원이 무려 수만에 달하건만, 현장에서는 기침 소리 하나가 들리지 않았다.

활활 타오르는 횃불 아래에서 칼끝이 차갑게 번뜩거리고, 거기에 달빛까지 내리쪼이자 광활한 한백옥 광장에 물빛 같은 반짝임이 한 겹 덧씌워졌다.

호위병 3천을 대동하고 영창전 앞에 나타난 맹부요는 지극히 차분한 모습이었다. 그녀의 등 뒤편, 멀찍이 떨어진 궁문에는 당이중이 이끄는 병력 5만이 도열해 있었다.

기병 3천이 대전 앞에서 일사불란하게 말을 세우자 '착' 하고 마치 한 사람이 낸 듯한 소리가 울렸다.

대한 용사들의 기마술을 천하제일로 꼽는 이유가 바로 여기에 있었던가.

선기국 어림군 3만의 표정에 감탄이 드러났다. 그러나 그들은 감탄과는 별개로 여전히 입을 꾹 닫은 채 쇳덩이처럼 냉엄

한 눈빛으로 상대 진영을 노려보고 있었다.

밖으로 나오고 싶어서 안달이 난 병기들이 한왕군의 칼집 안에서 낮게 울었다. 한왕군 전원이 주군의 명령이 떨어지기만을 기다리고 있었다. 더럽고 추악한 왕조를 당장이라도 도륙하기 위하여.

이때, 층계 꼭대기에서 길고 느린 외침이 들려왔다.

"무극 태자 전하와 대한 한왕께서는 안으로 드십시오."

고개를 든 맹부요가 가소롭다는 눈빛을 보내며 피식했다.

이 판국에 허세는. 부르든 안 부르든 어차피 들어갈 거, 단지 시체를 밟고 가느냐 그냥 가느냐의 차이일 뿐이거늘.

그녀는 층계를 향해 거침없이 걸음을 내디뎠다. 그러자 3만 어림군이 바다가 갈라지듯 양쪽으로 갈라지면서 비좁은 통로를 내어 줬다. 칼과 창 사이로 난 통로에는 숨 막히는 위압감이 흘렀다. 계단 맨 아래 칸부터 제일 꼭대기까지 창날의 숲이 길게 이어진 가운데, 숲 위쪽에서는 횃불이 이글이글 타오르고 있었다.

맹부요는 언젠가 태연국에서 지금 눈앞에 펼쳐진 것과 똑같이 생긴 날붙이의 숲 한복판을 걸었던 일을 떠올렸다. 그때는 무공을 아예 쓸 수 없는 처지에, 다친 몸으로 궁녀 흉내까지 내느라 몹시도 마음을 졸여야 했다. 그럼에도 그녀는 당시에도 단순하며 명료했고, 자유로웠으며, 밝고 유쾌했다.

문득 몰려드는 격세지감에 눈시울이 젖어 들었다. 얻는 것이 있으면 반드시 잃는 것도 있기 마련이니, 신분과 지위가 급격히 상승하면 그만한 고난과 좌절이 함께 찾아오는 법.

깊게 숨을 한 번 들이쉰 그녀가 고개를 꼿꼿이 들고 계단을 오르기 시작하자 몸 밖으로 발출된 백옥색 강기에 주변 창날이 무더기로 부러져 나갔다.

그녀의 검푸른 신형이 이동하는 궤적을 따라 층계 양측에서는 새하얗게 번뜩이는 강철 창날이 '챙챙' 소리를 내며 쉴 틈 없이 튀어 올랐다. 흰색 호선을 그리며 날아오른 창날이 횃불을 때리자 불티가 사방으로 흩뿌려졌고, 창날에 찔리거나 불티에 덴 군사들이 꽥꽥대면서 너도나도 뒤로 물러나는 통에 계단 위는 금세 난장판이 됐다. 조금 전의 각 잡힌 대오에서 뿜어 나오던 위압감 따위는 더 이상 찾아볼 수 없었다.

맹부요는 한 줄기 냉소를 머금은 채, 곧장 층계 꼭대기로 향했다. 다시는 남이 나를 쥐고 흔들게 놔두지 않으리라. 오늘부로 그녀의 앞길에는 그 어떠한 장애물도 용납될 수 없었다.

삼중 구조의 대전에는 휘장이 바닥까지 길게 드리워져 있었고, 내전에서는 언제나처럼 몽롱한 등불 한 점이 도깨비불처럼 깜빡거리고 있었다. 거울처럼 반들반들한 돌바닥을 두드리는 두 사람의 발소리 끝에 긴 메아리가 따라붙었다.

조금의 머뭇거림도 없이 휘장을 헤치며 성큼성큼 안으로 들어간 맹부요가 맨 마지막 얇은 비단 장막 앞에서 걸음을 멈췄다. 바로 그 비단 장막 너머가 내전을 밝히는 등불의 출처였다.

반투명한 장막 너머로 어렴풋이 두 개의 그림자가 눈에 들어왔다. 한 사람은 선 채로, 다른 사람은 누운 채로, 서로 이마를 맞대고 귓속말을 나누는 듯한 모습, 딱 봐도 무척 가까운 사이인 것 같았다.

발소리가 울리자 서 있는 쪽이 고개를 들었다. 방문객을 보고 미소를 짓는 듯, 고개를 든 사람이 곧 말을 건넸다.

"왔어?"

실로 편하고 자연스러운 말투였다. 한참 전부터 맹부요를 기다리고 있었던 것처럼, 마치 맹부요는 멀리서 온 반가운 손님이고 자기는 손님이 오기를 학수고대해 온 친절한 주인이라도 된다는 듯한.

물론 맹부요는 그 목소리를 아주 잘 알고 있었다. 피식 웃은 맹부요가 상대방 못지않게 사근사근한 투로 말했다.

"네가 여기 있는데 안 와 보기에는 섭섭하지."

그 말에 상대가 부드럽게 웃음 지었다.

"휘장은 직접 걷고 들어오도록 해. 본 궁은 지금 움직이기가 불편해서."

맹부요가 소맷자락을 떨치자 휘장이 스르륵 젖혀지면서 어스레한 불빛이 그녀의 시야로 밀려들었다. 불빛 속에서 상대가 그녀를 향해 온화하고도 자애로운 미소를 보내고 있었다.

초승달 같은 눈썹, 우아한 인상, 바닥으로 쏟아져 내린 월백색 치맛자락, 치마폭에 은은하게 수놓인 연꽃 문양, 미풍에 한들거리는 자태에서 나오는 초연한 분위기, 온유하고 평온한 눈빛, 세상의 때라고는 한 톨도 묻지 않은 모습.

봉정범!

상대를 뚫어져라 노려보던 맹부요가 잠시 후 한숨을 푹 내쉬면서 중얼거렸다.

"인생사 돌아가는 거 진짜 짜증 난다니까. 꼭 저렇게 바퀴벌레처럼 죽지도 않는 애들이 있어요."

"맞는 말이야."

봉정범이 생긋 웃었다.

"그렇게 짜증 날 수가 없다니까."

그 소리를 듣자마자 토할 것 같은 표정을 지은 맹부요가 입으로 '퉤' 소리를 내더니 얼른 덧붙였다.

"미안, 너만 보면 자꾸 구역질이 나서. 혹시 내가 바닥 더럽힌 건 아니지? 하긴, 그렇지는 않겠다. 애초에 소똥밭이랑 크게 다를 것도 없는 바닥이었으니까."

"신경 쓰지 마."

언제나처럼 상냥한 봉정범이 침상에 누워 있는 사람의 어깨를 부드럽게 주무르며 말했다.

"원래 네 발길이 닿는 장소는 다 더러워지기 마련이잖아."

"그야 그렇지만."

맹부요가 웃었다.

"그래도 태어나길 뼛속까지 오물에 찌들어 태어난 누구보다야 낫겠지."

눈길을 아래로 옮겨 봉정범의 안마가 만족스러운 양 눈을 가늘게 뜨고 있는 늙은이를 보며, 맹부요가 사뭇 살갑게 물었다.

"아직 저세상 안 가셨고요?"

그러자 눈꺼풀을 들어 올린 봉선이 흐리멍덩한 눈으로 그녀를 한참 훑어보더니, 아무 말 없이 한숨을 뱉었다.

"둘이 이야기 나눌 시간은 앞으로도 많을 거야."

봉정범이 말했다.

"지옥에서."

"거기는 네가 갈 동네지. 난 안 끼어들게."

"우리 둘이 굳이 여기서 입씨름이나 하고 있어야겠어? 시장판 억척스러운 부인네들도 아니고."

홀연 봉정범이 유유히 미소 지었다.

"존경하는 한왕 전하, 본론으로 들어가시지요."

"호오?"

맹부요가 눈매를 휘어 웃으면서 의자에 앉았다.

"우리 사이에 대화 가능한 본론이랄 게 뭐가 있지?"

"품에 있는 도장, 나한테 넘겨."

봉정범이 빙긋이 웃었다.

"어느 조서에 그 도장만 한 번 찍으면 끝나거든."

"저기요, 여왕 폐하."

맹부요가 꼰 다리를 까딱거리며 말했다.

"지금쯤이면 왼손에는 홀장, 오른손에는 옥새가 들려 있어야 하는 거 아닌가? 그 중요한 걸 왜 제삼자한테서 찾고 있어?"

"내 여섯째 언니라는 한심한 여자가 옥새를 빼돌린 탓이지."

봉정범이 피식했다.

"쓸데없는 오지랖이었지 뭐야. 옥새는 결국 제 주인을 찾아

오게 되어 있는 물건이거든. 훔쳐 내도 소용없고 억지로 차지해 보려 해도 소용없이."

"차지하고 있어 봐야 소용없다고 누가 그래? 최소한 박살 내고 싶을 때 박살 낼 수는 있는데."

품속에서 노란색 비단으로 감싸인 물건을 꺼내 든 맹부요가 손아귀에 가볍게 힘을 주자 바닥으로 옥돌 가루가 부스스 떨어졌다.

옥돌 가루를 보고 마침내 안색이 급변한 봉정범이 입꼬리를 비틀어 올리며 말했다.

"대단하네, 대단해. 누가 오주대륙에서 제일 유명한 미치광이 아니랄까 봐 옥새를 망가뜨리는 짓을…… 진짜로 저지르다니."

"옳지, 그게 바로 인간다운 말투랑 표정이지."

맹부요가 느리게 손뼉을 쳤다.

"역시 옥새를 망가뜨리길 잘했어. 안 그랬으면 말 섞는 내내 그 토 나오는 가짜 웃음을 봐야 했을 거 아니야. 와, 진짜, 차라리 죽여 달라고 하고 싶더라."

"말 섞는 게 시간 아까운 건 피차 마찬가지야."

봉정범이 무심하게 말했다.

"이제 됐으니까 꺼져."

"신난다, 나도 마침 그 말이 하고 싶었는데. 아, 내 거는 두 글자 더 길어."

맹부요가 눈을 가늘게 접으며 웃었다.

"이제 됐으니까 나가 뒈져!"

"하?"

봉정범이 코웃음을 쳤다.

"내가 왜?"

"눈 없어? 아니면 지금 인질이랍시고 붙잡고 있는 그 작자가 널 살려 줄 수 있으리라고 생각하는 거야? 미안한데 난 그 작자한테 전혀 관심 없거든."

맹부요가 손동작으로 바람을 넣었다.

"죽여, 얼른 죽이라니까!"

"네 호위병 3천, 그리고 현재 동성에 체류 중인 대한국과 무극국 인원 전부의 목숨이 내 손안에 있다면, 그래도 인질로 부족하려나?"

맹부요가 눈매를 가늘게 좁혔다.

"으응?"

"당이중 휘하의 병력 10만 전원이 네가 시키는 대로 얌전히 움직여 줄 것 같았어?"

봉정범은 느긋하게 봉선의 어깨를 주무르는 한편, 적당히 뜸을 들이며 말을 이어 갔다.

"애석하지만 그 10만 명은 오늘 밤 내부에서 폭동이 일어날 예정이라서 너한테 아무런 도움이 못 돼. 네 호위병 3천은 이미 궁에 들어와서 3만 어림군과 5만 장용군 사이에 끼어 있고. 천하제일의 용맹을 자랑한다는 장한의 정예 기병 3천이 과연 같은 수준의 군장과 선진적인 무기를 갖춘 선기군 8만을 당해 낼 수 있을지, 참 궁금하네."

손톱에 바람을 '후' 불면서 웃은 그녀가 덧붙였다.

"어머, 미안해서 어쩌지. 한 가지를 빼먹었네. 셋째 오라버니 휘하로 되어 있는 5만 명도 사실은 내 소유야. 셋째 오라버니는 진작에 내 밑으로 들어왔거든."

맹부요가 침묵하고 있길 잠시, 궁문 밖이 시끌시끌해지더니 희미한 함성 소리가 날아들었다.

봉정범이 눈을 빛내며 웃었다.

"들려? 시작됐나 보네."

그러더니 고개를 비스듬히 틀어 장손무극에게 눈길을 줬다.

"전하, 저와 혼인하여 이 나라의 국서가 되시는 건 어떠한지요?"

의자에 앉은 채 싱긋 웃은 장손무극이 그녀를 보며 짐짓 그윽하게 말했다.

"그쪽이 시집오는 부요의 몸종으로 딸려 와서 밤마다 우리 이부자리를 준비해 준다면야 첩 정도는 시켜 줄 수 있겠으나, 문제는 부요가 달가워하지 않을 듯한데……. 게다가 나도 구역질을 참기 힘들 것 같아 걱정스럽기도 하고."

이때, 그의 품 안에서 고개를 쏙 내민 원보 대인이 입을 벌리고 배 속에 있는 걸 몽땅 게워 내는 시늉을 했다.

"……."

맹부요는 똥 씹은 얼굴을 하고 있었다. 어느 분의 뻔뻔함에 상당히 불만이 많은 그녀였지만, 이어서 봉정범의 낯빛이 눈에 들어오자 금방 또 웃음이 나왔다.

역시, 장손무극이 마음먹고 파렴치해지기 시작하면 당할 자가 없나니.

"다 필요 없고!"

새하얗게 질린 봉정범이 씩씩대며 숨을 몰아쉬었다.

"물러가, 이 나라를 떠나. 그리고 다시는 선기국에 발 들이지 않겠다고 맹세해! 거부한다면 밖에 있는 3천 명은 몰살이야. 너희 둘은 못 건드린다 쳐도 저들은 쉬워."

"큰소리치는 거야 쉽지."

맹부요는 앉은 자세에서 꿈쩍도 하지 않았다.

"거기서 입만 놀리면 천하도 네 거고, 황위도 물려받고, 즉위도 하고, 우리도 물러가고. 참 간단해, 그치?"

"안 물러나겠다?"

봉정범이 싸늘하게 웃었다.

"선량하고 책임감 있는 맹부요는 어디 가셨나? 병사들을 자식처럼 아끼고 수하를 희생시키지 않으려고 애쓰던 맹부요는? 은혜든 원한이든 계산 확실하고, 사사로운 분풀이를 위해 무고한 사람을 해치는 걸 경계하던 맹부요는? 나 하나 죽이겠다고 충성스러운 호위병 3천 명을 희생시켜도 되겠어? 계속 눌러앉아 있으려면 있어. 3천 명의 목숨이 고스란히 네 업보로 남게 될 테니까. 중간에 나가서 구할 수 있으리라고 생각하는 건 아니지? 지금 무공 고수 열여덟 명이 대기 중이거든. 널 죽이지는 못해도 잠깐 발을 묶어 두는 건 가능할 거야. 8만이 3천을 도륙하는 데는 그 잠깐의 시간이면 충분할 테고."

"나를 꽤 잘 아는 것 같네."

맹부요가 코웃음을 쳤다.

"정말 그럴지 확인시켜 줘?"

봉정범은 아무 대답도 하지 않았다. 그녀의 하얀 목덜미에 파랗게 핏줄이 서기 시작했다. 눈빛도 푸르스름하게 식어 가고 있었다. 연보라색 등불 아래에 서 있는 봉정범은 색을 칠하지 않은 밀랍 인형처럼 보였다.

누구한테 하는 말인지는 몰라도 봉정범의 입에서 음산하게 가라앉은 목소리가 나왔다.

"가라! 가서 태자와 한왕에게 본보기를 가져다주어라. 내 말에 반항하면 어떻게 되는지 똑똑히 알려 줘!"

그 즉시 처마 위에서 '펄럭' 소리가 나더니 옷자락이 바람을 가르는 소리가 멀어져 갔다.

세 사람 사이에 침묵이 흘렀다. 양초 심지가 한 번씩 타닥타닥 튀는 소리와 노인의 무겁게 헐떡이는 숨소리를 제외하면 주변은 완벽한 고요였다. 끝이 까맣게 탄 심지가 구부정하게 고개를 숙이고 있건만, 잘라 줄 사람은 없었다.

봉정범은 등불을 넋 놓고 쳐다보고 있었다. 그녀의 안색은 창백했고 눈빛은 음험했다. 손가락은 신경질적으로 비단 요를 쥐었다 놨다 하고 있었다.

사실 그녀는 지금 벼랑 끝까지 몰린 처지였다. 모후와 옥형의 죽음으로 가장 든든했던 의지할 만한 곳을 잃은 상황. 이 자리에서 장손무극과 맹부요를 몰아내지 못한다면 앞으로는 더

더욱이 저들을 당해 내지 못할 것이다.

맹부요가 마음 약한 모습을 보이기만 바랄 뿐이었다. 저들이 궁에서 빠져가는 대로 서둘러 즉위식을 치르고, 선기국을 뜨기 전에 나라 전체의 병력을 긁어모아 죽여 버리면 될 텐데.

둘을 죽임으로써 어떤 후폭풍이 닥칠지까지 고려할 여유는 없었다. 설령 선기국 자체가 사라진들 어떠하리. 황좌에도 한 번 앉아 보고 평생 가장 큰 원수도 갚으면 그녀로서는 아쉬울 게 없었다.

괜히 두 사람을 잘못 건드렸다가 무극과 대한이 손을 잡고 선기를 치면 어쩌나, 그런 걱정을 하던 시절도 있었다. 그래서 옥형을 시켜 둘 사이를 갈라놓으려 했던 것이다. 서로가 서로에게 칼을 겨눠 주길 바라며.

내심 다른 기대도 있었다. 둘 사이를 끝장낸 다음 자기가 선기국을 지참금 삼아 손을 내민다면, 사근사근한 태도로 영토 확장까지 약속한다면 천하에 어떤 사내가 거절할 수 있겠느냐는.

그때는 장손무극도 마음을 돌리지 않을까?

나름 희망이 있었기에 정말로 장손무극의 목숨을 위협할 만한 수단까지는 동원하지 않았다.

그럴 게 아니라 진작 죽였어야 했는데!

낯빛이 음울하게 가라앉은 봉정범이 고개를 틀어 침상에 누워 있는 노인을 쳐다봤다. 봉선은 언제나 그렇듯 다 죽어 가는 모양새였다. 눈도 제대로 못 뜨고 숨을 헐떡이면서 손가락만 발작적으로 꿈틀거리고 있었다.

빌어먹을, 모후께서는 대체 무슨 약을 먹여서 부황을 저 모양으로 만들어 놓은 건지. 조종하기 쉽게 신경 쇠약 정도만 유도하면 될 것을, 정신이 완전히 빠져서 옥새를 다 잃어버리질 않나, 이제 여제의 이름만 써넣으면 될 조서 한 장을 못 완성해서 여태껏 사람 속을 태우질 않나.

멀리서 소란스러운 발소리가 날아들어 대전 안의 공허한 침묵을 깨뜨렸다. 눈을 반짝 빛낸 봉정범이 입가에 싸늘한 웃음기를 머금었다.

'쾅'하고 문을 밀어젖힌 누군가가 성큼성큼 전각 안으로 들어오면서 무언가를 집어 던졌다. 피에 젖은 사람 머리통 몇 개가 맹부요와 장손무극의 발치까지 굴러왔다. 발치를 내려다본 두 사람이 표정을 굳혔다.

"십사황녀께 아룁니다. 장용군 변절자들의 머리를 베어 왔습니다!"

"잘했다."

봉정범이 눈썹을 치키며 웃더니 소리쳤다.

"시작해라!"

"명, 받잡겠습니다!"

바깥에서 희미한 함성이 파도처럼 밀려들었다. 전각 안의 피비린내에 섞여 든 그 소리는 끔찍한 살육을 의미하고 있었다.

맹부요와 장손무극을 쓱 훑어본 봉정범이 느릿하게 말했다.

"장용군은 이미 내 손안에 있어. 이제 네 3천 호위는 다진 고깃덩이가 될 일만 남았는데, 그래도 반항할 셈인가?"

그녀가 수신호를 보내자 전각 네 귀퉁이에서 열여덟 개의 그림자가 뛰어내려 맹부요와 장손무극을 겹겹이 포위했다.

"목숨 걸고 붙들어, 절대 못 나가게 해!"

봉정범이 싸늘하게 외쳤다.

"수하들이 죽어 가면서 내지르는 울부짖음을 똑똑히 듣게 해주어라!"

열여덟 명이 '스르릉' 하고 일사불란하게 검을 뽑았다. 어두컴컴하던 전각 안에 열여덟 개의 은백색 호선이 번쩍하더니 물샐틈없는 빛의 그물을 이루었다.

"내 스승이었던 옥형이 남긴 절정의 진법이다. 내가 직접 저들에게 가르쳤지. 저들은 일생 한 가지 진법을 체화하는 데 모든 정력을 바쳤어. 너희 둘이 아무리 십대 강자급 실력자라고 해도 빠져나갈 수는 없을 거다!"

봉정범의 입꼬리가 살벌하게 말려 올라갔다. 곧이어 탁자 위에 있던 조서를 집어 든 그녀가 봉선을 보며 말했다.

"아바마마, 저희는 조서를 완성하는 데나 집중하도록 할까요."

그녀는 아예 돌아서서 맹부요와 장손무극을 등지고 섰다.

채챙!

열여덟 명의 장검이 동시에 튀어 오르면서 강렬한 섬광을 뿜어냈다. 칼끝이 현란하게 움직이는 사이 전각 안이 용의 울음 같은 소리로 가득 찼다.

가만히 서서 바깥 광장에서 들려오는 함성에 귀를 기울이고 있던 맹부요가 장손무극을 향해 말했다.

“아무래도 물러나야 될 것 같은데요.”

장손무극이 빙긋이 웃었다.

“어디든 그대가 있는 곳이 곧 내가 있을 곳이오.”

봉정범이 그 소리를 듣고 일순 표정을 굳혔다. 그러나 어쨌든 잘된 일이었다. 일단 한 걸음 물러서기 시작하면 그때부터는 계속 뒷걸음질 치게 될 테고, 그러다 보면 처치할 기회도 생길 테니까.

“십사황녀께 아룁니다!”

갑자기 울린 쩌렁쩌렁한 목소리에 열여덟 명의 고수가 일제히 움찔해 출입문 쪽을 쳐다봤다. 문간에서 검은 그림자가 어른거리고 있었다. 조금 전에 장용군 장수들의 머리를 집어 던졌던 사내가 그때껏 자리를 뜨지 않은 것이다.

봉정범이 의아한 표정으로 고개를 틀었다.

“왜 아직껏 거기 있었지?”

“실은 한왕군의 머리도 몇 개 가져왔습니다!”

그가 큰 소리로 외쳤다.

“자기 수하들이 어떻게 죽었는지 똑똑히 보게 되면 한왕도 더 빨리 단념하지 않겠습니까!”

“아주 주도면밀하구나.”

봉정범의 얼굴에 화색이 돌았다. 그녀가 팔을 휘두르며 말했다.

“대령해라!”

그가 손에 들고 있던 걸 집어 던졌다. 팔심이 대단했다. 바람을 가르며 날아오른 둥그런 물체들이 허공에서 핏방울을 흩뿌렸다.

머리통이 내던져지는 순간, 서로 눈빛을 교환한 맹부요와 장손무극이 각기 몸을 날려 높다란 전각 대들보 위에 올라섰다.

퍼엉!

머리통이 폭발을 일으켰다. 몇 개는 검진을 펼치던 자들의 정수리 위에서 터졌고, 또 몇 개는 수많은 화살과 바늘을 토해냈다. 허공에서 한 번 더 튀어 오른 일부에서는 톱니 달린 칼날이 솟아 나와 아래쪽 사람들의 두피를 할퀴고 지나가기도 했다.

개중 하나는 곧장 봉정범을 향해 날아갔다. 새카만 머리카락 속에서 '좌앗' 하고 금빛 칼 세 자루가 튀어나와 봉정범을 덮쳤다.

봉정범은 기합을 넣으면서 몸을 날려 침상 너머로 피했다. 하지만 금빛 칼은 추격을 멈추지 않았다. 그녀가 움직이는 궤적을 따라 계속해서 웅웅 소리를 내며 뒤를 쫓았다.

봉정범은 몇 번이고 공중제비를 돌고 몸을 날렸다. 침상 뒤편에서 앞편으로, 등불 뒤에서 위쪽으로, 전각 아랫부분에서 지붕 밑으로. 그녀가 도망 다니는 동안 침상 휘장이 찢어지고, 등롱이 엎어지고, 기둥이 잘려 나갔다. 비단 조각, 촛농, 나무 부스러기, 입고 있던 옷에서 찢겨 나온 천 조각을 온통 뒤집어쓴 봉정범은 꼴이 말이 아니었다.

머리 위에서 폭발이 일어날 줄은 꿈에도 모르고 진법에만 온 신경을 집중하고 있던 열여덟 명이 비명을 내질렀다. 단 한 번의 폭발로 열여덟 명 중 절반이 만신창이가 됐다.

짝, 짝, 짝!

대들보 위의 맹부요가 여유롭게 박수를 치면서 빙긋이 웃었다.

"여왕 폐하, 저희에게 보여 주시고 싶은 게 이것이었나이까? 참으로 멋진 구경거리군요!"

"너희가 감히……."

도망 다니던 봉정범이 홱 고개를 틀어 맹부요를 노려봤다.

"어떻게 이럴 수가……. 대체 어떻게?"

"무얼 그리 놀라십니까?"

말을 받은 사람은 맹부요가 아니었다. 사내 하나가 눈웃음을 치며 안으로 걸어 들어왔다.

"우리 장용군을 상대로 일을 꾸미면서 정작 당씨 가문이 그리 만만한 집단이 아니라는 건 잊으신 겁니까?"

앳되고 아리따운 얼굴의 도련님이 장손무극을 가리켰다.

"저분 앞에서 수작질을 벌일 생각을 다 하셨습니까? 무극 태자의 명성을 모르시지는 않을 텐데요?"

"칭찬인지 빈정거림인지 모르겠군."

지붕 밑의 장손무극이 느긋하게 웃으며 말했다.

"여왕 폐하 자체가 주변인들을 워낙 불안하게 만드는 분이신지라 다들 경계를 늦출 수가 없었던 게지."

"아무리 그래도 어떻게?"

봉정범이 공중에서 당혹한 얼굴로 뒤를 돌아봤다. 경공은 훌륭할지 몰라도 진력이 받쳐 주질 못하는 상태로 한참을 미친 듯이 뛰어다닌 봉정범은 머리가 산발이 된 채 땀에 젖은 모습이었다.

장손무극은 그녀에게 눈길을 주지도, 대꾸를 하지도 않았다. 대신 시시콜콜 대답을 해 준 건 역시나 말 많은 당이중이었다.

"공주마마가 살아 있다는 사실을 이미 알고 있는 이상, 태자 전하와 한왕께서 줄곧 관심을 기울인 거야 당연한 일이지요. 영창전에 숨어서 황제 폐하를 조종하는 동안에도 바깥과 아예 연락을 끊고 살 수는 없으셨겠지요. 연락책 역할을 담당한 건 몸종 명약이었고요. 명약만 잘 지켜보면 뭐든 다 알겠더군요."

봉정범이 허리를 뒤로 꺾어 대들보와 천장 사이의 좁은 틈을 아슬아슬하게 빠져나갔다. 그 순간 금빛 칼이 머리카락을 뭉텅이로 베어 냈지만, 이후 대들보에 막힌 칼은 더 이상 그녀를 쫓지 못했다.

추격에서 벗어난 봉정범이 엉망인 꼴로 봉선의 침상 앞에 내려섰다. 그러더니 말없이 찬웃음을 지었다.

"태자 전하 휘하의 정보 기관이 그 몸종 아이의 행적을 줄곧 감시하고 있었습니다."

당이중이 눈매를 휘며 웃었다.

"아까 던진 머리통, 제대로 안 보셨지요? 공주마마에게 매수당해 오늘 밤 폭동을 일으킬 준비를 하던 자들만이 아니라 명약도 그 사이에 있었습니다. 아, 마마께서 특별히 훈련시킨 비밀 인력들도 포함이고요. 솔직히 말해서, 정탐이나 암살 방면에서 태자 전하 따라가시려면 아직 한참 멀었지 싶네요. 어쨌든 덕분에 암적인 존재들을 처리할 수 있었으니 감사는 드려야겠군요."

당이중이 허리를 숙이면서 말을 마무리했다.

봉정범은 아무 소리 없이 서 있었다. 암기에 들쭉날쭉하게 잘린 머리카락이 아무렇게나 어깨를 뒤덮고 있었다. 길이가 짧은 머리카락이 눈을 가리고 있어서 그녀가 어떤 눈빛을 하고 있는지는 볼 수가 없었다.

깜빡거리는 등불이 그녀의 얼굴에 그림자를 드리우고 있었다. 그 얼룩덜룩한 윤곽 속에서 지난날의 거짓된 온유함을 찾아보기란 불가능했다. 지금 그녀의 윤곽은 차갑고, 딱딱하고, 음산한 기운이 도는 톱날 같았다.

갑자기 훌쩍 뒤로 빠져 봉선의 곁으로 간 그녀가 아직 미완성인 조서를 낚아챘다. 그러더니 봉선의 손목을 거머쥐고 소리쳤다.

"아바마마! 적어요! 어서 적어 넣으라고요! 어찌 됐든 난 선기국 여제예요. 어디서 굴러먹다가 왔는지도 모르는 저 천한 것하고 다르게 난 고귀한 몸이야!"

눈이 새빨갛게 충혈된 봉정범이 씩씩거리며 숨을 몰아쉬었다. 이게 마지막 기회였다. 절대로 물러설 수 없었다.

대전 안의 고요 속에서 봉선이 문득 한숨을 흘렸다. 그가 조서를 봉정범의 손아귀에 밀어 넣어 주면서 말했다.

"이미 완성했다."

봉선은 더 이상 숨을 헐떡이지 않았다. 말투도 차분했다.

봉정범은 지금까지 봐 온 쇠약한 부친과는 사뭇 다른 그의 모습에 흠칫했다. 얼른 눈길을 조서로 옮기자 마지막 줄에 적혀 있는 여제의 이름이 눈에 들어왔다.

봉부요!

눈앞이 캄캄해졌다. 봉정범은 일순 휘청했다. 현란한 색채의 환영이 무수히 시야를 스치며 흐느낌 같은 소리를 냈다. 사방에서 쏘아져 와 송곳니를 번뜩이며 그녀에게로 돌진했다. 머리가 어질어질하고 눈앞이 아찔했다. 피가 거꾸로 솟구쳤다.

"봉부요……, 봉부요가 대체 누구길래?"

"네 동생이니라."

아무렇지 않게 몸을 일으킨 봉선이 옷매무새를 다듬으며 가부좌를 틀더니 손가락으로 헝클어진 머리카락을 쓸어 넘겼다. 이 순간의 그는 더 이상 아무 힘 없이 남에게 조종당하던 늙은이가 아니었다.

그는 차분하고 존귀하게, 점잖고 너그럽게 웃고 있었다. 낯빛은 여전히 좋지 않았지만, 황제로서의 풍모를 순식간에 되찾은 모습이었다.

맹부요는 대들보 위에서 내려오지 않고 냉소하고 있었다. 봉선에게 일어난 극적인 변화에도 전혀 놀라지 않은 것 같았다.

그녀를 올려다보며 빙긋이 웃은 봉선이 제법 자상하게 손짓을 보냈다.

"부요, 내 딸아. 이리 와서 얼굴 좀 보여 주려무나!"

맹부요는 코웃음을 치며 천장 꼭대기로 눈길을 돌렸다. 아래에 있는 늙은이를 보느니 차라리 흉측하게 생긴 괴물 장식을 보고 있는 게 백배는 눈이 편했다.

몇 걸음을 내리 뒤로 물러나던 봉정범이 '콰당' 하고 침상에 부딪혔다. 하지만 아픈 줄도 모르는 것 같았다. 창백하게 질린 그녀가 갈라진 목소리로 물었다.

"누구……, 누구라고요? 동생? 나한테 동생이 어디 있어서?"

그녀가 홱 고개를 틀어 맹부요를 노려봤다. 폭풍우 치는 바다 같은, 또는 수없이 많은 깃발이 진실의 바람 속에서 격렬하게 요동치는 듯한 눈으로.

깃발이 펄럭이며 날아가는 동시에 묻혀 있던 기억이 들춰지면서 14년 전의 어느 날이 '좌앗' 하고 눈앞에 펼쳐졌다.

14년 전, 궤짝 안에서 그녀를 조용히 노려보고 있던 여자아이가 기억 속에서 뛰쳐나왔다. 단단하고 예리한, 도저히 어린애 같지 않던 그 눈빛과 지금 대들보 위에서 냉소를 던지고 있는 여인의 눈빛이 서서히 겹쳐졌다.

"너였어……. 너였어!"

묵직한 타격이 마침내 봉정범의 마지막 집념마저 산산이 조각냈다.

지금 눈앞에 있는 원수가 14년 전의 숙적과 동일 인물이었을 줄이야. 게다가 부황은 황위를 저 계집애에게 물려주려 한다니!

"어째서? 어째서!"

봉선을 향해 팩 돌아선 봉정범이 악을 썼다.

"네가 졌다. 그것뿐이야."

봉선은 아까 맹부요에게 그랬듯이, 여전히 자애로운 미소를 띠고 있었다.

"짐이 필요로 하는 것은 여제다. 여식이 아니라."

"어마마마와 스승님을 동원해서 아바마마를 여기 가둬 놓고 협박했다고, 그게 괘씸해서 이러시는 거예요?"

봉선을 빤히 응시하며, 봉정범이 믿을 수 없다는 듯 중얼거렸다.

"아바마마, 황위는 원래 저한테 물려주기로 되어 있었잖아요. 게다가 우리가 딱히 무슨 심한 짓을 한 것도 아닌데, 어쩜 이렇게 잔인하게……, 잔인하게……."

"내가 너한테 무엇을 어쨌길래?"

딸을 보는 봉선의 눈빛은 태연하기만 했다.

"정범아, 나를 감금해 놓고 조정을 쥐락펴락한 것을 탓할 생각은 없느니라. 오히려 네게 그럴 재간이 있다는 사실이 흡족했다. 조금 전까지만 해도 흡족했지."

그가 아직 먹물이 마르지 않은 조서를 가리켰다.

"네가 부요를 몰아내기만 했어도 여기 적힌 이름은 봉정범이었을 게야."

"무슨……."

"이미 말했을 텐데. 짐이 필요로 하는 것은 황제라고. 진정 강인한, 선기국의 옥좌를 굳건히 지켜 낼 수 있는 황제."

눈을 내리뜬 봉선이 조서를 소중하게 쓰다듬으며 말했다.

“짐이 말년에 들어서면서 몸도 망가지고 정사를 돌보는 데도 의욕을 잃은 탓에 지금 이 나라는 온갖 폐단으로 찌들어 있다. 황자와 황녀들은 오로지 권력 다툼에만 바빴고, 조정을 돌보는 사람이 없는 사이에 국력은 하루가 다르게 쇠퇴해 갔다. 이 상황에 유약한 황제가 황위에 오른다면 무슨 일이 벌어지겠느냐. 새 황제에게 정적들을 일거에 처단할 만한 힘이 없다면 선기국은 영원히 끝나지 않을 황권 다툼에 휩쓸리게 될 것이다. 대륙의 새로운 강자로 떠오르고 있는 대한이나 우리를 호시탐탐 노리는 무극의 말발굽에 짓밟혀 결국은 망국의 길을 걷겠지. 이 땅은 우리 봉씨 일족의 것이다. 황족의 일원으로서 내 대에서 종묘에 올리는 제사가 끊기는 꼴을 어찌 보겠느냐. 그러니 황위는 능력 있는 자에게 돌아갈 수밖에 없음이야.”

“그래서 일부러 자식들한테 권한을 넘기셨어요? 여제를 옹립하겠다는 말을 흘리면서 한쪽으로는 자식들에게 나라를 세 덩이로 나누어 맡겨 놓고 경쟁을 부추긴 이유가 그거였어요? 그래서 셋한테 엇비슷한 힘을 실어 주고 대등한 조건에서 싸움을 벌이게 한 거였나요? 최후의 승자가 결정될 때까지, 죽든 말든 상관없이?”

봉정범의 목소리가 떨리기 시작했다. 말이 길어질수록 목소리가 차갑게 식어 가고 있었다.

“짐승들한테 고깃덩이 던져 주고 싸움 붙이는 것도 아니고, 다들……, 다들 아버지의 아들딸들이잖아요!”

조용히 입을 다물고 있던 봉선이 한참 만에 나직하게 말했다.

"짐 또한 같은 과정을 거쳤느니라."

황위를 미끼 삼아 자식들을 서로 죽고 죽이게 만들고, 마지막에 남은 자를 옥좌에 앉히는. 항아리 속에서 독충을 키우듯이, 혹은 산야에서 늑대를 훈련시키듯이, 선혈과 살점이 난무하는 전쟁터에서 피를 뒤집어쓰고 걸어 나오는 자만이 살아남는 방식. 마지막에 절벽 꼭대기에 올라 포효하는 한 마리는 의심의 여지없이 개중에 제일 포악하고, 모질고, 무리를 완벽히 장악할 수 있는 개체일 것이다.

봉선에게 있어 자식들의 목숨이나 혈육의 정 따위는 나라의 존망에 비하면 하찮은 문제에 지나지 않았다. 이것이 바로 황권을 둘러싼 전장, 황실의 민낯이었다.

실내는 그야말로 쥐 죽은 듯이 고요했다. 두 부녀의 대화가 자리에 있는 모두를 얼어붙게 만든 까닭이었다. 계절은 봄이건만, 다들 겨울 한복판에 앉아 있는 것 같은 기분을 느끼고 있었다.

대들보 위의 맹부요는 봉선의 속셈을 일찌감치 알았지만, 그 소리를 자기 입으로 아무렇지 않게 지껄이는 걸 직접 보고 있자니 온몸에 소름이 돋았다. 한기에 떨다가 등에 메고 온 허완의 유골을 손으로 더듬었다. 혈육 중에 유일하게 자신에게 따듯했던 어머니의 몸에서 조금이나마 온기를 찾아보려는 시도였다.

"훌륭해, 훌륭해, 훌륭하잖아!"

절대적인 고요 끝에, 여인의 광기 어린 웃음소리가 터져 나왔다. 봉정범은 머리가 산발이 되도록 사지를 떨며 깔깔거렸다.

조롱 섞인 웃음을 온몸으로 토해 내는 사이 얼굴에서는 눈물이 줄줄 흘러내렸다.

"훌륭해! 이렇게 훌륭한 아버지라니! 당신을 얕잡아 봤던 내가 어리석었어. 내 손아귀에 틀어쥐고 있는 줄 알았는데. 어마마마와 함께 당신의 나약함과 무능함을 비웃고 당신은 내 아버지일 자격도 없는 사람이라고 생각했는데. 내가 틀렸어! 충분히 자격 있어, 정말 내 아버지다워! 너무나도!"

"정범아."

봉선이 담담하게 입을 열었다.

"선기국 황실의 자손으로 살아간다는 것은 결코 녹록지 않은 일이다. 온 대륙을 통틀어 역사상 친왕이 한 명도 없었던 황조는 우리 선기국뿐이니라. 왜인지 생각해 본 적이 없더냐?"

봉정범은 잠시 멍하니 있었다. 침상 가장자리에 기대 가까스로 몸을 바로 한 그녀가 작게 말했다.

"생각해 봤지. 그게 나한테 적용될 날이 올 줄은 꿈에도 몰랐지만……."

"그래서 너는 부요만 못하다는 것이다."

딸에게 나라를 다스리고 권력의 균형을 유지하는 법을 가르쳐 주던 그 수많은 순간들과 마찬가지로, 봉선은 지금도 자상하기 그지없었다. 인내심 있게 설명을 이어 가는 모습만 봐서는 봉정범이 이 자리에서 배운 것들을 써먹을 기회가 아직 남아 있으리라 생각하는 사람 같았다.

"부요는 지극히 민감한 정치적 감각을 가지고 있느니라. 네 개의 나라에서 네 번의 변란을 겪는 동안 항상 정치 투쟁에 능수능란한 모습을 보여 줬지. 실로 우수한 통치자의 재목이야. 제삼자의 입장이었기에 더 현명한 판단이 가능했을 수도 있겠지만. 어쨌든, 너는 날마다 옆에 붙어 있으면서도 알지 못했던 짐의 속내를, 부요는 일찌감치 눈치챈 것 같더구나."

"내가 궁금한 건 하나야. 맹부요가 그때 그 천것이라는 사실은 대체 어떻게 알아낸 거지?"

봉정범의 눈은 오로지 봉선에게만 고정되어 있었다. 그녀의 입가에 희미한 냉소가 걸렸다.

"네 동생을 그리 칭해서야 되겠느냐."

봉선이 부드럽게 타이르듯 말했다.

"그리고 부황을 만만하게 보면 못써. 그 점도 부요가 너보다 낫구나. 한 번도 짐을 얕잡아 본 적이 없으니."

대들보 위의 맹부요가 찬웃음을 흘렸다.

"선기국 황실이 어떤 변태 집단인지 너무 잘 알고 있어서였지. 그리고 경고하겠는데 한 번만 더 '네 동생'이라는 둥 하는 소리 지껄이면 그 이빨을 모조리 털어 버릴 줄 알아!"

"짐의 여식이 바깥세상을 떠돌고 있다는 사실은 예전부터 알고 있었다."

봉선은 맹부요가 뿜어내는 살기를 전혀 감지하지 못한 듯, 봉정범을 위해 차근차근 설명을 이어 갔다.

"다섯 살에 실종되었다는 것도 기억하고 있었지. 그러다가 대한 한왕이 한창 이름을 알리기 시작했을 때 그의 출신을 캐

보게 되었는데, 한왕은 출신이랄 것이 아예 존재하지 않는 인물이더구나. 다섯 살 이전에 어디서 어떻게 살았는지 아는 사람이 아무도 없었어. 어째서인지는 몰라도 묘한 직감이 들었다. 나이도, 출신도, 행방이 묘연한 짐의 여식과 일치하는 한왕이 혹시 그 아이는 아닐까 하는. 추측이 사실인지를 확인하고자 대규모 인원을 눈에 띄지 않는 신분으로 위장시켜서 한왕에게 붙였다. 다른 건 아무것도 할 필요 없으니 그저 얼굴만 알아오라고 했지. 물론, 쉬운 일은 아니었다. 내 귀한 딸아이는 남들 앞에서 진짜 얼굴을 내보이는 일이 거의 없었으니까. 하지만 가면이라는 것은 결국 언젠가는 벗어야만 하는 물건. 딱 한두 번, 그거면 충분했어. 입수한 초상화를 나이 많은 궁인에게 보여 주고 내 기억 속의 얼굴도 한번 더듬어 봤지. 그러자 결론이 나더구나."

맹부요가 콧방귀를 뀌었다. 그러고는 자기가 어느 때 가면을 벗었었는지, 그걸 본 사람은 누구였는지를 떠올리려 애썼다.

하지만 지난 수년간 정확히 언제 어디서 가면을 벗었었는지를 무슨 수로 다 기억해 내겠는가? 게다가 가면을 벗은 얼굴을 본 사람은 근처에서 꽃을 팔던 처녀였을 수도, 식자재를 대 주는 노인이었을 수도, 아니면 자신이 항상 방심하기 마련인 어린아이였을 수도 있다. 맨얼굴을 파악해 간 사람이 누구였는지 무슨 수로 알겠는가?

가면을 쓰는 건 어디까지나 편의상의 이유에서였다. 자신의 용모가 무슨 결정적인 역할을 할 일이 있으리라고는 생각해 본

적이 없었다. 그렇게 무심하게 다니던 상황에서 작정하고 달라붙은 감시자들을 무슨 수로 피했겠는가.

"부요, 내 딸아!"

봉정범을 싹 무시하고 고개를 든 봉선이 자애로운 미소를 지으면서 두 팔을 벌렸다.

"이리 오거라, 아비에게 얼굴을 보여 다오!"

여제의 강림

대전 한복판, 흠잡을 데 없이 완벽한 부친의 자세로 두 팔을 벌린 봉선이 맹부요에게 품에 와서 안길 것을 종용했다.

대전 천장 아래, 맹부요는 한쪽 무릎을 세운 자세로 대들보에 앉아 팔짱을 끼고 있었다. 봉선을 내려다보는 그녀의 얼굴에는 아무런 표정이 드러나 있지 않았다. 그녀가 느릿하게 입꼬리를 말아 올렸다.

"아버지?"

봉선은 눈을 빛냈고 봉정범은 하얗게 질렸다. 봉선이 기뻐할 새도 없이 맹부요의 말이 한 자 한 자 여유롭게 이어졌다.

"종칙녕鐘則寧의 남편이자 봉정범의 아비 되는 자 따위가 내 부친이라니, 가당키나 한가?"

봉선의 얼굴 근육이 경련을 일으켰다. 찰나였지만 눈, 코, 입의 위치가 모조리 뒤틀렸다.

잠시 후, 어렵사리 표정을 정돈한 그가 입가에 웃음을 내걸었다.

"부요, 짐이 밉겠지, 안다. 하지만 그때는 어쩔 수가 없었어. 어쨌든 이제 황후는 네 손에 죽지 않았느냐. 어디 죽었을 뿐일까, 짐이 즉시 황후의 지위를 폐하고 종씨 문중은 전원 반역죄로 잡아들였다. 그들을 어찌 처분할지는 네가 정하거라. 네 분이 풀리기만 한다면 무슨 벌을 내려도 좋다! 그리고 이거."

그가 맹부요를 향해 흡사 미끼를 흔들듯 양위 조서를 흔들어 보였다.

"선기국의 황위는 네게 물려주기로 하였느니라. 오늘부로 너는 황제다. 만백성에 대한 생사여탈권과 천하의 대권이 통째로 네 손에 들어온다는 말이다. 세상 최고의 영광과 권력의 정점이 네 발밑에 있게 될 것이다. 어때, 마음에 드느냐?"

"안 돼!"

날카로운 절규가 실내의 기묘한 적막을 깨뜨렸다. 침상 가장자리에 의지해 겨우 자세를 잡고 있던 봉정범이 조서를 낚아채려고 달려들었다. 안색이 급변한 봉선이 얼른 손을 뒤로 물렸다.

봉정범의 손가락은 귀신의 그것처럼 길쭉했고 손톱은 파르스름하게 빛나고 있었다. 독을 먹여 둔 것이었다. 봉정범이 바람처럼 뻗은 그 손톱에 살갗만 스쳐도 봉선은 끝장일 터였다. 그러나 봉정범은 아버지의 목숨을 신경 쓰지 않고 살기등등하게 팔을 휘둘렀다.

대들보 위에 있는 장손무극과 맹부요는 무심한 얼굴로 그 광경을 구경하고 있었다. 당이중은 괜한 시비에 휘말리는 걸 피하고자 진작에 자리를 떴다. 지금 그는 밖에서 병사들을 지휘해 반격에 나선 참이었다.

득달같이 달려드는 봉정범을 보며, 봉선이 콧방귀를 뀌었다. 그러더니 조서를 탁자 위에 '쿵' 소리가 나게 내려놓고 자신은 허리를 꺾어 몸을 뒤쪽으로 눕혔다.

조서가 탁자 위에 길게 늘어졌다. 봉정범이 손을 뻗어 조서를 낚아채더니 당장 찢어발기려 했다.

푸슉!

탁자 아래 어딘가에 걸려 있던 조서 꼬리 부분이 당겨지면서 작지만 예리한 소리가 났다. 다음 순간, 어두침침한 대전 안에 희미한 연녹색 섬광이 스쳤다. 하늘가의 별이 한순간 반짝인 것 같았다. 그러더니 벼락같은 비명이 터졌다.

"아아악!"

피가 뿜어져 나왔다. 담녹색의, 사람 피라기보다는 작고 기묘한 꽃송이 두 개에 가까워 보이는 액체였다.

생명의 최후를 장식하는, 빛의 꽃!

봉정범이 조서를 낚아채는 찰나 탁자 아래의 기관 장치가 발동된 것이었다. 근접 거리에서 강력한 용수철이 튀어 올랐고, 거기에 연결되어 있던 못이 마침 조서를 찢느라 고개를 숙이고 있던 봉정범의 두 눈을 꿰뚫었다.

하나는 눈알 깊숙이 파고 들어갔고, 다른 하나는 콧대를 관통해 눈초리에 박혔다. 두 눈이 동시에 망가지고 만 것이다.

봉정범은 대전을 무너뜨릴 것 같은 비명을 내질렀다. 처절하고도 날카로운 비명이 바늘처럼 위쪽으로, 위쪽으로, 위쪽으로 솟구쳤다. 제 혼백이 흩어지기 전에는, 심장이 쪼개지기 전에는 멈추지 않을 기세였다.

응석받이로 자라난 막내 공주. 일생 주변의 빈틈없는 보호를 받으면서 살아왔기에 그 존귀한 손으로 직접 누군가와 싸울 일이 없었던, 손톱 한 번 부러져 본 적이 없는 황녀.

고생이 싫어서, 다치는 게 싫어서, 그리고 타고난 체질이 받쳐 주질 못해서, 봉정범은 옥형이라는 대단한 스승을 곁에 두고도 그가 가진 재주의 10분의 1도 채 배우지 못했다. 위급 상황에서 목숨을 건지기 위한 수단으로 경공술 수련에만 매진했을 뿐이었다.

그런 그녀가 두 눈이 망가진 고통을 어찌 견뎌 낼까. 봉정범은 미친 듯이 소리를 질러 댔다. 온 얼굴이 피범벅이었다. 찐득한 핏물이 들쑥날쑥하게 잘린 머리카락에 엉겨 붙어 얼굴을 뒤덮고 있었다.

검고, 희고, 빨간 그 덩어리 사이로 눈, 코, 입을 분간해 내기란 어려운 일이었다. 붉고 매끈하던 입술이 검푸르게 변한 채 뻐끔거리면서 목구멍 깊숙이에서 피를 끌어 올려 토해 내는 것만이 눈에 들어왔다.

맹부요는 눈을 감았다. 대들보 위 어둑한 그림자 속에 잠긴 그녀는 표정 없는 얼굴이었다.

부용화가 수놓여 있던 14년 전의 그 다홍색 치맛자락이 뇌리를 스쳐 갔다. 귓가에서 소리가 들렸다. 철컥, 자물쇠가 잠기는 소리.

오늘은 네가 네 인생에 자물쇠를 채우는구나. 제 손으로 쌓은 업보는 피할 도리가 없는 법.

비명이 갑자기 뚝 그쳤다. 더는 목에서 소리가 안 나오는 것 같았다. 비틀거리던 봉정범이 고개를 팩 돌리더니 피가 시뻘겋게 찬 눈구멍으로 봉선 쪽을 노려봤다.

그녀의 눈은 이제 마구잡이로 헤집어진 피와 살점 덩어리일 뿐, 더는 눈이라 부를 수도 없는 모습이었다. 그 피와 살점 덩어리가 광기 어린 증오로 불타면서 연신 꿈틀거리고 있었다.

봉선이 제아무리 참혹한 전장을 거쳐 오며 단련된 정신력의 소유자라 해도 그런 '눈' 앞에서는 진저리를 칠 수밖에 없었다. 봉선은 침상 위에서 몸을 움츠렸고, 그런 그를 향해 봉정범이 달려들었다.

맹렬하게 몸을 날리는 봉정범의 눈구멍에서 피가 쏟아져 검붉은 선을 그렸다. 그 긴긴 궤적이 미처 뭉개지기도 전에, 봉정범은 이미 봉선에게 바짝 접근해 있었다.

봉선은 중상을 입은 봉정범에게 아직 공격할 힘이 남아 있을 줄은 상상도 못 했다. 당황한 봉선이 허겁지겁 소리쳤다.

"부요, 도와 다오! 부요, 도와 다오……."

맹부요는 대들보 위에 몸을 누였다.

좋구나, 자리 참 편안하네.

봉선의 구조 요청이 허사로 돌아가는 사이, 너 죽고 나 죽자는 식으로 달려든 봉정범이 괴성을 지르며 그의 가슴팍을 들이받았다. 봉선은 목구멍을 타고 피가 울컥 넘어오는 걸 느꼈다.

다음 순간, 검게 가라앉은 봉선의 눈동자 안에 살기가 스쳤다. 봉정범이 두 손을 쳐들자 봉선이 침상 옆쪽의 황동 용머리를 있는 힘껏 잡아당겼다.

슉!

침상 사방에서 칼이 쏘아져 나왔다. 소리는 마치 한 자루가 낸 것 같았지만 실상 발사된 칼은 수십 자루에 달했다. 번개처럼 날아간 칼날이 봉정범의 온몸을 덮쳤다!

봉정범은 바람 소리를 듣자마자 급히 뒤로 물러났다. 그녀는 절정의 경공술을 가지고 있었다. 덕분에 아슬아슬하게 목숨을 구한 적이 몇 번인지 몰랐다.

칼날과 그녀 사이에는 충분한 거리가 있었다. 그 정도 거리면 피하는 데는 아무런 문제가 없었다.

그런데 그때, 대들보 위의 맹부요가 손가락을 툭 튕겼다. 봉정범의 등이 무언가에 부딪혔다. 등 뒤에 갑자기 벽이 솟아나기라도 한 것 같았다.

최후의 퇴로가 그렇게 가로막힌 직후, 선뜩한 감각이 그녀를 덮쳤다. 선뜩함이 덮쳐 오는 동시에 온몸 곳곳에 휑한 느낌이 들었다. 조밀하고 매끈하게 짜인 비단이 갑자기 무수한 구멍이 뚫리는 통에 만신창이 그물로 변한 것 같았다.

그 너덜너덜한 그물이 공중에서 나부꼈다. 구멍 사이로 비린내 나는 피의 파도가 몰아쳤다.

무수한 칼로 온몸이 난도질당하는 천벌.

봉정범은 아까와 달리 비명을 지르지 않았다. 지를 수도 없었고 지를 필요도 없었다. 온몸의 피가 무차별적으로 빠져나가면서 이번 생의 모든 언어를 휩쓸어 가 버렸다.

그녀는 그저 빙빙 돌고 있었다. 월백색 치맛자락이 핏빛 꽃으로 피어났다. 최후의, 처연한 꽃. 진홍색 핏방울과 파르스름한 흰색의 대비는 강렬했다.

월백색……, 월백색, 지긋지긋한 월백색! 신물 나게 처량한 색깔!

그녀는 원래 다홍색을 좋아했다. 커다란 부용화 꽃송이와 알록달록한 보석 장식을 좋아했다. 비취, 녹주옥, 묘안석, 황옥, 수정, 유리……. 화려하고, 선명하고, 눈에도 마음에도 확 들어오는 아름다운 색깔들…….

하지만 그를 위해서, 빌어먹을 연꽃 때문에, 그녀는 언제부터인가 월백색 옷만을 입게 되었다. 예쁜 장신구를 내려놓고 몸에 지니는 모든 것을 크고 작은 연꽃 모양의 물건으로 바꿔야 했다. 따분하고 무미건조한 불경을 밤낮으로 읽고 또 읽고……. 그토록 애를 썼건만, 그토록 애를 썼건만. 일곱 살에 시작된 연모가 오늘에 이르러 맞은 결말은, 그 결말은…….

봉정범이 고개를 뒤로 젖히고 미친 듯이 웃기 시작했다. 소리 없는 웃음. 어떤 얼굴로 웃고 있는 건지 확인할 수 없는 웃음이었다.

그녀는 그대로 웃으면서, 온몸에 칼이 꽂힌 채로 휘청거리면서, 아까 봤던 장손무극 쪽으로 몸을 날렸다. 어쩌자고 그에게 가는지는 본인도 알지 못했다.

같이 죽기라도 하려고? 한평생 얼마나 사랑했는지 말해 주고 싶어서? 아니면 살아 있는 한 영영 놓지 못할 집착과 허망한 바람 때문에?

집착……, 집착.

어려서부터 자기 마음대로 안 되는 것이 없었던 봉정범은 거절당하는 기분이 어떤 것인지 몰랐고, 거절을 받아들일 줄도 몰랐다. 그래서 그에게 집착하게 됐다. 나중에는 사랑인지 증오인지 구분조차 어려워졌다. 가지고 싶다, 가지고 싶다, 오로지 그 생각뿐이었다. 결국은 헛된 바람으로 끝나고 말았지만.

알고 보니 세상은 온통 헛된 것들이었다. 빛나는 소년도 허상, 연꽃을 품고 태어났다는 소문도 허상, 황위 계승도 허상, 부황의 총애도 허상……. 증오도 사랑도, 전부 헛된 것에 불과했다.

고작 흐릿한 환상을 좇겠답시고 이 세상에 왔던가.

그녀는 환상에 갇혀 한평생을 쓰러지고 엎어지면서, 온갖 머리를 다 써 가면서, 평생을 자기 자신이 아닌 다른 사람으로 살았다.

무슨 영화를 보겠다고? 대체 무엇을 위해 그 고생을 했을까!

봉정범의 입가에 웃음이 번졌다. 마침내 달관한 듯도 하고 전혀 아닌 듯도 했다. 이번 생에 마지막으로 그녀가 안간힘을 다해 향한 곳은 역시나 그가 있는 방향이었다.

장손무극은 대들보 위에서 맹부요가 그렇듯 표정 없는 얼굴로 아래를 내려다보고 있었다. 죽을 때까지 포기하지 않을 기세로 몇 번이고 자신을 향해 뛰어드는 여자를 지켜보는 사이, 그의 눈동자가 짙은 혐오감으로 물들었다.

봉정범만 아니었으면 허완과 부요는 다시 돌아온 자신에게 구출되었을 것이다. 그랬다면 운명은 완전히 다른 방향으로 흘러갔으리라.

봉정범만 아니었으면 부요가 궤짝 안에 갇힌 채로 허완이 고문당하는 장면을 낱낱이 지켜보는 일은 없었을 것이다. 그랬다면 기억을 봉인당하지도 않았을 테고, 19년간 온갖 고초를 겪지도 않았으리라.

봉정범만 아니었으면 부요가 지금처럼 상처받았을 일도, 의식적으로 자신과의 사이에 선을 그을 일도, 아직껏 그 틈새가 메꿔지지 않을 일도 없었을 것이다.

그는 차분히, 힘들이지 않고 소맷자락을 내저었다. 그러자 거대한 힘이 일어나 봉정범을 가로막았다. 봉정범은 그로부터 석 장 떨어진 지점에서 더 이상 다가오지 못했다. 그는 봉정범이 발밑 석 장 이내로 접근하는 것조차 용납하지 않았다.

봉정범은 마치 벽을 들이받듯 그 거대한 힘과 충돌했다. 아까는 퇴로를 가로막은 벽에 등을 부딪혔었고, 이번에는 가슴이었다. 상처에 충격이 가해지면서 강철 칼날이 살 속으로 손가락 반 마디 깊이를 더 파고들었다. 선혈이 폭발하듯 뿜어져 나오면서 공중에 붉은 피 안개가 흩뿌려졌다.

봉정범은 서서히 허물어졌다. 바닥에 쓰러지기 직전까지도 그녀의 손은 죽기 살기로 허공을 할퀴고 있었다. 장손무극과 자신 사이에 영원토록 가로놓인 무형의 벽을 치우고 싶은 듯이. 혹은 눈앞에 어른거리는 원수들의 환영을 잡아 죽이고 싶은 듯이. 장손무극을, 맹부요를, 봉선을……, 한평생 떨쳐 낼 수 없었던, 그녀의 시작이자 끝이었던 운명의 예언을.

점차 느릿해져 가던 손동작이 마침내 허공에 그대로 멈추었다. 그녀는 편히 누워서 떠나지도 못했다. 그러기에는 몸에 박힌 칼이 너무 많았다. 바닥재 틈새에 수직으로 낀 칼날이 몸뚱이를 떠받치고 있는 탓에 그녀는 공중에 붕 떠서 30도쯤 기울어진, 힘겨운 자세였다. 손은 여전히 무언가를 붙잡으려는 것처럼 높이 들린 채였다.

일평생 거룩함과 고아함을 흉내 내던 가짜 연꽃은 마지막에 이르러 세상에서 제일 추한 모습으로 죽음을 맞이했다. 붉은 피가 바닥에 흥건했다. 칼날을 타고 내려온 핏물이 바닥재 위를 구불구불 기어가면서 심오한 운명의 초상을 그려 냈다.

침상 위에서는 등허리를 잔뜩 웅크린 봉선이 연신 잔기침을 뱉고 있었다. 안 그래도 기력이 쇠할 대로 쇠한 상태에서 오랜 시간 황후, 옥형, 봉정범을 상대하랴, 외부 정세가 어떻게 돌아가는지 신경 쓰랴, 고생이 많았던 그는 이제 생의 마지막을 코앞에 두고 있었다.

조금 전, 없는 힘을 끌어모아 간신히 버티고 있다가 봉정범에게 가슴팍을 들이받혔을 때는 그대로 온몸이 조각조각 부서지는 줄 알았다. 그래도 봉선은 쿨럭거리는 와중에 만족스러운 미소를 흘렸다.

너도 나도 같이 죽는다 한들 어떠하리? 누구보다도 무자비한 통치자를 선별해 냈으니 어쨌든 그는 성공한 셈이었다.

조금 전에 부요가 얼마나 시원스럽게 드러눕던가. 정범의 퇴로를 가차 없이 막아 버리던 그 손동작은 또 어떻고. 만약 부요가 그때 대들보에 눕지 않고 손가락을 튕기지도 않았다면 선택이 망설여졌을지도 모른다. 선기국에 필요한 것은 그저 사람만 좋고 결단력 없는 황제가 아니므로.

30년 전의 봉선 자신 역시도 온몸이 피투성이인 채, 형제들의 피를 흥건하게 뒤집어쓴 채 부황으로부터 양위 조서를 넘겨받았다. 당시 부황께서는 이런 말씀을 하셨다.

자식을 많이 낳는 것은 괜찮다. 선택의 폭이 넓어진다는 의미이니.

초대 황제에게는 자식이 너무 적었다. 자질이 변변치 못한 두 명 중에서 아쉬운 대로 하나를 택했으나 그가 제위에 있는 10년 동안 국력은 극심하게 쇠퇴했다. 후대가 번성해 개중에 영명한 인물이 나서 망정이지, 그러지 못했다면 선기국은 이미 100년 전에 멸망했을 것이다.

당시 부황께서는 이렇게 말씀하셨다.

너무 사랑할 필요는 없다. 사랑이 과하면 훗날 안타까운 마음이 들 테니.

하여, 그는 사랑하지 않았다. 자식들에게 베푼 온정과 총애는 어디까지나 필요에 의한 것에 지나지 않았다. 황후에게도 마찬가지였다. 선기국 황제가 아내의 말이라면 벌벌 떤다는 건 오주대륙 전체가 아는 일이었고, 그는 대륙 전체의 웃음거리였다.

하지만 자고로 공처가를 만드는 것은 아내에 대한 사랑이다. 신분을 바꿔치기해 궁에 들어온 가짜를 애초에 사랑한 적이 없는 그가 아내라면 벌벌 떤다니, 가당키나 한 말인가?

그는 신과 같은 힘을 지닌 사내가 두려웠을 뿐이었다. 한때는 기다리다 보면 해결될 날이 올 것이라 여기기도 했다. 황후 칙녕은 젊고 옥형은 기운이 넘치는데, 그런 남녀가 오랜 세월 가까이 지내다 보면 언젠가는 불꽃이 튀는 순간이 오지 않겠느냐는 것이었다. 둘이서 배가 맞아 칙녕의 교만이 꺾이고 옥형은 동자공을 잃고 나면 그때는 감히 더 설치지 못하리라, 그리 생각했다.

몰락의 순간을 앞당기기 위해 그는 긴 시간에 걸쳐 옥형에게 약을 썼다. 먹고 마시는 음식에 조금씩 집어넣은 것은 물론, 옥형의 방에도 칠하고, 시중드는 아랫것의 몸에까지 발랐다. 옥형의 이성을 날려 버리기 위해서, 옥형이 자신의 처를 덮치게 만들기 위해서.

한 가지 예상 밖이었던 것은 칙녕의 몸가짐이었다. 그의 악처는 한순간도 흐트러질 줄을 몰랐다. 칙녕은 본인의 고귀한 신분을 의식해 옥형을 제 몸 주변 석 자 안으로는 절대 들이지 않았다.

옥형 역시 굳건했다. 긴 세월 은밀하게 이어 온 계략이 무색하게도 옥형은 강대한 내공으로 자기 자신을 철저히 억눌렀다.

하지만 욕망을 억누른다고 해서 있던 욕망이 사라지는 것은 아니다. 오랫동안 억눌려 있던 불씨일수록 폭발을 일으키면 더 무서운 기세로 타오르기 마련.

보라, 결국은 계획대로 되지 않았는가? 그의 딸이 아비가 선택한 것과 똑같은 방식으로 두 연놈을 통쾌하게 보내 버리지 않았느냐는 말이다. 욕망과 증오는 양날의 검과 같아서 똑똑하게만 이용하면 다른 무엇보다도 잘 드는 무기가 되는 법이다.

부요 역시 그러하다. 만약 가슴속의 증오가 아니었다면 부요가 지금처럼 단호할 수 있었을까?

다만 부요의 증오는 일정 범위 안에서 조절해 줄 필요가 있었다. 그 증오의 불길이 선기국을 통째 잿더미로 만들어 버리면 곤란하므로.

봉선은 쿨럭거리면서 걸쭉한 피가래를 뱉어 냈다. 그가 조서를 높이 들고 어서 자기 쪽으로 오라는 양 맹부요를 향해 미소를 보냈다.

봉선의 낯빛에서는 핏기를 찾아볼 수 없었다. 눈 밑에는 시커멓게 그늘이 져 있었다. 그는 실내를 떠도는 피비린내와 어두침침한 등불을 배경으로, 제 깐에는 무척 유혹적이라고 생각하는 황금빛 조서를 살랑살랑 흔들고 있었다. 도깨비 같은 얼굴로 웃어 보이면서.

맹부요의 눈에 비친 그는 지옥에서 온 살인귀나 다름없었다. 왼손에는 권력욕을, 오른손에는 칼을 든, 인간다운 부분이라고는 전혀 없을 것이 분명한. 제 몸에서 떨어져 나온 혈육을 잡아먹기 위해서 태어난.

맹부요는 침묵했다. 아주 오래도록.

봉선은 조바심을 내지 않았다. 얼마든지 기다릴 용의가 있었다. 만 리 강산과 절대적 권세 앞에서 흔들리지 않을 사람이 누가 있겠는가. 부요는 무극국의 장군이었고 대한의 한왕이었으며 헌원국의 국사였다. 각국 황위 다툼에 그렇게나 적극적으로 개입했던 것을 보면 타고난 정치가의 재목임이 분명했다. 교활하고, 융통성 좋고, 목적을 위해서라면 수단과 방법을 가리지 않는.

그런 부요가 지금보다 훨씬 넓은 세상을 준다는 걸 마다할 이유가 있을까? 장군이고, 왕야고, 국사고, 일인지하 만인지상의 위치까지 올라 봐야 결국은 남의 신하 신세인데, 일국의 주인인 선기국 여제의 자리와 비교가 되겠는가.

전각 안에는 피비린내가 자욱했다. 등불이 너울거리고 있었지만, 실내의 어둠은 손으로 헤쳐지지 않을 만큼 짙었다.

바깥을 향해 줄지어 늘어선 창문에는 흐릿한 흰빛이 서려 있었다. 하늘 동쪽 가장자리부터 새벽빛이 번지기 시작한 것이다.

아무리 어두운 밤이라도 결국은 지나가기 마련, 이제 곧 날이 밝아 올 터였다. 날이 밝으면 봉선이 마지막까지 심혈을 기울여 고르고 고른 여제의 즉위식이 열릴 것이다.

하지만 즉위를 앞둔 여제는 여태 대들보 위에 올라앉아서 무감하게 아래를 내려다보고 있었다. 그녀의 눈길이 닿은 곳에는 그토록 많은 이들을 목숨을 걸고 차지하려 했던 양위 조서가 있었다. 유연하고 반드르르한 재질이 어둠 속에서 빛을 반사하며 반짝거렸다. 피바다 한복판에서도 한 점 얼룩조차 튀지 않은 조서는 언뜻 성결하고 장엄해 보이기까지 했다.

마침내, 맹부요가 움직였다. 대들보 위에서 훌쩍 날아내린 그녀가 봉선의 앞에 섰다.

봉선이 눈매를 휘며 웃었다. 흡족하고 의기양양한 웃음이었다. 그는 조서를 손아귀에 꽉 틀어쥔 채로 맹부요가 손을 내밀기를 기다렸다. 맹부요의 손이 다가오면 자기는 팔을 뒤로 빼면서 조건을 제시할 요량으로.

그러나 상황은 그의 계산대로 돌아가지 않았다. 맹부요는 조서를 향해 손을 뻗기는커녕 뒷짐을 지고 섰다. 봉선을 비스듬히 내립떠본 그녀가 단도직입적으로 물었다.

"조건은?"

흠칫한 봉선이 이내 아까보다 더 뿌듯하게 웃었다.

그래, 이것이 바로 여제의 위엄이지!

봉선은 자신이 조금 멸시당하는 건 상관없다고 생각했다. 황위 계승자가 충분히 강인하고 영리하기만 하다면 그는 아무래도 좋았다.

보아하니 지난 세월 동안 바깥세상에 방치해 두기를 잘한 것 같았다. 강호에서, 타국 조정에서, 피비린내 나는 전장에서 단련된 맹부요는 선기국 궁정에서 곱게 자란 다른 자식들보다 훨씬 관록 있고 기백 넘치는 모습이었다.

"맹세하라!"

봉선이 손가락을 튕기자 등 뒤쪽 벽이 덜컹거리며 열렸다. 그 안에서 모습을 드러낸 것은 새 머리에 사람 몸을 한 신수를 모셔 둔 감실이었다.

"선조들 앞에서 맹세하여라. 너, 봉씨 집안의 여식 봉부요는 영원토록 가문과 종묘사직에 충성하고, 대통의 계승자로서 하늘을 대신하여 백성을 다스리고 극진히 돌보며, 강토를 개척하고 선기 왕조를 길이길이 지키겠노라고. 만일 맹세를 어길 시에는 하늘과 땅이 봉부요를 용서치 않을 것이며, 벼락을 맞아 시신조차 남기지 못하고 죽으리라고!"

침상에서 천천히 내려온 그가 신상을 향해 머리를 조아렸다. 그러고는 맹부요를 등진 채로 의미심장하게 말했다.

"우리 선기국 봉씨 집안의 시조인 고대 봉황신은 예로부터 영험하시기로 이름나 있지."

뒤로 돌아선 봉선이 기대에 찬 눈으로 맹부요를 바라봤다.

오주대륙에서 신을 앞에 두고 한 맹세는 절대적인 의미를 가진다. 부요가 신상 앞에서 맹세를 할 정도면 선기국을 위기에 몰아넣거나 황위를 복수에 이용할 생각은 없다고 봐도 된다. 이것이 바로 그가 준비한 마지막 시험이자 비장의 무기였다.

물론 개인적으로는 선기국의 황제 자리 정도면 그간의 고난과 분노를 보상해 주는 데는 충분하다고 생각했다. 하지만 혹시 모를 사태를 생각하면 맹세는 꼭 받아 둘 필요가 있었다.

봉선과 눈이 마주치자 맹부요가 피식 웃었다.

"봉부요?"

"앞으로도 맹씨 성을 쓸 수야 없는 일."

봉선이 말했다.

"네 원래의 존귀한 성은 봉씨이니라."

"드디어 황위를 봉부요한테 넘기기로 확실히 마음을 먹은 건가. 궁녀 허완과의 사이에서 태어난, 황녀 중 가장 비천한 신분인 봉부요한테?"

맹부요가 물었다.

봉선은 그녀가 쓸데없는 소리를 주절거린다고 생각했다. 너무 흥분해서 말이 많아진 건가 싶어 웃음 지은 그가 말했다.

"그래. 어미에게는 네가 즉위하고 나서 봉호를 내리면 될 일이다. 모친의 지위는 자식 지위를 따라가는 게 이치, 허완은 이제 미천한 궁녀가 아니라 태후가 되겠지. 네가 원한다면야 사서에 기록될 허완의 출신을 고치는 것도 가능하다. 뭐든 마음대로 하라."

고개를 끄덕이고 난 맹부요가 성큼 앞으로 나서서 신상을 향해 향을 올리며 한 글자 한 글자 또렷이 선언했다.

"봉씨 가문의 봉부요, 선기 천성제 봉선과 청택군靑澤郡 백성 허완의 여식은 이제 부황의 대를 이어 영원토록 가문과 나라에 충성하고, 대통의 계승자로서 하늘을 대신하여 백성을 다스리고 극진히 돌보며, 강토를 개척하고 선기 왕조를 길이길이 지킬 것입니다. 만일 맹세를 어길 시에는 하늘과 땅이 봉부요를 용서치 않을 것이며, 벼락을 맞아 시신조차 남기지 못하고 죽을 것입니다!"

또렷하고 유창한 말투였다. 대강 넘어가려는 기색은 조금도 없었다.

맹세에 귀를 기울이고 있던 봉선이 이내 흡족하게 웃으면서 조서를 두 손으로 받쳐 들어 내밀었다. 맹부요는 조서를 심드렁하게 받아 들었다. 조서가 아니라 흡사 핏빛으로 물든 강역도를 손에 쥔 기분이었다.

몇 안 되는 글자 사이사이에서 원통하게 죽은 이들의 통곡소리가 들리는 듯했다. 사공주, 오왕비, 육공주, 칠황자, 팔황자……. 기나긴 알력 다툼 중에 죽어 간 황자와 황녀들.

아, 그러고 보니 대황녀도 있었던가. 휘하의 자피풍이 연이어 패퇴하면서 삼황자에게 밀려 도성 근교 독수봉까지 쫓겨갔다던. 자피풍은 공중 분해되고 대황녀는 그 오만한 성격에 치욕을 이기지 못해 자결했다지. 한 명이 또 추가된 셈이다.

이것이 바로 선기국 황실이요, 선기국의 강산이요, 선기국의 전통이었다.

피비린내와 썩은 내가 진동하는 노인의 손을 거쳐 정중하게 전달된 조서는 황실 자손들의 피로 흠뻑 젖어 있었다. 맹부요는 조서를 손에 쥐고서도 마침내 권력의 정점에 올라 천하를 발아래 두었다는 둥 하는 감흥은 전혀 느끼지 못했다. 이런 식으로 얻은 황위에 과연 기뻐할 만한 구석이 있는 건지, 아무리 상상력을 발휘하려 해도 감이 안 잡혔다.

문득 웃음이 터지려고 했다. 한바탕 통쾌하게 웃어 젖히고 싶었다. 이 어둡고 황량한 세상을, 검붉은 핏빛으로 물든 속세를, 이까짓 조서 따위가 뭐라고 목숨까지 내던지며 서로 물어뜯던 멍청이들을 비웃어 주고 싶었다. 권력욕은 칼로 짜인 그물이고, 그 그물에 걸렸다 하면 누구든 사지가 갈기갈기 찢기고 마는 것을.

그녀가 웃었다. 통쾌하게, 세차게, 기분 좋게, 웃음소리가 구름을 뚫고 올라가도록. 그 웃음은 족히 1각 동안 그치지 않고 이어졌다.

처음에는 봉선도 그저 기분이 좋아서 웃는구나 하고 같이 웃었지만, 점차 그게 아니라는 걸 깨달으면서 표정이 굳었다. 봉선이 딸의 정신 상태를 의심하기 시작했을 무렵, 맹부요가 갑자기 웃음을 뚝 그쳤다. 조금 전까지 미친 듯이 웃어 젖히던 사람이 누구였냐는 듯이.

그녀는 봉선에게 눈길도 주지 않은 채 조서를 들고 차분하게 뒤돌아섰다. 앞쪽에서는 태양이 떠오르고 있었다. 거대한 검과도 같은 황금색 빛줄기가 겹겹 그늘과 핏빛을 가르고 들어와 순식간에 대전 안을 가득 채웠다.

까마득한 층계 아래쪽, 하룻밤 내내 전투를 치른 광장은 병사들의 피를 대가로 평온을 회복한 뒤였다. 어명이 떨어지자 어림군이 마침내 철수했다.

당씨 가문의 장용군은 애초부터 봉선의 손아귀 안에 있었다.

장용군은 자식들의 황위 다툼 막바지에 실력 행사가 필요할 것을 대비해 봉선이 비축해 둔 세력이었다.

물론 약삭빠른 당씨 집안 도련님에게 있어 황제 폐하는 이미 과거 인물이었다. 지금 그가 충성을 바쳐야 할 대상은 새 여제뿐이었다. 그래야 가문의 부귀영화를 영원토록 지켜 낼 수 있을 테니.

군대가 물러가고 나자 문무백관이 줄을 맞춰 등장했다. 문관과 무관으로 나뉘어 광장에 들어선 신료들은 틈새마다 아직 혈흔이 남아 있는 대리석 위에 질서 정연하게 무릎을 꿇고 즉위식을 기다리기 시작했다. 모든 준비가 끝났으니 이제 남은 것은 여제의 이름이 발표될 일뿐이었다.

대소 신료들의 선두에 엎드린 재상은 모두의 운명을 결정지을 발표를 앞두고 불안에 떨고 있었다. 즉위식의 주인공이 누구인지는 그 역시 알지 못했다. 폐하께서 해 주신 이야기는 마지막에 대전에서 걸어 나오는 사람이 바로 새 황제라는 것이 전부였다.

태양이 떠오르면서 온 세상을 찬란한 아침노을로 물들였다. 눈부시게 아름다운 노을 속에 까마득하게 솟아 있는 순백의 층계는 하늘 꼭대기로 통하는 것처럼 보였다.

하늘 꼭대기, 굳게 닫혀 있던 문이 기대에 찬 만인의 눈길 속에서 천천히 열렸다. 곧이어 검은 옷을 입은 가냘픈 형체가 조서를 손에 쥐고 안에서 느릿느릿 걸어 나왔다.

역광을 받으며 등장한 그녀의 주변은 일곱 빛깔로 반짝이는 아침노을에 에워싸여 있었다. 그녀의 자세는 곧았고 눈빛은 아득히 먼 곳을 향해 있었다. 흡사 구중천 꼭대기에서 인간 세상을 굽어보는 천신과도 같은 모습이었다. 문무백관은 새 주군의 얼굴을 자세히 보기 위해 저마다 목을 길게 뺐다.

한편, 재상의 머릿속에는 벼락이 쳤다.

어째서 대한 한왕이?

재상은 아연실색한 채, 아무런 표정 없이 냉담하게 아래를 굽어보고 있는 여인을 멍하니 쳐다봤다. 소년 차림새를 한 여인의 날카로운 눈빛이 눈에 익었다.

문득, 언젠가 아주 오래전에 폐하께서 상의할 일이 있다며 자신을 불러들여 놓고 의미심장하게 하셨던 말씀이 떠올랐다.

'걱정할 것 없다. 짐이 그대들을 위해 강인하고 능력 있는 주인을 찾아 줄 터이니.'

당시 그는 겁도 없이 이렇게 아뢰었었다.

'영명하십니다! 신료들의 기강이 허물어진 작금의 선기국에는 강인하고 현명한 군주의 강권 통치가 필요합니다. 다만, 현재 황실 자손 중에는 아무래도…… 그만큼 강인한 의지를 갖춘 분이 없는 듯합니다만.'

그저 웃고만 계시던 폐하께서 답을 주신 것은 한참 뒤였다.

'그때가 되면 생길지도 모르지.'

오늘에 이르러서야 그 말뜻을 알 것 같았다.

오늘에 이르러서야 한왕을 '극진한 예의로 맞아들이고 원하는 것은 무엇이든 들어주라'고 했던 어명의 의미가 납득됐다.

천 리 앞을 내다보는 깊은 성심은 신하 된 자가 감히 헤아릴 것이 아니었구나!

재상은 허겁지겁 몸을 일으키면서 두 손을 포개어 이마에 갖다 댔다. 그의 마음속에는 늙은 황제를 향한 경외감과 탄복, 그리고 새 여제를 향한 황공함과 불안이 그득 들어차 있었다. 그는 문무백관 중 그 누구보다도 먼저 땅바닥에 이마를 조아리며 목청을 다해 외쳤다.

"주군을 뵈옵나이다!"

선기 천성 30년 4월 초엿새.

전 대륙의 관심사였던 선기국의 새 여제가 마침내 세상에 모습을 드러냈다. 그 정체는 바로 무극국 장군, 대한국 친왕, 헌원국 국사를 두루 지낸 전설적 여인. 그녀는 또 한 번 7국 황실 풍운사의 새로운 장을 열었고, 세상은 이에 경악했다.

4월 초엿새 오시, 용천궁에서 선기국 신임 황제 맹부요의 즉위식이 거행됐다. 정오의 강렬한 태양이 황금색과 붉은색으로 빛나는 용천궁을 비추고 있었다.

햇살이 눈부시게 쏟아지는 가운데, 오색구름과 절벽에 부서지는 물결 문양이 들어간 12장문 봉포를 걸치고 일곱 가지 보석과 금사로 장식된 관을 쓴 여제가 옥좌 앞에 올라섰다. 꽃구름처럼 아름다운 치맛자락이 계단을 층층이 덮으며 길게 펼쳐졌다.

열아홉 꽃다운 소녀의 입술은 붉고 이는 희었으며, 머리카락은 흑단 같고 눈썹은 수려했다. 하얀 이마 위에서는 황금으로 만들어진 머리 장식이 반짝거리고 있었다. 황실의 부귀만큼이나 화려하고, 찬란하며, 비할 바 없이 선명한 아름다움이었다.

다만 그 아름다운 모습과 어울리지 않게도 여제의 눈빛은 서슬 퍼렇게 날이 서 있었다. 그녀가 검게 가라앉은 눈으로 싸늘히 내립떠보자 왕공과 신료 전원이 바람에 휩쓸린 들풀처럼 고개를 땅에 닿도록 수그렸다.

길고도 느릿한 호각 소리가 울리고, 존귀한 소악韶樂이 연주되는 동시에 한쪽에서는 귀청이 떨어질 것 같은 폭죽 소리가 터졌다. 곧이어 신료 전원은 정해진 자리에 가서 서라는, 즉위식 진행을 맡은 명찬관의 외침이 울려 퍼졌다.

문무백관이 각자 제자리를 찾아 가자 잠시 끊겼던 음악 소리가 다시 이어졌다. 신료 전원이 네 번 절을 올리고, 선독관과 전독관이 나와서 봉선이 맹부요를 위해 따로 준비해 둔 조서를 낭독하기 시작했다.

조서에 묘사된 여제의 생애는 상당 부분 미화되어 있었다. 봉부요가 얼마나 고귀한 혈통을 타고났는지, 황실에서 얼마나 잘 교육받았는지, 어떤 연유로 어려서부터 세상을 돌며 경험을 쌓게 되었는지, 그 인품이 얼마나 훌륭한지, 선임 황제 봉선을 얼마나 빼다 박았는지, 그 풍모가 얼마나 독보적인지, 옥좌의 주인이 왜 봉부요가 아니면 안 되는지 등등을 정성스럽게 나열

해 둔 것이 주된 내용으로, 분량이 무려 수만 자에 달했다.

대소 신료들과 사절단의 눈에 비친 여제는 조서 낭독에 무관심한 걸 넘어 지겨워 보였다. 여제는 손끝으로 옥좌를 톡톡 두드리고 있었는데, 박자감이 느껴지는 동작이기는 하나 그게 무슨 노래인지 아는 이는 없었다.

오직 맹부요만이 아는 곡조의 정체는 소령[1]이었다. 지난 생에 알던 교수 중에 원나라 시기 희곡에 심취한 사람이 있었다. 언젠가 그 교수가 사람을 사서 유명한 소령 가사 몇 편에 곡을 붙였는데, 개중에 하나가 바로 장가구張可久의 〈중려中呂 · 홍수혜紅繡鞋〉였다.

깎아지른 봉우리 차게 빛나는 검 다발인 듯하고, 벼랑에 얼음 주렴 같은 폭포 걸렸네.

구름에 휩싸인 나무 위에서는 원숭이 슬피 울며 뛰어다니는데 두견새 처량하게 우짖다 피를 토하고, 그늘진 동굴 안에서는 광풍이 포효하는구나.

하나, 산이 아무리 험한들 사람의 마음만 하랴. 사람 마음의 험악함이 산봉우리보다 더함이라!

조서 낭독 다음 순서는 옥새 수여였다.

봉선은 옥새까지만 넘겨주고 퇴장할 생각으로 늙은 몸뚱이

1 가곡의 일종.

를 어렵사리 지탱하고 있었다. 진짜 옥새는 이미 맹부요의 손에 망가진 뒤였지만, 그렇다고 즉위식에 옥새가 빠질 수야 없는 일이었다.

앞서 맹부요는 손 가는 대로 백설기 한 덩어리를 집어다가 노란 비단으로 싸서 봉선의 손에 쥐여 주었다. 봉선은 '백설기 옥새'를 짐짓 엄숙하게 예관에게 넘겨줘야만 했고, 예관의 엄숙한 손길을 거친 '백설기 옥새'는 역시나 엄숙하게 맹부요에게 전달됐다.

일련의 과정 내내 봉선의 안면 근육은 경련을 거듭했으나, 정작 맹부요는 태연자약하기 그지없었다. 그도 그럴 것이, 원래 그녀는 똥을 한 삽 퍼다가 옥새 대신 보자기 안에 넣을 생각이었다. 손이 더러워지는 게 싫어서 참았을 뿐이지.

옥새가 과연 옥새처럼 생겼는가 하는 문제는 어차피 문무백관이 나서서 이러쿵저러쿵할 거리가 아니었다. 원래대로라면 즉위식을 지켜보고 있었어야 할 황자와 황녀들도 지금은 현장에 없었다.

사실 황자와 황녀들은 입궁 직후 용천궁이 아닌 뒤편 전각으로 안내됐고, 이어서 새 황제가 형제들의 즉위식 참석을 금했다는 말을 전해 들었다. 행사에 나오는 대신 조상님 위패에 향 올리면서 국운의 창성이나 기원하라는 것이었다.

자물쇠가 걸린 출입문 앞에 병사들이 떼거리로 늘어섰고, 안에서 아무리 욕을 바가지로 해 댄들 들여다보는 사람은 없었다.

문을 지키는 군사 중에는 기우도 있었는데, 그는 맹부요로부터 누구든 안에서 욕지거리를 하거든 주둥이에 하수구 진흙을 때려 박으라는 지시를 받은 참이었다. 진흙 썩은 내가 전각을 꽉 채울 즈음이 되자 그 안의 황자와 황녀들도 마침내 조용해졌다.

봉선은 이에 대해 아무런 불만이 없었다. 본인은 즉위 뒤에 형제들을 깡그리 잡아 죽였는데, 그까짓 진흙 좀 먹이는 게 대수겠는가?

금과 옥으로 장식된 옥좌에 앉아 문무 군신과 각국 사절단의 하례를 받던 맹부요는 도중에 흠칫 어깨를 굳혔다. 축하객들 사이에서 종월과 장손무극을 발견한 것이다.

헌원국 황제와 무극국 태자 정도면 사신만 보내도 충분한 위치였다. 하지만 두 사람은 예법을 벗어난 행동으로 구설수에 오를 것이 신경 쓰이지도 않는지 태연하게 자리를 지키고 있었다. 맹부요의 눈빛을 감지한 두 남자가 동시에 고개를 들었다.

입가에 엷은 미소를 머금은 장손무극이 위로의 눈빛을 보냈다. 그는 너무나 잘 알고 있었다. 다른 사람이었다면 일생 최대의 영광이라 했을 이 순간이 맹부요에게는 결코 그렇지 않을 것임을. 말은 안 해도 속으로는 일련의 의례를 혐오하고 있을 것임을.

종월은 눈을 피하던 이전과 달리 그녀를 똑바로 올려다보고 있었다. 쓰라림과 절실함이 담긴 그의 눈빛을 가만히 마주하고 있길 잠시, 맹부요가 희미하게 웃어 보였다.

의례에 따라 첫 번째 순서로 축하 인사를 전할 사람은 내빈

중 지위가 가장 높은 헌원국 황제 종월이었다. 하얗고 호리호리한 사내가 붉은 섬돌 앞에서 가볍게 허리를 굽히며 말했다.

“즉위를 감축드립니다! 빛나는 제업을 이루시길 기원하며, 앞으로 헌원과 선기 두 나라가 활발한 물자 교류를 통해 호혜적 관계를 맺기를 바랍니다.”

맹부요가 옥좌에서 일어나 답례하는 사이 선기국 신료들의 낯빛에는 화색이 돌았다.

땅덩어리가 크고 물산이 풍부하며 인구까지 많은 헌원은 대륙 내에서 상업이 가장 발달한 나라였다. 지금까지는 서로 간에 왕래가 없었기에 무역을 통한 상호 이익을 논한다는 것 자체가 불가능했지만, 이번 기회에 거래를 트면 선기국 장인들의 갖가지 기발한 수공예품을 소화해 줄 거대하고도 안정적인 시장이 생기는 셈이었다. 헌원국의 풍부한 광산 자원을 들여오면 선기국이 기술력을 자부하는 영역인 무기 개발과 제작에도 큰 도움이 될 터였다.

헌원국 황제가 먼저 호의를 보인 것은 경기 침체로 고생 중인 선기국에는 실로 가뭄의 단비 같은 희소식이었다.

맹부요는 사무치게 간절한 종월의 눈빛을 바라보고 있었다. 문득 14년 전 그날의 정경이 아스라하게 눈앞에 펼쳐졌다. 외딴 절벽 푸른 측백나무 아래, 새하얀 옷의 소년이 그녀의 흔들거리는 이를 조심스럽게 어루만지며 속삭였던 말.

‘부디 잊기를……, 부디 잊어버리기를……. 나처럼 하루하루 그 기억에 붙잡혀 살지 않기를…….’

그에게 무슨 잘못이 있어서. 처절한 원한을 짊어진 소년, 눈 앞에서 아버지가 살해당하고 그 원수를 갚을 의무를 진 채 천 리 길을 도망 다니던 그 과정에서 소년이 딱딱해지고 매몰차진 것은 너무나 당연한 이치 아니었을까?

혈육들을 빤히 두고서도 아무 도움을 받지 못했던 그가 일가 친척 하나 없는 그녀를 구해 준 것이다. 자신에게 그런 아픔이 있었기에, 어려서부터 삶의 즐거움을 잃고 하루하루 고통받으면서 자나 깨나 시달렸기에. 그래서 그녀는 같은 고통을 피하기를, 전부 털어 버리고 밝게 자라나기를 바랐으리라.

그는 이번 생의 그녀에게 산뜻한 새 시작을 주었고, 초기의 맹부요를 만들어 냈다. 모든 것을 잊어버린 그날의 맹부요가 없었다면 용감하게 현실을 직시할 줄 아는 오늘의 맹부요도 없었을 것이다.

노로가 미처 맺지 못했던 마지막 말은 아마도 '그는 너의…… 은인이다.'가 아니었을까.

그래, 은인!

허완에게는 무정했을지 몰라도 종월이 그녀에게 빚진 것은 없었다. 종월을 지긋이 응시한 그녀가 설핏 웃으면서 말했다.

"그러지요. 폐하의 호의는 항상 마음 깊이 느끼고 있습니다."

종월의 눈빛이 일순 환해졌다. 그가 이야기를 이어 가려는데, 불쑥 앞으로 나선 장손무극이 웃는 낯으로 말을 가로챘다.

"폐하의 왕조와 끈끈하게 맺어져 영원히 함께하고 싶습니다. 바라건대 무극의 간곡한 소망을 이루어 주십시오!"

맹부요는 그를 힐끗 곁눈질하며 생각했다.

이런 장소에서 나라 대표로 하는 말에까지 부지런하게 농지거리를 섞다니, 역시 타고난 버릇은 개 못 주는구나.

"고마운 일입니다만……."

맹부요의 웃음은 몹시 작위적이었다.

"무슨 소망씩이나. 그리 말씀하시면 제가 너무 송구합니다, 송구해요."

장손무극이 기분 좋게 뒤로 물러났다. 일단은 웃음을 받아냈으니 만족이었다. 부요의 웃는 얼굴을 마지막으로 본 것이 대체 언제던가. 도합 116시진 하고도 3각 만이다.

선기국 신료들은 감당 못 할 기쁨에 휩싸여 있었다. 폐하가 무극국이며 헌원국과 각별한 관계에, 대한국 친왕 자리까지 지냈다는 건 알고 있었지만, 직접 눈으로 보니 또 느껴지는 바가 달랐다. 삼국이 손을 잡고 선기를 지탱해 준다면 이제 나라가 망할 걱정에서는 해방이었다.

잠시 후, 사신들을 하나하나 만나 보던 맹부요가 돌연 눈을 가늘게 좁혔다. 옥좌 앞으로 걸어 나온 여자 때문이었다.

색채 대비가 강렬하면서도 부조화한 느낌은 아닌, 청람색 바탕에 진홍이 섞인 의복. 옷 색깔과 투명한 벌꿀색 피부가 어우러져 묘한 매력을 뿜어내고 있었다.

보통 사람보다 월등하게 가늘고 긴 여자의 목선은 백조를 연상시켰다. 입체적인 이목구비가 햇살을 받아 보송보송한 금빛 윤곽을 그리고 있었다. 움푹 들어간 두 눈은 일렁이는 심연, 혹은 부유하는 어둠 같아서 바라보고 있으면 홀려 버릴 것만 같았다.

그 여자였다. 얼마 전 주루에서 마주쳤던 정체불명의 여자.

그때 받은 부적으로 인해 맹부요는 예정보다 일찍 과거의 문을 두드리게 됐고, 그 육중한 문을 밀고 들어가 평생 다시는 떠올리고 싶지 않았던 기억과 마주했다.

여자가 주는 인상을 한두 마디 말로 형용하기란 힘들었다. 거동이 점잖고, 자연스럽고, 친절해 보이는 건 사실인데 그러면서도 어딘지 기묘한 느낌이었다.

맹부요는 무심결에 종월 쪽으로 눈길을 돌렸다가 미간을 찌푸린 채 여자의 뒷모습을 빤히 쳐다보고 있는 그를 발견했다.

서로 아는 사이인가?

머리에 황금 고리 장식을 단 소녀를 그림자처럼 대동하고 걸어 나온 여자가 간단한 손동작을 몇 번 했다. 그러자 곁의 소녀가 당황해서 멍하니 있는 예관에게 말을 전했다.

"부풍 탑이족塔爾族의 신공성녀 비연이 선기국 황제 폐하의 만수무강을 비옵나이다!"

비연……. 부풍의 성녀였을 줄이야.

요신이 이야기해 준 적이 있었다. 부풍에서는 성녀의 지위가 그 부족의 우두머리인 왕에 필적한다고.

비연이라는 이름도 어디서 들어 본 것 같기는 한데, 아무리 떠올려 보려 해도 기억이 나질 않는지라 단념할 수밖에 없었다.

비연이 빙긋이 웃으면서 손짓을 하자 곁의 소녀가 새하얀 상자 하나를 공손히 내밀었다.

"폐하께 부풍 나찰해의 진주를 바칩니다. 나찰해의 진주는 피부 보양과 신경 안정, 경맥 강화, 그리고 체질을 튼튼히 하고 원기를 북돋는 효과로 유명합니다. 또한, 부풍 심해에서 나는 교룡유와 함께 쓰면 몸 안팎의 상처로 인한 울혈을 제거하는 데 놀라운 효험을 볼 수 있고, 공력을 높여 주기도 합니다."

눈을 반짝 빛낸 맹부요가 웃음기를 섞어 되물었다.

"오호? 교룡의 기름이라?"

소녀가 의기양양한 표정으로 고개를 끄덕였다.

"저희 부풍에서는 본디 신비한 보물이 많이 납니다. 게다가 대부분 무인이 진기를 단련하는 데 도움이 되는 것들이고요. 교룡유도 그중 하나에 지나지 않습니다."

맹부요가 웃으며 말했다.

"귀가 번쩍 뜨이는 이야기로군!"

그녀의 눈이 줄곧 침묵하고 있던 비연의 눈과 맞부닥쳤다. 그러자 비연이 희미한 미소를 보냈다. 역시나 홀릴 것 같은 웃음이었다. 그 순간 뒤편의 장손무극이 눈썹을 살짝 찌푸렸다.

즉위식을 마무리하기에 앞서 예관이 맹부요에게 연호를 정해 줄 것을 청했다. 잠시 고민하던 맹부요가 툭 던지듯 말했다.

"단명短命으로 하지."

"단명端明, 단엄하고 현명한 치세를 뜻하는 연호! 과연 영명하십니다!"

대소 신료들은 탄복을 금치 못했고, 옥좌 위의 맹부요는 애매한 미소를 지었다. 반면, 몇몇 존귀한 내빈들은 고개를 절레 절레 내저었다.

선기 단명 원년, 새 황제가 황위를 넘겨받고 나서 제일 먼저 한 일은 태상황의 거처를 영창전에서 승흥전으로 옮기는 것이었다. 승흥전은 선기국 역대 황제의 위패를 모셔 둔 사당을 마주 보고 있는 전각으로, 궐 안에서도 몹시 외진 곳에 자리해 있었다.

봉선이 승흥전으로 옮겨 간 이후로 맹부요는 단 한 번도 문안 인사를 가지 않았고, 시위들을 붙여 그를 철저히 감시했다. 봉선이 몇 번이나 만나고 싶다는 의사를 전했는데도 그녀는 번번이 시간이 없다는 말만 되풀이했다.

그가 다른 자식들을 보고 싶다고 했을 때도 돌아온 대답은 역시나 시간이 없다는 것이었다. 사실이었다. 황자와 황녀들은 즉위식 날부터 쭉 그곳 전각 안에 갇혀 있느라 봉선을 만나 줄 시간이 없었다. 집에 가는 것도 금지, 떠드는 것도 금지, 뭐가 됐든 요구 사항을 들이미는 것도 금지였다.

맹부요는 그 어떤 행동을 취한다거나 정보를 주는 일 없이 그들을 그저 혼란과 의문 속에 방치해 두었다.

4월 16일, 삼황자가 이끄는 반란군이 장용군에게 대패하고 삼황자는 배도 행궁에 연금됐다.

여제가 친히 행궁을 방문하자 삼황자는 특유의 달변을 늘어 놓으면서 황위가 잘못된 인물에게 돌아갔다고 은근히 비아냥댔다. 대통은 응당 재덕을 두루 겸비한 자가 계승했어야 한다는 것이었다.

아무 대꾸 없이 웃으며 듣고 있던 여제가 그의 말이 끝나자 감탄의 박수를 보냈다.

"아름답기 이를 데 없는 명문장이군!"

그러더니 자리에서 일어서며 말했다.

"문장을 짓는 일이란 수를 놓는 것과 같아 차분한 마음가짐이 필수지. 더러운 권력 다툼이 마음을 어지럽혀서는 안 될 일이야. 삼황자는 앞으로 여기서 느긋하게 글이나 짓도록 하라. 그리고 하나 더, 자칭 재덕을 두루 겸비했다고 하니 짐이 정치와 관련된 주제를 하나 제시하겠다. 그 주제로 만족스러운 글을 써낸다면 연금을 풀어 주고 섭정왕으로 봉하겠노라."

"정말입니까?"

삼황자가 눈을 빛냈다.

"황제는 농담을 하지 않는다."

여제가 숙연하게 답했다.

"그래서 주제가 무엇입니까?"

삼황자에게 눈을 고정한 여제가 턱 끝을 만지작거리며 미소 지었다. 그 부담스러운 눈빛에 삼황자의 머리털이 쭈뼛 곤두섰을 즈음, 마침내 그녀가 입을 열었다.

"옥수수 가격 상승을 통해 본 세계 금융 위기 속의 미국."

"……."

4월 18일, 여제는 태상황이 재위 시절 자식들에게 부여했던 직무 일체를 해제했다.

황자와 황녀 전원을 통틀어 가장 격한 반항은 북부의 십일황자에게서 나왔다. 십일황자는 휘하의 녹림 세력을 이용해 북부 관원들을 암살하려고 했다. 이제 막 보위에 오른 여제를 난처하게 만들겠다는 심산이었다.

그러나 암살 작전은 시작부터 북부 녹림 연맹의 조직적인 방해에 부딪혔다. 그간 줄곧 자신과 대립각을 세워 온 녹림 연맹에 쫓겨 허둥지둥 도망 다니던 십일황자는 북부 최대의 세력인 장천방에 신변 보호를 요청하기에 이르렀다.

여기서 문제는 십일황자가 과거 장천방 신임 방주 선출 과정에 개입한 이력이 있다는 것이었다. 당시 충분한 힘을 가지고도 외부 압력 탓에 이인자로 밀려난 부방주는 내내 앙심을 품고 있었고, 십일황자는 결국 부방주에게 살해당했다.

강호를 가지고 놀던 자, 강호에서 최후를 맞으리라.

4월 20일, 여제는 자피풍과 철위를 해산시키고 감찰 및 체포권을 형부에 일임했다.

구체적으로는 형부를 사법 체계의 중추로 삼고, 도찰원에는 사찰 업무를, 대리시에는 재심리를 맡겼다. 그러는 한편 군제 개편에 착수하여 국경 수비군을 교체하고 나라 전체의 병권을 자기 손에 틀어쥐었다. 또한, 조세와 부역 제도를 개혁하여 세율을 새로이 정하고, 국고 및 각지의 부채 점검에도 나섰다. 그

밖에도 형률, 사법, 호적 행정, 군사, 농상, 과거, 문화 교육, 경제 영역에 걸쳐 스물여덟 개의 새 정책을 공포하고, 정책 시행을 촉진하기 위해 따로 엄격한 법령을 정했다.

각처 관원 중 새 정책 추진에 태만한 자는 참형! 뇌물을 은백 냥 이상 받은 자도 참형! 법 집행에 개입해 억울한 오심을 유도한 자도 참형! 겉으로만 국법에 순종하는 척 위아래를 기만한 자도 참형! 사리사욕을 채우고자 도당을 결성하고 정치를 어지럽힌 자도 참형! 황실 친인척과 세도가를 막론하고 앞서 언급한 죄를 범한 자는 무조건 참형…….

열여덟 번 연속으로 나온 '참형' 소리에 조서를 낭독하는 태감이 입술을 발발 떨고 다리를 부들거렸다.

하지만 실질적으로 목이 뎅강 잘린 자들은 조서에 적힌 것보다도 훨씬 많았다. 황궁 정문 앞에는 날마다 사형수가 대기 중이었고, 걸핏하면 머리통이 데굴데굴 나뒹굴었다.

관원을 하도 잡아 죽여서 이제 일손이 부족할 지경이라는 간언이 올라오자 여제는 그 즉시 구품중정제를 과거제로 바꾸어 출신이 비천한 인재들에게도 등용문을 활짝 열어 주었다.

당시 어사의 간언을 들은 여제는 상냥하게 웃으며 이런 말을 했다고 전해진다.

"오? 너무 많이 죽인 것 같다? 별걱정을 다 하는군. 다른 일은 사람 부족할 걱정을 해도 벼슬자리만큼은 그런 걱정이 없는 법이거든. 한 놈씩 처리할 때마다 재깍재깍 메꿔 주도록 하지. 무밭에 빈 구멍이 없게 해 주고말고. 음, 그대도 한 구멍에 너무 오래 있었던 것 같은데. 어때, 그 구멍에도 다른 무 좀 심어 볼까?”

어사는 그 순간을 기점으로 한 마디도 더 지껄이지 않았다. 어느 날 갑자기 여제가 자기 구멍에 다른 무를 꽂겠다고 덤벼들면 큰일이기에.

선제 집권 말기의 심각한 기강 해이를 하루아침에 바로잡을 수야 없는 노릇이었다. 그럼에도 태상황과는 전혀 다른 여제의 강권 통치는 어쨌든 선기국 조정 상하를 뜨끔하게 만들었다. 각 부처와 체계가 점차 정상적으로 돌아가기 시작했고, 새 정책도 차근차근 추진되어 갔다.

국정을 어느 정도 챙기고 난 맹부요는 감금 상태인 형제자매들에게로 눈길을 돌렸다. 그녀는 그날 당장 황자와 황녀들에게 정론을 한 편씩 써서 제출하라는 지시를 내렸다.

맹부요에게 전달된 글들은 천태만상이었고, 개중에는 심지어 ‘제가 진짜 미련했습니다.’라는 제목이 붙은 것도 있었다.

제가 진짜 미련했습니다, 진짜로요! 부황 슬하에 자식이 열넷이라고만 알았지, 밖에 하나가 더 떠돌아다니는 줄은 몰랐던 것입니다.

문제의 밤, 거사를 이행하기로 막료들과 상의를 마친 제가 막 행동에 돌입하려는데, 아홉째 누님이 눈치를 챈 겁니다. 제가 실수를 저지를까 걱정이었는지 누님은 말리려 하셨습니다.

저는 싫다, 황제가 되고야 말겠다 했으나 아홉째 누님은 한사코 물러서지 않았고, 잠깐 옥신각신하다가 주변을 돌아보니 어느새 시체가 바닥에 잔뜩 널브러져 있더군요. 제가 끼어들 기회는 온데간데없이 사라진 뒤였습니다.

이리 허망하게 끝날 수는 없다는 생각에 여기저기 다니며 수소문도 해 보았건만, 정말로 끝이었던 겁니다. 초조해지더라고요.

그래서 저택에서 부리는 무사들과 함께 성 밖으로 내달렸죠. 달리고, 또 달리고, 그렇게 한밤중까지 달리다가 어느 산골짜기에 접어들었는데, 웬 병사들이 떼거리로 모여 있고 날붙이가 번뜩이는 게 눈에 띄더라고요.

저는 아이고, 끝장이구나, 그랬습죠. 일단 칼을 빼 들고 통쾌하게 한바탕 붙기는 했는데, 황위는 물 건너갔고 결국은 여기 이렇게 갇힌 신세입니다. 치질이 도졌는데 약도 없고…….

제가 진짜 미련했습니다, 진짜로요.

읽다가 뿜을 뻔한 맹부요는 엄숙하게 붓을 들어 십이황자의 답안지에 첨삭을 남겼다.

표절은 창피한 짓이다, 빵점.

그러고는 다른 사람들의 답안지 몇 편을 꼼꼼히 읽어 본 뒤 한쪽에 모아두었다.

이튿날부터 맹부요는 황자와 황녀, 황손들이 감금되어 있는 건물에 먹을 것을 넣어 주지 않았다. 그렇게 꼬박 사흘을 굶긴 뒤, 나흘째 되는 날에야 찐빵 열 개를 들여보냈다.

안에 갇혀 있는 인원은 총 스무 명. 두 사람당 하나씩 나눠 먹어야 하는 숫자였다. 물론 그들이 과연 찐빵을 순순히 나누려 할지야 모르는 일. 맹부요는 기우에게 명해 찐빵을 앞에 둔 황자와 황녀들의 반응을 개인별로 기록해서 보고하도록 했다.

다음 날, 기우가 보고서를 올렸다. 보고서를 한 번 훑어보고 난 맹부요는 앞서 받아 둔 정론 답안지를 꺼내 보고서 내용과 대조해 봤다. 그러고는 답안 세 편을 추려서 한쪽에 따로 보관해 두었다.

그다음 날, 기우가 받은 지시는 감금 인원 몇몇을 조용히 밖으로 불러내 이야기를 나눠 보라는 것이었다. 대상자들을 한 명씩 불러냈다가 슬그머니 돌려보낸 후, 기우는 그들이 대화 중에 보인 반응을 세세히 기록했다. 이후 보고서를 살펴본 맹부요는 그중에서 딱 한 사람 것만을 따로 추려 냈다.

일련의 일들을 마쳤을 즈음은 즉위일로부터 어느덧 시일이 꽤 흐른 뒤였다. 문득 기분 전환이 필요함을 느낀 맹부요는 바깥 구경을 나가기로 했다. 호위병 없이 딱 원보 대인 하나만 데리고서.

근래 장손무극과의 사이는 뜨뜻미지근했다. 대충 '좋은 아침이오. 아, 잘 잤어요? 밥은? 먹었죠. 뭐 하고? 아, 까먹었네' 정도로 요약되는 상태랄까. 사실 관계 회복이 제자리걸음인 데는 그럴 만한 이유가 있었다.

이제 막 국가 정상 자리에 오른 그녀는 바빠도 너무 바빴다. 태자 전하 얼굴을 볼 시간 자체가 별로 없었던 것이다. 현시점에서 둘 사이의 진전이라 할 수 있는 부분은 황제 폐하께서 원보 대인이 뒤를 따라다니는 걸 허하셨다는 점이 유일했다.

종월은 헌원국으로 돌아간 뒤였다. 그는 침울하게, 그러나 마음 편히 떠났다. 맹부요로부터 용서를 받은 것만도 그에게는 더할 나위 없는 행운이었다. 기억 속에 얼어붙은 아픔은 시간이 차츰차츰 녹여 주기를 기다리는 수밖에 없었다.

가면을 쓴 맹부요는 원보 대인을 품 안에 넣고 저자를 내키는 대로 휘젓고 다녔다. 그러다가 과일 꼬치를 발견한 원보 대인이 옷섶에서 기어 나와 다리를 바둥거리면서 사 달라고 떼를 썼다. 맹부요가 성화에 못 이겨 은자를 꺼내는 참인데, 어디서 괴상한 목소리가 날아들었다.

"꿰에엑, 멍청이! 꿰에엑, 쥐가 무슨 과일 꼬치를 먹어!"

깜짝 놀라 고개를 돌리자 꼬치 가게 선반 위에서 색이 화려한 앵무새 한 마리가 폴짝거리고 다니는 게 눈에 들어왔다. 앵무새가 귀 따가운 목소리로 원보 대인을 비웃었다.

"꿰에엑, 하얀 쥐 새끼! 꿰에엑, 과일 꼬치 먹는 하얀 쥐 새끼!"

온몸의 털을 바짝 곤두세운 원보 대인이 맞받아쳤다.

"찍찍!"

앵무새의 머리 위에는 묘하게 생긴 노란색 우관이 돋아 있었다. 꼭 정수리에서 노란 연기가 모락모락 피어오르는 것 같은 모습이었다.

초록색 눈 한쪽을 찡긋 감은 녀석이 한 발을 들고 원보 대인을 흘겨봤다.

"꿰에엑, 사람 말도 알아들어?"

원보 대인이 자랑스럽게 가슴을 펴기가 무섭게 앵무새가 가소롭다는 듯 떠들었다.

"꿰에엑, 사람 말 좀 알아듣는 게 별거라고. 꿰에엑, 말을 할 줄 알아야 신기한 거지. 그럴 재간 있으면 어디 몇 마디 해 보시지? 해 봐! 해 보라니까!"

갑자기 날개를 활짝 펼치면서 고개를 곧추세워 조금 전 원보 대인이 가슴을 내밀었을 때와 똑같은 모양을 만든 앵무새가 그 자세 그대로 원보 대인의 울음소리를 흉내 냈다.

"찍찍, 찍찍!"

난생 처음 당해 본 모욕에 '펑' 하고 뚜껑이 열린 원보 대인이 대뜸 달려들어 '360도 뒤돌려 차기'를 날렸다. 그러나 앵무새는 폴짝 뛰어 발차기를 피한 뒤 계속 약을 올려 댔다.

"꿰에엑, 쥐 새끼, 하얀 게 뭐 별거냐? 사람 말 좀 알아듣는 게 별거야? 이 어르신은 무려 알록달록하시다! 그냥 알아듣는 것만이 아니라 사람 말을 할 줄도 안다고. 그러니까 어르신이 너보다 만 배는 고귀하니라! 꿰에엑!"

팩 돌아 버리기 직전까지 간 원보 대인이 살벌한 표정으로 맹부요의 칼을 쳐다보더니 대뜸 칼자루를 향해 달려들었다. 칼을 물고 가서 빌어먹을 앵무새 놈의 노란 우관을 썰어 버릴 생각인 모양이었다.

앵무가 푸드덕 날아오르면서 의기양양하게 웃어 젖혔다.

"꿰에엑……, 찍찍! 찍찍!"

"금강金剛, 버릇없이 또, 또!"

귀에 익은 듯한 목소리였다.

곧이어 누군가의 손이 앵무새를 단박에 잡아챘다. 그사이에 맹부요도 사생결단을 낼 기세로 앵무를 향해 달려들던 원보 대인을 붙들어 왔다.

목소리가 난 쪽으로 고개를 돌리자 머리에 황금 고리 장식을 단 소녀가 보였다. 비연의 몸종이었다.

맹부요를 향해 싱긋 웃어 보인 소녀가 자리를 뜨면서 앵무새를 토닥였다.

"가야지, 뭘 꾸물대고 있어? 바깥 음식은 입에 안 맞는다며. 돌아가면 만성단萬聖丹 줄게. 흐음, 그러고 보니 벌써 보물 사냥철이네……."

혼잣말을 중얼거리면서 멀어져 가는 소녀를 보며, 맹부요는 인파 속에 서서 생각에 잠겼다. 그때 누군가 곁으로 다가서는가 싶더니 독특한 체향이 그윽하게 번져 왔다.

"누굴 만났기에 그러오?"

장손무극 쪽으로 돌아선 맹부요가 빙긋이 웃었다.

"새요."

"그대에게 날개를 빌려주지는 않던가?"

장손무극이 소녀가 사라진 방향을 응시하며 물었다.

맹부요가 그의 곁을 지나쳐 가며 무심하게 답했다.

"그야 모르는 일이죠."

홀로 그 자리를 지키고 선 장손무극이 잠시 후 조용히 한숨을 내쉬었다.

선기 단명 원년 5월 18일.

흐리고 후덥지근한 날이었다. 봉선은 새벽같이 잠에서 깨자마자 가슴이 답답하다고 느꼈다. 잿빛 구름이 잔뜩 낀 초여름 날씨처럼, 그의 가슴속에도 먹구름이 들어차 있었다.

습기로 인해 벽면에 맺힌 물방울을 멍하니 쳐다보고 있자니 이곳 처소에 마지막으로 사람이 찾아온 게 대체 언제였나 하는 생각이 들었다. 그러고 보니 태의는 분명 병세가 깊어 4월을 넘기지 못할 것이라 했거늘, 어떻게 몸이 지금껏 버텨 주고 있는지 모를 일이었다.

최근 처방받은 약방문이 좋기는 한 것 같았다. 확실히 기운이 나는 걸 보면. 특히 눈이 급격히 좋아졌다. 오래전부터 앞이 침침해서 뭐든 제대로 보이질 않았는데 요즘 들어서는 하루하루 시야가 깨끗해지고 있었다.

문득 우습다는 생각이 들었다. 제위에서도 물러난 마당에 눈은 잘 보여서 무엇에 쓴단 말인가. 직접 봐야만 할 것이 아직 남아 있기라도 해서?

상념에 잠겨 멍하니 있는 참인데 맞은편 건물에서 시끌벅적한 소리가 들려왔다. 비틀거리며 창가로 다가가 고개를 내밀자 원락 출입문이 활짝 열려 있는 게 보였다. 선조들의 위패를 모셔 놓은 맞은편 사당의 출입문도 열려 있었다. 사당에서는 기술자로 보이는 무리가 태감의 지시에 따라 무언가를 건물 밖으로 옮기고 있었다.

얼마 전 같았으면 눈이 침침해서 보면서도 무슨 일인지 몰랐겠으나, 오늘은 모든 정경이 너무나도 뚜렷했다. 기술자들이 옮기고 있는 것은 위패였다. 선기국 역대 황제들의 위패!

일자무식인 무지렁이들이 신성불가침의, 봉선 본인조차 그 앞에서는 반드시 머리를 조아려야 하는 위패를 아무렇게나 들고나와서 사당 밖 짐수레에 집어 던지고 있었다.

얼마 지나지 않아 푸른 바탕에 금빛 글자가 새겨진 황제들의 위패가 짐수레 바닥에 가득 깔렸다. 대충 쌓아 놓은 장작개비처럼, 뒤죽박죽 뒤섞인 채.

봉선은 칼이라도 맞은 것처럼 제자리에서 펄쩍 뛰었다. 헐떡헐떡 숨을 몰아쉬면서 목이 터져라 궁녀며 태감을 불렀다. 그러나 궁녀도, 태감도, 평소에는 재깍 달려오던 자들이 오늘은 코빼기도 보이지 않았다.

그는 어쩔 수 없이 벽을 짚고서 한 발짝 한 발짝 걸음을 옮겼다. 직접 나가서라도 저 구족을 멸할 상놈들을 막아야만 했다.

이때 누군가 말을 걸었다.

"어딜 가시나?"

고개를 든 봉선은 전각으로 우르르 몰려오는 시위들을 발견했다. 이어서 아홉 마리 용이 장식된 어가가 덜컹거리며 등장했다. 봉포를 걸치고 화려한 관을 쓴 맹부요가 느릿느릿 어가에서 내리더니 뒷짐을 지고 서서 무심한 눈빛을 보냈다.

"부요, 마침 잘 왔다!"

반색하며 달려간 봉선이 맹부요의 소맷자락을 붙잡으려고 팔을 뻗으면서 다른 손으로 건너편 사당을 가리켰다.

"저 역적 놈들을 좀 보아라, 저 역적 놈들이 감히……, 감히……."

봉선은 얼굴이 시뻘게진 채 온몸을 부들부들 떨고 있었다. 심지어 말도 제대로 잇지 못했다.

"아."

봉선의 손길을 피한 맹부요가 몸을 돌려 바깥을 쓱 쳐다봤다.

"뭔가 했더니."

그녀가 건물 안으로 걸음을 옮기자 봉선이 비틀거리면서도 급하게 뒤를 따라붙었다.

"막아야 할 것이 아니냐! 막아야……."

"전부 다 봤나?"

맹부요가 뒤를 돌아봤다.

"보았느니라! 대체 이게 무슨 일이냐?"

봉선이 가슴을 부여잡고 쿨럭거렸다.

"저놈들……."

"무슨 일은, 보다시피 황실 위패 옮기는 중이지."
"네가……."
맹부요의 말투를 듣는 순간, 봉선의 머릿속에 번갯불이 스쳤다. 번쩍 고개를 든 봉선이 경악에 차서 말했다.
"네가……, 네가 저놈들을 시켜서……."
"당연한 소릴."
입가에 웃음을 내건 맹부요가 어쩌다가 그렇게 멍청해졌냐는 물음을 담은 얼굴로 봉선을 쳐다봤다.
"내 지시 없이 감히 저길 건드릴 사람이 있으려고?"
"미쳤구나!"
뒤로 물러선 봉선은 침상 가장자리에 부딪히면서 다리가 꺾이고 말았다. 바로 뒤가 침상이었지만, 그는 주르륵 미끄러져 바닥에 주저앉았다. 다리를 부들부들 떨면서 몸을 일으키려 해 보았으나 마음처럼 되지 않았다. 몇 번을 시도해도 번번이 실패였다.
"내가 미쳤는지 아닌지는 모르겠는데."
꼼짝 않고 서서 그 모습을 싸늘히 쳐다본 맹부요가 무감하게 말했다.
"아마 당신은 곧 미칠 거야."
침상 앞으로 성큼성큼 걸어가 손으로 무릎을 짚고 앉은 그녀가 발치에서 버둥거리고 있는 봉선을 내려다봤다.
"알려 줄 소식이 있어서 왔어. 조금 전에 황명을 내렸는데 말이지, 오늘부터 이 나라의 국호는 선기가 아닌 '완宛'이고 연호는 '장생長生'이야. 기존 황족들은 전부 평민으로 강등당했으니 이제 세상에 '선기국 황족'이라는 건 존재하지 않아!"

봉선은 한 마디도 응수하지 못했다. 맹부요의 말을 듣자마자 눈을 허옇게 뒤집으며 까무러친 탓이었다.

맹부요는 그런 봉선을 차분히 내려다봤다. 흐린 하늘가에서 소용돌이치는 먹구름만큼이나 새카만 눈으로.

선기, 선기.

오늘부로 그 빌어먹을 나라의 황가는 이 세상에서 영영 사라졌다.

허완, 허완.

오늘부로 황궁 사당에는 오직 허완의 위패만이 존재하게 될 것이다.

봉선이 의식을 되찾은 것은 시간이 한참 흘러서였다. 깨어나자마자 어둠과 마주한 그는 눈이 멀어 버렸다고 생각했다.

그러나 잠시 후 어둠 속에서 희미하게 빛나고 있는 두 개의 점이 보였다. 봉선은 그제야 날이 저물었을 뿐임을 깨달았다.

어둠 속에서 빛나는 것은 눈동자였다. 줄곧 자리를 지키고 있었던 맹부요의 눈동자.

봉선은 기절하기 직전의 자세 그대로 바닥에 드러누워 있었다. 그렇게 온몸이 차갑게 굳은 채로 시체처럼 누워 있자니 그제야 맹부요가 품은 원한의 깊이를 알 것 같았다.

본디 봉선은 그 정도야 황궁에서는 비일비재한 일이라고 생각했다. 맹부요에게 다섯 살 이전의 기억이 없을 수도 있다고 생각했다. 지고지상한 황제의 자리를 주었으니 지난 비분과 원한쯤은 모두 풀렸으리라 생각했다.

맹부요를 너무 쉽게 봤던 것이다. 인간의 본성과 원한, 고통과 어둠 또한 너무 쉽게 봤음이었다.

황권이 세상 그 무엇보다 중요한 봉선은 몰랐다. 다른 누군가에게는 제 마음이, 지난 경험에 새겨진 웃음과 눈물이, 인생에서 가장 생생하고 가장 구원이 절실한 기억이, 황권 따위보다 훨씬 중요하다는 걸.

"너는…… 저주가 두렵지도 않은 게냐……."

한평생 갖은 애를 쓰며 지켜 온, 천년만년 건재하길 바랐던 봉씨 가문의 강산을 본인 손으로 끝장낸 상황. 선조들은 상놈의 손에 붙들려 더러운 짐수레에 내던져졌다가 쓰레기 더미에 묻혔고, 봉선 본인은 자손만대의 죄인으로 전락해 죽어서도 조상님들 뵐 낯이 없어진 상황이었다.

봉선이 지난날의 악랄한 맹세를 들먹인 것은 최후의 발악이었다. 자기 입맛대로 주무를 수 있을 줄 알았으나 실제로는 완전히 통제 불능이었던 딸을 그것으로라도 옭아매기 위하여.

"거기에 답을 주려고 지금껏 기다리고 있었지."

무릎을 접고 앉은 맹부요가 봉선 가까이 얼굴을 들이밀었다. 흑백이 분명한 눈동자가 실내의 어둠 속에서 어렴풋이 반짝였다.

"그 맹세는 나랑 아무 상관이 없거든."

그녀가 빙긋이 웃으면서 봉선의 귓가에 속삭였다.

"당신과 허완의 딸 봉부요는 죽은 채로 태어났어. 나는 단지 맹부요일 뿐이고!"

봉선이 흠칫 몸을 떨었다.

"봉부요는 가문에 충성했고, 선기국 황족을 멸하지도 않았으며, 맹세를 어기는 일 같은 건 절대로 없을 거야. 딱 반 시진 동안만 세상에 살아 있던 사람이니까."

맹부요의 웃음은 평온하고도 싸늘했다.

"그때 뭐라고 맹세했는지 기억해? 그건 내가 아니라 봉부요가 한 맹세였어!"

봉선이 갑자기 경련을 일으켰다. 그 와중에도 눈길은 여전히 맹부요의 눈동자에 고정된 채였다. 맹부요의 눈동자는 태양처럼 찬란하고 가을날의 강물처럼 투명했으며, 깊이 있는 광채를 발하고 있었다.

그 요사스럽고도 차가운 눈동자가 봉선의 눈앞에 바싹 다가붙어 있었다. 검디검은 강철 벽처럼, 그를 암흑의 심연에 영원히 가두어 둘 기세로.

밤의 어둠에 묻힌 궁궐 안에서, 맹부요의 강철처럼 흔들림 없는 눈빛 속에서, 봉선은 경련하고 있었다. 제 뼈가, 근육이, 심장이, 비틀리고 접히다가 토막토막 끊어지는 소리를 들으며.

그러다가 몸속 깊숙한 어딘가에서 무언가가 '쩡' 하고 우는가 싶더니, 눈앞에 별이 번쩍할 정도의 격통이 몰려왔다. 곧이어 그 무언가가 무너지고 터지더니 연기가 되어 흔적 없이 흩어졌다.

그것은…… 아마 그의 영혼이었을 터.

제왕의 죽음이 이토록 간단한 것이었던가. 일생 한 나라를 쥐락펴락했고, 치열한 정권 쟁탈전을 조종했으나, 마지막 순간의 그는 남의 손아귀에 놀아나는 신세였다.

인과응보로다, 인과……응보!

선기 단명 원년 5월 18일, 여제가 국호를 '완'으로, 연호를 '장생'으로 바꿀 것을 천명했다. 사람들은 그제야 깨달았다. 원래 연호였던 '단명'은 그저 '목숨이 짧다'는 뜻에 지나지 않았음을.

출가한 구황녀를 제외한 선기국 황족들은 평민으로 신분이 강등되었다.

장생 원년 5월 19일, 천성제 봉선이 붕어해 안릉에 안장되었다. 안릉은 그날부로 폐쇄되었다. 드넓은 능묘에 봉선 홀로 남겨진 것이다.

봉선은 임종에 앞서 자기 얼굴을 노란 천으로 덮어서 묻어달라고 부탁했다. 가문의 죄인으로서 지하의 조상님을 뵐 낯이 없다는 뜻이었다.

여제는 봉선의 부탁을 들어주었다. 그로써 안릉은 선기국 황실이 남긴 마지막 능묘가 되었다.

물론 황족 중에도 행운아는 있었다. 오황자가 바로 그 주인공이었다. 그는 다른 황족들과 달리 평민으로 강등당하지 않았고, 도리어 신임 승상 자리에 올라 대완의 정사를 맡아 보게 되었다.

여제가 오황자를 승상으로 임명하자 대소 신료들은 영문을 모르겠다는 반응이었다. 신료들의 반응을 본 여제가 담담하게 말했다.

"짐은 모두에게 기회를 주었다. 그 기회를 잡은 것은 한 사람뿐이었지만."

앞서 그녀가 황족 전원을 전각 한곳에 감금했던 것은 사실 시험을 위해서였다. 첫날 정론에서는 오황자를 포함해 총 일곱 명이 두각을 나타냈다. 그때부터 일곱 명은 중점 관찰 대상에 포함됐다.

두 번째로 밥을 굶겼다가 찐빵을 들여보냈을 때는 다 같이 뒤엉켜 치고받고 난리가 난 와중에도 음식을 나눠 먹는 모습을 보인 몇 명을 추려 냈다. 사흘을 쫄쫄 굶었기는 모두가 마찬가지였으나, 그 상황에서도 오황자는 자기 몫을 조카 녀석에게 양보했다. 첫 번째 시험에 이어 이 단계까지 통과한 사람은 고작 세 명이었다.

세 번째로 기우를 시켜 개별 면담을 진행하면서는 폐하께서 황자와 황녀 중에 능력 있는 사람을 뽑아 중신으로 기용하고자 한다며, 일부러 후보자 명단을 흘렸다. 앞선 단계를 통과한 세 명 중 둘은 좋아서 어쩔 줄 모르면서 은근슬쩍 경쟁자들을 헐뜯었고, 오직 오황자만이 전혀 들뜬 기색 없이 평정을 유지했다.

이리하여 오황자 혼자 최종 합격을 얻어 낸 것이다. 뛰어난 정론은 능력을 보여 주고, 먹을 것을 양보하는 모습은 어진 마음을 보여 주고, 미끼를 함부로 물지 않는 자세는 신중함을 보여 주니.

이것이 바로 맹부요가 자신에게 필요한 조력자를 골라내기 위해 사용한 수단이었다. 나라 전체를 대상으로 장기간에 걸쳐 선발하는 방법도 있겠지만, 시간 여유가 없는 그녀로서는 정치 경험이 풍부한 황족 중에서 인재를 찾는 것이 최선이었다.

사실 그녀에게는 먼 앞날을 대비한 구상이 있었다. 언젠가 자기가 이 세계를 떠나게 된다면, 그때는 오황자에게 황위를 넘기고 대완을 무극 또는 대한 밑으로 편입시키겠다는 것이었다. 설사 오황자가 옥좌에 앉더라도 장손무극이나 전북야가 지키고 있는 이상에는 나라 이름을 선기로 되돌릴 생각은 못 할 테니.

어쨌든 떠나더라도 능력 있는 관리자를 찾아 주고 떠나면 죄 없는 백성들에 대한 미안함을 덜 수 있을 것 같았다.

장생 원년 5월 21일 밤, 불빛이 어스름한 영창전. 맹부요가 휘장 뒤편을 쉬지 않고 왔다 갔다 하고 있었다. 잠시 후 그녀가 기우를 향해 씩 웃으며 말했다.

"음, 꼭두각시가 나를 아주 쏙 빼닮았네. 아무튼 잘 지키고 있어."

조용히 고개를 끄덕이고 난 기우가 물었다.

“정말 가십니까?”

“당연하지.”

맹부요는 짐 보따리를 챙기는 중이었다.

“옛 주군한테 알리기만 해 봐. 이제 내 사람이면서 자꾸 그쪽이랑 속닥거리다가는 어느 날 확 잘리는 수가 있어!”

기우는 아무 대꾸도 하지 않고 조용히 자리를 피했다.

밤이 깊은 가운데 하늘에서는 별이 빛나고 있었다. 잠시 후, 사람 하나가 영창전을 은밀히 빠져나왔다. 인물이 채 몇 걸음을 가기도 전에 하얀 공 같은 물체가 쫓아와 품속으로 뛰어들었다. 그러더니 기를 쓰고 안으로 파고들어 자리를 잡았다. 맹부요의 가슴 깊숙이 머리를 파묻은 그것의 정체는 원보 대인이었다.

부풍에 가려는 거 다 아니까 나도 데려가라. 금강 놈을 찾아서 그날의 치욕을 갚아 줄 테다!

6부
부풍의 해적

처음 그때처럼

맹부요는 나무에 기댄 채 풀 줄기로 무릎 위의 원보 대인을 간질이고 있었다. 원보 대인은 영화 〈타이타닉〉 속 주인공들이 했던 자세로 바람을 맞는 중이었다.

광활한 대지의 서늘한 공기에 매료당해 코를 킁킁거리던 대인은 꿈을 꾸듯 생각했다.

아, 고향에서 불어오는 바람. 고향과 점점 가까워지고 있구나…….

"원보 너, 그래서 그 금강이란 놈 찾아내면 어쩌려고? 죽이게? 끓는 물에 삶게? 털을 홀라 당 뽑아 버리게?"

궁창에서 나는 맛난 것들을 추억하느라 바쁜 참인데, 맹부요의 질문이 산통을 깼다. 원보 대인은 눈빛에 강한 불만을 담아 맹부요를 째려봤다.

맹부요 쪽에서도 질세라 불만의 눈초리를 보냈다.

자기도 데려가라고 사정할 때는 갖은 애교를 다 부리더니. 막상 나오니까 저 혼자 잘난 거 봐라. 누가 그 주인에 그 애완동물 아니랄까 봐!

맹부요는 갑갑한 기분으로 고개를 들어 주변 풍경을 둘러봤다. 끝도 없이 펼쳐진 초록 들판에 대새풀, 털수염풀, 가는나래새가 가득 깔려 있었다. 그 사이로 들국화와 새빨간 열매가 달린 관목도 드문드문 눈에 띄었다.

높고 새파란 하늘, 탁 트인 경치, 저 멀리 지평선 너머에는 눈 쌓인 산맥이 묵묵히 웅크리고 있었다. 산꼭대기에서 달음질쳐 온 바람이 드넓은 평원 위를 휘돌면서 한 구절 한 구절 웅장한 목가를 불렀다.

실로 웅대한 기상. 대자연의 정취가 물씬 느껴졌다.

지금 그녀의 위치는 대완과 부풍의 국경 지대, 더 정확히 말하자면 부풍 삼대 부족 중 발강족의 세력 범위에 속하는 곳이었다. 아란주의 고향에 온 셈이었다.

그녀가 거쳐 온 대완국 변경 창현에서부터 부풍까지는 쭉 초원 지대가 펼쳐져 있었다.

부풍은 초원, 고원, 평원, 내해, 산지가 공존하는 땅으로, 춥고 눈이 적은 겨울, 무덥고 비가 많이 오는 여름, 모래바람이 부는 봄, 청량한 가을을 가지고 있었다. 북쪽으로 올라갈수록 기후 조건이 나빠지겠지만, 일단 지금까지는 딱 상쾌한 날씨였다.

늘어지게 기지개를 켜고 난 맹부요가 풀 줄기를 입에 문 채로 몸을 눕혔다. 부풍은 땅덩이에 비해 사람이 별로 없다더니, 아니나 다를까 첫날은 정말 사람 코빼기도 구경할 수가 없었다. 호위들과 함께 이동하는 내내 마주친 거라고는 엄청나게 많은 새 떼가 전부였다.

오늘에야 멀지 않은 강 하류에서 유목민 마을을 발견할 수 있었다. 주변에서는 호위병들이 천막을 치는 중이었다. 새하얀 천막이 초원 위에 진주처럼 알알이 자리를 잡았다.

지난번 선기국에 갈 때는 보란 듯이 3천 명이나 되는 호위대를 이끌고 움직였지만, 이번에 맹부요가 데려온 인원은 최정예 3백뿐이었다. 기우에게는 그녀가 특별히 차출한 한왕군을 줘서 대완 황궁을 지키고 있도록 했고, 철성과 요신은 이번 여정에 동행할 예정이었다. 대한에 있는 요신에게도 미리 전령을 보내 두었다. 오늘 야영은 요신을 기다렸다가 일행에 합류시키는 것이 목적이었다.

주주가 과연 따라올지는 알 수 없었다. 남자 꼬시기도 집에 가는 것만큼이나 중요한 일이니 선택은 주주 본인의 몫이었다. 맹부요는 꼰 다리를 까딱까딱 흔들면서 생각에 잠겨 있었다.

솔직히 황제 자리에는 전혀 흥미가 없었다. 애초부터 복수를 위한 임시방편으로 받아들인 자리에 불과했다. 대완은 조만간 누구한테든 넘겨줄 작정이었다. 누가 임자가 되건 그녀의 주변인들은 그녀의 나라를 함부로 굴릴 사람들이 아니므로 걱정은 없었다.

맹부요의 인생 목표는 처음부터 오직 하나였다.

집에 돌아가는 것. 그녀는 돌아가야 했다.

이번에 부풍에 온 것은 파구소 9성 달성을 도와줄 보물을 얻기 위해서이기도 했지만, 더 중요한 이유는 부풍이 궁창으로 향하는 길목에 있기 때문이었다.

다시 말해 이제 그녀는 집으로 향하는 여정을 정식으로 시작한 셈이었다. 큰 이변이 생기지 않는 한 대완 땅에 다시 발을 디딜 일은 없을 것이다.

그녀는 출발 전에 기우에게 서신 한 통을 써서 침전 내실에 두고 나왔다. 3년 뒤에 열어 보라는 당부를 덧붙여서. 3년 뒤에도 그녀가 대완에 없다면 그건 꿈이 실현되어서 빌어먹게 음침한 이 오주대륙에 완벽한 안녕을 고했기 때문이리라.

이런저런 생각을 하다 보니 마음이 들떴다. 하지만 들뜬 기분은 오래가지 못했다. 금세 울적함이 그녀를 짓눌러 왔다.

떠난다는 것, 이곳을 영원히 떠난다는 것. 그건 곧 맹부요라는 사람이 이 세계에서 철저히 사라진다는, 죽음과 같은 의미였다.

그녀는 바람이 아니었기에 아무 흔적도 남기지 않고 세상을 그저 스쳐 지나지는 못했다. 그녀는 이 세계에 너무나 많은 기억을 남겼다.

엄마를 향해 달려가는 길은 이번 생과 이곳의 친구들로부터는 멀어지는 길이었다. 여기서 보낸 19년의 세월 속에 선명하게 존재했던, 결코 남이 될 수 없을 소중한 사람들로부터.

엄마가 그녀에게 남긴 기억의 비중만큼, 그들이 그녀의 삶에 남긴 흔적 역시 깊었다. 그들과 긴 여정을 함께하는 동안, 무쇠처럼 굳던 처음의 결심은 어느덧 이 순간의 고뇌와 아픔으로 변해 있었다.

영영 어느 쪽에도 마음 붙이지 못하고 그리움에 시달리며 살아야만 하는 것이 운명일까? 이번 생에서는 지난 생의 엄마를 그리워하고, 지난 생으로 돌아가서는 이번 생의 살붙이들을 그리워하면서?

그래, 살붙이! 그들 또한 살붙이였다.

그녀의 곁을 지켜 주고, 도와주고, 보살펴 주고, 생의 가장 암담한 순간에 가장 따뜻한 손을 내밀어 주고, 희망의 불씨를 건네준…… 지난 19년의 세월 속에서 만나 그녀의 마음 깊이 새겨진 사람들.

전북야, 아란주, 종월, 운흔, 철성, 요신, 기우, 소칠, 원보 대인, 그리고 원보 대인의 주인…… 장손무극.

그 이름을 떠올리자 가슴이 아프게 죄어들었다. 맹부요는 입술을 질끈 깨물고 파도치는 마음을 가라앉히려 애썼다. 그녀의 입술 사이로 나직한 한숨이 흘러나왔다.

그토록 오랜 세월을 꿋꿋이, 돌아가겠다는 신념 하나로 버텼건만. 정작 집을 향한 본격적인 여정에 접어들고 나니, 이별이 가까운 미래의 현실이 되고 나니, 아팠다. 역시나 아팠다…….

맹부요는 몸을 휙 뒤집어 진흙땅에 얼굴을 처박았다. 그러고는 아픔을 뭉개 버리기 위해 가슴을 땅바닥에 대고 짓눌렀다. 그 바람에 원보 대인은 '히익' 하고 숨 한 번 들이켤 시간도 없이 빈대떡이 되고 말았다.

이내 원보 대인이 바둥거리면서 맹부요의 몸 밑에서 기어 나왔다. 원보 대인은 부풍 땅에 들어오고부터 어딘지 이상한 맹부요를 향해 원한에 찬 눈을 치떴다. 겪으면 겪을수록 상종 못 할 여자다 싶었다.

누구는 좋아서 들러붙어 있는 줄 아나, 다 주인님이 시킨 탓이지. 그나저나 주인님은 왜 이렇게 늦어?

원보 대인은 앞발로 이마에 차양을 만들고 무작정 사방을 두리번거렸다. 처리할 일이 있어서 조금 늦게 따라올 거라더니, 주인님은 꼬박 하루가 지나도록 그림자도 안 보였다.

생각해 보면 주인님 신세도 참 가련했다. 원래는 무극국에 한 번 다녀오고 싶어 했는데, 보아하니 그 계획은 물 건너간 것 같았다.

그나마 아버지가 요즘 기력을 차려서 주인님이 나랏일 돌볼 필요 없이 한량 생활 중이니 망정이지, 안 그랬어 봐라, 쯧쯧.

원보 대인은 착잡하게 한숨을 흘렸다.

눈앞에 있는 보석을 못 알아보고 굳이 세상에서 제일 딱딱하고 구린내 나는 똥간 바윗돌에다 대고 지렛대질이라니. 비상한 총기를 타고난 무극 태자의 일생에 있어 최악으로 멍청한 짓이었다.

맹부요의 귀에는 그 한숨 소리가 몹시도 거슬렸다. 몸을 바로 눕힌 그녀가 귓구멍을 틀어막을 요량으로 천 뭉치를 꺼내 들었다.

그때 손이 미끄러지는 바람에 천 뭉치의 모양새가 본의 아니게 눈에 들어왔다. 허완의 침상 아래에서 찾아낸, 연꽃이 들어 있던 바로 그 주머니였다. 그때도 글자가 눈에 띄기는 했으나 워낙 심란한 와중이라 대충 넘겼었다. 그 뒤 황궁을 떠나오는 길에 별생각 없이 짐 속에 처박아 뒀던 걸 이제야 주의 깊게 살펴볼 기회가 생긴 것이다.

낡은 천을 펼치자 몽당붓과 문드러진 먹으로 써 놓은 글자가 희미한 형태를 드러냈다.

내 딸 무명에게.

허완이 남긴 유서였다. 맹부요의 손이 바르르 떨렸다.

근래 들어 자꾸만 불안한 예감이 드는구나. 무언가 좋지 않은 일이 생길 것만 같아서 고민 끝에 이 글을 남긴다. 네가 무사히 자라 언젠가 읽을 날이 오기를 바라며.

입술을 앙다문 맹부요가 이미 알아보기 힘들 만큼 세월에 닳아 버린 허완의 마지막 필적을 조심스럽게 어루만졌다. 그러고는 허완이 딸의 앞날을 위해 한 자 한 자 정성 들여 남긴 조언을 읽어 내려갔다.

내 딸아, 항상 겸손하고, 자제하고, 여인으로서 어진 인품과 단정한 용모, 적당한 언변과 살림살이를 살뜰히 꾸리는 능력을 갖추어야 할 것이다. 자라서 시집을 가거든 시부모를 공경하고, 어질고 효성스럽게 집안을 돌보며, 너그러운 마음을 가지고, 여자로서 할 도리를 지키고, 내조와 자식 교육에 힘쓰고…….

불안감에 떨던 모친이 붓끝으로 줄줄이 써 내려간 것은 전통 시대의 여인이 겸비해야 할 미덕 일체였다. 허완은 어린 딸아이가 세속이 요구하는 모든 미덕에 부합하기를 간절히 바라면서 편지를 썼을 것이다. 그래야만 남존여비와 약육강식의 법칙이 지배하는 오주대륙에서 그나마 평탄한 삶을 살아갈 수 있을 테니.

맹부요의 눈언저리가 붉어졌다. 그 시절, 좁은 곁방 침상 앞에서 어스름한 한 점 불빛에 의지해 마지막 편지를 써 내려갔을 허완의 모습을 떠올린 까닭이었다.

알 수 없는 미래에 대한 공포보다도 더욱 강하게 그녀의 마음을 지배한 것은 어린 딸이 맞이할 운명에 대한 걱정이었으리라. 그 걱정이 얼룩덜룩한 먹물 자국으로 화해, 14년이 지나서야 펼쳐진 핏빛 유서로 화해, 절절한 모정을 전해 주고 있었다. 비록 허완은 육중한 궁궐 담벼락 밑에서 백골이 된 지 오래였지만.

미안해요. 당신이 바라는 대로 크지 못해서. 그래도 나는 해야 할 일들을 다 마쳤어요.

당신을 고문했던 악녀와 비밀을 고해바친 그 딸을 죽였고, 추악한 선기 황실을 멸하면서 그들의 종묘와 선기라는 국호까지 뿌리째 들어냈어요.

우리를 무책임하게 내버리고, 당신을 참혹한 지경으로 몰아가 놓고 철저히 외면한 남자의 가장 간절한 바람을 자근자근 짓밟아 줬어요. 그자의 더러운 일생에서 무엇보다도 중요했던 황권의 계보를, 봉씨 가문의 종묘를, 그자가 지켜보는 앞에서 흔적도 없이 끝장냈어요. 본인의 얕은 수작이 어떤 파국으로 되돌아왔는지를 똑똑히 보여 줬고, 용서받지 못할 죄인으로 전락해 죽어서도 선조들을 볼 낯이 없도록 만들어 줬어요. 그들에게는 최고로 가혹하다고 느껴질 형벌을 내렸어요.

당신에게는 내가 할 수 있는 최대한의 보상을 해 줬어요. 완이라는 이름을 국호로 삼았고, 내 왕조의 종묘에는 오직 당신의 위패만이 존재해요. 당신의 봉호는 영자永慈, 대완의 개국태후예요.

아직 더 이루고 싶은 염원이 남았나요?

무명, 내 딸아. 언젠가 이마에 흉터가 있는 청택군 출신 사내를 만나게 되거든, 그가 만약 내 이야기를 꺼내거든, 이 어미를 대신해 한 마디만 전해 주렴. 허완은 단 하루도 당신을 원망해 본 적 없다고…….

22년 전, 혼인을 약조한 한 쌍의 남녀가 선기국 변방 소도시

청택군을 떠나 번화한 수도 동성에 당도했다. 기근을 피해 친척집에 잠시 신세를 지기 위해서였다. 하지만 친척은 이미 타지로 이주한 뒤였고, 노잣돈도 다 떨어진 판에 오갈 데가 없어진 둘은 동성을 흐르는 홍계하에 나란히 몸을 던지기로 했다.

그런 둘을 구해 준 것은 마침 근처를 지나가던 말단 벼슬아치였다. 벼슬아치는 두 사람에게 살길을 일러 줬다. 바로 황궁이었다.

그해 황궁에서는 궁녀를 뽑고 있었다. 관원 집안의 여식 중 열여섯 살 이하의 미혼 처녀가 대상이었다. 딸자식을 궁에 들여보내 남의 시중이나 들게 만들고 싶지 않은 관원들은 대신 입궁해 줄 가난한 집안 딸을 찾느라 난리였다.

말단 벼슬아치는 남녀에게 두 가지 선택지를 제시했다. 첫째는 남자 쪽이 태감이 되어 여자를 먹여 살리는 것. 둘째는 여자가 벼슬아치의 딸을 대신해 궁녀로 들어가는 것이었다.

벼슬아치는 만약 후자를 택한다면 남자에게 거액의 돈을 주겠다고 했다. 궁녀 생활 8년이면 궐에서 나올 수 있으니 부부의 연은 그때 가서 맺으면 되지 않겠느냐며.

하룻밤 동안 힘겨운 고뇌를 거친 둘은 결국 여자가 궁녀로 들어갔다가 8년 뒤에 다시 만나는 쪽을 택했다. 둘은 홍계하 기슭에서 눈물을 머금고 헤어졌다.

그로써 여자는 다른 사람 대신 구중궁궐 심처로, 결코 피할 수 없을 비극의 한복판으로 걸어 들어가게 되었다.

남자는 사례금을 소중히 간직한 채 도성에 머물면서 하염없이 여자를 기다렸다. 여자의 안부 한 토막이라도 듣기 위해 갖은 수단을 동원해 가면서, 긴긴 8년이 어서 지나가기만을 고대했다.

그러나 두 사람은 영영 다시 만나지 못했다.

해가 거듭 바뀌었다. 허완은 둘 사이에 희망이 없다는 걸 알았지만, 영원히 돌아가지 못할 자신이 정혼자의 가슴속에 지워지지 않을 상처로 남으리라는 것 또한 알았다. 하여, 그 심성 고운 여인은 어린 딸에게 부탁해서라도 정혼자의 마음을 가볍게 해 주고자 했던 것이다.

하지만 이미 늦어 버린 뒤였다. 그녀의 용서가 정혼자에게 전해질 가망은 없었다.

맹부요는 두 눈을 지그시 감았다. 관원현 감옥에서 만났던 남자가 떠올랐다. 이마에 흉터가 있었는지는 알 길이 없었다. 그걸 구분해 내기에는 남자의 몰골이 너무 더러웠다.

하지만 운명은 그녀를 남자에게로 데려갔고, 남자 앞에서 무심결에 가면을 벗도록 만들었다.

어쩌면 그녀를 인도한 손길은 허완의 것이었는지도 모른다. 정혼자의 긴긴 기다림에 마침표를 찍어 주기 위하여.

관원현 감옥에서의 해후는 줄곧 자신의 과거로부터 도망쳐 다니던 맹부요가 마침내 진실을 마주할 결심을 하게 된 계기이기도 했다.

허완이 연릉궁 담벼락 아래에 묻혀 있다는 사실을 남자가 어떻게 알았을까. 동성에 있던 사람이 어쩌다가 관원현까지 흘러

가서 감옥에 처박혀 있게 된 걸까.

답해 줄 사람이 없는 의문은 이제 남자의 육신과 함께 산산이 흩어져 하늘과 땅 사이 어딘가로 모습을 감출 터였다.

20여 년 전, 남자는 약혼녀를 궁에 들여보냄으로써 목숨을 부지했다. 그리고 20여 년이 지나, 그는 이미 오래전에 참혹하게 죽은 약혼녀의 딸을 만나 자신의 목숨으로 지난날의 빚을 갚았다. 단지 하늘의 뜻이 그러했을 뿐.

맹부요는 조용히 한숨지으며 주머니를 갈무리해 넣었다.

지금쯤 두 사람은 하늘에서 다시 만났을까? 부디 다음 생에서는 황가와 얽히지 않길.

어둠이 내리기 시작한 초원에 모닥불이 타올랐다. 파도치는 풀잎 위로 크고 환한 달이 서서히 떠올라 맑은 빛으로 세상을 밝혔다. 은색 달빛이 진초록 이파리 끝에 올라앉아 아득히 멀리까지 이어져 있는 광경. 그 화려한 색채는 찬란하게 반짝이는 바다를 연상시켰다.

일어나서 저녁을 먹으러 가려던 맹부요가 문득 한 지점에 눈길을 주었다. 저만치 앞쪽, 크고 둥근 달 속에서 누군가 검무를 추고 있었다.

폭이 넉넉한 장포, 거동 하나하나에서 배어나는 품격. 바람 부는 초원 위, 넓은 옷자락이 달빛에 젖은 풀잎 사이로 사라질 듯 말 듯 표표히 나부꼈다. 마치 구중천 하늘 위에서 춤추는 이와 같은 자태였다.

손짓이며 발짓은 거침없이 가볍고 날래건만, 그 와중에 칼끝의 정교한 움직임은 우아하기 이를 데 없었다. 민첩함과 우아함의 완벽한 조화, 강함과 부드러움의 황홀한 공존. 멀리 보이는 그림자에 불과함에도 인물에게서는 초탈한 은사와 같은, 혹은 고결한 선인과도 같은 운치가 느껴졌다.

은은한 달빛이 끝없이 펼쳐진 들판을 비추고 있었다. 백옥 같은 달을 배경으로 재색 그림자가 펼치는 검무는 붓으로 그려 놓은 듯 선명하고, 검을 든 이의 멋들어진 풍치는 시들 줄을 몰랐다. 어디선가 본 듯한 장면…….

맹부요는 사뿐하게 걸어오는 상대방을 쳐다보며 멍하니 앉아 있었다. 시공의 터널이 2년 전 첫 만남의 순간을 그녀 앞에 끌어다 놨다. 어째서일까, 갑자기 눈시울이 시큰해졌다.

첫 만남. 첫 만남.

2년 전 그때, 그녀는 세상으로부터 배반당한 채 현원검파 뒷산 동굴에서 고통받고 있었고, 그는 동굴 맞은편 외딴 절벽 위에서 멋들어지게 검무를 추고 있었다.

당시 그녀는 한눈에 그에게 마음을 빼앗겼다. 비록 그때는 그가 자신의 인생을 온통 채우게 될 줄 미처 몰랐지만.

오늘 다시 본 그의 검세는 한층 더 유연하고도 시원스러워져 있었다. 반면 그녀의 마음은 거리낄 것 없이 명쾌했던 과거와 달리 몹시도 복잡했다.

눈시울이 붉어지는 동시에 눈앞의 풍경이 흐릿하게 번지더니, 달을 배경으로 검무를 추던 이의 모습이 어느 순간 시야에서 사라졌다.

앞쪽 모닥불이 갑자기 크게 일렁이면서 주황색 화염이 확 밝아졌다. 그러더니 머리 위에서 나뭇가지 몇 개가 우수수 떨어져 모닥불을 더 크게 키웠다. 맹부요는 고개를 들지 않고 그저 입을 꾹 다문 채로 연달아 떨어져 내리는 나뭇가지를 쳐다보고 있었다.

연보라색 옷자락이 스르륵 눈앞에 드리워졌다. 은실로 놓인 자수가 옷자락의 움직임에 따라 물결처럼 은은하게 반짝였다. 세차게 굽이치는 물줄기가 메마른 강바닥을 적시며 흘러가는 듯한 모습이었다.

머리 위에서 나뭇가지가 유유히 흔들리는 소리가 났다. 어느 분께서 극본에 충실히 그날을 재연하고 있음이었다. 분명 그는 당장 부러져도 이상하지 않을 나뭇가지 끄트머리에 누워 있을 것이다. 구름처럼 가볍게, 바람처럼 느긋하게.

나뭇가지를 던지는 솜씨는 말할 것도 없이 일품이었다. 잔가지는 매번 정확히 모닥불 안으로 떨어져 앞서 던져 넣었던 가지 사이에 꽂힐 테고, 점차 수가 늘어난 나뭇가지는 엎어 놓은 반달 모양 땔감 더미를 이루리라. 모닥불은 시간이 갈수록 더 활활 타오르고…….

맹부요는 고집스럽게 제자리를 지키고 있었다.

알아도 모르는 척할 테다. 무슨 꿍꿍이인지 어디 한번 지켜

보겠어!

머리 위에서 피식 웃는 소리가 들렸다. 맹부요는 속으로 숫자를 셌다.

하나, 둘, 세…….

미처 셋을 세기도 전이었다. 상대가 각본을 수정했는지, 나무 꼭대기에서 차분한 저음이 날아 내려왔다.

"소저, 내 밤이슬에 못내 한기가 드오만."

잘도 외우고 있었군…….

터져 나오려는 웃음을 입술을 깨물며 가까스로 참아 낸 맹부요는 숙연한 표정으로 귀먹은 척을 했다.

의뭉스럽기는. 두고 보자고, 언제까지 그렇게 능청일 수 있는지!

옷자락이 지면 쪽으로 조금 더 내려왔다. 비협조적인 어느 소저에게 가까워지기 위해 나뭇가지를 아래쪽으로 내리누른 모양이었다.

가지 위에 누워 느긋하게 턱을 괸 자세로, 장손무극의 눈길이 그녀의 몸을 훑고, 훑고, 훑고, 또 훑었다. 맹부요는 뒤로 돌아앉아 면벽참선 중인 달마 대사에 빙의라도 한 양, 묵묵히 눈을 내리깔았다.

"소저는 춥지 않소?"

그 물음에 맹부요는 상의 제일 위쪽 단추를 풀어 보임으로써 본인은 덥다는 의사를 밝혔다.

6월에 안 더운 게 더 이상하지. 하지만 다음 대사인 '그럼 벗어야지.'는 원천 차단할 테다.

바로 그때였다. 새빨간 열매 하나가 또르르 굴러왔다. 강렬한 빛깔과 맑은 향기, 기린홍이었다.

그 빨간 열매를 빤히 내려다보던 맹부요가 팔짱을 끼고 턱을 쳐들었다.

짐은 이제 지난날의 무지렁이가 아니란 말이다. 이까짓 열매에 혹할 수준이 아니시니라. 얼마든지 굴러가시지, 굴러라 굴러, 굴러…….

휘익!

새하얀 무언가가 번개처럼 시야를 스치는 동시에 한 줄기 바람이 불어닥쳤다. 동그란 물체가 공중에서 휘리릭 재주를 넘더니 뒷다리를 멋지게 찢으면서 그녀의 콧날을 걷어찼다. 맹부요는 '아이고!' 하면서 눈을 부릅떴다.

가랑이를 쫙 찢은 채 아직 한 발로 그녀의 얼굴을 짓이기고 있는 원보 대인의 오만무도한 품새가 눈에 들어왔다. 앞발에 기린홍이 들려 있지 않은 것만 빼면 발차기 자세마저 그때와 똑같았다.

"망할 쥐 새끼가!"

분개한 맹부요가 도망치는 원보 대인을 붙잡겠다고 벌떡 일어났다.

"이 자식, 최소 사흘에 한 번씩은 얻어터져야 안 까불지? 실없는 주인 따라서 저까지 보태고 앉았……."

순간 그녀는 진작부터 기다리고 있던 누군가의 품 안으로 끌려 들어갔다. 조금 전에만 해도 분명 대각선 방향에 있었던 장손무극이 어느새 나뭇가지를 휘어서 그녀의 정면으로 옮겨 온 것이다.

그녀를 단박에 잡아채 품속에 가둔 그가 나뭇가지를 당겨 잡고 있던 손을 풀었다. 그러자 억지로 휘어져 있던 나뭇가지가 튕겨 올라가면서 두 사람을 나무 꼭대기로 데려갔다.

맹부요의 머리 위에서 나뭇잎들이 '쏴아아' 하고 소란하게 울었다. 연한 이파리 몇 장이 얼굴을 스쳐 가나 싶더니, 갑자기 눈앞이 환해지면서 밑에서 보던 것보다 훨씬 커다란 달이 시야를 한가득 채웠다.

달빛 아래에는 반짝이는 강줄기가 굽이굽이 흐르고 있었다. 마치 화가의 붓끝이 그려 낸 유려한 곡선과도 같은 모습. 끝이 보이지 않는 강줄기에 의해 둘로 갈라진 초원은 가까운 쪽은 옅은 초록으로, 먼 쪽은 달빛에 젖어 한층 풍부한 색감의 청록색으로 보였다.

먼 옛날부터 충만한 빛으로 세상을 비춰 온 달이 나지막이 노랫가락을 흥얼거리고 있었다. 초원의 바람이 그러하듯 영원토록 지칠 줄 모르고.

맹부요는 그 광활한 정경에 완전히 매료되고 말았다.

나무 아래에서 보는 경치와 나무 꼭대기에서 보는 경치가 이렇게나 다른 느낌일 줄이야.

잠시 넋이 나가 있다가 또 장손무극에게 납치당했음을 자각한 그녀가 불퉁하게 쏘아붙였다.

"하여튼 살인, 방화, 노략질 중에 안 하고 다니는 짓이 없지."

"나의 그리움 알아줄 이 누구이며, 나의 근심 없애 줄 이 누구인가."

장손무극은 그녀를 품에서 놓아줄 생각이 전혀 없어 보였다.

"그대가 바쁜 일을 끝내기만을 기다렸소. 생각이 정리되기를 기다린 지도 오래지. 이제 더는, 인내심의 한계요."

피식 웃어 버린 맹부요가 대꾸했다.

"예전에는 전북야를 보면서 참 막무가내다 그랬는데, 지금 보니까 진짜 막무가내인 사람은 따로 있었네요."

"이토록 아름다운 밤을 상관없는 사람에 대해 이야기하는 데 낭비하지는 말도록 하지."

장손무극이 조용히 말했다.

"이렇게 그대를 품에 안기까지 참으로 긴 기다림이 필요했소. 소중한 시간을 누가 더 막무가내인지 토론하는 데 쓰고 싶지는 않군. 그리고……."

달빛을 받아 그윽하게 반짝이는 눈동자가 맹부요를 쓱 흘겨봤다.

"그대는 본래가 적극적인 성격이 아니지. 내가 기죽어서 어디 구석에 서글피 처박혀 있으면 와서 위로해 줄 생각은커녕 귀찮은 일 덜었다고 좋아할 사람이오. 그러다 보면 우리 사이는 점점 멀어지다가 그대가 원하는 대로 하늘 이 끝과 저 끝 정도가 되겠지. 그대에 대해서는 이제 알 만큼 안다고 자부하오. 산이 내게 오지 않는다면 내가 산으로 가는 수밖에."

“오늘따라 참 말이 많네요.”

맹부요가 작게 중얼거렸다.

“사람하고 사람 사이에는 거리가 좀 있는 게 좋다고요. 아, 진짜. 장손무극, 당신도 내가 왜 고뇌하는지 이제는 알잖아요. 이미 지나간 일에는 연연 안 해요. 내가 당신을 본체만체한다면 그건 단지 당신을 위해서예요.”

“나를 어떻게 대해 주는 게 좋은지는 내가 판단할 문제지.”

장손무극이 픽 웃었다.

“부요, 이 문제로 나와 맞서는 것은 부질없는 일이오. 고집은 그대만 있는 것이 아니니.”

묵묵히 입을 닫고 있던 맹부요가 잠시 후 다른 화제를 꺼냈다.

“여기 올라오니까 경치 진짜 좋네요. 상쾌하게 탁 트인 게.”

“오늘 밤은 여기서 자는 것이 어떻소?”

장손무극이 그녀를 안은 채 물었다.

“떨어질 일은 절대 없게 하리다.”

맹부요는 그를 무시하고서 말을 이었다.

“예전에 그런 시가 있었어요. 당신이 다리 위에서 경치를 감상하고 있으면 다른 누군가는 건물 위에서 그런 당신을 감상하고 있을 것이다. 환한 달이 당신의 창을 장식하면 당신은 누군가의 꿈을 장식할 것이다.”

조용히 듣고 있던 장손무극이 말했다.

“아름답군. 오주대륙의 변려문은 아닌 것 같지만.”

맹부요는 이번에도 중간에 끼어든 그를 모른 체했다.

"우리가 나무 위에서 저 하늘과 땅을 바라보고 있는 지금, 또 다른 누군가는 그런 우릴 바라보고 있겠죠?"

그녀의 말이 이어졌다.

"지난 여정 동안 이런저런 일들을 맞닥뜨리면서 느낀 건데, 어떤 일들은 기를 쓰고 피하려고 해도 결국 피할 수가 없었어요. 아무리 빙 돌아서 다른 길로 가 봐도 결론은 처음 그 벽에 다시 부딪히게 되더라고요. 과연 그건 누구의 의지였을까요?"

장손무극은 침묵했다.

"하늘의 의지였겠죠."

맹부요가 말했다.

"하늘이 우리를, 나를 지켜보고 있는 거예요. 한 걸음, 한 걸음, 나를 여기까지 데려온 거라고요. 태연에서 처음 만났을 때는 솔직히 앞날에 대한 확신이 없었지만, 지금은 내가 나아가야 할 방향을 명확히 알아요. 하늘이 지금까지 나를 이끈 건 꿈을 이뤄 주기 위해서였으리라 믿어요. 결론적으로 나는 오주대륙을 스쳐 지날 나그네예요."

그녀가 장손무극을 돌아봤다. 그는 초원의 별빛 아래에서 그녀를 향해 아련한 눈빛을 보내고 있었다.

"지나가는 나그네요. 내가 남기는 흔적은 그게 뭐가 됐든 다 투명할 거예요. 출신 문제만 해도 그렇잖아요. 무엇보다도 미련이 많아야 할 문제인데, 깔끔하게 끊어 내는 거 봤죠?"

"그대가 가장 많은 미련을 두어야 할 것은 그대의 출신이 아니라……."

장손무극이 한참 만에야 입을 열었다.

"영원히 그대 곁에서 함께할 사람이오."

"영원……."

맹부요가 한숨을 내쉬었다. 그러고는 더 이상 아무 말 없이, 하얗게 빛나는 은하수 한복판에 눈길을 던졌다.

영원이란 무엇인가. 그녀의 인생에는 영원히 단절 지점이 존재할 수밖에 없었다. 한쪽 세상에서의 삶을 완성하려면 다른 쪽 세상을 끊어 내야만 하는, 양쪽 모두를 지켜 낼 방도는 없는.

"부요."

장손무극의 입술이 그녀의 뺨 가까이 다가왔다. 뜨거운 숨결과 함께 특유의 그윽한 체향이 느껴졌다.

"나를 봐 주오, 나를! 그대의 눈은 항상 너무 먼 곳에 가 있소. 어찌하여 곁에 있는 사람을 봐 주지 않는 것이오……."

맹부요는 눈을 감아 버렸다.

봐서는 안 된다. 차마 볼 수가 없다. 보고 싶지 않다. 눈길이 한 번 더 갈 때마다 미련도 한 눈금 더 깊어지니까. 미련이 깊어질수록 걸음을 떼기가 힘들어지니까. 그의 눈빛은 긴긴 실타래였다. 그 실에 발목을 잡히고 싶지 않았다.

초여름의 바람은 따스하고도 촉촉했고, 그의 입술은 바람보다 더 부드러웠다. 귓가에 자잘한 입맞춤을 남기던 입술이 목선을 따라 차츰차츰 아래로 내려갔다. 봄풀이 우거져 한들거리듯 살갗을 미세하게 간질이면서.

맹부요는 고개를 반대편으로 돌리면서 손바닥을 세워 그를 가로막았다. 그러자 장손무극이 움직임을 멈췄다. 그는 물러나지 않았지만 그렇다고 계속하지도 않았다. 그녀의 손에 얼굴을 대고 멈춰 있다가 손바닥에 가볍게 입술을 눌렀다.

그녀의 손아귀 안에서 나직한 말소리가 흘러나왔다. 평소 장손무극의 목소리와는 사뭇 다른 음성이었다.

"부요……, 내가 우리의 첫 만남을 재연한 이유를 알고 있소?"

숨결이 닿는 곳은 손바닥이건만, 뜨거워진 곳은 가슴이었다.

"그대에게 꼭 알려 주고 싶었소. 인생이 아무리 무상하다 하여도 그 안에는 영원히 변치 않는 기억과 신념 또한 존재함을. 10년이 가도, 20년이 가도, 한평생이 가도……, 언제까지고 첫날과 같은."

맹부요는 말없이 앞쪽에 눈을 고정한 채였다. 점점 반짝임을 더해 가는 눈동자에 달빛이 그렁그렁하게 차올랐다.

"그때는 내 잘못이었소. 그대를 데려가겠다고 약속해 놓고 사문 사람들에게 들킬 것이 두려워 시간을 지체하고 말았지. 내가 다시 돌아갔을 때는 이미 너무 늦어 버린 뒤였소."

장손무극이 그녀의 귓가에 조용히 속삭였다.

"그날 나 자신에게 맹세했소. 다시는 '너무 늦어 버리는' 일 같은 것을 만들지 않겠노라고. 내가 해야겠다고 느끼는 일들은 무슨 일이 있어도 반드시 해내겠노라고. 남은 삶을 후회로 채우기는 싫소. 앞선 10여 년의 후회만도 너무나 길고 길었기에."

맹부요는 묵묵히 듣고만 있었다.

인생의 그 어떠한 사건에도 늦지 않는다는 게 어디 말처럼 쉬울까.

"부요, 약속해 주오."

양손으로 그녀의 손을 감싸고 조심스럽게 어루만진 장손무극이 불쑥 말했다.

"홀로 궁창에 가지 않겠다고. 그건 절대 안 되오!"

맹부요가 즉각 고개를 틀어 그를 쳐다봤다.

"가능하다면 나는 그대가 그곳에 가지 않길 바라오……. 영원히."

머나먼 북쪽을 바라보며, 장손무극이 나지막이 탄식했다.

"그래도 굳이 가야만 하겠다면 절대로, 나를 두고 혼자 가지 마시오."

"장청 신전에는 대단한 신통력을 가진 현자가 있다고 들었어요. 10년에 딱 한 번만, 멀고 험난한 여정을 통과해 신전에 당도한 사람에게 문을 열어 주고 소원을 들어준다고요. 가장 최근에 신전에 들어갔다 온 여인도 소원을 이뤘다던데, 혹시 그게 누구인지 알아요?"

장손무극이 고개를 가로저었다.

"방문자에 대해서는 역대 신전 전주들만이 알고 있소."

반짝이는 눈으로 그를 바라본 맹부요가 무언가 이야기를 하려다가 말고 입을 다물었다. 궁창까지 함께 가다니, 안 될 일이었다. 지금까지는 도움을 많이 받았지만, 괜히 같이 갔다가 결정적인 순간에 못 떠나보내겠다며 훼방이라도 놓으면 어쩐단 말인가.

하지만 딱 잘라 거절하기에는 장손무극의 눈빛이 너무 간절했다. 항상 관조적이고 매사 침착한 그에게서 이처럼 애타게 걱정하는 표정을 보기는 처음이었다. 그녀의 손을 감싸고 있는 장손무극의 손바닥은 따스했지만, 손끝은 기다림의 시간이 길어짐에 따라 시시각각 서늘하게 식어 가고 있었다.

믿어도 될까, 믿어도 될까…….

마침내 맹부요가 신중하게 고개를 끄덕였다.

"그렇게 해요."

그래, 내 인생의 가장 큰 신뢰를 당신한테 걸겠어.

장손무극의 표정이 밝아졌다. 마치 수평선 위로 달이 솟아오른 것처럼, 바다 같은 눈동자가 환하게 빛났다.

그는 맹부요에게 팔을 두르고 엷게 미소 지었다. 그러고는 나뭇가지 위에 누워 편안한 자세를 잡았다.

두 사람은 나무 꼭대기에 나란히 누워서 달을 올려다봤다. 그리 큰 아름드리나무는 아니었지만, 절정의 무공을 갖춘 둘에게는 지금 누운 곳이 나무 위가 아니라 수면이라 할지라도 전혀 문제가 안 됐다.

등 밑에서는 나뭇잎이 바스락거리고, 초여름의 촉촉한 바람 속에서는 곁에 누운 이의 특별한 체향이 느껴지고, 하늘에서는 밝게 빛나는 달이 구름 뒤로 숨었다가 나오기를 반복하고 있었다. 밤의 서늘한 어둠 위로 창공이 수면에 비친 그림자처럼 드리워진 이 순간.

하늘에는 보름달 밝은데 선경의 꿈은 짧고 앞길은 아득하기만 하니, 깊은 꿈속에서부터 푸른 난새를 타고 안개를 흩날리며 오시는 이 누구인가.

한참이 지나 나무 꼭대기에서 조용한 속삭임이 흘러나왔다.

"정말 예쁜 풍경인데…… 앞으로 얼마나 더 볼 수 있을지 모르겠어요."

"나는 알고 있소."

"음?"

"한평생."

한밤중에 맹부요를 잠에서 깨운 것은 이질적인 부르짖음이었다. 아주 먼 곳에서 날아온 소리. 쩌렁쩌렁하게 울리는 소리는 아니었지만, 터져 나오는 즉시 드넓은 초원을 단숨에 가로질러 나무 위 두 사람의 귀에까지 꽂혔으니 파급력 하나는 대단하다 할 만했다.

벌떡 일어나 앉은 맹부요는 어디서 불어닥쳤는지 모를 검은색 돌풍, 혹은 길게 이어진 흙먼지 덩어리 같은 형체를 목격했다. 빠른 속도로 대지를 때리는 말발굽이 초원을 진동시키고 있었다. 그런 가운데, 먼지 폭풍 같은 형체가 강 하류에 상당한 규모로 자리한 유목민 마을로 돌진하는 게 보였다.

목초지 쟁탈전은 유목 민족의 오랜 전통이었다. 물과 식물이 풍부한 목초지는 한 부족의 생존을 지탱해 주는 근간이기 때문이었다.

맹부요는 나무 꼭대기에 앉아 바람이 실어다 주는 소리에 귀를 기울였다. 싸우는 소리, 고함, 울음……. 그녀의 미간에 주름이 잡혔다.

“그냥 놔둬도 돼요? 아란주의 백성들인데.”

“저 상황에는 아란주 본인도 끼어들지 못하오.”

장손무극이 무심히 답했다.

“유목민들이 목초지를 놓고 다투는 것은 저들 고유의 생존 방식일 뿐이오. 적자생존과 승자 독식의 법칙, 그 과정에 개입할 자격은 누구에게도 없소. 그대는 지금 저 부족이 습격당하는 모습만 보고 있지만, 저 부족 역시 바로 직전에 다른 부족을 치고 돌아왔을 수도 있소. 섣불리 끼어들었다가는 초원 유목민들을 자극하는 꼴밖에 안 될 것이오.”

찌푸린 표정으로 알겠다고 답한 맹부요가 그대로 앉아서 마을 쪽을 더 지켜보다가 ‘으음?’ 소리를 냈다. 그와 동시에 장손무극도 흠칫 몸을 굳혔다.

싸움이 기묘한 방향으로 흘러가고 있었다. 습격자들은 수가 많은 것도 아니고, 그렇다고 전투력이 딱히 마을 사람들보다 월등해 보이지도 않았다. 그런데 그들 사이에 본진과 전혀 어울리지 않는 소규모 무리가 보였다.

바람 같은 칼 솜씨와 번개 같은 이동 속도. 굶주린 늑대를 연상시키는 검은색 그림자들이 천막 사이를 헤집고 다니면서 무수한 비명과 피의 꽃을 피워 냈다.

마을에서 멀찍이 떨어진 구릉 위에서는 깡마른 체구의 인물이 달빛을 받으며 피리를 불고 있었다. 피리 소리가 퍼져 나가자 진짜 늑대 떼가 등장했다.

초원 사방으로부터 셀 수 없이 많은 늑대들이 몰려와 마을로 뛰어들었다. 일방적인 살육이 자행됐다. 마을 사람들은 제대로 된 반항 한 번 못 해 보고 속수무책으로 학살당했다.

기묘한 광경이 아닐 수 없었다. 본진과 실력 차이가 확연한 독립 부대, 그리고 달 아래에서 피리를 불며 이리 떼를 부리는 흑의인. 이미 단순한 목초지 쟁탈전이라 보기는 어려운 상황이었다. 음모의 냄새가 느껴졌다.

맹부요가 바람 속에 섞인 비명을 듣다못해 벌떡 일어섰다.

“단순한 목초지 쟁탈전이 아니에요. 부족 하나를 아예 없애 버리려는 거라고요! 평소에야 서로 멸족을 시키든 말든 알 바가 아니지만 이번에는 내 눈에 띄었잖아요. 애들 우는 소리 더는 못 들어 주겠어.”

그녀가 나무 아래로 훌쩍 뛰어내렸을 때, 호위병들은 벌써 출격 준비를 마친 참이었다.

장손무극이 말했다.

“초원에서 예고 없이 벌어지는 전투는 기병의 기동력과 타격력에 의해 승패가 갈리기 마련이오. 기왕 개입할 생각이라면 저들의 허를 찔러야 하오.”

말에 오른 맹부요가 휘파람을 불었다. 출발 명령을 내리려는 찰나, 피를 보고 한창 흥분해 있던 상대편 놈들이 이쪽의 움직임을 눈치챘는지 고함을 질렀다. 그러더니 번뜩이는 곡도를 휘두르면서 맹부요와 호위병들을 향해 달려오기 시작했다.

맹부요가 코웃음을 쳤다.

"저것들이 죽고 싶어서!"

그녀가 돌격 명령을 내리기 위해 팔을 높이 들었을 때였다. 유목민 마을의 천막 한 군데에서 무언가가 반짝 빛을 발했다. 기묘한 광채였다. 어떻게 보면 등불 같기도 하지만, 등불이라면 이 정도 원거리에서 눈에 들어올 리가 없었다.

바람에 휩쓸린 촛불처럼 가늘게 떨던 불빛이 어느 순간 폭발적으로 밝아졌다. 봉황의 깃털과도 같이 화려한 광휘가 천막을 가득 채우더니, 어렴풋이 '쩽' 하는 소리가 났다.

소리와 동시에 천막이 반으로 찢겼고, 균열을 통해 새하얀 빛이 뻗어 나와 하늘 끝까지 솟구쳤다. 순간 움찔한 맹부요가 자기도 모르게 중얼거렸다.

"검광!"

그냥 검광이 아니었다. 극도로 정제된, 게다가 어디선가 본 적이 있는 검광이었다!

천막을 찢고 나온 검광은 태양만큼이나 강렬한 광채를 내뿜었다. 빛의 기둥이 달까지 닿을 기세로 치솟았다. 경악스럽기까지 한 광휘의 폭발이 천막 위쪽에 빛의 고리 세 겹을 만들어냈다.

빛의 고리가 기습적으로 직경을 넓혔다. 검광이 해일처럼 주변 천막을 휩쓸자 방금까지 기세등등하게 여자와 아이들을 도륙하던 자들이 사방으로 피를 뿜으며 지축을 흔드는 비명을 내질렀다.

경이로운 일 검!

해일처럼 몰아치던 검광이 처음 크기로 줄어들고, 공중에 떠 있던 검광의 주인이 뒤로 돌면서 스르르 지면에 내려섰다. 야윈 체격이 다소 허약한 인상을 줬다. 바닥을 디딜 때는 비틀거리기까지 했다.

그러나 조금 전의 일격이 정체불명의 습격자들을 충격에 빠뜨린 것만은 변함없는 사실이었다. 피리를 불던 빼빼 마른 사내도 적잖이 놀랐는지 언덕 위에서 훌쩍 날아 내려왔다. 흡사 마른 낙엽이 바람에 날리는 듯한 모양새였다. 사내의 걸음걸이는 평범한 듯하면서도 어딘지 기묘한 느낌이었다. 자세히 뜯어본 결과, 놀랍게도 그는 무릎을 전혀 쓰지 않고 지면 바로 위에서 나부끼듯 움직이고 있었다.

검광의 주인공은 검으로 바닥을 짚고 선 채 포위망을 좁혀 오는 적들을, 으르렁거리면서 발톱으로 땅바닥을 할퀴는 늑대떼를, 무심히 접근해 오는 빼빼 마른 사내를 싸늘하게 노려보고 있었다. 그 와중에도 얇고 예리한 검신처럼 꼿꼿한 뒷모습을 하고서.

중간에 아득한 거리가 가로놓여 있었지만, 맹부요는 그 뒷모습이 눈에 익다고 생각했다. 그녀의 맞은편에서는 일행을 사냥감으로 정한 약탈자들이 몰려오고 있었다. 말발굽이 풀잎을 짓이겨 사방으로 흩뿌리고, 마치 전투를 알리는 북을 울리듯 대지를 때려 '둥둥' 소리를 냈다.

맹부요가 수신호를 보내자 대한의 최정예 기병들이 굉음을 내며 지면을 박차고 나갔다. 날카로운 검 모양의 대형을 이뤄 달려 나간 기병대는 압도적인 속도로 중간 지점을 먼저 통과해 상대편을 덮쳤다.

충돌과 동시에 피가 튀었다. 저 멀리 달빛 아래에서 포위망에 갇혀 있는 검광의 주인공이 살짝 고개를 틀었다.

맹부요가 돌연 몸을 날렸다. 검푸른 깃발처럼 팔다리를 활짝 펼친 채 바람을 몰고 날아서, 새빨간 핏방울을 스쳐 지나, 한데 뒤엉켜 싸우고 있는 무리를 통과해, 포위망 한복판의 남자를 향해 돌진했다.

너였어!

여배우 꿈나무

강철처럼 날이 선 맹부요의 옷자락이 밤바람을 갈랐다. 허공에 한순간 잔영이 스치더니, 그녀가 어느새 마을 한복판에 당도해 있었다.

검은 옷의 남자가 고개를 돌려 그녀 쪽을 쳐다봤다. 눈에 익은 자태와 검푸른 옷자락을 발견한 찰나, 남자의 동공이 미세하게 확대됐다. 그의 입에서 놀란 외침이 터져 나왔다.

"맹……."

남자는 조심성 많은 인물이었다. 맹부요의 신분이 특수하다는 걸 떠올린 그는 한 음절을 뱉자마자 곧바로 나머지 말을 삼켰다. 그러고는 너무 반가워서 현실감이 느껴지지 않는다는 기색으로 맹부요를 훑어봤다.

맹부요가 빙긋이 미소 지으며 말했다.

"완전 꿈같네. 이런 데서 만날 줄이야!"

불티가 반짝이는 소년의 눈동자를 보며, 그녀는 따사롭기까지 한 표정을 짓고 있었다.

태연에 있어야 할 운흔이 왜 여기 나타났는지는 모르겠지만, 지금은 여유롭게 회포나 풀고 있을 때가 아니었다. 운흔에게 다가가 등을 맞대고 선 그녀가 씩 웃었다.

"나도 개 잡는 거 좋아하는데, 좀 끼워 줘."

운흔이 입술을 굳게 다물었다. 온전치 못한 몸 상태를 들킨 게 분명했다. 그럼에도 부요는 그의 부상을 입에 올리지 않았고, 싸움에 가세하면서도 그의 체면을 지켜 주었다. 무언가 조금…… 달라진 느낌이었다.

그가 기억하는 부요는 용감하고 호쾌한 성정이었다. 물론 원래도 섬세한 구석이 아예 없었던 건 아니지만, 지금은 거기에 무게감과 배려가 더해진 것 같았다.

혹여…… 선기국에서 겪은 일 때문인가?

대완 여제의 이력은 이미 오주대륙 전체에 널리 알려져 있었다. 운흔도 당연히 소문을 전해 들었다. 공식 판본을 아무리 그럴싸하게 포장해 놨어도 그 속에 숨겨진 고초를 모든 사람이 눈치채지 못한 건 아니었다.

운흔이 고개를 틀어 맹부요를 흘깃 쳐다봤다. 미처 내뱉지 못한 수천수만 마디의 말이 담긴 눈으로.

그의 아픈 눈빛에 일순 가슴이 덜컹한 맹부요가 황급히 눈길을 피했다. 그러고는 늑대를 부리는 사내를 향해 흑색 단도를 겨눴다.

사내는 상대가 일단 선전 포고부터 하리라 예상했다. 판에 박힌 대사 몇 마디가 나오겠거니 하고 긴장한 채로 기다리고 있는데, 이게 웬걸. 허공에 겨눠져 있던 칼이 다짜고짜 '쌕' 하고 달려드는 게 아닌가.

새카만 칼빛이 작렬하더니 순식간에 사내의 미간 바로 앞까지 치고 들어왔다. 질겁을 한 사내는 눈이 휘둥그레져서 뒤로 물러났다.

오주대륙에 이렇게 파렴치한 작자가 다 있을 줄이야. 무공이 고강하면 거기에 걸맞은 위엄을 보여야지, 말 한 마디 없이 냅다 칼질이라니!

맹부요의 논리는 단순명료했다.

내 친구 괴롭힌 놈은 곧 적군. 적군한테 무슨 예의를 차려?

일직선으로 쇄도해 온 도광이 미간으로부터 한 자 정도 거리에 진입하자 공기가 찢기는 소리가 생생하게 들렸다. 이리 떼를 부리던 사내가 재빨리 피리를 세워 들었다.

'쩡' 하고 불꽃이 튐과 동시에 피리가 빠개졌다. 사내는 고개를 뒤로 젖히면서 울컥 피를 뿜었다.

선혈이 흩뿌려지고 피리가 바닥에 떨어진 찰나, 사내는 세차게 들이닥치는 칼날의 기세에 편승해 내리 수 장 거리를 후퇴했다. 이어서 그가 휘파람을 불자 이리 떼가 맹부요와 운흔을 향해 달려들었다. 비릿한 바람이 휘몰아치는 가운데, 사내는 혼란을 틈타 번개처럼 그 자리를 벗어났다.

그는 상대가 첫수를 펼치자마자 오늘 자신이 결코 좋은 꼴을 보지 못하리라는 걸 직감했다. 그래서 미련 없이 도주를 택한 것이었다.

몰려드는 늑대 떼를 보며 차가운 웃음을 흘린 맹부요가 칼끝이 하늘로 향하도록 시천을 곧추세운 채 미끄러지듯 앞쪽으로 전진했다. 흑색 섬광이 번쩍한 직후, 사방에서 덤벼든 늑대 네 마리가 길게 갈라진 뱃가죽 밖으로 핏물을 쏟아 냈다.

맹부요는 어느새 피 보라 한복판을 빠르게 통과해 사내의 등 뒤에 당도해 있었다.

"어딜 가시나! 우리 얘기 좀 할까."

웃음기 섞인 목소리가 귀에 박히자 움찔한 사내가 갑자기 땅바닥에 몸을 던졌다. 그러더니 그대로 땅에 흡수라도 된 것처럼 온데간데없이 사라져 버렸다.

맹부요는 당황했다. 그녀가 고개를 드는 순간, 석 장 밖에서 사내가 다시 모습을 드러냈다. 조금 전까지 달려가던 방향도 아니고, 완전히 엉뚱한 쪽이었다.

이건 또 뭐야. 지둔술? 그냥 눈속임? 위장술? 부풍에 괴상한 술법이 많다고 듣긴 했지만, 대체 뭐지?

그 잠깐 사이에 사내는 개구리처럼 도약을 반복하면서 거리를 더 벌렸다. 이번에도 방향은 아까와 전혀 다른 쪽이었다.

맹부요는 추격을 접고 제자리에 멈춰 섰다. 그러고는 팔짱을 끼고서 싸늘한 눈으로 사내를 지켜봤다. 허공을 가로지르고 남자가 득의양양하게 그녀 쪽을 돌아봤다.

그는 지금 쓰는 방법으로 그간 수많은 실력자들의 손아귀에서 목숨을 건진 바 있었다. 며칠 전에는 대단한 절정 고수를 따돌리기도 했다.

약도 올릴 만큼 올렸겠다, 슬슬 본격적으로 줄행랑을 놓기로 한 사내가 다음 도약을 위해 땅바닥에 내려섰을 때였다. 난데없이 신발 한 켤레가 눈에 들어왔다. 연보라색 바탕에 은실로 구름 문양이 수놓인 신발 위쪽에서는 같은 색깔 옷자락이 바람을 타고 너울거리고 있었다.

사내는 약삭빠른 자였다. 지나치게 가까운 거리에 불쑥 등장한 신발에서 위험 신호를 감지한 그는 지금까지와 같은 술법으로 자리를 벗어나고자 즉시 준비 자세를 취했다. 그런데 어찌 된 일인지 술법이 발동되지를 않는 것이었다.

수놓인 신발이 그를 툭 걷어찼다. 딱히 빠르거나 힘이 실린 동작도 아니었건만, 몸집이 아깝다 싶을 정도로 허망하게 붕 떠오른 사내는 공중에 긴 궤적을 그리며 날아가 정확히 맹부요 앞에 떨어졌다.

느긋하게 대기하고 있다가 사내의 옷깃을 잡아챈 맹부요가 그를 탈탈 흔들면서 웃었다.

"잡았다, 요 마멋 자식."

그때였다. 사내의 고개가 맹부요를 향해 비틀렸다. 길고 창백하고 평평한, 윤곽이 뭉개진 얼굴이 그녀를 마주 봤다. 모르는 사람이 봤으면 귀신이라고 질겁을 했을 생김새였다.

곧이어 사내의 눈썹, 코, 눈이 갑자기 아래로 흘러내리기 시작했다. 꼭 밀랍 인형이 불길에 녹아내리듯 이목구비가 한꺼번에 무너지면서 얼굴이 엉망진창이 됐다.

이번에는 맹부요도 깜짝 놀랐다. 당황한 와중에 손에서도 이상한 느낌이 전해졌다. 사람이 아니라 바람 빠진 풍선, 혹은 속이 텅 빈 겉가죽을 붙들고 있는 것 같은.

말로 표현 못 할 역겨움에 그녀는 사내를 당장 패대기쳤다. 사내는 마치 누가 벗어 놓은 옷처럼 흐느적거리며 바닥에 떨어져 접히더니 더 이상 움직이지 않았다.

"죽었나?"

맹부요의 미간에 주름이 잡혔다.

"아직 아무 짓도 안 했는데, 그렇다고 독약 먹고 자결한 것도 아닌데, 그냥 이렇게 죽어 버렸다고?"

"혼술의 일종인 것 같군."

장손무극이 다가왔다.

"부풍에 전해 내려오는 술법 중에 혼술이라는 것이 있소. 술사가 자신의 혼 일부를 주입해 시체를 움직이거나, 또는 모종의 비술로 다른 사람의 혼을 채집해 조종하다가 상황이 불리하게 돌아간다 싶으면 원격으로 그 생혼을 멸하는 것이지. 둘 중 어느 쪽인지는 정확히 모르겠소만."

사내가 남긴 껍데기를 휙 차 버린 맹부요가 뒤로 돌아 호위대 쪽을 쳐다봤다. 호위들은 간이 배 밖에 나온 유목민들을 힘도 안 들이고 해치운 다음 정체불명의 부대를 포위하러 달려오는 중이었다.

그런데 부대 놈들이 단체로 몸을 휘리릭 돌리는가 싶더니 그대로 바닥에 자빠졌다. 마치 늑대를 부리는 사내의 죽음이 신호였던 것처럼, 미련 없이 자결을 택한 것이었다. 남은 것은 고작해야 늑대들뿐.

늑대 떼를 최정예 기병 3백기에게 던져 준 후, 맹부요가 불만스러운 얼굴로 시체들을 내려다보며 중얼거렸다.

"뭐 하는 자들이죠? 조직적이고, 기강도 잡혀 있고, 질서도 있고. 꼭 무슨 비밀 암살 조직 같네……."

이때 운흔이 걸어왔다. 그의 뒤쪽으로는 부족 사람들이 남녀노소 할 것 없이 줄지어 따라오고 있었다.

부족민들 중 제일 앞에 있던 주름투성이 노인이 허리를 깊숙이 숙이더니 가슴을 쓸어내리며 말했다.

"물고기 신 포화布和 님이시여, 감사합니다! 신의 사자를 보내 저희를 구해 주셨군요!"

맹부요는 눈길을 하늘에 던졌다.

물고기 신……. 위대한 대완의 여제가 생선 따위의 수하로 전락하다니…….

부풍 삼대 부족 밑에는 수없이 많은 분파가 있었고, 그들은 제각기 자기들만의 신을 섬겼다. 각 부족이 신격화하는 상징물로는 뱀, 토끼, 물고기, 개 등등 별의별 것들이 다 있었다. 듣자하니 변기통도 있는 것 같던데, 거기에 비하면 생선이 보낸 사자는 그나마 양호한 축이었다.

평소 각종 마중과 배웅 등 예의 차려야 하는 상황을 질색하는 여제께서는 인사치레를 장손무극에게 떠넘기고 본인은 운흔을 끌고서 한쪽으로 피했다.

그녀가 운흔의 귀에 속닥거렸다.

“어떻게 여기 있는 거야?”

운흔이 미소 지으며 말했다.

“어디 나쁜이게? 한 사람 더 있어.”

그를 따라서 촛불이 어슴푸레하게 밝혀진 천막 안으로 들어서자 양탄자 위에 누군가 누워 있는 게 보였다. 그 인물 곁을 지키면서 겁먹은 눈으로 밖을 힐끔거리던 현지인 소녀가 운흔을 발견하더니 표정이 환해졌다. 그때부터 소녀의 반짝반짝 빛나는 눈은 운흔에게서 떨어질 줄을 몰랐다.

맹부요는 남몰래 웃음을 흘렸다.

운흔한테 도화살이 들었구먼? 아이고, 저리 사랑스러운 소수 민족 소녀라니. 우리 도련님은 복도 많으시지!

좀 놀려 줄까 하다가 무심결에 양탄자 위 인물의 얼굴을 본 맹부요는 소스라치게 놀라고 말았다.

아란주!

“……주주?”

눈이 휘둥그레진 맹부요가 더듬더듬 말했다.

“주주가 왜 여기에?”

대한에 있는 거 아니었나? 요신한테 서신을 보내면서 주주에게도 같이 올지 물어보라고 했었는데, 난데없이 여기서 보게 되다니?

가까이 다가가서 살펴보니 조금 창백한 안색만 빼면 몸에 큰 이상은 없어 보였다. 하지만 밖에 그 난리가 났었는데도 잠들어 있다는 건 상식 밖이었다.

대체 어떻게 된 걸까?

"나도 자세한 사정은 몰라."

운흔이 아란주를 보며 눈썹을 찌푸렸다.

"닷새 전에 부풍과 대완의 접경지대에서 만났어. 어디론가 급히 향하고 있더군. 그런데 몇 마디 섞어 보기도 전에 갑자기 쓰러진 거야. 쓰러지기 전에 들은 말은 어떻게든 자길 발강 왕성에 데려다 달라는 게 전부였어."

"그때부터 쫓기기 시작했고?"

운흔이 짧은 망설임 끝에 답했다.

"꼭 그렇다고 하기는 애매해. 여기까지 오면서 습격당한 부족을 본 게 한두 번이 아니거든. 특별히 우리가 목표인 것 같지는 않았어. 하지만 우리를 찾는 과정에서 마을들을 파괴한 것일 수도 있으니 딱 잘라 말하기는 어려워."

운흔의 얼굴색을 살피던 맹부요가 기습적으로 그의 손목을 잡아챘다. 운흔은 팔을 빼려 했지만, 그때는 맹부요가 벌써 맥박을 잡아 보고 그를 놓아준 뒤였다.

맹부요가 찌푸린 표정으로 말했다.

"묵은 부상도 있고 최근 부상도 있네. 제일 오래된 건 닷새보다 훨씬 이전이야. 그리고 어쩌다가 부풍까지 흘러오게 된 거야? 대체 그사이에 무슨 일이 있었길래?"

그녀의 눈이 운흔을 위아래로 훑었다. 운흔은 부쩍 초췌해져 있었다. 온몸에 흙먼지를 잔뜩 뒤집어쓴 걸 보면 근래 고생이 많았던 것 같았다.

운흔은 아무런 대답도 내놓지 않았다. 반짝이는 불티를 품은 눈동자가 맹부요를 잠시 바라보더니 이내 날카로운 눈길을 피해 눈을 돌렸다.

"좋아, 말하기 싫다 이거지."

자세를 바로 한 맹부요가 찬웃음을 흘리면서 손뼉을 한 번 치자 호위대 대장이 달려왔다.

"황성에 있는 기우 장군에게 서신을 보내도록. 무슨 수단을 써도 좋으니 상연에 있는 연렬, 태연에 있는 운치, 두 늙은이 신병 확보하라고 해. 말 잘 들으면 점잖게 데려오고, 반항하면 질질 끌고서라도 오라고. 만약 태연이 간섭하려 들거든 태연을 아예 없애 버리라고 하도록, 이상!"

호위대 대장이 허리를 꾸벅 숙이고 나가려는데, 운흔이 다급히 외쳤다.

"안 돼!"

그게 통할 리가. 맹부요의 수하들은 오로지 맹부요 한 사람에게만 충성했다.

호위대 대장은 일말의 망설임도 없이 걸음을 옮겼고, 맹부요는 한쪽에서 코웃음을 쳤다. 결국 운흔은 사실을 털어놓을 수밖에 없었다.

"집안에 일이 좀 있었어."

손을 내저어 호위대 대장을 내보낸 맹부요가 운흔 곁으로 다가붙었다.

"으음?"

"진무대회가 끝나고 집에 돌아갔을 때."

운흔은 최대한 순화된 표현을 고르고 골랐다.

"의부께서 대회 성적이 만족스럽지 않았는지 천하를 돌며 실력을 더 쌓으라고 하셨어. 그래서 집을 나왔는데, 내 내력을 전해 들은 연씨 가문에서 의부께 서신을 보낸 거야. 아들을 돌려달라고. 의부께서는 내가 배은망덕하게 앙심을 품은 줄로만 아시고……."

맹부요는 냉소했다. 운흔이 표현을 순화시켰다고 해서 그 안에 숨겨진 본질을 못 볼 그녀가 아니었다.

운치는 운흔이 진무대회에서 영광스러운 성적을 거두어 태연정계에서 가문의 위엄을 드높여 주길 바랐을 것이다. 그 기대가 무참히 깨졌음에 분개해 운흔을 쫓아냈는데, 마침 그때 연씨 집안에서 아들을 돌려받아야겠다고 나서자 운흔과 연씨 집안이 이미 한통속이라 생각했을 것이다. 운흔을 살려 두면 자기한테 해가 될 수도 있다고 판단해 적국과 내통했다느니, 반역을 꾀했다느니, 불법을 획책했다느니 하는 대역죄를 뒤집어씌워 기어코 그를 죽여 버리려 한 게 틀림없었다. 혹시 모를 후환을 남기지 않기 위해서.

쳐 죽일 늙은이 같으니!

물론 숨겨진 속사정이 더 있을 가능성이 농후했다. 운치가 처음 운흔을 양자로 받아들인 동기 자체도 순수하지만은 않았을 것이다. 언젠가 연씨 가문에서 혈육을 되찾으려 할 것은 충분히 예상 가능한 범위의 일, 운치가 격노한 이유가 단지 그것 때문이라고 보기는 힘들었다. 십중팔구는 운흔이 무언가 다른 문제로 양부의 신경을 건드렸으리라.

정확한 추측이었다. 운흔은 맹부요의 시선을 피해 눈을 내리깔았다. 맹부요에게 알리고 싶지 않았다. 의부가 연씨 집안으로 돌아가서 연경진에게 접근해 뇌동결을 빼내라고 했고, 자신은 그 요구를 거절했다는 걸.

그는 연씨 가문으로 돌아갈 생각이 없었다. 거기 가서 첩자 노릇을 하는 건 더더욱 싫었다.

의부의 요구 사항은 그뿐만이 아니었다. 그가 부요와 가까운 사이라는 걸 어디서 듣고 왔는지, 그녀에게 병력을 빌려서 태연국 황위를 찬탈하는 데 힘을 보태라고 했다.

그거야말로…… 절대 용납할 수 없는 일이었다.

부요를 권력 다툼 한복판에 끌어들이고 싶지도 않았고 그딴 일로 그녀를 귀찮게 하기도 싫었다. 의부의 황당한 요구에 휘둘리느니 차라리 오갈 데 없는 떠돌이 신세가 되는 게 나았다.

운씨 가문을 떠나오던 날에는 비가 억수같이 쏟아부었다. 그는 달랑 검 한 자루만 메고서 지난 20년간 자신을 키워 줬던 저택을 나왔다. 처음부터 끝까지, 뒤는 단 한 번도 돌아보지 않았다. 과거는 과거일 뿐.

운씨 집안에서 받은 것들은 그간의 충성으로 충분히 보답한 뒤였다. 그토록 오랫동안 가문을 위해 봉사했건만, 운치는 딱 한 차례 비위를 거슬렀다는 이유로 그를 헌신짝처럼 내버렸다.

결국은 이렇게 되리란 걸 몰랐던 건 아니었다. 운흔은 자신이 운씨 집안에 받아들여지기까지의 과정을 기억하고 있었다.

밤새 허우적거린 끝에 가까스로 진흙 구덩이를 탈출한 뒤, 그가 다다른 곳은 근처 운씨 가문 소유의 사당이었다. 제사를 지내러 사당에 와 있던 운치가 바닥을 기어 와 자신의 발에 매달리는 소년에게 처음 보인 반응은 가차 없는 발길질이었다.

그러나 운흔은 수십 번을 걷어차여 여기저기 뼈가 부러지고도 운치의 다리를 놓지 않았다. 그는 자기를 구해 달라고 매달린 것이 아니었다. 그의 부탁은 어머니를 잘 묻어 달라는 것이었다.

운치도 나중에는 소년의 끈질긴 의지에 놀라 아래를 내려다봤고, 처음의 생각을 바꾸게 되었다. 운치가 운흔을 양자로 받아들인 것은 그 의지력을 높이 샀기 때문이었다. 의부 운치에게 있어 양자 운흔은 그저 절대적인 충심을 갖춘 수하에 지나지 않았다.

운치의 친자식들은 하나같이 무능했으나 운흔은 소년 시절부터 기연을 얻어 천하에 이름을 알렸다. 운치도 점차 양자 운흔이 얼마나 쓸모 있는 존재인지를 인식하게 됐고, 운흔이 의부의 신뢰를 받게 된 것은 그때부터였다.

이제 운흔은 받은 것을 다 갚았기에 떠나온 것뿐이었다. 그는 저택에서 나온 당일 아예 태연 땅을 벗어났다.

문제는 그다음이었다. 어디로 가야 할지 몰라 갈팡질팡하던 그는 문득 기발한 생각을 떠올렸다. 부요가 걸었던 노선을 그대로 따라서 오주대륙을 쭉 돌아보면 어떨까 하는 것이었다. 그래서 일단은 무극국으로 향했다.

그런데 그를 죽이려는 자들이 뒤를 쫓아왔다. 처음에는 머릿속이 멍했다. 가문에서 쫓겨난 것으로 깨끗이 끝났다고 생각했건만, 설마하니 의부가 자신을 죽이려 할 줄이야.

그는 기습에 당해 부상을 입었고, 그때부터는 여정이 험난해졌다. 하지만 그 와중에도 부요에게 도움을 청할 생각은 해 본 적이 없었다. 차라리 죽는 게 낫지, 그녀에게 초라한 몰골을 보이기는 싫었으니까.

암살자들을 피해 도망치는 도중에 부요의 출신에 얽힌 사연을 듣게 됐다. 그녀가 선기국에서 황위를 이어받았다는 소식을 들은 지 얼마 되지 않아 선기 땅에 새 왕조가 들어섰다. 그는 기쁜 마음에 부요를 보러 가기로 했다. 가서 몰래 얼굴만 한 번 볼 생각이었다.

그런데 대완에 당도하기도 전에 아란주를 먼저 만났다. 아란주가 쓰러지기 직전에 건넨 부탁을 완수하는 게 급선무가 됐다. 그는 아란주를 데리고서 자신을 노리는 추격자들인지, 아란주를 노리는 자들인지, 아니면 부풍 내부의 분쟁인지 모를 공격을 상대하며 여로를 걸었다.

걸핏하면 이 마을 저 마을에 몸을 숨기느라 여정은 거북이걸음이었다. 오늘 잠자리를 내어 준 부족은 원래 두 사람을 거절했었다. 그런 걸 족장의 손녀가 우겨서 받아 줬다.

마을이 습격당했을 때 그는 잠시 주저했다. 자신이 나서면 아란주가 무방비 상태에 놓이기 때문이었다.

그런데 천막을 찢어발긴 일격 이후에 그토록 사무치게 그리워하는 그녀를 보게 될 줄이야. 순간 꿈인가 했다. 반년의 유랑생활 동안 겪은 온갖 고초가 일찰나에 씻겨 나가고, 그의 기억 속에 깊이 각인된 새카만 눈동자만이 남았다. 그다음에는 한없는 기쁨이 밀려들었다.

그녀는 좋아 보였다. 그냥 좋아 보인다는 말보다 훨씬 좋아 보였다. 너무나 안심이 됐다.

등불이 자그마하게 밝혀진 천막 안에 정적이 흘렀다. 홀로 생각에 빠진 운흔의 초췌한 얼굴에는 어느새 맑고 은은한 웃음기가 깃들어 있었다.

반대로 맹부요는 이를 갈고 있었다. 이글거리는 눈빛에서 살기가 뿜어져 나왔다.

운치, 그 노인네가 이용해 먹을 만큼 이용해 먹었으니까 이제 걷어차 버리겠다?

그간 운흔이 가문을 위해 감내한 노고까지는 말할 것도 없었다. 그녀는 태연 황궁이 발칵 뒤집혔던 그 밤, 운흔의 충심을 두 눈으로 직접 확인했다. 그때 운흔이 나서지 않았더라면 제심의가 대권을 잡았을 테고, 그랬으면 태자 진영인 운씨 가문은 멸문지화를 면치 못했을 것이다. 지금처럼 황제의 총애를 받으며 일인지하 만인지상의 부귀영화를 누리는 게 가당키나 했겠는가?

대체 누가 누구 앞에서 배은망덕을 논하는지, 하!

쓸데없는 일들에 정신이 팔려서 운흔에게 신경을 못 쓴 자신에게도 책임이 있었다. 진무대회를 망치고 돌아갔으니 책망을 들을 게 당연했건만.

바꿔 말하면 사실 그녀는 운치가 불만을 표출하리란 걸 예상하고 있었다. 그래도 한집에서 같이 산 세월이 있으니 혈육의 정까지는 몰라도 기른 정은 있을 줄 알았다. 설마 그 늙다리가 운흔을 쫓아낸 것만도 모자라 죽이려고까지 들 줄이야.

인간 본성의 간악함은 항상 그녀의 상상을 초월하기 마련이었다. 세 차례 연달아 심호흡을 하고서야 겨우 분노를 억누른 맹부요가 생각 끝에 입을 열었다.

“나왔으면 나온 거지 뭐. 그 개똥 같은 집구석에 계속 있어봐야 너만 더러워져. 나중에 기회 되면 때려잡아서 저택 통째로 너 줄게.”

“아니!”

운흔이 즉답했다.

“그런 거 필요 없어.”

맹부요는 음침하게 웃기만 했을 뿐, 거기에 대해서는 더 이상 아무 말도 하지 않았다.

맹부요가 아란주 상태를 좀 봐 달라며 장손무극을 불렀다. 장손무극도 누워 있는 아란주를 보고는 흠칫하는 눈치였다. 맥을 잡아 본 그가 눈썹을 찌푸리며 말했다.

“부풍에는 기묘한 술법이 워낙 많소. 왕족들이 쓰는 것은 특히 더 복잡하고 여러 개의 술법이 서로 긴밀하게 연결되어 있기도 하지. 개중에는 상대를 해치는 게 목적이 아닌 술법들도 있소만, 지금으로써는 단언하기가 힘들군."

"전북야는 대체 뭐 하는 작자래요?"

바닥에 쪼그리고 앉아서 맹부요가 분통을 터뜨렸다.

"애 하나 제대로 못 보고!"

"아아, 주인님, 드디어 뵙게 되는군요!"

천막 밖에서 말발굽 소리가 나는가 싶더니, 누군가 문발을 젖히고 헐레벌떡 뛰어 들어와서는 맹부요의 옷자락에 매달려 눈물을 훔쳤다.

"제가 또 돈을 엄청나게 벌지 않았겠습니까. 그런데 그사이에 나라 하나를 잡수셨다니, 이제 그까짓 돈은 쓸모도 없는 거겠죠……."

인물을 단박에 붙잡아 떼어 낸 맹부요가 정색하며 말했다.

"요신, 거북이 띠냐? 이제야 오게?"

그러고는 요신을 양탄자 앞에 끌어다 놨다.

"아란주, 대한에 있는 거 아니었어? 떠났으면 떠났다고 나한테 보고를 했어야지!"

"어라?"

눈물을 훔쳐 낸 요신이 당황한 투로 말했다.

"공주님이 왜 여기 있어요? 폐하 따라서 반도 간다고 했는데? 어어……, 이거…… 저는 모르는 일이에요!"

맹부요는 눈을 흘기며 생각했다.

십중팔구는 전북야 쪽이 문제였으렷다.

그녀는 수심에 찬 얼굴로 아란주 앞에 쪼그리고 앉았다.

이 일을 어찌하나. 멀쩡하게 나갔던 공주가 반송장이 되어서 돌아온 건데, 이대로 데려갔다가는 아란주 엄마 아빠가 빗자루 들고 쫓아 나오는 거 아닌가?

장손무극의 품속에서 원보 대인이 고개를 내밀었다. 아란주를 보고 폴짝 뛰어나온 대인이 아란주의 온몸을 타고 다니면서 코를 킁킁거리더니, 멱살을 잡고 따귀를 '파바밧' 날렸다.

지켜보는 맹부요의 입가에 경련이 일었다.

따귀 친다고 깨면 내가 성을 간다. 맹씨 말고 원보씨로!

웬걸, 아란주가 정말로 깨어났다! 반짝 눈을 뜬 아란주가 원보 대인을 보더니 또렷한 발음으로 말했다.

"쥐 새끼 너였구나, 보고 싶어 죽는 줄 알았어!"

그러나 맹부요가 반색하며 달려들려는 찰나, 스르르 눈을 감은 그녀는 그대로 다시 잠들어 버렸다. 절망한 맹부요는 벽이나 박박 긁고 있는 수밖에 없었다…….

원보 대인이 장손무극을 보며 몇 번 찍찍거리자 장손무극이 말했다.

"괜찮다고 하는군. 술법에 걸리기는 했으나 상대방에게 악의가 있는 것 같지는 않다고 하오."

"쥐 새끼가 술법에 대해서도 알아요?"

손을 뻗어 쥐 새끼를 붙잡은 맹부요가 눈을 빛내며 물었다.

장손무극이 고개를 가로저었다.

"감응 능력이 있는 것뿐이오. 친밀한 사이일수록 느낌이 잘 들어맞지. 다만 부풍의 술법을 시전자가 아닌 다른 사람이 함부로 풀려고 하다가는 도리어 일을 망칠 가능성이 크오. 신중할 필요가 있소."

맹부요의 표정이 대번에 의기소침해졌다. 곰곰이 생각에 빠져 있던 그녀가 한참 후에야 비로소 입을 열었다.

"자, 그러면 구체적인 노선부터 정해 봅시다. 내가 부풍에서 해야 할 일이 몇 가지 있는데, 첫째는 부풍 삼대 부족이 매년 치른다는 보물 사냥이에요. 듣자 하니 장소는 여름에 덥기로 유명하고 괴수의 출몰이 가장 잦다는 미종곡인가 봐요. 수확이 꽤 쏠쏠하다던데, 제일 좋은 보물은 내가 차지할 거예요. 두 번째로는 악해 나찰도에 들를 거예요. 대풍이 거기 두고 온 물건이 있다면서 지도를 넘겼었거든요. 대풍의 물건이라면 뭔가 귀한 거겠죠. 그걸 놓치면 바보 아니겠어요? 셋째로는 아란주를 발강 왕성에 데려다줘야 해요. 미종곡은 소당족 영역에 있고 악해는 탑이와 발강의 경계선에 있는 내해예요. 가야 할 장소는 세 군데, 방향도 세 개, 제일 편리하고 힘이 덜 드는 노선을 찾아야 해요."

"찾을 필요 없다!"

머리 위에서 난데없이 천둥이 쳤다. 흡사 구중천에서 떨어진 벼락과도 같은 소리에 모두의 고막이 웅웅 진동했다.

이어서 '펑' 하는 폭발음이 울리면서 주변 풍경이 휘청했다. 다음 순간, 일행은 자신들이 달과 별 아래, 황량한 들판 한복판에 있음을 발견했다. 천막이 몇 조각으로 쪼개져서 날아가 버린 것이었다. 심지어 아란주가 덮고 있던 담요마저도 온데간데 없이 사라진 뒤였다.

말 한 마디로 천막을 날려 버릴 정도의 성량이라니!

돌연 날카로운 바람 소리가 나더니 철판으로 얼굴을 후려치는 듯한 맹풍이 불어닥쳤다. 일행은 바람에 밀려 단체로 뒷걸음질을 쳤다. 눈앞이 다 아찔했다.

곧이어 허공에서 불덩어리 같은 형체가 번쩍했다. 얼마나 강렬한 붉은색을 뿜는지, 하늘에까지 불이 옮겨붙을 것 같았다.

누군가 공중에서 일갈했다.

"내가 데려갈 테니!"

그 몇 개 안 되는 음절이 울려 퍼지는 사이에 누군지 모를 형체가 광풍을 뚫고 날아올랐다. 형체가 무언가를 피해 물러났다가 다시 몸을 날리는 게 어렴풋이 보였다. 다들 정신이 하나도 없는 와중에 손바닥이 맞부닥치는 소리와 호통을 치는 소리를 들은 듯도 했다. 그러다가 갑자기 발밑 풀밭이 덜컥 밑으로 꺼졌다.

허공에 출현한 불덩어리가 잠시 어두워지나 싶다가 금방 밝기를 회복하더니, 화룡처럼 저 멀리 쏘아져 나갔다. 마지막으로 '가자!' 한 마디를 남긴 불덩어리는 어느덧 아득히 멀어져 있었다.

고작 두어 마디 하는 사이에 천막이 찢기고, 담요가 날아가고, 땅이 꺼진 것이다. 여기저기 사람들이 넘어져 나뒹굴고 있고, 지면은 아예 뗏장이 한 꺼풀 벗겨져 나간 모습이었다.

사실상 마을 사람 대부분이 조금 전 출현했던 것의 정체를 확신하지 못하는 상황이었다. 처음부터 끝까지 그림자도 제대로 보지 못한 탓이었다. 다들 그저 사람 말을 하더라는 것만 알 뿐이었다. 모든 일은 눈 깜짝할 사이에 벌어졌다. 그야말로 마른 하늘에 날벼락이었다.

돌덩이 같은 바람에 얻어맞고 코피를 줄줄 흘리면서 나뒹굴던 요신은 한참 만에야 가까스로 제정신을 차렸다. 한시름 놓은 그가 코를 붙잡고 중얼거렸다.

"누굴 데려간다는 거야? 번쩍, 번쩍, 하더니 갑자기 사라져 버리고, 대체 뭐가 뭔지. 누가 없어진 것 같지도 않은데……."

요신 옆쪽의 운흔은 용케 넘어지지 않고 서 있었다. 굴러다니느라 꼴이 엉망이 된 아란주를 지키며 그가 불쑥 말했다.

"없어졌어."

"엥?"

요신이 주변을 두리번거리더니, 느닷없이 펄쩍 뛰면서 비명을 질렀다.

"주인니이임!"

"저기, 저 아세요?"

"……."

"혹시 제가 그쪽을 아나요?"

"……."

"아니면 저희 엄마 아세요?"

"……."

"제가 그쪽 어머니를 아나요?"

"……."

"그쪽도 저를 모르고, 저도 그쪽을 모르고, 우리 엄마를 아는 것도 아니고, 저도 그쪽 어머니를 모르는데, 아니 대체 왜 잡아가는 거예요?"

"……."

맹부요는 분개하는 중이었다. 난데없이 하늘에서 시뻘건 늙은이 하나가 뚝 떨어지더니, 달려들어서 천막을 찢고 그녀를 납치한 상황이었다.

노인네 입에서 일곱 글자가 나오는 그 잠깐 사이에 맹부요 본인, 장손무극, 운흔까지 덤벼들었지만, 노인네는 셋의 공격을 전부 막아 냈다. 그러더니 아란주에게 손을 뻗는 척 속임수를 시전하고는 급하게 뛰어드는 맹부요를 낚아채서 줄행랑을 놓은 것이다.

그녀가 이 어처구니없는 상황에 대한 분노를 애써 억누르며 점잖고 예의 바르게 질문을 이어 가는 데는 늙은이가 입을 열어 진기가 흐트러지는 순간 기습을 가하고자 하는 목적이 있었다. 그런데 빌어먹을 노인네가 입을 열 생각을 안 했다.

그녀와 본인 어머니 간의 친분이 됐든, 본인 어머니와 그녀 어머니 간의 친분이 됐든, 무슨 소리를 지껄여도 반응이 없었다. 괜히 힘만 뺀 셈이었다.

“썩을 늙다리! 망나니 잡놈! 빌어먹을 영감탱이! 이 자식아, 당장 안 내려놔?”

맹부요는 막 나가는 쪽으로 태세를 전환했다. 영감탱이가 노발대발해 자기를 흙바닥에 내팽개쳐 주길 바라며. 아까부터 뒤에서 끈질기게 쫓아오고 있는 자의 품에 내팽개쳐 주면 더 좋고. 저 품이 이토록 그립기는 또 처음이었다.

“……진화도 덜 된 원시인, 돌연변이 외계인, 유치원 수준밖에 안 되는 고딩, 병 있는 개구리 대가리, 에베레스트 예티가 버린 새끼, 변소 정화조 막히게 만든 범인, 노아의 방주에 짓눌린 하마, 새로 생긴 화산 분화구, 전쟁 나가면 포탄이 좋다고 달려들 인간, 가는 관광지마다 폐허로 변할 인간, 가는 유적지마다 역사의 뒤안길로 사라질 인간…….”

붉은 장포의 노인이 불현듯 주머니를 뒤지더니 때가 꼬질꼬질한 천 뭉치를 꺼내서 맹부요의 나불거리는 주둥이를 틀어막았다.

“…….”

맹부요는 비분에 차 눈을 부릅뜨고 천 뭉치를 노려봤다.

모양으로 보나, 색상으로 보나, 재질로 보나, 아무래도 양말이지 싶었다! 냄새나는 양말! 빤 지 최소 일주일은 지난, 냄새나는 양말!

맹부요가, 존귀한 무극국의 장군이자 대한 한왕이며 헌원 국사인 동시에 대완의 여제인 맹부요가, 입에…… 냄새 나는……

양말을 물고 있다니!

극도로 분노한 맹부요가 눈동자를 비스듬히 굴려서 품속에 들어 있는 녀석을 흘깃 쳐다봤다. 그녀가 갓 납치당했을 때부터 품 안에는 줄곧 원보 대인이 있었다. 대인은 바람을 맞느라 눈을 제대로 못 뜨면서도 죽기 살기로 옷섶 안에서 기어 나오는 중이었다.

맹부요가 눈짓으로 자신을 냄새나는 양말의 악몽으로부터 구해 달라는 뜻을 전하자 원보 대인이 질겁하는 시늉을 했다.

싫다, 고귀한 원보 대인이 질식당해 죽는 꼴을 보려고!

맹부요의 눈빛이 음침해졌다.

싫어? 진짜 싫어? 확실히 싫은 거지? 싫다는 의사를 끝까지 고수하는 동시에 그로 인해 발생할 그 어떠한 결과도 절대 겁내지 않을 자신이 있다는 거지?

원보 대인은 그 즉시 한없이 순진한 표정을 지었다.

누가 싫대, 누가? 끓는 물과 타오르는 불에 뛰어드는 한이 있어도, 이 몸이 산산이 박살 나도, 목숨 바쳐 충성할 건데!

하지만 움직이기가 쉽지 않았다. 시뻘건 늙다리가 질주하는 속도 때문이었다. 지금 상태에서는 숨을 쉬는 것도 보통 일이 아니었고, 무슨 동작을 하든 회오리바람 속에서 몸부림치는 기분이었다.

원보 대인은 하얀 털을 휘날리며 한참 바둥거리던 끝에야 가까스로 고린내 나는 양말 부근에 도달했다. 그런데 미처 앞발을 뻗기도 전에 손가락 하나가 다가와 대인을 들어 올리더니 뒤쪽으로 내던졌다.

"찍!"

맹부요는 두 눈을 질끈 감았다.

끝장이었다! 달리고 있는 속도도 그렇고, 바람의 세기도 그렇고, 쥐 새끼는 10리 밖까지 날아갈 게 분명했다.

그러나 잠시 후 눈꺼풀을 들어 올린 그녀는 눈앞에서 달랑거리고 있는 하얀색 털 뭉치를 발견했다. 위기 상황에서도 불굴의 용기를 발휘한 원보 대인이 마지막 순간에 손가락을 와락 끌어안고는 끝까지 떨어지지 않고 버텨 낸 것이다. 영감탱이가 손을 그대로 둔 까닭에 원보 대인은 마치 열쇠고리에 달린 털 장식처럼 거기 처량하게 매달린 채 바람을 맞으며 달랑대고 있었다…….

늙다리는 사람 하나와 쥐 하나를 들고서 오래도록 달리고 또 달렸다. 밤이 지나고 날이 밝을 때까지.

맹부요의 머리 위에서는 바람이 포효하고 있었다. 머리카락은 깃발처럼 빳빳하게 뒤쪽으로 넘어간 채였고, 바람을 하도 맞았더니 피부에는 감각이 없었으며, 얼굴을 포함해 머리 전체가 얼음장처럼 시렸다.

그녀는 이를 빠득빠득 갈며 생각했다. 뛰기는 진짜 잘 뛴다고. 한나절 달리면 초원 밖으로도 나갈 것 같은데, 이 정도면 말 중에서도 최상급이라고.

그 생각을 하자마자 앞쪽에 돌산이 나타났다. 정말로 초원 가장자리까지 온 것이다.

돌산이 코앞이었다. 점점, 점점, 가까워지고 있었다. 그러나 새빨간 홍학 같은 늙은이는 멈출 계획이 없는 것 같았다. 속도를 줄이지 않고 그대로, 맹렬하게, 거리낌 없이, 용감하게, 불주산을 들이받은 전설 속 거인 공공이라도 되는 듯이, 앞을 향해 돌진했다.

맹부요는 눈을 감아 버렸다. 무극산 쥐 고기 떡과 대완산 맹부요 고기 전병을 보고 싶지는 않았다.

"찌익!"

원보 대인의 비명이 마치 자동차가 급제동을 걸 때 나는 날카로운 마찰음처럼 들렸다. 홍학이 급정거했다. 말 그대로 급정거였다.

열차가 산을 들이받기 직전에 기관사가 멋지게 페달을 밟아 열차를 세웠는데, 승객들은 관성을 못 이기고 앞으로 고꾸라지는, 그런 상황. 고로 맹부요는 앞쪽을 향해 튀어 나갔다. '쐐액' 하는 소리를 내며 날아서.

홍학이 돌산까지 사람 키 절반 정도 되는 거리를 남기고 아슬아슬하게 멈춰 선 직후, 그녀의 아리따운 코끝은 그 거리를 뛰어넘어 조만간 딱딱한 절벽과 피치 못할 접촉을 가져야 할 신세가 됐다. 맹부요는 눈을 감고 고기 전병이 될 운명을 겸허히 받아들였다.

텁!

앞으로 나아가던 몸이 누군가 잡아당기는 힘에 의해 덜컥 멈췄다. 그 힘이 얼마나 무지막지했는지, 온몸의 뼈마디가 관성을 못 견디고 '끼릭' 하는 소리를 냈다. 오랫동안 기름칠을 하지 않은 베어링처럼.

눈을 뜨자 긴 속눈썹 끝자락에 절벽이 쓸리면서 흙먼지가 바스스 떨어져 내렸다. 머리 위에서는 둥지가 흔들리다가 엎어진 데 분노한 새 한 마리가 날개를 퍼덕거리고 있었다. 맹부요는 정수리에 차가운 감촉을 느꼈다. 위에서 떨어진 새똥이었다.

"……."

뿌드득, 이를 간 맹부요가 천천히 눈을 들어 자신을 내려다보고 있는 덩치 큰 노인을 노려봤다.

태양처럼 강렬하게 빛나는 붉은색 장포, 쨍한 빛깔의 하늘나리처럼 붉은 얼굴, 털이라고는 한 가닥도 찾아볼 수 없이 반들반들 광이 나는 대머리. 탈모는 체질적인 게 아니라 외가공 수련의 결과물로 보였다.

그리고 황소 눈깔 같은 눈동자. 맹부요도 작은 눈이 아니건만, 상대의 눈은 그녀의 눈 두 개를 합친 것보다도 컸다.

커다란 입과 커다란 코, 큰 귀와 큰 손, 뭐든지 큼지막한 늙은이였다. 딱 하나, 키만 제외하고.

하지만 지금 용모로도 충분히 위압감이 느껴진다는 게 맹부요의 감상이었다. 특히 번갯불을 뿜는 것 같은 퉁방울눈은 보는 사람을 흠칫흠칫 놀라게 했다. 저기다가 키까지 컸으면 앞에 있기만 해도 숨이 안 쉬어졌을 것이다.

"잠깐 쉬자."

늙다리가 씩 웃으며 입을 여는 순간, 맹부요는 또 한 번 머리가 아찔해졌다.

귀청 떨어지겠네!

시끄러워도, 시끄러워도, 너무 시끄러웠다! 혼자 말하는데 이건 무슨 3백 명이 단체로 말싸움을 벌이는 것 같았다.

어떻게 저런 목소리가 세상에 존재할 수 있는 것인가? 어쩐지 말 한 마디로 그 두꺼운 소가죽 천막을 갈기갈기 찢어 버리더라니.

맹부요를 자기 앞에 붙잡아 놓고 한참을 뜯어보던 노친네가 곧이어 불만스러운 표정으로 인피면구를 벗겨 냈다. 그러더니 또 요리조리 기웃기웃 그녀를 살피기 시작했다. 덕분에 맹부요는 솜털이 일렬종대로 곤두서고 닭살이 풍년을 맞았다.

그녀가 '읍읍' 하면서 항의하자 그제야 냄새나는 양말의 사명을 떠올린 노친네가 양말을 제거해 존귀하신 대완의 황제 폐하를 양말 고린내에 질식해 죽을 뻔한 비극적 운명으로부터 구출해 줬다. 맹부요는 입이 자유로워지자마자 추궁에 돌입했다.

"좀 여쭙시다, 대체 왜 잡아 온 건데요?"

"보려고!"

노친네는 본인 말대로 맹부요를 계속 뜯어보는 중이었다.

"그래서 봤더니 뭐가 어떤데요?"

맹부요가 물었다.

"별거 없어."

노친네가 고개를 가로저었다.

"얼굴도 그저 그렇고, 몸매도 그저 그렇고, 엉덩이도 작고,

가슴도 작고."

목소리가 쩌렁쩌렁하게 울리는 것이, 초원 사람 절반은 듣고도 남았을 듯했다.

맹부요는 분하고 수치스러운 마음에 두 눈을 질끈 감았다.

아아, 하늘에서 벼락이 떨어져서 뒤에 쫓아오고 있는 장손무극을 1초만 귀머거리로 만들어 줬으면. 제발 이 소리 못 듣게!

눈앞에 있는 홍학과는 말을 안 섞는 게 상책일 듯했다. 저 목청으로는 무슨 말만 했다 하면 온 세상이 다 듣게 될 테니.

"저기, 그런데 왜 보겠다는 거예요?"

맹부요가 목소리를 낮춰 비밀스레 속닥거리자 예상대로 노친네도 엉겁결에 소리를 죽여 은밀하게 답했다.

"제자 마누라인데 그럼 당연히 내 심사를 거쳐야지."

안타까운 일이지만 홍학은 아무리 소리 죽여 말해도 백 명이 목에 핏대를 세우고 싸우는 수준의 성량을 자랑했다.

맹부요가 망연히 물었다.

"제자 마누라요?"

그러자 노친네가 눈매를 휘며 웃었다.

"대체 네 어디가 좋다는 건지는 모르겠다만, 녀석이 좋다니 아쉬운 대로 타협해야지 어쩌겠느냐."

맹부요는 홍학과 대화가 전혀 안 통한다는 사실을 깨달았다. 이렇게 되면 단도직입적으로 묻는 수밖에.

"그쪽 제자가 누군데요?"

"누구긴 야아野兒지!"

홍학이 눈을 가늘게 좁혔다.

"이 늙은이 제자가 야아 말고 또 누가 있으려고?"

"전북야? 전북야가 잡아 오라고 했다고요?"

맹부요가 상대의 전구처럼 둥그런 머리통을 향해 의심의 눈초리를 보냈다.

"네가 워낙 거칠고 고집스럽다더구나."

홍학이 근엄하게 말했다.

"우리 야아의 안사람이라면 응당 온화하고, 선량하고, 공손하고, 검소하고, 내조와 자식 교육에 힘쓰고, 남편에게 순종하고, 품성, 용모, 언변, 살림 재간을 두루 갖추어야 할 것이거늘. 지금 이대로는 안 되겠다. 내가 시간을 쪼개서라도 직접 가르쳐야겠어."

"전북야가 그러래요?"

"지난번 반도에서 만났을 때 네 이야기는 한 마디도 없었다만, 내가 말 안 한다고 모를 사람이더냐? 딱 보기에도 무언가 큰 근심이 있는 것 같았다."

혼자 떠들어 대던 노친네가 눈을 가늘게 뜨고 의기양양하게 웃음 지었다.

"소칠한테 물어봤더니 답이 바로 나오더구나."

말이 전혀 안 통하는 와중에도 소득이 있기는 있었다. 간단히 정리하자면 전북야는 작금의 사태에 대해 전혀 모른다는 거다. 그리고 지금 눈앞에 있는 노친네는 심각한 제자 사랑 증후군을 앓고 있는 환자에, 나이 지긋하시며 쓸데없이 잔소리 많은 유형의 인간 되시겠다. 한 마디로 주책맞은 늙다리.

표정을 사뭇 엄숙하게 바꾼 맹부요가 눈동자를 상하좌우로 부지런히 움직였다.

"무얼 하는 게냐?"

백 명이 싸우는 소리.

"좀 보려고요!"

맹부요가 답했다.

"그래서 봤더니 뭐가 어떻더냐?"

"흐음."

빨간 껍데기의 달걀을 향해 애틋하고도 촉촉한 눈빛을 보내며, 그녀가 아련한 투로 말했다.

"이렇게 고고학적 가치가 높은 생김새는 처음 봤어요."

"고고학?"

홍학이 당황했다. 의문문을 말할 때 데시벨은 4백 명이 싸우는 수준을 가뿐하게 찍었다.

"그건 무슨 무공이지?"

맹부요가 한숨을 푹 쉬었다.

관두자, 에둘러 까면 알아듣지도 못할 거 힘은 뭐 하러 빼냐.

이때 홍학이 고개를 번쩍 들더니 맞은편에다 대고 외쳤다.

"어이, 거기 젊은 녀석. 뭘 그렇게 죽자고 쫓아오느냐? 이 아이는 내 제자 색시다. 남녀칠세부동석이라 했으니 멀찍이 떨어져!"

맹부요는 혈도를 제압당한 채 뒤돌아 앉아 있는 관계로 장손무극을 볼 수가 없었지만, 언제나처럼 웃음기 섞인 느긋한 음성만은 들을 수 있었다.

"아하, 그렇단 말이지요? 선배님께서 무언가 잘못 알고 계신 듯한데, 그쪽은 제 아내입니다. 제가 제 아내 뒤를 쫓아다니는 것이 문제가 되는지요?"

"헛소리!"

홍학이 황소 눈깔을 부릅떴다.

"내 제자가 마음에 두었으면 녀석 색시가 되는 게 당연하지, 웬 엉뚱한 놈이 헛꿈을 꿔?"

"원래는 선배님 제자의 몫이었을지 모르나……."

장손무극이 웃음 지었다.

"혹시 그 이야기 못 들으셨습니까? 작년에 저와 내기를 했다가 져서 여인을 제게 넘겼습니다만."

맹부요의 입가가 씰룩씰룩 경련을 일으켰다.

입에 침도 안 바르고 거짓말하는 거 봐라. 내기에서 져? 날 놓고 내기를 해? 이 마님이 언제부터 내기에 팔려 다닐 수준이셨길래?

어디 마음대로 떠들어 보시지, 홍학 새끼 깃털을 깡그리 잡아 뽑고 나면 그다음은 장손무극, 당신 차례니까…….

"내기에서 져서 넘겼다고?"

홍학이 눈알을 부라리며 반신반의하는 투로 물었다.

"왜 나는 처음 듣는 이야기지?"

"여길 보시지요!"

무언가를 꺼내서 흔들어 보인 장손무극이 웃으면서 말했다.

"설마 이걸 모른다고는 안 하시겠지요? 대한 황제가 부요에게 주었던 예물입니다. 예물까지 제 손에 있을 정도면 부요도 자연히 제 것 아니겠습니까."

맹부요는 머리 위에서 노친네가 '쓰흡' 하는 소리를 들었다. 물건을 알아보는 게 틀림없었다.

맹부요 본인도 '쓰흡' 하고 숨을 들이켰다.

장손무극, 저 무서운 작자!

전북야의 예물을 지금껏 가지고 다니다가 그 사부를 감쪽같이 속여 넘기는 데 이용할 줄이야.

불쌍한 전북야, 이 사실을 알면 당장 남쪽으로 진군해 무극국 경계비를 박살 낸다고 할 텐데.

목청에서 한결 힘이 빠진 홍학이 장손무극의 손에 있는 물건에 불만이 많은 투로 투덜거렸다.

"야아 녀석도 참, 내기에서 잃을 게 따로 있지 색시를 잃다니? 안 되지, 안 될 일이야!"

홍학이 예물을 향해 팔을 뻗었다.

"이리 내!"

그 동작과 동시에 사방에서 칼날 같은 바람이 일어 장손무극을 덮쳐 갔다. 장손무극이 웃음을 흘렸다.

"어이쿠, 선배님, 무섭게 왜 이러십니까! 깜짝 놀라 손에서 힘이라도 빠졌다가는 그 댁 야아의 가보가 세상에서 사라질 텐데요. 하면 훗날 황후를 맞이할 때 예물은 무엇으로 한단 말입니까?"

그러자 묵직하게 코웃음을 친 노친네가 맹부요를 덥석 들어 올리면서 말했다.

"내기에서 누가 이기고 졌는지 내가 알 게 뭐냐. 나는 야아 색시만 잘 가르치면 그만이다. 어차피 네 녀석과 정식으로 혼례를 올린 것도 아니니 이 아이는 내가 맡겠다!"

맹부요는 눈빛으로 격한 항의를 표명했다.

안 맡아 줘도 되거든!

"그러시지요."

장손무극의 입가에 엷은 미소가 걸렸다.

"선배님도, 저도, 각자 자기 맡은 몫을 다하면 그만입니다. 선배님은 부요를 가르치는 일을 맡으시고 저는 부요를 뒤쫓는 일을 맡도록 하지요. 서로 간섭할 것 없이."

노친네가 싫다고 하려는데 장손무극이 빙긋이 웃으며 말을 이었다.

"왜 그러시지요? 기어코 저를 쫓아 보내야만 직성이 풀리시겠습니까? 좋습니다. 정 그러시다면야 당장 만천하에 알리지요. 오주 일곱 나라에 이 상황을 알리고 잘잘못을 가려 달라고 해야겠습니다. 대한 황제의 사부가 무극국의 예비 황후를 납치해서는, 돌려 달라는 말조차 못 꺼내게 한다고요. 십대 강자 뇌동은 힘만 믿고 약자를 핍박하고, 대한 황제는 권세를 등에 업고 남을 업신여긴다고……."

"어디 멋대로 해 보아라!"

온몸이 시뻘건 뇌동이 쩌렁쩌렁하게 호통을 치면서 홱 돌아섰다. 골이 웅웅 울릴 정도의 목청이었다.

맹부요의 머릿속이 가까스로 안정을 되찾았을 무렵, 뇌동의 다음 말이 들려왔다.

"아까 상의할 때 들으니 미종곡에 간다는 것 같던데. 나도 마침 목적지가 같다. 네 훈육은 가는 길에 하면 되겠구나."

뇌동이 품속에서 꼬깃꼬깃한 종이 몇 장을 꺼내면서 중얼거렸다.

"특별히 찾아가서 물어본 것이니 효과가 있겠지……. 내일부터 이 늙은이가 네게 가르침을 주겠다!"

맹부요의 눈이 반짝 빛나자마자 뇌동이 종이에 적힌 내용을 읽어 내려가기 시작했다.

"첫째 날, 자수!"

"……."

"둘째 날, 여칙[2]!"

"……."

"셋째 날, 요리!"

"……."

"넷째 날, 재봉과 재단!"

"……."

"다섯째 날, 예절!"

"……."

---

2 女則. 부녀자가 지켜야 할 규칙을 적은 글.

"여섯째 날……."

노친네의 벌건 얼굴이 갑자기 더 시뻘게진 것 같았다. 최선을 다해 목소리를 낮춘 뇌동이 대략 50명이 싸우는 정도의 성량으로 말했다.

"방중술 18식 '옥녀심경'!"

맹부요가 울컥 피를 토했다.

신이시여! 벼락이라도 때려서 이 주책맞은 영감탱이를 죽여주소서!

저게 지금 황후를 길러 내겠다는 것인가, 아니면 사교계의 꽃을 만들겠다는 것인가, 그것도 아니면 일본 AV 여배우를 육성하겠다는 것인가.

낭독을 마친 뇌동은 만족감에 젖은 채 맹부요를 짊어지고 성큼 걸음을 내디뎠다. 완벽하고 모범적이며 남들 앞에서나, 주방에서나, 침상에서나, 두루두루 우수한 능력치를 뽐낼 대한국 황후의 길을 향하여…….

뇌동의 어깨에 얹힌 맹부요는 눈물이 앞을 가렸다. 그녀는 난생처음 장손무극을 향해 두 팔 뻗어 구조를 요청하며 울먹였다.

"엄마야! 태자 전하, 태자 전하, 가련한 미래의 AV 여배우, 아사카와 란 좀 구해 줘요……."

황후 수업

끝이 보이지 않는 필사의 추격전이 막을 올렸다. 앞쪽에서는 뇌동이 줄행랑을 놓고, 장손무극은 그 뒤를 한 발짝도 뒤지지 않고 쫓았다.

경공을 놓고 말하자면 뇌동의 장점은 수십 년 동안 진득하고 탄탄하게 갈고닦은 진기와 지구력에 있었다. 그러나 가볍고 힘이 적게 드는 신법에서만큼은 장손무극이 한 수 위였다. 두 사람은 줄곧 다섯 장 거리를 유지하며 달리고 있었다.

뇌동의 점혈법은 독특했다. 하반신 진기만 봉인한 뇌동 덕분에 맹부요는 상반신을 자유롭게 쓸 수 있었다. 맹부요가 두 팔로 기어서 도망가려 할 리는 절대로 없다는 사실을 뇌동도 잘 아는 듯했다.

그야 물론, 맹부요는 굳이 기어서까지 도망치고 싶진 않았다. 상황이 이쯤 되니 오히려 조바심도 안 났다.

그래, 어디 잡아갈 테면 잡아가 봐라. 대신 내가 죽도록 괴롭혀도 그때 가서 후회는 말고.

첫째 날, 자수 수업.

노친네가 맹부요에게 보따리 하나를 던져 줬다. 보따리를 풀어 본 맹부요는 안에서 자수틀, 바늘, 색실 등 용품 일체를 발견했다. 이걸 미리 다 준비해 뒀을 줄이야.

“오늘 안으로 뭐가 됐든 자수를 완성해야 한다.”

뇌동이 쩌렁쩌렁한 소리로 말했다.

“짬이 나거든 제대로 된 침모한테 지도받게 해 주마.”

그러고는 소매를 휘휘 내저으며 돌아서서 나무 그루터기에 앉더니, 이내 팔을 휘둘러 바위산에 몇 그루 되지도 않는 가련한 나무들을 모조리 쓰러뜨렸다.

뇌동은 쓰러진 나무에서 가지와 이파리를 꺾어다가 침상 두 개를 만들고, 그 위에 팔자 좋게 드러누웠다. 다섯 장 밖의 장손무극도 판판한 바위를 찾아 그 위에 편안하게 몸을 눕혔다.

자수 용품을 들고 있던 맹부요가 물었다.

“골무는요?”

“그게 무엇이냐?”

뇌동이 눈을 부릅떴다.

“바느질할 때 안 찔리게 손가락에 끼는 거요.”

맹부요가 양손을 펼치면서 어깨를 으쓱했다.

“골무 없으면 못 해요. 미래의 대한 황후가 어디 가서 손 내밀었는데 바늘 자국이 빼곡해 봐요. 그것도 여인으로서의 미덕에 어긋나는 일이라고요. 귀한 제자 얼굴에 먹칠하는 거니까.”

뇌동은 깊은 고뇌에 빠졌다. 소중한 제자의 체면과 직결된 문제를 나 몰라라 할 수는 없었다. 그는 고심 끝에 품 안에서 반지를 하나 꺼냈다.

“이거면 대충 될 것 같은데?”

맹부요는 사양 않고 반지를 건네받았다. 큼지막한 흑옥 반지였다. 옥석 중간에 길고 가느다란 은색 광채가 보일 듯 말 듯 반짝이는 것이, 몽롱하게 뜬 눈동자가 빛나고 있는 것처럼 보였다. 딱 봐도 예사 물건은 아니라는 느낌이 왔다.

맹부요는 ‘적의 손해는 곧 나의 이득’이라는 인생 신조에 따라 반지를 건들건들 손가락에 끼었다.

“괜찮네요!”

그러고는 바위 위에 앉아서 얌전히 수를 놓기 시작했다.

한참이 지나, 꽃을 한 번, 풀을 한 번, 산을 한 번, 새를 한 번, 저만치에 있는 장손무극을 한 번 쳐다본 그녀가 소리쳤다.

“저기요, 날씨 완전 좋죠?”

장손무극이 대답했다.

“그러게, 좋은 날씨군. 밥은 먹었소?”

“아뇨.”

맹부요가 외쳤다.

“그쪽은 먹었어요?”

“나도 아직이오.”

장손무극이 마주 외쳤다.

"새라도 두어 마리 잡아서 구워 볼까 하는데 어떻소? 꾀꼬리, 종달새, 까마귀, 두견이 중에 그대가 좋아하는 종류는?"

맹부요는 오스스 솟은 닭살을 쓸어내리며 중얼거렸다.

"저 소리 듣는데 왜 이렇게 소름이 끼치냐."

그리고 잠시 후, 그녀가 주문을 넣었다.

"꾀꼬리로요!"

"시끄러워 죽겠네!"

잠을 청하다가 실패한 뇌동이 벌떡 일어나 앉으면서 호통을 쳤다.

"이제부터 둘 다 찍소리도 하지 마!"

그러자 맹부요가 조용히 바늘을 내밀었다.

"뭐냐?"

"차라리 입을 꿰매 달라고요."

간곡한 애원조의 부탁이었다.

"밥 못 먹고 물 못 마시는 것까지는 괜찮은데, 말을 하지 말라는 건 너무 잔인하잖아요. 저한테 말을 하지 말라는 건 선배님한테 싸움을 하지 말라는 거나 똑같다고요. 생각해 보세요, 어떤 심정일지……."

하여, 뇌동은 생각해 보았다. 한참 생각하다 보니 과연 잔인한 것 같기도 했다. 그가 쩌렁쩌렁한 목소리로 말했다.

"대신 목소리는 작게! 빽빽 소리 지르지 말아라. 너희 때문에 귀머거리 되기 직전이다."

맹부요는 눈길을 먼 하늘에 던졌다.

진짜 시끄러운 게 누군데, 마른하늘에 까마귀 떼라도 떨어져서 저놈의 소음 제조기 좀 박살 내 줬으면!

잠이 달아난 뇌동은 허기를 느꼈다. 품을 뒤져 딱딱하게 굳은 개떡 몇 개를 꺼낸 그가 떡을 들고 운공을 하자 손바닥이 벌겋게 달아올랐다. 그대로 손안에서 개떡을 이리저리 몇 번 뒤집자 떡이 순식간에 말랑하게 구워지면서 맛있는 냄새가 물씬 풍겼다.

맹부요가 옆에서 감탄했다.

"대단한 무공이네요! 생활, 여행, 살인, 방화에 두루 활용 가능한 휴대용 간이 난로!"

뇌동이 의기양양하게 웃어 보이자 맹부요도 해맑게 마주 웃었다. 둘이 마주 보고 실실 쪼개고, 쪼개고, 또 쪼개는 사이 어느덧 탄내가 나면서 연기가 모락모락 올라왔다. 그제야 맹부요가 퉁명스럽게 한마디를 던졌다.

"탔는데요."

"……."

뇌동이 숯덩이가 된 개떡을 원보 대인 앞에 던져 줬다.

"너나 먹어라!"

원보 대인은 비탄에 잠겨 머리를 땅에 박았다. 일생일대 최고의 치욕이었다.

지켜보던 맹부요가 한숨을 쉬었다.

"짠한 것……."

그러고는 저 멀리 있는 장손무극을 향해 소리쳤다.

"다 구워졌어요?"

"소금이 없소!"

장손무극 쪽에서 고기 구워지는 냄새가 솔솔 풍겨 왔다. 맹부요는 군침을 흘리면서 중얼거렸다.

"태자 전하가 다른 부엌일은 영 젬병이어도 고기 하나는 잘 굽지, 냄새 봐라! 캬아……."

뇌동이 코를 킁킁거리더니 황소 눈깔을 번뜩 빛냈다.

"몇 마리 더 구우라고 해라."

"여염집 처자 납치해 온 악당이 무슨."

무릎을 끌어안고 앉아 맹부요가 턱을 치켜들고 따져 물었다.

"납치당한 사람이 납치범한테 고기 구워다 바치는 경우 봤어요?"

뇌동이 발끈했다.

"나는 뇌동이다!"

맹부요가 즉각 맞받아쳤다.

"뇌동이 누구람!"

뇌동의 황소 눈깔이 탐조등처럼 강렬한 빛을 뿜었다. 맹부요 역시 질세라 눈을 부라렸다. 하지만 얼마 안 가 눈꺼풀이 뻐근해지면서 눈물이 날 기미가 보였다.

질 때는 지더라도 기 싸움에서부터 밀릴 수야 없지!

그녀는 바닥을 더듬더듬하다가 풀 줄기 두 개를 획득한 후 버팀목 삼아 눈꺼풀 아래에 끼워 넣었다.

눈싸움에서 패배한 노친네가 곧 눈에 줬던 힘을 풀었다. 그러더니 고개를 갸웃하면서 맹부요를 쳐다보다가 입꼬리를 말아 올렸다.

"재미있구나, 재미있어! 야아가 왜 좋다는지 알 것 같다. 이 늙은이하고 이렇게 오래 눈을 맞춘 사람은 야아 말고는 없었느니라."

맹부요는 '칫' 하고 코웃음을 치고는, 상대해 줄 생각이 없다는 뜻으로 아예 고개를 돌려 버렸다.

이때 장손무극이 잘 구워진 새 한 마리를 던져 줬다. 통구이를 받아 든 맹부요가 싱글벙글하며 말했다.

"바삭한 껍질에 촉촉한 속살, 거기다가 이 먹음직스러운 냄새! 이거지, 이거야!"

다리 하나를 뜯어서 천천히 맛을 보는데, 옆에서 천둥 치는 소리가 들렸다. 맹부요는 거들떠보지도 않고 식사를 계속했다.

천둥소리는 갈수록 요란해졌다. 나중에는 고막이 웅웅 울릴 정도였다. 굉음을 견디다 못한 원보 대인이 천둥을 피해 친척 집으로 기어들어 갔다.

맹부요가 한숨을 푹 내쉬었다.

"배 속에서 천둥이 친다는 말이 바로 이런 거였나."

그녀가 남은 새 구이 절반을 내밀자 뇌동이 냉큼 받아 들었다. 간에 기별도 안 갈 양이겠지만.

맹부요는 아무런 의심 없이 구이를 먹어 치우는 뇌동을 보며 눈을 빛내고 있다가 이내 속으로 숫자를 셌다.

하나, 둘, 셋, 기절! ……은 무슨.

뇌동은 산처럼 제자리에 버티고 앉아 있었다. 그가 맹부요보다 더 쨍하게 눈을 빛내며 말했다.

"몇 마리 더 구워 보라고 해라!"

맹부요는 몹시 당혹스러웠다.

종월이 준 몽한약은 분명 백발백중, 필승 불패일 텐데, 왜 저 홍학한테는 전혀 효험이 없는 걸까?

"곡일질의 약을 썼으렷다?"

시뻘건 노친네가 아쉬운 듯 입술을 핥았다.

"여인은 역시 여인이야. 독약이든 몽한약이든 설탕처럼 달게 만드는 걸 보면. 10년 넘게 못 먹었더니 그 맛이 그리워지더구나!"

맹부요의 안면 근육이 경련을 일으켰다. 종월네 사부님이 만든 독약으로 단련된 위장이었던 것인가…….

음식에 약을 타는 작전은 실패였다. 아까까지만 해도 뇌동을 인사불성으로 만들겠다는 의욕에 불탔으나 이제 그 의욕을 완전히 잃은 맹부요는 시무룩하게 바닥에 몸을 누였다.

그런데 미처 등허리를 다 붙이기도 전에 뇌동이 그녀를 붙잡아 일으켜 세웠다.

"수놔야지! 수!"

여제께서는 가느다란 자수용 바늘을 호랑이가 먹잇감을 움켜잡듯이 잡고서 망연히 중얼거렸다.

"수놔야지! 수……."

뇌동은 느른하게 드러누워서 다리를 꼰 채, 가늘게 뜬 눈으로 맹부요의 날듯이 잰 손놀림을 감상했다. 저러고 있으니 퍽 곱고 현숙해 보이는 것이, 야아와 조금은 어울릴 듯도 하다는 생각이 들었다. 그는 기분 좋게 함박웃음을 짓다가 불지불식간에 잠들어 버렸다.

뇌동이 요란하게 코를 골기 시작하자 맹부요는 이때다, 하고 신이 나서 장손무극에게 손짓을 보냈다. 장손무극이 신호를 받고 막 한 걸음을 내디뎠을 때였다. 노친네가 몸을 휙 뒤집으면서 기다란 팔로 우연인 듯 아닌 듯 맹부요를 한 대 툭 쳤다. 그런데 팔이 스친 자리가 하필 어깨 견정혈이었다.

맹부요의 팔뚝에서 '뚜둑' 소리가 났다. 그녀는 팔을 들고 손님을 맞이하는 자세 그대로 굳어 버리고 말았다. 그녀의 팔은 한 시진 후 노친네가 다시 한번 몸을 뒤척이면서 툭 쳤을 때야 삐거덕거리면서 아래로 내려올 수 있었다.

이번에도 실패였다…….

노친네가 잠에서 깬 것은 동쪽 하늘에 달이 뜨고 나서였다. 그는 일어나 앉자마자 과제부터 확인하겠다고 나섰다.

"자수는? 어디 보자꾸나."

늘어지게 하품을 한 맹부요가 땅바닥을 가리켰다.

뇌동은 땅바닥에서 재질이 고급스러운 살구색 비단을 주워 들었다. 무언가 수가 놓여 있기는 했다. 노란색 실을 써서 간결하게 표현한, 아래쪽은 넓고 위쪽으로 갈수록 뾰족해지는 3층 구조의 기묘한 형체.

"이게 무엇이냐?"

뇌동이 멍청한 얼굴로 묻자 맹부요가 뒤로 누우면서 기지개를 켰다.

"똥이요."

"……."

잠시 후, 분노의 포효가 산을 뒤흔들었다.

"똥……이……라……고!"

"왜 그러신대."

눈을 쓱쓱 비비고 난 맹부요가 시뻘겋게 익어 버리다시피 한 홍학을 답답하다는 듯 쳐다봤다.

"내 수준을 보고 싶다고만 했지, 뭘 수놓으라고 정해 주진 않았잖아요. 그래서 수준을 보여드렸는데 어디, 흡족하십니까?"

"아무리 그래도 똥은 아니지!"

노친네가 화르르 불타올랐다.

"뭐가 문제여서요?"

맹부요가 심드렁하게 말했다.

"똥 무시하지 마시죠. 똥에도 격이 있다고요. 똥이 하찮다고 말할 겁니까? 하루라도 똥 없이 살 수 있을 것 같아요? 애가 밖으로 안 나오겠다고 우겨도 괴로워하지 않을 자신 있어요? 날마다 먹는 쌀이 애 없이도 잘 자라나 구수한 쌀밥으로 상에 올라올 수 있을 것……."

"입 다물지 못해!"

노친네에게서 옮겨붙은 분노의 화염이 온 산을 불살랐다. 맹부요가 주절대는 소리를 계속 듣고 있다가는 평생 쌀밥 먹기는 종 칠 것 같았다.

태연자약하게 드러누운 김에, 맹부요가 한마디를 덧붙였다.

"흥분하면 혈압 오릅니다. 뭐, 비 오게 생긴 거 보니까 그래도 열받은 건 식혀지겠네."

비가 퍼붓기 직전이었다. 하늘 가장자리에서부터 먹구름이 겹겹이 밀려오고 있었다. 구름층 사이에서 금빛 불꽃이 널뛰는 것도 보였다.

맹부요는 한숨을 뱉었다.

뇌동 옆에 있으니까 과연 이름 따라서 뇌우가 들이닥치고 진천동지할 일이 생기는구나.

바위 위에 엎드린 그녀가 멀찍이 떨어진 곳을 향해 외쳤다.

"장손무극, 내려가요! 산 위에는 잘 데 없으니까……."

그러자 고개를 들어 그녀를 바라본 장손무극이 미소 지으며 말했다.

"그대가 있는 곳이 곧 내가 있을 곳이오."

그 소리가 거슬렸는지 뇌동이 호통을 쳤다.

"닥치지 못할까, 내 제자 색시한테 대고 간지러운 소리 하지 마라!"

"어르신, 저는 불합격이에요."

맹부요가 뒤로 돌아 짐짓 간절한 눈빛을 보냈다.

"진짜요, 여인의 덕을 두루 겸비한 현숙하고 아량 넓은 황후 같은 거 저는 못 한다니까요."

"우리 야아가 좋다니 되었다!"

뇌동은 꽤나 원통해 보였지만, 대답 하나는 간단명료했다.

맹부요는 대화를 포기하고 이를 갈았다. 뇌동을 상대하느니 태자 전하한테나 신경 쓰는 쪽이 속 편할 것 같았다.

그런데 태자 전하한테 관심을 쏟으면 쏟을수록, 당초 생각과는 달리 점점 마음이 불편해졌다.

바위산에는 나무가 없었다. 몇 그루 드문드문 있던 것도 뇌동이 싹 쓸어 와서 침상으로 삼은 뒤였다. 산 아래는 초원, 지붕이 되어 줄 만한 것은 눈에 띄지 않았다.

장손무극은 그녀의 시선이 닿는 야트막한 골짜기 안에 있었다. 그냥 봐도 골짜기가 비바람을 막아 주기는 역부족이었다.

맹부요가 근심스러운 마음으로 하늘을 올려다봤다. 부디 이대로 구름이 걷혀 주길 바라면서.

그러나 고개를 들자마자 '우르릉' 하고 천둥이 치더니 빗방울이 후드득 쏟아졌다. 우박처럼 굵직한 빗방울에 얻어맞은 그녀가 허겁지겁 눈을 감았다. 비가 시작된 것이다.

여름철 초원의 비는 그야말로 하늘에서 대야로 퍼붓는 듯이, 거침없고도 맹렬하게 쏟아졌다. 맹부요의 머리 위쪽에는 그나마 나무가 있었지만, 옷이 젖는 건 순식간이었다.

그녀가 뇌동을 닦달했다.

"비 피할 데 없나 내려가 봐요!"

"아니다."

뇌동은 천둥과 번개를 반기는 기색이었다.

"미리 날씨를 보고 올라온 것이니라. 천둥과 번개가 내 무공에 도움이 되거든."

댁한테는 도움이 될지 몰라도 나는 아니거든!

분개하는 맹부요를 힐끔 쳐다본 뇌동이 덧붙였다.

"너한테도 손해는 아닐 거다. 젊었을 때 근골을 단련해 두면 좋지. 십대 강자의 일원이라는 녀석이 지금 이까짓 비가 무서운 게냐?"

비가 안 무서우면 꼭 물에 빠진 생쥐 꼴이 되어야 하나?

맹부요는 시뻘건 노친네를 노려보면서 표정을 험악하게 구겼다.

어떻게 망할 도사 영감이랑 말본새가 쌍둥이처럼 똑같지?

'자연이 주는 고난을 통해 자신을 단련하거라! 폭풍우가 주는 시련을 피하지 말거라!'

머저리 같은 작자들!

노친네는 기필코 그녀를 시련의 구렁텅이로 밀어 넣고야 말 기세였다. 그렇다고 장손무극까지 끌어들일 필요는 없는 일. 봇짐도 미처 챙겨 오지 못한 상황이었다. 젖은 옷을 그대로 입고 있으려면 얼마나 찝찝하겠는가.

그녀는 다시 뒤로 돌아 바위에 배를 대고 장손무극을 향해 외쳤다.

"내려가요! 내려가서 비 피하라고! 감기 걸려!"

장손무극은 엉뚱한 소리를 했다.

"춥지 않소? 내 가서 비옷이라도 구해 오리다."

맹부요가 그 소리에 입을 삐죽였다. 헛웃음이 나오려 했다.

대체 이 허허벌판 어디서 비옷을 구해 오겠다는 건지. 산 너머에는 민가가 있을지도 모르지만, 그까짓 비옷 구하자고 산을 타 넘는다고? 거참, 한가하신 태자 전하시네!

그러나 입꼬리에 웃음기가 맺힌 것도 잠깐, 그녀의 입매가 금방 아래로 처져 깊은 주름을 그렸다. 뻥 뚫린 데 서서 찬비를 고스란히 맞고 있는 장손무극을 보자니 갑자기 속에서 천불이 났다. 그녀는 머리 위에 가지를 드리우고 있던 나무를 덥석 잡고 뿌리째 뽑아 장손무극 쪽으로 집어 던졌다.

나무를 가볍게 받아 낸 장손무극이 흐릿하게 번진 비의 장막 속에서 싱긋 웃었다. 둘 사이에 가로놓인 거리에도 그의 눈이 별처럼 반짝이는 게 보였다.

뇌동이 '어이쿠야!' 하더니 타박을 놨다.

"비 가려 주던 걸 뽑아 버리면 어떡하나! 이 비를 쫄딱 다 맞겠다고?"

맹부요가 송곳니를 번뜩이면서 대꾸했다.

"쫄딱 맞지, 뭐. 자연이 주는 시련에 순응도 해 보고, 원시의 천둥과 번개랑도 친해져 보고 그러면 좋지, 뭔 놈의 나무는 머리에 이고 있는답니까? 쫄딱 맞읍시다! 같이 맞자고요!"

표정이 구겨지기 시작한 뇌동이 뭐라 대꾸하기도 전에, 맹부요가 이번에는 뇌동의 나무 침상을 들어서 냅다 내던졌다. 날아간 침상은 장손무극의 발치에 떨어졌다.

격분한 뇌동이 머리 위 천둥보다도 쩌렁쩌렁한 소리로 포효했다.

"그걸 내버리면 나는 어디서 자라고!"

그러자 고개를 바짝 쳐든 맹부요가 더 큰 소리로 맞받아쳤다.

"나랑 자요!"

노친네가 순간 비틀하더니, 그녀의 발밑에 철퍼덕 엎어졌다.

맹부요가 가슴을 활짝 펴고 목을 꼿꼿이 세웠다. 눈에서 뿜어져 나오는 안광이 형형했다.

싸워서 못 이기면 말로라도 때려눕혀야지!

잠시 후, 바닥을 짚고 일어난 뇌동이 이글거리는 눈으로 그녀를 노려봤다. 벌건 대머리가 비에 젖어 반들거렸다. 맹부요는 그 민머리를 악의적으로 빤히 쳐다보며, 상대가 빗줄기에 얻어맞는 면적이 자기보다 월등히 큼에 흡족해하고 있었다.

세찬 빗줄기를 사이에 두고 눈싸움을 벌이던 두 사람이 이내 '쳇' 하고 각자 고개를 돌렸다.

맹부요는 고개를 돌리자마자 장손무극이 사라졌다는 걸 알아챘다. 일순 놀라기는 했지만, 곧 놀람보다 큰 안도감이 밀려들었다. 뇌동이 자신을 해칠 리도 없겠다, 어차피 탈출은 요원한 일인 거, 장손무극이 지키고 있으나 없으나 상황은 거기서 거기였다. 지금은 한시라도 빨리 산에서 내려가 비 피할 곳을 찾는 게 급선무였다.

반대편을 보고 서서 생각에 잠겨 있던 뇌동은 기습적으로 주먹을 뻗어 절벽을 후려쳤다. 엄청난 굉음과 함께 돌가루가 흩날리고, 크고 작은 돌덩이가 사방으로 튀었다. 솥뚜껑만 한 주먹이 꽂혔던 자리에는 단단한 절벽이 무너지면서 팔뚝 깊이의 구멍이 만들어져 있었다.

뇌동이 연속으로 주먹을 몇 차례 더 꽂아 넣자 구멍이 점점 더 깊어졌다. 맨주먹으로 절벽에 동굴을 뚫은 것이다.

하반신을 못 쓰는 맹부요는 팔을 열심히 휘둘러 돌조각을 쳐내는 수밖에 없었다. 그녀가 뇌동을 노려보며 쏘아붙였다.

"무슨 천산갑도 아니고!"

다음 순간, 뇌동이 그녀를 붙잡아 동굴 안으로 집어 던지면서 말했다.

"호강에 겨워서는! 잠이나 자!"

맹부요가 동굴로 던져진 지 얼마 지나지 않아 원보 대인도 날아 들어왔다. 그녀는 콧방귀를 뀌고서 젖은 옷을 탈탈 털었다.

밖에서는 천둥이 으르렁거리고 번갯불이 춤을 췄다. 그 폭우 한복판에 노친네가 우뚝 서서 하늘을 떠받치고 있었다. 큼지막하니 윤기 나는 머리통이 번개를 맞으며 번쩍번쩍 빛나는 광경을 지켜보길 잠시, 맹부요의 입에서 동정 어린 중얼거림이 흘러나왔다.

"전북야도 참 딱하다……."

얼마나 쉬었을까, 동굴 밖 저만치 앞쪽에 얼핏 사람 그림자가 어른거리는 게 보였다. 고개를 쭉 빼고 빗줄기 너머를 응시한 맹부요가 미간을 찌푸렸다. 장손무극이었다.

왜 다시 돌아왔지?

겨드랑이 아래에 무언가를 끼고 있던 그가 빗속을 날쌔게 가로지르면서 물건을 던져 주고 갔다. 맹부요가 손에 받아 든 것은 비옷, 그리고 비옷으로 잘 감싸서 가져온 보따리였다. 보따리 안에는 유목민 여인의 것으로 보이는 깔끔한 옷가지가 들어 있었다. 옷만이 아니라 신발에, 양말에, 심지어는 속옷까지 포함이었다.

맹부요는 초원 여인의 가슴 띠를 보며 한참을 굳어 있다가, 그만 새빨갛게 익어 버리고 말았다. 실컷 민망해하고 나서야 문득 드는 생각이 있었다.

대체 어딜 가서 구해 온 걸까? 민가를 찾느라 이 밤중의 빗속에서 얼마나 멀리까지 달려가야 했을까? 고작 깨끗한 옷 한 벌 구하자고 산 너머까지 다녀왔단 말인가?

비쯤이야 맞아도 그저 찝찝한 것뿐, 그 정도로 탈이 날 하수가 아니라는 걸 잘 알 텐데. 그런데도 한밤중에 폭우를 뚫고 수십 리를 왕복하다니. 단지 보송보송한 옷 한 벌을 구해다 주기 위해서.

그에게 있어 그녀가 강한 사람이라는 사실은 보살핌을 소홀히 할 이유가 되지 못했다. 그녀가 아무리 두 날개를 활짝 펴고 하늘 높이 날아도, 그의 마음속에서는 언제까지나 자기가 책임지고 돌보아야 할 작은 소녀였다.

맹부요는 옷을 손에 꼭 쥔 채 밖을 내다봤다. 빗속에 뒷짐을 지고 서서 미소 짓고 있던 장손무극이 그녀를 보더니 자기도 비옷을 걸치고 바닥에 앉았다. 이미 온몸이 흠뻑 젖어서 비옷 같은 것은 있으나 마나 한 상황이었지만.

맹부요의 입술 사이에서 나직한 한숨이 흘러나왔다. 귀하신 태자 전하가 자신과 함께 다니고부터 질리게 고생만 하는 게 안타까워서였다. 풍찬노숙에, 밖에서 대충 때우는 끼니에, 비 맞아, 매 맞아, 남의 꽁무니나 죽자고 쫓아다녀, 오밤중에 옷 구하러 다녀…….

본디 태자 신분으로는 전혀 경험할 필요가 없는 고생들이었다. 그는 여느 사내들이 정인의 마음을 얻기 위해서 하는 모든 일과, 그 이상의 일들까지 해내고 있었다.

이 얼마나 기구한 팔자인가!

끝없이 펼쳐진 비의 장막을 배경으로, 두 사람은 서로를 응시하고 있었다. 한쪽은 안심하며 미소 짓고, 다른 한쪽은 자책에 빠진 채로. 참으로 애틋한 광경이 아닐 수 없었다.

그 광경을 보고 기분이 팍 상한 뇌동이 두 사람의 눈길이 만나는 지점에 문짝처럼 넙데데한 몸뚱이를 끼워 넣었다.

"어딜 훔쳐봐!"

그런 뇌동의 뒷모습을 별다른 불평 없이 훑어보던 맹부요가 잠시 후 시큰둥하게 말했다.

"어르신이 제 몸매 보고 밋밋하다고 한 이유를 알겠네요. 엉덩이 펑퍼짐한 것 좀 봐."

"……."

문짝이 빠르게 치워졌다. 또 한 차례 뇌동의 완패였다…….

밤새 퍼붓던 비는 날이 어슴푸레하게 밝아 올 무렵에야 그쳤다. 물방울 맺힌 바위산의 새벽은 기분까지 좋아질 만큼 맑은 공기로 충만했다. 멀리서 장손무극이 옷자락을 휘날리며 상쾌하게 인사를 건넸다.

"좋은 아침입니다!"

맹부요가 그를 향해 존경의 눈빛을 보냈다. 장손무극은 그런 종류의 사람이었다. 아무리 너절한 환경에서도 고귀함과 우아함을 잃지 않는, 그 비를 쫄딱 다 맞고도 밤새 빗속에 있기는커녕 방금 온천에서 나온 것처럼 보이는.

반대로 간밤에 동굴에서 비도 피하고 옷도 새로 갈아입은 그녀는 걸레짝처럼 후줄근한 꼬락서니였다.

뇌동이 턱을 쳐들고 콧방귀를 뀌었다. 장손무극의 인사에 대한 답인 셈이었다. 그런 다음 맹부요와 원보 대인을 챙겨 들고 길을 나설 준비를 했다. 하지만 원보 대인은 눈물을 글썽거리면서 못 가겠다고 떼를 썼다.

배고파!

그러자 양심 없는 맹부요가 손가락으로 뇌동을 가리켰다.

할아버지한테 가서 얘기해라.

원보 대인이 쪼르르 달려가자 뇌동이 '응?' 하며 핀잔을 줬다.

"그러게 어제 준 떡은 왜 안 먹고! 자업자득이다!"

까칠하게 팔짱을 낀 맹부요가 먼 하늘을 보며 말했다.

"황제의 목숨을 구해 준 적이 있다고 대한에서는 만백성이 떠받드는 신성한 쥐인데. 날마다 은자 백 냥어치는 되는 산해진미를 대접받던 녀석이 대한 황제의 사부에게 붙잡혀서는 밥도 못 얻어먹고 학대당하는 신세라니. 이런 게 바로 배은망덕이고 토사구팽인가…….”

말이 끝나기도 전에 옷 속을 뒤적이기 시작한 노친네가 곧 복령병 비슷하게 생긴 하얀색 과자를 꺼내 놨다. 그러자 원보 대인이 눈에 불을 켜고 달려들더니 과자를 낚아채서 쪼르르 도망쳤다.

맹부요도 눈을 빛냈다. 그녀는 대한 황제의 스승을 새삼 재평가하고 있는 참이었다.

이 노인네, 은근히 좋은 물건을 많이 들고 다니나 본데?

아예 안 잡혀 왔으면 몰라도 기왕 잡혀 온 거, 정신적 피해 보상이라도 받아 내야 억울함을 면하지. 일단 노친네부터 알뜰하게 벗겨 먹고 그다음으로는 제자까지 탈탈 털어먹는 거다!

맹부요는 손톱을 잘근잘근 씹으면서 간사한 웃음을 흘렸다.

이튿날에는 《여계女誡》, 《여칙女則》, 《여훈女訓》, 《여자논어女子論語》 등 수천 수백 년에 걸쳐 참한 규수 세뇌 교육 및 대량 생산에 이용되어 온 책들을 암기했다.

“《여계》 총 일곱 장의 목차는 비약卑弱, 부부夫婦, 경신敬愼, 부행婦行, 전심專心, 곡종曲從, 숙매叔妹.”

뇌동에게 붙들려 천막에 끌려 들어온 맹부요가 유목민들이 즐기는 유차를 마시면서 큰 소리로 책을 낭독했다.

“늦게 자고 일찍 일어나 일하며, 아침저녁으로 노고를 마다하지 않을 것. 가사와 요리를 직접 맡고, 고생스러운 일이건 쉬운 일이건 가리지 않을 것……. 몸가짐을 단정히 하고 절개를 지킬 것……. 듣지 말아야 할 것을 듣거나 한눈을 팔지 않을 것.

어우, 졸려."
"어딜!"
뇌동 교수가 교편을 휘두르며 눈을 부라렸다. 실상은 교편이 아니라 그냥 유목민의 채찍이지만.
"어젯밤에 그렇게 퍼질러 자고도 더 잘 생각을 하는 게냐!"
"그럼 정신 들게 뭐라도 줘 보든가요!"
맹부요 학생이 간절하게 손을 내밀었다.
"커피, 차, 담배, 핀, 양초……. 뭐든 좋으니까 좀 내놔 봐요. 내용 자체가 완전 수면제라고요!"
뇌동 교수는 들은 척도 하지 않았다. 맨 괴상한 소리만 해 대는데, 괜히 상대해 봤자 사기나 당할 가능성이 농후하므로.
"솔직히 제 생각에는……."
맹부요가 서책을 좌라락 넘기면서 말했다.
"같은 책도 보는 사람에 따라서 다르게 읽히기 마련이거든요. 예를 들어 역사책 한 권이 있다고 칩시다. 유학자는 거기서 주역을 볼 거고, 도학자는 음란함을 볼 테고, 재자는 애절한 사랑을 볼 테고, 혁명가는 무능한 기득권에 대한 저항을 볼 테고, 호사가는 궁중 비사를 보겠죠. 저 같은 경우는 《여계》에서 무공을 봤고요."
"오호?"
무공에 미친 노친네가 즉각 흥미를 보였다.
"몸가짐을 단정히 하고 절개를 지키며, 듣지 말아야 할 것을 듣지 않을 것. 기가 막히게 맞는 말이에요!"

맹부요가 신바람이 난 표정으로 뇌동 가까이 다가붙었다.

"무공을 연마하면서 제일 조심해야 할 게 바로 집중이 흐트러지고 외부 요소의 간섭을 받는 거잖아요. 입정에 들어 마음에 한 점 잡념이 없다가도 괴상한 소리에 흠칫하면 내식이 흐트러질 수밖에 없죠. 이건 개인적인 생각인데, 놀라는 소리를 들으면 내식이 위로 오르고, 음탕한 소리면 아래로 가라앉는 것 같고……."

"맞다, 맞아!"

눈에서 이채를 발하며 연신 고개를 끄덕이고는 뇌동도 맹부요 쪽으로 찰싹 다가붙었다.

"일리가 있는 이야기야. 무언가 깨지는 소리면 내식이 덜컥 걸리고, 부드러운 소리면 내식이 늘어지지."

"오묘한 이치가 담긴 말씀입니다!"

맹부요가 손뼉을 '짝' 치고는 말했다.

"그리고……."

"그렇지……."

"그 뭐냐, 그……."

"그래……."

반 시진이 지나고, 한 시진이 지나고, 두 시진이 지났다…….

"이런 이야기나 하고 있을 때가 아닌데!"

한나절이 지나 마침내 뇌동이 제정신을 차렸다.

"책 봐라, 책!"

그러자 맹부요가 억울하다는 표정을 지었다.

"무차별적인 주입식 교육은 아동의 지혜와 창의성을 잔인하게 억압하는 짓이라고요. 기타 참고 텍스트를 번갈아 가며 읽음으로써 학습의 효율과 흥미를 높일 수 있게 해 줘요!"

뇌동이 눈을 부라리자 그녀가 알아듣기 쉽게 다시 말했다.

"어르신, 동인지라든가, 포켓북이라든가, 경요 소설이라든가, BL 소설로 머리 좀 식히게 해 달라고요……."

드디어 무슨 소리인지 알아들은 뇌동이 그녀를 빤히 쳐다보더니, 잠시 후 품 안에서 얇은 책자를 꺼내 놨다.

"그래도 나름의 견해가 있는 걸 높이 사서 《여계》를 한 시진 외우면 이 책을 1각씩 보게 해 주마. 보고 네 의견을 들려 줘야 할 것이야. 아무 의견도 내지 못한다면 책은 다시 회수하겠다."

맹부요가 책을 받아 들면서 살갑게 미소 지었다.

"걱정 붙들어 매세요. 《여계》에 비하면 다른 책은 전부 화끈한 야설이니까."

그때부터 '야설'을 탐독하기 시작한 맹부요는 야설을 두 시진씩은 본 다음에야 겨우 《여계》를 반 각 읽었다. 그러다가 중간중간 뇌동이 성을 낼라치면 즉시 책자를 보고 느낀 바를 줄줄 읊었다. 뇌동은 이야기에 휩쓸려 자기가 화가 났었다는 사실조차 까맣게 잊어버리기 일쑤였다.

저녁이 되어 맹부요가 《여계》를 더 읽고 싶다면서 등잔에 불을 붙이자 뇌동은 대단히 흡족해하며 칭찬을 아끼지 않았다.

한밤중까지 등잔불 아래에서 책을 읽다가 고개를 든 맹부요는 천막 밖 저 멀리에서 빛나고 있는 작은 불빛을 발견했다. 그제야 줄곧 자기 뒤를 따라다니고 있는 장손무극이 생각났다.

하루 내내 먹지도 자지도 않고 뇌동한테서 빼낸 무공 비급을 보는 데만 몰두하느라 그를 잊고 있었던 것이다.

잠시 고민하던 그녀가 천막 입구에 떡하니 누워 있는 뇌동을 쳐다봤다. 지금 장손무극을 향해 손이라도 흔들었다가는 또 혈도를 찍힐 게 뻔했다.

그녀는 등잔을 살살 끌어다가 불빛이 자신에게 집중적으로 쏟아지도록 각도를 맞췄다. 불빛에 비친 그녀의 그림자가 천막에 맺히자 멀리서 장손무극이 고개를 들었다.

맹부요가 피식 웃었다. 천막의 재질이 얇은 천이니 분명 그림자가 바깥까지 비쳐 보이리라 생각했던 게 정확히 들어맞았다.

그녀가 등잔불을 등지고 머리를 토닥거리는 시늉을 했다.

쓰다듬어 줄게요. 아이, 착하다!

그러고는 책을 든 손을 높이 뻗어 보였다.

노친네, 잘 속더라고요. 조만간 잘하면 속곳까지 벗겨 먹을 수 있겠어.

그다음에는 옷자락을 흔들면서 물기 터는 시늉을 했다.

어젯밤에 비 맞고 감기 안 걸렸어요?

천막에 비친 가녀린 그림자의 어깨 위로 작고 동그란 공 같은 게 올라오더니 무언가 먹는 흉내를 냈다.

주인님, 원보는 잘 얻어먹고 있어요!

그러고는 앞발로 맹부요를 때리는 시늉을 했다.

요 녀석도 잘 있으니까 걱정하지 마세요!

그다음에는 거울을 들고 우수에 젖은 자세를 취했다.

나 진짜 어쩌자고 이렇게 잘생긴 거야? 아아아…….

가녀린 그림자가 당장 털 뭉치를 어깨에서 떨구고는 토하는 척 고개를 숙였다…….

천막 안에서는 소리 없는 그림자극이 상연되고, 멀찍이 떨어진 언덕 위에서는 무릎을 끌어안고 앉은 남자가 그 모습을 흥미진진하게 바라보고 있었다.

향긋한 풀 내음으로 가득한 초여름 들판에는 풀벌레 우는 소리가 부드럽게 맴돌고 있었다. 하늘에서는 금강석 가루 같은 별빛이 쏟아지고, 그 아래 남자의 눈동자는 별빛보다 더 찬란하게 반짝였다. 그녀의 세심함과 상냥함이 그에게 와서는 눈을 뗄 수 없는 기쁨으로 화했다.

곧이어 뒤통수에 손깍지를 끼고 조용히 누운 그는 높고도 광활한 하늘을 보며 달뜬 미소를 지었다.

셋째 날 수업은 요리였다. 사실 요리라면 충분히 합격점인 맹부요에게 이날 수업은 아무런 의미가 없었다.

다만 맹부요 본인이 수준급 실력자라고 해서 뇌동의 눈에 비친 미래의 대한 황후까지 합격점을 받는 건 곤란했다. 그녀의 궁극적인 목표는 뇌동이 커다란 글씨로 '불합격' 세 글자를 휘갈겨 쓰는 꼴을 보는 것이었다.

그러한 목표를 가슴에 품은 채, 맹부요는 유목민 가정 세 집의 솥을 폭파시키고 하나밖에 없는 화로를 박살 냈으며, 남의 천막집을 불살랐다. 뇌동이 손해 배상을 해 주느라 바쁜 사이에 색깔로 보나, 모양으로 보나, 냄새로 보나, 인간 인내심의 한계를 가혹하게 시험하는 물체를 만들어 냈다. 뇌동은 물체를 보며 한참을 포효하다가 그걸 통째로 원보 대인에게 던져 줬다.

원보 대인은 물체를 기껍게 넘겨받은 뒤 보자기를 가져다가 둘둘 싸맸다. 그다음 으쌰으쌰 끌고 가서 제 주인에게 바쳤다.

주인과 애완동물은 언덕 뒤에서 보자기를 풀어 헤치고 야외 식사를 시작했다. 무시무시하게 생긴 겉껍질을 벗겨 내자 심혈을 기울여 숨겨 놓은 진짜 요리가 나왔다. 둘은 뜨거운 김이 모락모락 오르는 고기를 사이좋게 나눠 먹었다. 언덕 뒤편에서 크고 작은 뼛조각이 쉴 새 없이 날아 나왔다.

맹부요는 멀리서 그 광경을 울적하게 지켜보며 딱딱한 개떡을 씹고 있었다. 마음만은, 그리고 군침만은 둘의 식사에 동참하면서.

뇌동은 개떡을 씹으면서 첫날 장손무극이 구워 준 새고기를 그리워하는 중이었다. 맹부요가 그런 뇌동을 웃기지도 않는다는 식으로 흘겨봤다.

그까짓 게 뭐라고, 진짜 맛있는 음식은 이 마님의 손에서 나온 음식이지! 나란히 앉아서 말라비틀어진 개떡이나 먹는 한이 있어도 댁한테 해다 바치기는 싫지만.

한참이 지나 원보 대인이 작은 보따리를 짊어지고 돌아오더니 맹부요의 옷자락을 끌어당겼다. 이에 그녀가 슬그머니 뇌동을 등지고 돌아앉자 원보 대인이 은밀하게 보따리를 끌렀다. 안에서 나온 것은 기름기가 좔좔 흐르는 돼지 허벅다리였다.

일부러 토란즙을 칠해 거뭇하게 태운 겉껍질을 걷어 내고, 안쪽의 먹음직스러운 자태를 드러내 놓은 허벅다리 살. 장손무극이 보내온 허벅다리 살은 뼈를 세심히 발라서 깨끗한 비단 손수건 두 겹으로 포장되어 있었다.

맛있는 냄새가 물씬 풍겼다. 맹부요는 눈에 눈물이 그렁그렁한 채로 고기를 끌어안았다.

역시 태자 전하가 최고야. 인정 넘치는 것 좀 봐. 항상 안 빼먹고 챙겨 주고!

잠깐 감상에 젖은 그녀가 드디어 맛을 보려는데, 커다란 손이 쑥 치고 들어와 고기를 낚아채 갔다.

"뭐길래 냄새가 이리 좋은 게냐?"

맹부요가 고기를 향해 달려들었다.

"망할 영감탱이, 호랑이 입에서 먹이를 채 가?"

"저리 꺼져라!"

뇌동이 소매를 떨쳤다.

"댁이야말로!"

맹부요가 뇌동을 찌를 기세로 손가락을 뻗었다.

쾅! 퉁탕!

천막 안에 흙먼지가 자욱하게 일고 우당탕, 쿵쾅하는 소리가 울렸다. 대야, 그릇, 젓가락, 양탄자, 앉은뱅이 탁자가 엉망진창으로 날아다녔다. 허공에 날아다니는 물건들은 이미 원래 형체가 아니었다. 결국 천 찢기는 소리가 나더니 급기야는 천막이 터져 나갔다.

잠시 후, 하늘 끝까지 솟구쳤던 흙먼지가 걷히자 허리에 손을 짚고 서 있는 뇌동과 큰대자로 나자빠져 있는 맹부요가 모습을 드러냈다. 멍하니 하늘을 향해 있는 맹부요의 눈에는 초점이 없었다.

원보 대인이 걱정스러운 기색으로 다가가 옷자락을 당기자 맹부요가 웅얼거렸다.

"건드리지 마, 건드리지 마……. 박살 났다, 박살 났어……."

그러자 놀란 원보 대인이 주변을 뱅글뱅글 돌았다.

망했다, 박살 났대! 주인님이 뒤처리를 나한테 시킬 텐데, 저걸 무슨 수로 주워 모아!

팔짱을 끼고 흡족하게 웃고 있던 뇌동이 말했다.

"다른 건 엉망이어도 무공 하나는 쓸 만하구나. 우리 야아 옆에 설 자격이 있군!"

맹부요는 뇌동을 무시하고 한 시진에 걸쳐 뼈마디를 하나하나 맞춘 후 기합 소리와 함께 다시 달려들었다.

쾅! 퉁탕!

잠시 후, 또 한 번 박살이 난 맹부요를 향해 뇌동이 말했다.

"호오, 좋은 자질을 타고났구나! 어제 보여 준 책자 속 무공을 하루 만에 훌륭하게 전개해 내다니. 흐음, '일취월장'이라는 표현이 아깝지 않은 녀석을 보기는 우리 야아 이후로 네가 처음이다."

흥이 난 뇌동이 눈을 빛내면서 맹부요를 툭 찼다.

"자, 다시 덤벼!"

"덤비라면 못 덤빌 줄 알고!"

쾅! 퉁탕!

지켜보던 원보 대인이 이내 흙먼지를 뚫고 태자 전하의 품으로 '도도도' 달려갔다.

걔 돌았어요, 돌았나 봐…….

장손무극이 녀석을 부드럽게 어루만져 줬다. 그는 고개를 들어 별도, 달도 없는 하늘을 올려다봤다.

더 높은 경지를 향한 맹부요의 갈급함이 느껴졌다. 그녀는 실력 향상에 도움이 되는 기회라면 그게 무엇이든 절대 놓치지 않았다. 심지어 이제는 뇌동까지 수련 상대로 활용하고 있었다.

십대 강자 서열 3위 뇌동과의 대결은 분명 그녀를 빠른 속도로 성장시킬 테고, 꿈에 한 발 더 가까워지게 해 줄 것이다. 그리고 그로부터는 점점 멀어져 가리라.

넷째 날은 재단과 재봉 수업이었다. 이즈음 세 사람은 초원을 벗어나 산속 작은 마을에 잠시 여장을 푼 참이었다.

맹부요는 등잔불 아래에서 파구소의 웅혼한 기백을 살려 철컥철컥 현란한 가위질을 해 대고 있었다. 그녀를 등지고 연공 중이던 뇌동이 그럴듯한 가위질 소리를 들으며 흡족하게 고개를 끄덕였다.

잠시 후 연공을 마치고 일어난 뇌동이 소피를 보고자 성큼성큼 밖으로 나섰다. 뇌동 어르신의 평소 걸음걸이로 말하자면 고개는 꼿꼿이, 가슴은 활짝, 시선은 본인 가슴 밑으로 내려가는 법이 없었다. 그런 고로 뇌동은 뭔가 느낌이 싸하다고 생각은 하면서도 그 싸한 느낌의 근원을 발견하지는 못했다.

변소는 집 동편에 있었다. 뇌동이 큰 걸음으로 변소를 향해 가는 사이 뒤쪽에 꼬맹이들이 따라붙었다. 꼬맹이들의 수는 점점 늘어났고, 나중에는 그를 가리키면서 저들끼리 킥킥거렸다. 아이들은 뇌동이 뒤를 돌아보면 우르르 흩어졌다가도 그가 다시 고개를 돌리면 또 와글와글 몰려들었다.

뇌동은 궁리 끝에 본인의 남다른 기개가 꼬마 녀석들을 끌어들였다고 판단했고, 그 이상 깊게 고민하지는 않았다. 영웅이란 본디 고독한 존재가 아니던가!

고독한 영웅이 뒷간에 들어섰다. 이쯤 되면 허리끈을 풀기 위해서라도 고개를 아니 숙일 수가 없었다.

우워어!

분노한 홍학의 울부짖음이 키 작은 초막을 뒤흔들었다.

촌집 간이 변소가 무슨 재간으로 뇌동 대인의 사자후를 견뎌내겠는가?

변소 벽이 와르르 무너져 똥통에 빠지자 똥물이 폭풍처럼 튀었다. 뇌동의 장포와 궁둥이 역시 똥물 세례를 면치 못했다.

잠시 후, 타는 듯이 붉은 회오리바람이 집 안으로 몰아닥쳐

우레와도 같은 포효를 토했다.

“맹……부……요!”

내면의 분노를 밖으로 표현해 낼 능력을 이미 상실한 뇌동이 이도 저도 못 하고 본인 장포만 탈탈 흔들어 댔다.

그의 새빨간 장포는 맹부요의 신들린 마름질을 거쳐 새로이 태어난 모습이었다. 치파오 무드의 사선 여밈, 가오리 핏, 머메이드라인, 프린지 디테일, 그리고 프린지 전체에 들러붙은 누리끼리한 무언가…….

다른 것들은 다 둘째 치고, 가장 심각한 문제는 엉덩이 부근의 사선 여밈에 있었다. 맹부요가 여밈 위치에 배두렁이처럼 생긴 천을 달아 두었던 것이다. 가진 원단 중에 가장 가벼운 것을 즉석에서 오려 만든 작품이었다. 워낙 무게감이 없다 보니 둔한 노친네가 곧장 알아차리지 못한 것도 당연했다.

다시 말해 조금 전 뇌동 대인은 머메이드라인 스커트에, 엉덩이에는 고대의 브래지어를 달고 변소에 다녀온 셈이었다.

뇌동의 사자후가 울려 퍼지는 와중에 맹부요가 그를 향해 가위를 내질렀다. 분노한 사자와 호랑이의 N차 대결이 시작된 것이다.

쾅! 퉁탕!

다섯째 날 수업 과목은 예절이었다.

이 무렵에는 홀로 외로이 추격을 이어 가던 장손무극에게도 든든한 지원군이 생겼다. 운흔을 비롯한 일행이 마침내 세 사람을 따라잡은 것이다.

첫날에는 뇌동의 속도가 하도 빨라서 장손무극 말고는 뒤를 바짝 따를 수 있는 사람이 없었다. 그러나 이제는 운흔이 아란주와 나머지 호위 전원을 이끌고 합류했다.

장손무극은 납치 첫날, 맹부요로부터 일단 돌아가서 아란주 먼저 발강 왕성에 데려다주라는 주문을 받았다.

하나 장손무극이 어디 그녀 곁을 떠나려 할 사람인가?

그는 본인이 직접 가는 대신 은위들에게 아란주의 호송 임무를 맡겼다. 하지만 은위 쪽이든 맹부요의 호위대 쪽이든 다들 주군을 두고 따로 움직이는 것을 원치 않았다. 그러다가 결국은 운흔이 결단을 내렸다. 다 같이 뇌동을 쫓아가기로.

미종곡은 소당족 영역 내에 있지만, 발강 왕성에서도 가까운 관계로 초반 여정은 어차피 같은 길을 타게 되어 있었다. 일행은 쭉 뇌동의 뒤를 쫓다가 기회를 봐서 맹부요를 빼낸 후 그 지점에서 발강 쪽으로 방향을 틀기로 했다. 다만 후발대는 전체 인원이 많은 데다가 환자까지 끼어 있는 관계로 속도가 처질 수밖에 없었다.

뇌동은 추격자들이 불어난 데 대해 전혀 개의치 않았다. 십대 강자 서열 3위의 눈에는 세상 인간 대부분이 버러지로 비쳤다. 어차피 버러지들인데 한 마리건 여러 마리건 다를 게 무엇이랴.

물론 개중 몇몇은 버러지가 아니었으나, 뇌동의 손에서 맹부요를 빼낼 자신이 없기는 다들 마찬가지였다. 그렇다고 뇌동을 그냥 보내 줄 수도 없는 일이었다.

하여, 다들 한 꼬챙이에 꿴 메뚜기 떼처럼 줄줄이 뇌동 뒤를 따라다니게 되었음이다.

이런 상황인 고로, 노친네가 맹부요를 방 안에다 붙잡아 놓고 예절을 가리키고 있는 현재, 열 장 밖에서는 장손무극이, 열다섯 장 밖에서는 대규모 후발대가 그 내용을 같이 듣고 있었다.

맹부요는 뒤따라온 일행을 보며 착잡한 마음이었지만, 한편으로는 안도감이 들기도 했다. 이러니저러니 해도 은위가 따라붙었다는 건 장손무극을 돌봐 줄 사람이 생겼다는 뜻이었다. 더는 풍찬노숙하는 장손무극을 보고 있기가 괴로운 참이었는데, 다행이었다.

"걸을 때는 이렇게!"

뇌동이 데려온 할멈이 맹부요 앞에서 걸음걸이 시범을 보였다.

"가느다란 버들가지가 바람에 한들거리듯이, 살랑살랑……."

얼굴에는 주름이 자글자글하고, 가슴은 아랫배까지 처졌고, 아랫배는 무릎까지 처진 '버들가지'를 빤히 보던 맹부요가 입을 열었다.

"버들가지가 다 저렇게 생겼으면 세상 시인들은 전부 나가 죽어야지."

"걸음걸이를 보라고! 걸음걸이를!"

뇌동이 황소 눈깔을 부라렸다.

"몸매를 보라는 게 아니라니까!"

"예에."

맹부요가 어깨를 으쓱했다.

"그런데 혈도도 안 풀어 주고 저 걷는 건 어떻게 보려고요?"

눈을 끔뻑거린 뇌동이 곧 맹부요의 하반신 혈도를 풀어 줬다. 그러더니 맹부요가 미처 기뻐하기도 전에 이번에는 상반신 혈도를 막아 버렸다.

"어디 걸어 봐라!"

수업의 성과를 기대하며, 노친네가 눈을 가늘게 좁혔다.

맹부요는 새로 배운 대로 앞니 절반만큼만 입술 사이를 띄워 웃어 보인 후, 자리에서 일어나 살랑살랑 밖으로 걸어 나갔다. 그러자 멀찍이 바위 위에 앉아 있던 장손무극이 갑자기 콜록거리기 시작했다. 산비탈 아래에서 고개를 빼고 건물 쪽을 보고 있던 운흔은 난데없이 휘청했고, 요신은 나무줄기를 부여잡고 쿵쿵 머리를 박았으며, 원보 대인은 허겁지겁 밧줄을 구해다가 목을 맬 준비를 했다…….

잠시 후, 참다못한 뇌동이 일갈했다.

"거기 딱 서!"

맹부요가 뒤를 돌아봤다. 뒷목을 젖힌 뇌동이 손으로 눈을 덮고 있는 게 보였다.

그가 울먹임 섞인 한탄을 뱉었다.

"야아, 너는 대체 눈이 어떻게 생겨 먹었길래! 원숭이를 한 마리 데려다 놔도 저것보다는 우아하겠다…….”

여섯째 날에는 그간 산속 작은 마을들만 거친 끝에 드디어 비교적 큰 도시를 만났다. 물론 말이 좋아서 큰 도시지, 무극이나 대한의 도시들과 비교하면 아담한 현성 정도밖에 안 되는 규모였지만.

일행이 당도한 곳은 근방에서 미종곡과 가장 가까이 붙어 있는 성이었다. 보물 사냥 철이 도래한 관계로 성안에는 사람의 왕래가 끊이지 않았다. 행인 대부분이 도검을 찬 부풍 삼대 부족 무인들이었다.

부풍은 독립적인 세 개의 부족으로 찢어져 있지만, 과거에는 본래 한 나라였다. 그 시절 서로 교류하며 혼인 관계를 맺던 이들의 후대가 아직 남아 있기에, 부풍 삼대 부족은 서로에게 특별히 적대적이지 않았다.

또한 평소에는 각자의 영역을 철저히 구분할지 몰라도, 보물 사냥에만은 모든 부족이 함께 참여했다. 괴수의 출몰이 잦은 미종곡에 소수 인원이 들어갔다가는 횡액을 당하기 십상인 까닭이었다.

성안 객잔에는 빈방이 거의 없었다. 하지만 뇌동은 객잔에 전혀 관심이 없어 보였다. 그가 맹부요를 끌고 향한 곳은 성 서쪽이었다. 근처 지리를 환히 꿰고 있는 듯, 꼬불꼬불한 골목들을 막힘없이 통과한 그가 어느 순간 씩 웃으며 말했다.

"다 왔다."

맹부요가 고개를 들자 현판이 보였다. 분홍 바탕에 붉은색으로 적힌 글자는 '일야환一夜歡'. 입구에는 요염한 색상의 배두렁이가 걸려 있고, 배두렁이에는 남녀가 뒤엉킨 춘화가 수놓여 있었다.

기생집. 행동력 넘치는 노친네가 급기야는 그녀를 끌고 기생집까지 온 것이다. 방중술 18식 '옥녀심경'을 가르치겠답시고.

작은 정원에 들어선 뇌동이 민머리를 쓰다듬으면서 서 있은 지 얼마 지나지 않아, 기루 여주인이 오입쟁이 무리의 단체 방문에 몹시 황송해하며 뛰어나왔다.

뇌동은 여주인을 보자마자 묵직한 금괴를 집어 던졌다. 그러고는 상대가 금덩어리에 맞아 기절하기 직전에, 큰 소리로 말했다.

"이 집에서 제일 요염하고, 끼 많고, 사내 잘 다루고, 손님 많이 받는 아가씨들 전부 대령해! 열여덟 쌍 맞춰서 현장 공연을 해 줘야겠다! 보고 배울 거니까!"

"누가 배운다는 말씀이신지……."

여주인이 황금을 두 손에 받쳐 들고 멍하니 물었다.

"이 아이!"

뇌동이 맹부요를 들어 올려 앞쪽으로 쑥 내밀었다.

"가르쳐 봐라! 당장, 지금, 오늘 밤 안으로!"

폐강도

멍청히 고개를 돌린 맹부요가 뒤따라온 장손무극을 발견했다. 문설주에 기대어 선 그가 웃는 듯 마는 듯 한 표정으로 눈빛을 보내고 있었다. 얼마 떨어지지 않은 곳에서는 나머지 일행들이 묘한 얼굴을 하고 있었다. 웃고 싶은데 차마 웃을 수가 없는, 그런 얼굴.

결론적으로 그녀의 비참한 운명을 짠하다 여겨 주는 사람은 한 명도 없었다.

동지애라고는 눈곱만큼도 없는 작자들!

그녀는 곧 뇌동의 손에 달랑 들려서 방 안으로 옮겨졌다.

실내에는 얇은 비단 장막이 둘러쳐진 평상이 놓여 있고, 붉은 양초 두 개가 활활 타고 있었다. 맞은편에는 커다란 침상이 보였다.

뇌동이 다리를 쩍 벌리고 평상에 앉았다.

"끝나는 대로 가 볼 곳이 있으니 서둘러라!"

황금을 두 손으로 받쳐 들고 번개같이 들어온 여주인이 난처하다는 식으로 살살 웃었다.

"어르신, 아가씨들이 수줍음이 많아서요. 어찌 남이 보는 앞에서……."

뇌동이 금덩어리를 한 개 더 집어 던졌다. 그가 팔을 휘두르자 출입문과 창문이 일제히 쾅쾅거리며 닫혔다.

검은색 천을 길쭉하게 찢어서 자기 눈을 가린 후 뇌동이 말했다.

"여인끼리 수줍을 것이 무엇이냐?"

여주인이 맹부요 쪽으로 눈길을 돌리자 맹부요가 눈알을 부라렸다.

"뭘 봐? 하라잖아!"

여주인은 순간 비틀했고, 차를 마시던 뇌동은 입에 든 걸 뿜어냈다. 맹부요가 타박을 놨다.

"아, 진짜! 나잇값도 못 하고 방정맞기는! 하여튼 듬직한 맛이 없어요!"

그러면서 맹부요 본인은 듬직하게 앉았다. 그녀에게 장점이 있다면 바로 피할 수 없으면 즐길 줄 안다는 것이었다.

기왕 이렇게 된 거, 어디 구경이나 해 보자!

기루 여주인은 손에 들고 있는 황금이 아까워서라도 이 기회를 포기할 수가 없었다. 마음먹고 보여 주자면야 못 보여 줄 것도 없지만, 문제는 남자 역할을 어디서 구하느냐였다.

결국에는 기루에서 잡일을 돕는 조방꾸니가 대의를 위해 희생하기로 하고 영광의 무대에 올랐다. 얼마 안 가 교태 어린 속삭임이 방 안을 끈적하게 채웠다. 야릇한 분위기 속에서 '오라버니', '동생' 소리가 하나로 뒤엉켰다.

"미워 죽겠어……."

"요 이쁜 것……."

뇌씨 영감님은 비록 눈을 가리고 있기는 했으나, 갈수록 얼굴이 벌게지다 못해 볶아 놓은 가재 색깔이 되어 가고 있었다. 그 모습을 곁눈질하던 맹부요가 기습적으로 제 허벅지를 탁 때렸다.

"동작 그만!"

침상 위 남녀가 나란히 '헉' 하고 숨을 들이켰다.

"자세가 그게 뭐냐고 대체!"

맹부요가 정색을 하고 말했다.

"너무 진부하잖아! 좀 신선한 체위 없나? 특별한 거로? 다들 없다고? 그것도 못 하면서 어디서 선생 노릇을 해 먹겠다고! 퉤!"

"……."

잠시 후 조방꾸니가 이를 악물고 다시 힘을 쓰기 시작했다. 손가락을 딱딱 튕기며 지켜보던 맹부요가 금방 또 허벅지를 때렸다.

"동작 그만!"

"예?"

땀에 흠뻑 젖은 남녀가 동시에 그녀를 돌아봤다.

"장소부터가 틀려먹었어!"

"……?"

맹부요가 정색을 하고 말했다.

"분위기가 안 산다고! 자연의 정취가 없잖아! 소나무 아래, 마을 한복판, 우물가, 산기슭, 다리 아래, 솔뿌리 옆, 밭 한가운데, 논밭 가장자리, 소나무 밑 우물가, 그런 데서 하면 얼마나 창의적이고 격의 없고 좋아! 따라 나와, 마침 정원에 우물 있던데, 가자고!"

조방꾸니가 고개를 들어 맹부요를 쳐다봤다. 얼굴색 하나 안 바뀌고 형형한 안광을 뿜어내는 그녀를 빤히 응시하길 잠시, 조방꾸니는 하던 일을 멈추고 주섬주섬 침상 아래로 내려섰다.

소리를 듣고 당황한 뇌동이 물었다.

"어어, 왜 하다가 말아?"

"어르신, 동행인 분이 정말 더 배울 게 있다고 생각하십니까?"

조방꾸니가 얼굴을 가리고 뛰쳐나가며 말했다.

"이미 대가이십니다……."

빙긋이 웃은 맹부요가 소매 안에서 거액의 은표를 몇 장 꺼내 기녀들을 향해 흔들더니 이어서 뇌동을 슬쩍 가리켰다.

"어르신……."

그 즉시 여자들이 콧소리를 내며 달려드는 통에 뇌동은 금세 싸구려 연지분 냄새에 질식할 지경이 되고 말았다. 옆에서는 맹부요가 느긋하게 차를 마시며 미소 짓고 있었다.

"어르신 잘 모시면 상을 내릴 것이야!"

잠시 뒤.

콰앙!

폐허가 된 건물 안에서 뇌동이 씩씩거리며 걸어 나왔다. 손에는 맹부요를 든 채였다.

맹부요는 뇌동의 손에 붙들려 안락하게 달랑거리면서, 밖에서 눈을 빛내고 있던 구경꾼들을 향해 의기양양하게 손을 흔들어 보였다.

6일간의 수업은 뇌동의 처참한 완패로 막을 내렸다.

맹부요를 손에 달랑 들고 위아래로 훑어보고 난 뇌동이 비통한 눈빛을 내보였다. 가르치는 보람은커녕 전혀 구제의 희망이 없는 이런 물건이, 공장에서 잘못 찍어 낸 하자품 같은 게, 어쩌다가 본인의 완벽한 제자 녀석 눈에 들었는지 심히 의심스러운 눈치였다.

맹부요가 그런 뇌동을 해맑게 올려다봤다.

이 누님은 길들이기 쉬운 인물이 아니라고 미리 말할 때는 귓등으로도 안 듣더니, 이제 실감이 나시나? 그렇다고 함부로 흠모하지는 마셔, 누님은 손 닿을 수 없는 전설이시니까!

그런데 웬걸, 한참 고뇌하는가 싶던 뇌동이 난데없이 씩 웃는 게 아닌가.

"나쁠 것만은 없겠구나. 일단 특별은 하니까! 우리 야아의 보는 눈이 그저 그런 남들과 똑같을 수는 없지."

맹부요의 입가에 경련이 일었다.

제자 사랑에 미친 홍학 같으니!

"자, 이제 미종곡에 가 보자꾸나."

뇌동이 인파가 밀려가는 방향을 보며 말했다. 다들 성 밖으로 향하고 있었다.

"잘 몰라서 그러는데, 해마다 보물 사냥이 꼭 미종곡에서만 열리는 이유가 따로 있어요?"

"세상 만물에는 상생과 상극이라는 개념이 존재하기 마련."

뇌동이 웬일로 차근차근 설명을 시작했다. 요 며칠 맹부요한테 시달리면서 기가 꺾인 탓이리라.

"부풍과 궁창은 고대에 알 수 없는 곳으로부터 표류해 온 땅이라고 전해진다. 원래 오주대륙에 속해 있던 땅덩이가 아닌 만큼 기묘한 점들이 많아. 부풍에는 신비로운 주술이 성행하고 궁창에는 여러 신역이 존재하는 게 바로 그 예지. 하지만 세상에 특별히 강대한 무언가가 존재할라치면 천지는 반드시 그와 상극을 이루는 것을 만들어 내게 되어 있다. 독초 옆에는 항상 해독용 약재가 자라는 것도 같은 이치지. 미종곡에서는 주술을 푸는 데 사용되는 약초와 괴수들이 많이 나거든. 다만 워낙 복잡한 곳이라 매년 적지 않은 사상자가 발생한다. 그래서 무리를 지어 들어가야만 하는 게야."

"이상한데요?"

곰곰이 생각에 빠져 있던 맹부요가 입을 열었다.

"무인이나 떠돌이 도사로는 안 보이는 사람들도 꽤 있던데?"

"역시 똘똘하구나."

노친네가 눈을 가늘게 좁히며 웃었다.

"생각해 보아라. 부풍은 술법의 나라다. 삼대 부족 모두 각종 술법과 고술에 의지해 각자의 영역을 다스리고 있지. 그런데 미종곡에서 온갖 술법과 고술을 풀어 버리는 짐승들이 난다는 말이다. 당연히 그런 물건이 민간으로 흘러 들어가게 놔둘 수가 없겠지. 게다가 왕족들 본인도 능력치를 높여 권력을 유지하려면 그런 보물들이 필요하고. 그래서 해마다 돌아오는 이 시기는 보물 사냥 철인 동시에 재야의 능력자들과 부풍 왕족들이 대결을 펼치는 때이기도 하다. 민간 참가자든 왕족이든, 괴수들을 상대하는 동시에 적과도 싸움을 벌여야 하지. 네가 봤다는 평범한 무인 같지 않은 자들은 왕족일 가능성이 커."

맹부요가 보기에 부풍은 참으로 이상한 나라였다. 만약 다른 나라였다면 백성들에게 공공연히 조정에 대항할 기회를 준다는 게 가당키나 한 일이었겠는가. 대포 하나 갖다 놓고 빵 터뜨려 버리면 그냥 끝나는 것을.

하지만 부풍에서 왕실 군대가 하는 일은 기본적인 질서 유지까지가 전부였다. 왕족들이 통치 수단으로 사용하는 것은 군대가 아닌 신묘하고 고매한 술법과 고술이었다. 술법 방면에서만 확실한 능력을 보여 주면 민간 신앙을 절대적으로 신봉하는 부풍 백성들을 다스리는 일은 어렵지 않았다.

비연만 해도 그랬다. 비연은 탑이족 출신이지만, '신공성녀'라는 칭호는 삼대 왕가에서 함께 부여한 것이었다. 특출한 주술력을 가진 성녀에 대한 부풍 사람들의 공통적 공경심이 드러나는 부분이라 하겠다.

맹부요의 입에서 한숨이 새어 나왔다. 보물 사냥 이야기를 듣다 보니 국경 근처를 지나오면서 봤던 부족 간의 전쟁이 떠오른 까닭이었다.

그때 맡았던 희미한 음모의 냄새가 또다시 그녀의 민감한 후각을 스쳤다. 다만 아직은 음모의 구체적 윤곽을 파악하지 못한 상태였다. 의문을 해결하려면 계속해서 앞으로 나아가는 수밖에 없을 것이다.

옆에서 뇌동이 얇은 책자를 뒤적이며 혼잣말을 중얼거렸다.

"올해는 구미리九尾狸가 나올 것 같군. 만날 수 있으면 한 마리 잡아가야지."

"그게 뭔데요?"

"부풍에서 제일 귀하고 쓸모 많은 괴수다."

뇌동이 말했다.

"사람을 잡아먹는 짐승인데, 아주 교활하고 변덕스러운 놈이야. 꼬리가 아홉 개 달렸고 꼭 갓난아이가 우는 것 같은 소리를 낸다. 특정인의 목소리를 흉내 낼 줄도 안다고 하더구나. 워낙 드문드문 출몰하는지라 몇 해를 내리 기다려도 만나기가 쉽지 않을 정도지. 구미리 고기를 먹으면 죽을 때까지 고술에 걸리지 않는다고 한다. 부풍처럼 온갖 기묘한 주술과 괴상망측한 고술이 성행하는 땅에서 한평생 고술을 막아 주는 물건은 값을 매길 수 없는 보물이거든."

맹부요가 눈을 반짝반짝 빛내면서 입맛을 다셨다. 예상 그대로의 반응을 확인한 뇌동이 말을 이었다.

"그리고 놈의 몸속에 있는 내단으로 말하자면, 후후. 보통 사람들이야 그 가치를 모르겠지만, 후후후……."

노친네 표정은 분명 '나처럼 고매하신 분이나 아는 게다. 자, 물어봐라, 얼른 물어보래도.'라고 말하고 있었다. 맹부요는 늘어지게 하품을 한 다음 원보 대인을 내려다보며 물었다.

"졸리지 않냐?"

그러자 원보 대인이 대단히 협조적으로 고개를 끄덕였다.

"졸리다, 졸려!"

맹부요는 한창 신이 난 노친네를 싹 무시하고 눈을 감았다. 잠시 후, 약이 바짝 오른 뇌동이 말했다.

"적별조赤鷩鳥라고 들어는 보았느냐? 옥고玉膏는? 조초條草는? 골용菁容은……."

맹부요는 코를 골았다.

내가 그걸 들어서 어디다 쓰고 신경은 써서 뭘 하나. 난 댁 골탕 먹이는 데만 집중하면 그만이야…….

성 밖으로 30리 떨어진 곳에 '괴槐'라는 이름의 산이 있었다.

산 전체에 종려나무와 녹나무가 무성하고, 금속 광물과 옥석이 많이 났다.

물론, 그게 핵심은 아니었다. 괴산에는 일반인들에게 정확한 위치가 알려지지 않은 골짜기가 하나 있었다.

맹부요는 산속 여기저기에 삼삼오오 모여 있는 사람들을 쳐다보고 있었다. 대충 적당한 데 자리를 잡고 운기조식 중인 이들이 대부분이었고, 몇몇은 벌써 술법 대결을 벌이고 있었다.

마구잡이로 날아다니는 벌레며 새들을 피해 이리 폴짝, 저리 폴짝 뛰던 맹부요가 뇌동을 향해 맹하니 물었다.

"골짜기는요? 골짜기는요?"

"기다려라!"

뇌동의 목청에 주변인들이 단체로 소스라쳤다. 운기조식을 하던 사람 중에 최소 열 명은 그 목청 때문에 주화입마에 빠진 것 같았다.

분노한 무인들이 뇌동을 죽여 버리겠다고 몰려들었다. 뇌동이 황소 눈깔을 부라리면서 장포 자락을 펄럭 떨치자 맹풍이 주변을 휩쓸었다. 살기등등하게 몰려왔던 자들은 그 즉시 찍소리도 못 하고 제자리로 돌아가 박복한 본인 팔자를 탓했다.

기차 화통을 삶아 먹은 것 같은 뇌동의 목청 덕분에 맹부요와 맹부요 뒤에 있던 누군가, 그리고 그 누군가의 뒤를 줄줄이 따라오던 단체는 일거에 평화를 얻었다. 주변 열 장 안에서 잡인들이 깡그리 사라진 것이다.

"뭘 기다려요?"

맹부요가 조용조용 물었다. 그녀는 대화 상대가 목소리를 낮추면 망할 노친네도 따라서 소리를 죽인다는 걸 알고 있었다. 뇌동이 본인 기준 최대한 가느다란 목소리로 대답했다.

"미종곡은 '자취가 불분명하다'는 이름 그대로 입구를 찾기가 어려운 곳이야. 날이 어두워지고 나서 안개가 피어오르는 지점을 찾아야 한다."

맹부요는 시큰둥하게 '아.' 한 다음 땅바닥에 앉아 운기조식에 돌입했다. 뇌동과 티격태격하면서 보낸 엿새 사이에 그녀는 어느덧 한 단계 높은 경지로 올라선 상태였다. 노친네 자체는 밥맛이지만, 그래도 공로를 참작해 전북야한테 화풀이는 말아야겠다는 게 그녀의 생각이었다.

운기조식에 집중하는 사이에 시간이 훌쩍 흘렀다. 눈을 떴을 때 그녀의 시야에 들어온 것은 막 떠오른 달과 반짝이는 별들이었다. 그새 날이 저문 뒤였다. 어둠이 내린 숲에서는 더 이상 이전의 고요를 찾아볼 수 없었다.

숲속 곳곳에서 사람 머리통으로 보이는 그림자가 떼를 지어 움직이고 있었다. 이따금 산바람이 환청인가 싶을 만큼 어렴풋한 속삭임들을 실어 왔다.

그녀의 맞은편에서는 장손무극이 아직 눈을 내리깐 채 운기조식 중이었다. 그의 입가에는 잔잔한 웃음기가 서려 있었다.

밤안개에 몽롱하게 잠긴 장손무극의 자태는 선인과도 같았다. 맹부요는 그의 눈썹 언저리에서 희미한 흰색 기운이 피어오르는 걸 발견했다.

미간에서 빛이 반짝이나 싶더니 차츰차츰 동그란 모양으로 뭉쳤다. 마치 몸 안에 보배로운 구슬을 품은 듯한 모습이었다. 그뿐만이 아니라 피부도 점차 투명해졌다.

과거 선기국에서 한 단계 높은 성취를 이루려다가 주화입마가 올 뻔했던 그 무공이 이제 대성을 앞둔 게 틀림없었다. 정확히 어떤 무공인지는 몰라도 완성까지의 과정이 지극히 험난한 것만은 분명했다. 장손무극처럼 천부적 자질을 타고난 기재를 주화입마에 빠뜨릴 정도라니. 반대로 그처럼 성취를 이루기가 어려운 무공이라면 성공했을 때는 놀라운 경지에 올라서게 될 것 또한 확실했다.

지금의 장손무극은 과연 급이 어느 정도려나. 혹시 홍학 노친네도 때려눕힐 수 있을까?

문득 다 내 탓이다 싶은 생각이 들었다. 그간 남의 경맥을 관리해 주느라 시간을 낭비하지만 않았어도 장손무극의 수련 성과가 여태껏 지지부진할 일은 없었을 것이다. 그녀의 경맥을 돌보는 일을 중단하자마자 곧바로 성과가 나오는 것만 봐도 얼마나 오랫동안 같은 단계에 묶여 있었는지 알 만했다.

맹부요가 한숨을 내쉬었을 때였다. 장손무극의 미간에 맺힌 광채가 일순간 확 밝아졌다가 다시 원래대로 되돌아갔다. 광채가 환하게 타오르는 찰나, 장손무극의 몸 전체가 찬란하게 빛났다. 오랫동안 닫혀 있던 상자가 홀연히 열리면서 그 안에 있는 구슬이 속세의 티끌을 벗어 던지고 광휘를 뿜듯이.

목표를 이룬 것이다!

잔뜩 들뜬 맹부요가 축하 인사를 전하려는데, 갑자기 천둥소리가 울렸다.

아니 천둥인 것 같으면서도 천둥이 아닌 것 같기도 했다. 아주 먼 곳으로부터, 묵직한 진동과 함께, 세 차례의 굉음이 전해져 왔다.

사실상 진짜 천둥의 느낌이라기보다는 일정 수준 이상의 고수들만이 감지할 수 있는 이변이라는 표현이 더 적절했다. 산 속을 가득 채운 무인들 가운데 그 이변을 뚜렷이 감지한 사람은 고작 네댓 명에 불과했다.

세 번의 굉음이 울리는 사이, 장손무극이 번쩍 눈을 떴다. 눈동자 안에서 일순 형형한 영채가 명멸했다.

세 번의 굉음이 울리는 사이, 뇌동이 의아한 표정으로 북쪽 하늘가를 바라봤다. 그러고는 고개를 틀어 장손무극을 쳐다보더니, 진한 눈썹을 찌푸렸다.

세 번의 굉음이 울리는 사이, 괴산 모처에 뒷짐을 지고 서서 북쪽 밤하늘을 올려다보고 있던 인물이 기묘한 모양의 수결을 맺었다.

맹부요는 세 번의 천둥소리에 별다른 의미를 부여하지 않았다. 그저 흐뭇한 얼굴로 장손무극을 향해 허리 숙여 읍을 했을 뿐이었다.

축하해요. 목표한 성취를 이뤄 냈다고 하늘에서까지 반응이 오는 걸 보면 엄청 대단한 무공인가 보네!

장손무극의 입가에 어렴풋한 미소가 번졌다. 그러나 그의 눈빛에 담긴 것은 기쁨인지 우려인지 모호한 감정이었다.

두 사람의 눈빛이 얽히자 뇌동이 어김없이 불만을 표출했다. 또 엉덩이로 중간을 가로막을 엄두는 안 나는지, 이번에는 둘 사이에 대고 손을 마구 휘둘러 댔다.

"예법에 어긋난다, 예법에 어긋나!"

맹부요가 그의 손을 심드렁하게 툭 쳐 내면서 말했다.

"어르신, 아까 똥 누고 손 안 씻었죠?"

"……."

노친네가 쭈뼛쭈뼛 물가로 가서 손을 씻더니만, 다 씻고 고개를 돌리자마자 '꽥' 하고 소리를 질렀다. 그러더니 헐레벌떡 뛰어와 맹부요를 틀어잡고는 어디론가 내달리기 시작했다.

맹부요가 그의 손등을 찰싹 치면서 쏘아붙였다.

"나잇값도 못 하고, 왜 이렇게 우악스러워요?"

그러자 뇌동이 씩씩거리며 말했다.

"저기 봐라! 저기! 맨 기생오라비 같은 놈이랑 눈이나 맞춘다 했지! 저기 연무 안 보이냐! 다들 벌써 들어갔잖아! 남들은 연장도 있겠다, 출발도 빨랐겠다, 이러다가 좋은 물건 다 뺏기면 어떡할 거냐!"

맹부요는 어처구니가 없었다.

십대 강자 서열 3위씩이나 되어서는, 그까짓 것 좀 까마득한 후배들한테 빼앗긴다고 이 안달을 내? 천하에 이름이 알려져 존경받는 인물이?

고개를 들자 산 서남쪽에서 푸르스름한 연무가 피어오르는 게 보였다. 주변이 온통 하얀색 안개이다 보니 푸른빛이 눈에 더 잘 들어왔다. 저게 바로 입구를 알려 주는 지표구나 싶었다.

이미 그쪽으로 몰려가고 있는 다른 무인들을 보며, 맹부요가 느긋하게 말했다.

"급할 게 뭐라고. 약탈자 사이에도 먹이 사슬이 있는 거 몰라요? 안달 낼 거 하나도 없다는 말이에요. 남들이 먼저 차지하면 딱 좋죠. 우리는 그걸 가로채면 되니까!"

눈을 번뜩 빛낸 뇌동이 짐짓 난처한 양 턱을 만지작거렸다.

"좀 그렇지 않나? 아무리 그래도 내가 뇌동인데……."

"뭐 어때요, 저는 구소잖아요."

품에서 인피면구 몇 장을 꺼내 든 맹부요가 의뭉스럽게 웃었다.

"생활, 여행, 살인, 방화, 약탈, 도둑질할 때 필수품 되시겠습니다."

그러자 노친네가 '으흐흐' 웃으며 가면을 받아 들더니 맹부요의 어깨를 두드렸다.

"머리 잘 돌고! 화끈하고! 뭘 좀 아네! 믿음직하기로는 우리 야아보다 한 수 위야!"

그런 뇌동을 향해 맹부요가 알 만하다는 눈초리를 보냈다.

과거 사제 둘이 같이 다닐 때의 그림이 어땠을지 대충 상상이 갔다. 겉은 올곧으나 속은 욕망 덩어리인 뇌동과, 겉은 욕망 덩어리 같으나 속은 올곧은 전북야. 뇌동이 무언가 야비한 계획을 세울 때마다 귀한 제자 놈이 번번이 산통을 깼으리라.

불쌍한 뇌동…….

세상 가장 파렴치한 강도단이 결성됐다. 구성원은 뇌동, 맹부요, 장손무극, 운흔이었다. 호위병들은 골짜기 밖에서 아란주를 지키며 대기하기로 했고, 4인조 강도단은 인피면구, 검은 옷, 검은 복면을 갖추고 각자 커다란 자루를 등에 둘러멨다.

어디선가 싸움이 났다 하면 강도단의 발길이 귀신같이 그쪽으로 향했다. 그러고는 한쪽에 조용히 숨어서 때를 기다리다가 신속 정확하게 먹잇감을 낚아채는 것이었다. 괴수가 출몰하는 골짜기에는 푸른 연무가 자욱했고, 4인조는 골짜기 안을 종횡무진 누비면서 무리에서 벗어난 자들을 습격했다.

나는 강도질을 한다, 고로 존재한다!

마침 어느 음양사가 고생 끝에 '화와火蛙' 한 마리를 제압한 참이었다. 장갑을 끼고 개구리를 향해 조심스럽게 손을 뻗는데, 갑자기 광풍이 몰아닥쳤다. 광풍과 함께 벽체처럼 우람한 덩치가 돌진해 오더니 화와를 낚아채 제 마대 자루에 집어넣었다.

음양사는 기습적으로 불어닥친 바람에 숨이 턱 막혔을 따름이고, 다음 순간 두 손은 이미 텅 비어 있었다. 더 당혹스러운 일은 그 직후에 일어났다.

우람한 인간 벽이 진짜 벽이었다면 절대 불가능했을 속도로 음양사의 곁을 날듯이 지나치는 찰나였다. 인간 벽의 겨드랑이 아래에 끼어 있던 가녀린 인영이 팔을 뻗어 음양사가 등에 지고 있던 전리품 주머니를 잡아챘다. 그자의 손에 딸려 간 건 주머니만이 아니었다. 음양사가 입고 있던 장포까지 한꺼번에 벗겨져 나갔다.

조금 전까지만 해도 두둑한 전리품의 소유자였던 음양사는 순식간에 바지 한 장 달랑 걸친 처량한 신세가 됐다. 그는 웃통이 홀러덩 벗겨진 채, 골짜기를 자욱하게 채운 푸른색 연무 한복판에서 엉엉 울음을 터뜨렸다.

다른 쪽에서는 무인 한 무리가 '전모수箭毛獸' 떼를 상대하느라 진땀을 빼고 있었다. 전모수의 가시는 천연 독침이고, 털가죽으로 옷을 해 입으면 겨울에는 따뜻하고 여름에는 시원하며 악귀를 쫓는 힘까지 있었다.

문제는 몸체가 강철보다 단단해 사냥이 힘들다는 것이었다. 무인들이 힘을 합쳐 전모수 떼를 포위한 뒤 가까스로 한 마리를 베어 넘겼다.

그들이 환호성을 지르며 짐승 사체를 옮기려던 때였다. 무언가가 대포알처럼 우르르 쾅쾅 돌진해 오더니 대뜸 전모수를 낚아채 등에 멘 마대 자루에 던져 넣었다. 그와 동시에 대포알의 정수리 뒤쪽에서 가녀린 검은색 그림자 하나가 대포알과 똑같이 공기를 우르르 쾅쾅 뒤흔들며 쏘아져 나왔다.

공중에서 한 바퀴 회전한 그림자는 곧 대포알이 들이받아 널브러뜨려 놓은 나머지 전모수를 본인 자루 안으로 파바밧 쓸어 담았다.

자취 없이 스쳐 간 바람처럼, 약탈자들은 무인들이 그들의 윤곽을 제대로 확인하기도 전에 전리품을 깨끗이 휩쓸어 갔다. 무인들은 대포알이 곁을 지나치는 순간 전리품을 자루에 챙겨 넣으면서 중얼거리는 소리만을 들었을 뿐이었다.

"야아 부부 침상용 모포 하나는 나오겠군……."

가녀린 체구의 흑의인이 자기 마대 자루에 전모수를 던져 넣으면서 하는 소리도 들렸다.

"태자 전하 이불 한 채 만들어 줘야지……."

골짜기 한쪽에서는 부풍 내에서 명성이 대단한 왕실 주술사 열 명이 '등지騰蚳' 한 마리를 에워싸고 술법을 펼치는 중이었다. 등지는 금색 뿔이 난 돼지처럼 생겼고, 울음소리는 사람이 목놓아 통곡하는 소리와 비슷했다. 또한 그 살과 가죽에는 꿈을 다스리는 힘이 있으며 세상 모든 종류의 정신제어술을 무력화시킨다고 알려져 있었다. 정신제어술과 혼술이 주력 무기인 주술사들로서는 탐이 날 수밖에 없는 동물이었다.

점점 절박해지는 등지의 울부짖음을 들으며 의기양양해진 주술사들이 각자 챙겨 온 주머니를 벌리는 참인데……. 홀연 검은 그림자 둘이 등장하더니, 둘 중 하나가 등지의 금빛 뿔을 붙잡고 풍차처럼 내둘렀다.

육중한 몸집의 등지가 어리벙벙한 채로 붕 떠서 날아가자 나머지 한 사람이 등지의 착지 예상 지점에 커다란 자루를 '샤샥' 하고 갖다 댔다.

주머니를 벌려 놓고 기다리던 위대한 주술사 열 명을 그대로 지나친 등지는 이내 불청객의 자루 안으로 쏙 사라졌다. 쓸쓸하게 입을 벌린 왕실 주술사들의 주머니 안으로 휑하니 바람이 불어 들었다…….

주술사들은 격분했다.

주머니에 다 들어온 사냥감을 채 가다니, 감히 호랑이 아가리에서 이빨을 뽑아 가?

"웬 놈들이냐?"

열 명 중 우두머리 격인 인물이 소리쳤다.

"겁도 없이 부풍 '십대 강자' 앞에서 까불다니!"

주술사들 쪽으로 엉덩이를 두고 전리품을 챙겨 넣느라 바쁘던 두 사람이 그 소리에 손놀림을 뚝 멈추고는 뒤를 돌아봤다. 그러더니 하나는 황소 눈깔을 부라리고 다른 하나는 눈을 가늘게 좁히고서, 이구동성으로 물었다.

"십대 강자?"

"그래, 나는 부풍의 천기다!"

말을 마친 주술사가 팔을 번쩍 들면서 고개를 빳빳이 세웠다. 양자영[3]의 전매특허 포즈였다.

그러자 황소 눈깔 쪽이 중얼거렸다.

"천기가 만약 네놈 같은 땅딸보면 차라리 죽는 게 나을 거다……."

"나는 부풍의 성령이다!"

---

3 비적 토벌로 유명한 중국의 국민 영웅.

다른 주술사가 한 걸음 앞으로 성큼 나오면서 멋지게 옷소매를 떨쳤다.

황소 눈깔이 고개를 절레절레 저었다.

"분을 세 근은 처바른 것 같구먼, 성령이 너처럼 허여멀겋게 생겼을 리가 있냐?"

"나는 뇌동이다!"

흑의인 둘이 서로 마주 보는가 싶더니 키 작은 쪽이 '푭' 하고 웃음을 터뜨렸다.

"아이고야, 내가 못산다, 찌질이 버전 뇌동이네!"

"나는 구소다!"

열 명 중 유일한 홍일점이 살랑살랑 걸어 나왔다. 분 냄새가 얼마나 독한지, 서른 장 밖에 있는 사람도 질식사시키고 남을 정도였다. 게다가 양측 사이의 거리가 한 장 이상임에도, 가슴은 벌써 흑의인들 코앞까지 마중을 나와 있었다.

흑의인 둘이 다시 한번 눈빛을 교환했다. 잠시 후, 키 큰 쪽이 말했다.

"일단 가슴하고 엉덩이는 꽤 크구나. 너보다 훨씬 보기 좋아!"

그러자 키 작은 쪽이 실실 웃으며 대답했다.

"그럼 그 댁 야아 짝은 저 여자로 하면 되겠네요!"

키 큰 쪽이 짧은 침묵 끝에 한숨을 뱉었다.

"저 가슴이랑 엉덩이만 떼다가 너한테 붙일 수 있다면 참 좋겠는데……."

키 작은 쪽이 주먹을 내질렀다.

"나가 뒈지시지!"

옆에서 누가 보고 있든 말든 두 사람은 서로 맞붙어 치고받기 시작했다. 주술사들은 두 불청객이 십대 강자라는 이름에 화들짝 놀라 도망치려는 줄 알고 의기양양하게 돌아서서 마대자루를 추슬렀다.

바로 그때였다. 불청객 중 키 큰 쪽이 주술사들을 향해 발차기를 날렸다. 발차기 한 번에 주술사 셋이 붕 떠올라 키 작은 쪽을 덮쳐 갔다. 키 작은 쪽은 무기 대용으로 날아오는 셋을 보고 콧방귀를 뀌더니, 가슴 큰 주술사를 살기등등하게 집어 던져 찌질이와 땅딸보를 납작하게 뭉개 놨다. '십대 강자' 전원이 뼈마디가 아작난 채 바닥에 널브러지기까지는 그리 긴 시간이 걸리지 않았다.

흑의인 둘은 손에 묻은 흙먼지를 털며 서로를 노려보다가 '흥' 하고 각자 반대편으로 고개를 돌렸다. 그러더니 곧 '십대 강자'의 주머니를 탈탈 털어서 노획물을 자기들 마대 자루에 옮겨 담기 시작했다.

서로를 향한 지대한 불만과는 별개로 두 사람은 손발이 척척 맞았다.

뇌동과 구소, 2인조 강도단이 메뚜기 떼 빰치는 파괴력으로 주변을 황폐화하고 있던 그때. 골짜기 모처에서는 음양사 여덟 명으로 이루어진 무리가 '적별조'를 에워싸고 있었다.

적별조는 다채롭고 화려한 깃털을 가진 새로, 맹수와 같은 울음소리를 냈다. 그 고기는 각종 사술로 인한 몹쓸 병을 치료하는 데 쓰였으며 이름만으로도 공포의 대상인 나병에까지 즉각적인 효험이 있어서 아주 진귀한 약재로 여겨졌다.

특히 적별조의 꽁지깃 중 유달리 길게 자라는 깃털 두 장은 여인들에게 좋다고 알려져 있었다. 몸에 지니고 다니면 수명을 늘려 주고 피부를 젊게 유지시키며, 일생 불결한 기운에 노출되지 않도록 지켜 준다는 것이었다.

그러나 새는 아무래도 네발짐승보다 포획이 까다로웠다. 음양사들은 미리 준비해 온, 적별조가 질색하는 그물과 징까지 동원하고도 몇 차례나 실패한 끝에야 가까스로 놈을 그물 안에 가둘 수 있었다.

한껏 들뜬 음양사들이 다 같이 바닥에 쪼그리고 앉아 새를 어떻게 나눠 가질지를 놓고 열띤 토론을 벌이던 때였다. 홀연 누군가가 아주 예의 바르게 일행 사이로 끼어들었다.

음양사들 틈에 자리를 잡은 인물이 무척 정중하게 물었다.

"나는 제일 긴 꽁지깃 두 장이면 되는데, 괜찮겠소?"

일제히 고개를 돌린 음양사들은 웬 낯선 불청객을 발견했다. 검은 옷에 검은 복면, 거기다 등에는 자루를 멘 자가 복면 밖으로 드러난 눈을 형형하게 빛내고 있었다.

어느 모로 보나 강도 차림새가 아닌가!

음양사들이 벌떡 일어나서 항룡십팔장, 타구봉법, 여산승룡

패, 환아표표권[4] 등 각종 어마무시한 초식을 펼치며 소리쳤다.

"웬 놈이냐? 감히 우리 '승천입지 78식 불로신선 오주 제일방'의 전리품을 노리다니, 죽고 싶은 게로구나!"

그러자 점잖게 미소 짓고 있던 흑의인이 손가락 두 개를 세워 보였다.

"나는 정말 꽁지깃 제일 긴 것으로 두 개면 되오. 나머지는 관심 없소."

"맞아야 정신을 차리지!"

결국 쌈박질이 시작됐다. 금빛 광채가 번쩍거리고 상서로운 기운이 난무하는 쌈박질이.

흡사 지랄병이라도 도진 자들처럼, 여덟 음양사가 접신을 하고, 징을 치고, 방울을 흔들고, 오만 요란 법석을 떨면서 흑의인을 압박해 왔다. 하늘에는 별의별 괴조가 새카맣게 날아다니고, 땅에는 알록달록한 뱀과 벌레들이 떼거리로 기어 다녔다.

그 난장판 가운데서도 온유한 표정으로 서 있던 흑의인이 손가락 하나를 평온하게 앞으로 뻗었다. 손가락 끝이 허공을 가볍게 한 번 찍자 고요하던 수면에 물결이 번지듯, 손끝에서 찬란한 광채가 뿜어져 나와 동심원을 그리며 주위로 퍼져 나갔다. 겹겹이, 멈출 줄 모르고 무한히.

사악한 어둠의 주술은 반투명한 광채와 접촉하자마자 갓 내

4 항룡십팔장, 타구봉법은 김용의 소설 《영웅문》에 나오는 무술, 여산승룡패는 일본 만화 《세인트 세이야》에 나오는 무술, 환아표표권은 주성치 주연의 영화 〈당백호점추향〉에 나오는 무술 이름이다.

린 눈이 뜨거운 햇볕에 녹아내리듯 소리 없이 와해됐다. 음양사들이 일제히 얼어붙은 직후, 그들이 부리는 온갖 괴상망측한 뱀과 벌레들이 흡사 천적을 맞닥뜨린 듯 후다닥 방향을 틀어 주인에게로 몰려갔다.

아무리 주인이라고 해도 고술에 쓰이는 뱀과 벌레에 당했다가는 죽음에 이를 수 있었다. 음양사들은 자기가 풀어놓은 독충을 상대하느라 울고불고 난리가 났다.

그런 와중에 적별조 챙길 정신이 어디 있겠는가?

적별조는 흑의인의 느긋한 손길에 붙잡혀 그의 자루 안으로 사라졌다. 태연자약하게 새를 챙겨 넣은 그가 유감이라는 듯 한숨을 흘렸다.

"정말로 꽁지깃 두 개만 가져가려 했거늘……."

태자 전하의 1인 분대는 강도질마저도 은근하고 온화하게 행했다.

골짜기 다른 쪽에서는 가난한 무인 셋이 다 같이 주머니를 털어서 산 연장으로 '인獜'을 사냥하고 있었다.

인은 개와 비슷하게 생겼으되 호랑이 같은 발톱이 달렸고, 몸은 비늘로 뒤덮인 동물이었다. 또한 도약과 달리기 능력이 뛰어나고, 온몸에 빽빽이 돋은 비늘은 창칼에도 끄떡없는 천연 갑옷이었다. 고기는 여러 역병을 예방하는 약으로 쓰이고, 뼈를 태워서 나온 재는 최상급 점술 도구였다.

인은 미종곡 안에서도 극히 보기 드문 동물이었다. 인 사냥에는 만만치 않은 값의 전용 틀이 필요했다. 놈이 달려들 때 틀을 이용해 꼼짝 못 하게 붙들어야 하는 것이다.

날뛰는 인을 상대하느라 온몸이 상처투성이가 된 세 사람이 가까스로 놈을 붙드는 데 성공해 한숨을 돌렸을 때였다. 웬 검은 옷을 입은 자가 등에 자루를 메고 머뭇머뭇 다가왔다. 검은 복면 밖으로 드러난 눈동자가 유독 그윽하게 빛나는 게, 안에서 불티 같은 것이 맴도는 듯했다.

강도 모양새다, 주의 요망!

가난한 무인 셋이 경계 태세에 돌입했다. 그러자 상대편 소년이 잠시 고뇌하는가 싶더니, 홀연 검을 뽑았다. 은하수 같은 검광이 작렬하는 찰나, 세 사람은 코끝에 선뜩함을 느꼈다. 정신을 차렸을 때는 이미 머리카락이 뭉텅 잘려 나간 뒤였다.

"보다시피."

검을 집어넣은 소년이 입을 열었다. 싸늘하고도 진지한 목소리였다.

"너희를 죽이는 건 아주 간단하다. 그러니 내 눈앞에 사라져라. 사냥감은 남겨 두고!"

세 사람은 서로서로 눈치를 살폈다. 긴말이 필요 없는 상황이었다. 다 같이 덤벼 봤자 소년에게는 한주먹거리도 안 되리라는 건 방금 그 한 수로 완벽히 증명된 뒤였다.

하지만 사냥 틀 사자고 바지까지 저당 잡힌 마당에 이대로 물러서면 앞으로는 뭘 먹고 산단 말인가?

그사이 소년은 벌써 인을 자루에 챙겨 넣고 있었다.

"용사님!"

무인 하나가 소년에게 달려들더니 바짓가랑이를 붙잡고 대성통곡을 했다.

"흐어엉……. 저희 목숨 줄을 가져가시면 어떡합니까! 여든 살 노모가 혼수 마련해서 시집간다고 돈 만들어 오기만 기다리고 있어요. 이걸 빼앗기면 어머니는 시집을 못 가고, 그러면 제가 평생 모셔야 한단 말입니다. 도저히 그럴 형편이 안 된다고요! 하루 세끼 쌀겨만 먹는 집구석이에요. 그것도 식구 수대로 빠듯하게 나눠서. 그러니 제발…… 불쌍한 사람 도와준다 생각하시고……."

"용사님!"

또 다른 무인이 소년의 허리를 끌어안았다.

"저는 사냥 틀 살 돈이 없어서 바지까지 내다 팔았습니다! 아직 값을 다 치르지도 못해서 마누라가 거기 붙잡혀 있습니다. 짐승을 돌려주지 않으시면 제 마누라는 유곽에 팔려 가서 창기가 될 겁니다. 흐어엉……."

"용사님!"

나머지 한 명이 소년의 옷자락에 매달리더니 눈물을 줄줄 흘리며 허름한 자기 옷을 가리켜 보였다.

"저한테 밖에 입고 나갈 수 있는 바지를 사 주느라 아버지께서 집에 남아 있던 식량을 싹 긁어다가 내다 파셨어요. 여동생

셋은 다 큰 처녀들이 홀딱 벗고 이불솜 하나에 의지해 침상에 옹기종기 모여 지냅니다. 걔들은 걸칠 게 없어서 집 밖에 나오지도 못해요. 짐승을 안 돌려주시면 저희 아버지와 여동생들은 벌거숭이 신세로 겨울을 나야 해요……."

용사는 충격에 휩싸였다. 용사의 눈빛이 누그러지더니 그가 한숨을 내쉬었다. 그러고는 하늘을 보며 장탄식을 뱉었다.

세상에 이렇게 곤궁한 자들이 다 있다니!

세 무인은 기쁜 기색으로 눈빛을 교환했다.

희망이 보인다!

"관두자."

검은 옷의 소년이 인을 무인들에게 돌려주면서 은전 약간을 얹어 줬다.

"이걸로 옷 사고, 혼수 마련하고, 부인 빼내도록 해라."

운흔의 1인 분대는 지나치게 마음이 좋은 나머지 도리어 주머니를 털리고 말았다.

무인들에게 은전을 보태 주고 난 운흔은 텅 빈 자루를 둘러메고 다시 길을 나섰다. 강도질은 도저히 못 해 먹겠고, 부요에게는 다른 좋은 물건을 구해서 가져다 주어야겠다, 그리 생각하며.

그때였다. 등 뒤에서 발소리가 들렸다. 뒤를 돌아본 운흔은 자신을 따라오고 있는 세 사람을 발견했다. 운흔이 의아한 표정을 지었다. 잠시 후, 양심에 켕기는 게 있어 저들끼리 살살 눈치를 살피던 셋이 마침내 얼굴에 철판을 깔고 말했다.

"용사님, 실은 이 근처에 다른 보물이 또 있습니다. 꼭 괴수 종류가 아니어도 괜찮다면……."

대번에 눈을 빛낸 운흔과 달리 세 사람 쪽은 오히려 머뭇거렸다.

"수확물이 반드시 필요하신 것처럼 보이길래 말씀드리는 거긴 한데요. 보통 사람은 감히 도전도 못 하는 물건이라……."

운흔의 눈빛이 워낙 결연한지라 세 사람은 결국 그를 골짜기 서편 암벽 앞으로 안내하는 수밖에 없었다.

무인 하나가 위쪽을 가리키며 말했다.

"저 위에 골용초가 자랍니다. 절벽 중간 동굴에서는 옥고[5]가 나고요. 다만, 양쪽 다 맹수가 지키고 있습니다. 암벽을 타는 건 골짜기 안에서 괴수를 사냥하는 것보다 훨씬 위험한 일이에요. 보통 사람은 꿈도 못 꿉니다만, 용사님께서는 무공이 워낙 고강하시니 도전해 볼 수도 있을 것 같아서요."

그러더니 잠깐 갈등하다가 말을 바꿨다.

"진짜 엄청 위험하거든요. 역시 관두는 게 좋겠어요."

고맙다고 말한 운흔이 묵묵히 암벽을 올려다봤다. 그러다가 몇 걸음 뒤로 물러서더니, 갑자기 지면을 박차고 매처럼 날아올랐다.

멍청한 얼굴로 안개에 휩싸인 암벽을 올려다보던 세 사람이 잠시 후 중얼거렸다.

---

5 옥석에서 배어나는 액체.

"진짜로 가 버렸네……."

"어휴, 짠해서 어째."

"이따 와서 시신이라도 수습해 주자고……."

미종곡에 참가자들이 고생해서 잡은 괴수를 강탈해 가는 강도단이 나타났다!

커다란 마대 자루 하나씩을 메고 있는데 자루를 꽉 채우기 전에는 만족하지 못할 기세다!

이 같은 소식이 빛의 속도로 번져 나가면서 골짜기 안은 발칵 뒤집혔다. 매년 열리는 미종곡 보물 사냥에서는 개별 행동이 기본이었고, 다들 소규모 무리를 이루어 각자 전리품을 모았다. 참가자들끼리 서로의 전리품을 빼앗는 행위는 한 번도 발생한 적이 없었다.

그런데 어디서 굴러먹다 왔는지도 모를 놈들이 돼먹지 못한 강도질을!

몇몇 지위 높은 왕실 주술사들이 모여 긴급회의를 열었다. 회의는 장장 수 시진을 내리 이어졌다.

주술사들은 올해와 같은 상황에서 개별 사냥은 더 이상 무리라 판단하고, 참가자들을 한데 모아 공동 행동을 하기로 했다. 각자 다니다가 너도나도 강도들한테 털리느니 함께 움직이면서 수확물을 공평하게 나눠 갖는 편이 훨씬 낫다고 본 것이다.

강도 중에서도 키 차이가 꽤 나는 둘이 함께 다니는 2인조는 파렴치하기 그지없기로 악명이 높았다. 남의 자루를 뒤집어서 바닥까지 탈탈 털어 가는데, 어느 정도 크기가 있는 전리품은 말할 것도 없고 '금모종구金毛鬃狗' 발에서 부러져 나온 발톱 한 조각도 기어이 주워 간다는 것이었다.

여하튼, 긴급회의의 여파로 강도단은 수확이 점점 줄고 있었다. 다들 무더기로 모여 다니니 불시의 습격이고 뭐고 시도해 볼 기회 자체가 없었다.

"어떡해요?"

세 번째 마대 자루를 등에 멘 맹부요가 투덜거렸다.

"내 자루 아직 텅 비었는데!"

이미 그득그득 채워 골짜기 입구에 쟁여 놓은 자루가 두 개나 더 있으니 사실상 재미는 쏠쏠하게 본 셈이었다. 그러나 강도의 욕망은 끝이 없는 법.

"서쪽으로 가 봐야겠다!"

뇌동이 골짜기 서편을 가리켰다. 그쪽은 다른 구역보다 안개가 유독 짙었고, 인적도 거의 없다시피 했다.

"아무도 안 가는 데서 누굴 털려고요?"

맹부요의 관심사는 오로지 약탈, 굳이 힘들게 제 손으로 무언가를 사냥해 볼 생각은 없었다.

"털 게 왜 없어. 있어도 등급이 아주 높은 게 있을걸. 저쪽은 최상급 괴수며 기화요초가 나는 데야. 부르는 게 값인 보물들이지. 저기서는 일단 터졌다 하면 3년은 너끈히 먹고살 거금이 터진다고."

대번에 피가 끓기 시작한 맹부요가 장손무극을 찾아 주위를 두리번거렸다.

"태자 전하는? 태자 전하는? 같이 강도질하러 가야 되는데!"

어디선가 장손무극이 스르륵 나타났다. 그러더니 색깔이 현란한 깃털 두 장을 꺼내 덩굴로 엮어서는, 맹부요의 허리춤에 묶어 줬다.

맹부요는 깃털 장식이 마음에 들었다. 검은색 옷과의 대비가 눈에 확 띄어서였다. 깃털의 정체는 묻지도 않고 그녀가 장손무극을 잡아당기면서 속닥거렸다.

"아까 전모수를 잔뜩 잡았는데, 때깔이 끝내주더라고요. 언제 솜씨 좋은 침모한테 부탁해서 이불 한 채 만들어 줄게요."

빙긋이 웃으며 그녀를 바라보던 장손무극이 물었다.

"1인용? 아니면 2인용인가?"

맹부요는 이불 모양이며 장손무극에게 어울릴 만한 색상을 고민하느라 다른 생각을 할 여력이 없었다. 그러니 대답이야 당연히 건성이었다.

"누가 그걸 1인용으로 만들어요? 당연히 2인용이지."

입가에 흡족한 웃음을 건 태자가 그녀의 손을 감싸 쥐며 말했다.

"연보라색으로 하지."

"그래요!"

"가장자리에는 여우 털을 두르고."

"좋아요."

"조금 특별하게 그대 쪽은 흰색 털로 하고 내 쪽은 검은 털로 하면 좋겠소."

"그럽시다!"

눈치 없는 여제께서는 뒤늦게야 태자가 무슨 소리를 하고 있는지 깨달았다.

그녀가 펄쩍 뛰며 소리쳤다.

"뭐가 내 쪽이고 네 쪽이라는 거예요!"

귀를 쫑긋 세우고 있던 뇌동이 그녀보다 더 높이 펄쩍 뛰었다.

"한 이불을 덮다니? 누구 마음대로 한 이불을 덮어! 맹부요, 너는 대한의 황후다. 왜 자꾸 무극국 기생오라비 놈이랑 시시덕대는 게야!"

그러자 맹부요가 일 장을 내질렀다.

"대한 황후는 저쪽에 있는 G컵이겠지!"

쾅! 퉁탕!

잠시 후, 풀썩이는 흙먼지 속에서 맹부요를 끌어낸 태자 전하가 엉망진창인 그녀의 얼굴을 옷소매로 닦아 줬다. 맹부요는 태자의 손에 붙들려 있는 와중에도 허공에다 대고 발차기를 해 가면서 욕에 욕을 해 댔다.

"언젠가 제 목청에 자기가 귀먹어서 죽을 영감탱이 같으니!"

"맹부요, 언젠가 나한테 차를 타다 바치면서 절 올릴 날이 있을 거다!"

"어디 두고 보자고!"

"흥!"

그로부터 시간이 잠시 더 흘러, 맹부요가 씩씩거리면서 장손무극에게 물었다.

"운흔은요?"

"따로 움직이는 편이 수확이 많을 것이라 하던데."

장손무극이 말했다.

"아까 오는 길에는 못 보았소."

"먼저 골짜기 서쪽에 간 거 아니에요?"

손으로 눈썹 위에 차양을 만들고 서쪽을 내다본 맹부요는 걱정스러운 마음에 앞장서서 안개 속으로 뛰어들었다.

"찾아봐야겠어요!"

극히 빠른 신법을 자랑하는 그녀가 안개 속을 가로지르는 모습은 한 줄기 섬광과도 같았다.

원보 대인이 옷깃 속에서 빠져나와 맹부요의 어깨 위로 기어올라갔다. 세차게 불어닥치는 바람을 맞으며, 대인은 오늘도 제멋에 취해 〈타이타닉〉 포즈를 잡았다…….

바로 그때 대인 곁에 정체불명의 생물체가 나타났다. 생물체 역시 눈을 가늘게 뜨고 세찬 바람을 맞으며, 제멋에 취해 〈타이타닉〉 포즈를 잡았으니……. 원보 대인이 고개를 돌리자 옆에 있던 생물체도 고개를 돌렸다. 눈과 눈이 마주쳤다.

원수 놈!

원자 폭탄급 분노가 폭발했다.

"찍!"

원보 대인이 쌍욕을 하자 옆에 있는 생물체도 입을 열었다.

"찍!"

원보 대인의 눈이 붉으락푸르락하다가 불을 뿜었다.

"찍!"

그러자 상대편이 노랗고 파란 눈을 삐딱하게 뜨더니, '캭' 하고 침을 뱉고는 외쳤다.

"찍!"

격분한 원보 대인이 온몸의 털을 바짝 곤두세우고 소리쳤다.

"찍찍찍찍, 찍찍찍!"

상대편이 고개를 휘젓자 노란색 우관이 연기처럼 스르르 솟아올랐다. 양 날개를 등 뒤에 착 붙인 상대편이 원보 대인을 향해 냅다 돌진하는가 싶더니, 대인의 눈알 바로 앞에서 우뚝 멈췄다.

"쥐 새끼, 오랜만이구나! 아직도 사람 말은 못 배웠나?"

날개 한쪽을 내밀어 원보 대인의 턱을 들어 올린 상대편이 고개를 비스듬히 기울이고 음흉하게 웃으면서 대인을 위아래로 훑어봤다.

"이 어르신이 가르쳐 주랴?"

원보 대인은 화가 나다 못해 공황 상태에 빠졌다…….

이때 어깨 위를 쓱 흘겨본 맹부요가 난데없이 나타난 금강을 손으로 쳐 냈다.

"금강, 오랜만이구나! 아직도 천기신서 말은 못 배웠냐?"

흙바닥에 나동그라진 금강이 바둥거리면서 쏘아붙였다.

"넌 뭐야! 뭔데! 죽고 싶은 게냐? 감히 이 어르신을 희롱해?"
맹부요가 '어르신'을 발끝으로 차올려 손아귀에 쥐고는 손가락으로 부리를 못 움직이게 꽉 눌렀다.
맹부요가 고갯짓을 보내자 눈치 빠른 원보 대인이 재깍 팔을 타고 신나게 내려와 금강의 눈알 앞에 딱 멈췄다. 앞발을 내밀어 금강의 머리를 들어 올린 대인이 고개를 비스듬히 기울이고 음흉하게 웃으면서 금강을 위아래로 훑어봤다.
"찍찍찍찍, 찍찍찍찍!"
웃음을 그친 뒤에도 분이 덜 풀린 대인은 꼼짝 못 하고 잡혀 있는 금강에게 시원하게 싸대기까지 날렸다. 원보 대인의 따귀 타작이 끝나고 나서야 씩 웃으면서 금강을 풀어 준 맹부요가 마지막으로 노랑 우관 한 가닥을 뽑아서 휙 던졌다.
"꺼져, 인마! 또 우리 원보 괴롭히면 그때는 털 뽑아서 확 저주술 걸어 버린다!"
푸드덕, 나무 위로 올라간 금강이 나무줄기를 들이받으면서 꽥꽥거렸다.
"힘 좀 세다고 어디서 행패야! 하늘이 두렵지도 않으냐! 이런 니미럴! 식구대로 싹 다 뒈져 버려라!"
발끈한 맹부요가 나무를 뽑아 버리려는데, 앵무새가 앞쪽 암벽을 향해 날아갔다.
눈으로 뒤를 좇던 맹부요는 다음 순간 안개가 잠시 걷히면서 드러난 암벽에서 자루를 메고 경사면에 매달려 있는 운흔을 발견했다. 그는 풀 같은 것을 뽑으려는 듯 암벽에 뚫린 동굴 안으로 손을 뻗는 중이었다. 동굴 안에 있는 식물은 멀리서 보기에도 광채가 반짝이는 게, 모양새가 범상치 않았다.

혼자 보물을 찾으러 올라갔었구나.

반가운 마음에 운흔을 부르려던 맹부요가 이내 흠칫했다. 그녀가 보는 앞에서, 암벽 위 '동굴'이 움직였다!

신통대법

동굴 안에 핏빛 무언가가 빠르게 스쳐 가더니, 반짝이던 식물이 갑자기 모습을 감췄다. 맹부요는 바닥을 박차고 나가 절벽을 향해 내달리면서 목이 터져라 소리를 질렀다.

"운흔, 조심해!"

어깨 위에 어정쩡하게 서 있던 원보 대인이 폭주에 가까운 속력을 못 이기고 뒤로 훌렁 날아갔다.

그런데 맹부요가 막 질주하기 시작한 지 얼마 되지 않아 푸르스름한 연무가 다시금 암벽을 에워쌌다. 운흔의 모습이 그녀의 시야에서 사라졌다.

영주산에서 무은의 거울 진법을 통해 절벽에 매달린 아란주를 봤을 때와 비슷한 상황이었다. 결정적인 차이점은 그때는 장손무극이 아란주를 구해 줬지만, 장손무극이 그녀보다 뒤쪽에 있는 지금은 운흔을 구해 줄 사람이 없다는 것이었다.

그러고 보니 뭔가 이상했다.

장손무극도, 뇌동도, 진작 쫓아왔어야 하는 거 아닌가?

가슴이 덜컥 내려앉았다. 뒤를 돌아봤지만, 아무도 보이지 않았다.

맹부요는 조금 전 상황을 곰곰이 돌이켜 봤다. 자기가 운흔을 찾겠다며 혼자서 안개 속으로 뛰어들었을 때, 장손무극과 뇌동이 따라붙지 않았을 리가 없었다. 아무래도 금강이 나타난 시점부터 뭔가가 잘못 돌아가고 있는 것 같았다.

그녀의 눈길이 주변을 훑었다. 나뭇잎이 무성하게 들어찬 골짜기 안은 어두침침했다. 어딜 보나 기괴한 식물들이 가득했고, 흙바닥은 질척하게 젖어 있었다. 골짜기 동쪽과 똑같은 풍경이었다.

더는 이것저것 재고 있을 시간이 없었다. 그녀는 일단 암벽 밑으로 달려가서 경사면을 기어오르기 시작했다.

암벽 중간쯤 올라갔을까, 돌연 눈앞에서 섬광이 번쩍했다. 무언가가 얼굴을 향해 냅다 달려든 것이었다. 역한 비린내가 훅 끼쳐 왔다.

맹부요는 얼른 고개를 틀어 공격을 피하면서 훌쩍 몸을 날렸다. 그대로 석 장 떨어진 지점까지 날아가 착지한 그녀가 칼을 휘둘렀다. 칼날에서 석 자 길이에 달하는 빛이 뻗쳐 나왔다. 그러나 물체는 그녀의 칼보다 한발 앞서 자취를 감췄다.

맹부요는 당황했다.

방금 그건 대체 뭐였을까.

길고, 가늘고, 머리 부분은 두 갈래로 갈라져 있었다. 꼭 뱀처럼 생기긴 했는데, 뱀은 또 아닌 것 같았다.

맹부요는 암벽에 매달린 채 진기 한 모금을 입 밖으로 '후' 하고 불어 냈다. 진기를 이용해 연무를 날려 버릴 요량이었다. 그녀의 공력이면 연무 정도가 아니라 사람도 단번에 날려 보낼 수 있었다.

그런데 이상했다. 그리 짙어 보이지도 않건만, 어째 연무가 흩어질 생각을 안 하는 것이었다.

주변의 적막을 배경으로 어렴풋한 말소리가 바람결에 실려왔다. 속닥속닥, 알아듣기 힘든 소리였다. 스멀거리는 안개 속에 갇혀서 듣고 있자니 기괴하다는 느낌마저 들었다.

맹부요가 목청껏 소리쳤다.

"장손무극! 장손무극, 당신이에요? 운흔! 운흔, 어디 있어!"

대답은 돌아오지 않았다.

그리고 잠시 후, 머리 위쪽에서 불분명한 목소리가 들려왔다.

"꽃……."

맹부요의 눈이 반짝 빛났다. 운흔인 것 같았다. 다행히 무사한 듯했다.

"어휴, 어디 있는 거야? 잠깐 기다려 봐!"

반가운 목소리로 화답한 그녀가 손으로 경사면을 찍으면서 반발력을 이용해 위쪽으로 솟구쳐 올랐다. 머리 위에서 운흔의 말소리가 다시 들려왔다.

"위아! 올라와……."

맹부요는 목소리를 따라 몸을 날리며 시천을 손안에 단단히 거머쥐었다.

위로 향하는 도중에 갑자기 눈앞이 환해졌다. 푸르스름한 연무를 뚫고 찬란한 광채가 번져 나오나 싶더니, 오색 빛깔 화려한 꽃송이가 모습을 드러냈다. 꽃 아래에는 열매가 달려 있고, 열매 역시 오색으로 눈부시게 반짝거리고 있었다.

그러나 꽃송이를 이루는 색 조합과 열매의 색 조합은 완전히 달랐다. 단조로운 푸른색 한복판에서 열 가지 다채로운 색상이 현란하게 빛나는 광경은 눈길을 단숨에 빼앗기에 충분했다. 게다가 주변에는 생전 처음 맡아 보는 향기까지 떠돌고 있었다.

숨을 들이쉬자마자 머릿속이 맑아졌다. 이쯤 되면 머리가 아니라 발가락으로 생각해도 알 수 있었다. 지금 눈앞에 있는 게 미종곡 내의 보물 중에서도 최상급에 속하는 기화요초라는 것을!

눈을 초롱초롱하게 빛낸 맹부요가 꽃을 향해 손을 뻗었다.

좌앗!

그녀의 손가락이 줄기에 닿기 직전이었다. 꽃잎 밑에서 돌연 가늘고 미끄덩한 띠가 뻗어 나왔다. 색은 피처럼 붉고 표면에는 가시가 돋쳐 있었다.

기다란 띠가 맹부요의 손목 맥소를 휘감을 기세로 잽싸게 달려들었다. 맥소를 제압당하면 제아무리 대라금선이라 해도 온몸에 힘이 빠져 항거 불능 상태가 될 수밖에 없었다.

무시무시한 기세로 뻗어 온 띠가 맥소를 휘감는 찰나, 맹부요가 손을 뒤집었다. 그러자 손등에 가려져 있던 시천이 칼집을 빠져나오면서 흑색 섬광을 뿜었다.

검고도 찬란한 도광이 뱀처럼 공중으로 솟구치면서 띠를 걷어 올려 서걱, 베어 버렸다. 시커먼 핏물이 흩뿌려지는 동시에 묵직하고도 고통스러운 포효가 터져 나왔다.

맹부요는 사방으로 튀는 피를 피해 멀찍이 석 장 밖까지 물러났다. 그녀가 몸을 날리며 깔깔거렸다.

"길가에 핀 꽃을 함부로 꺾어? 누가?"

그러고는 허공에서 공중제비를 돌아 조금 전까지 나아가던 방향과는 완전히 반대되는 지점에 착지했다.

시천이 다시 한번 번뜩이나 싶더니, '좌앗' 소리와 함께 푸른 연무 속 어딘가를 정확히 찔렀다. 아까와 똑같이 모호하고도 고통스러운 포효가 울리자 맹부요가 키득거렸다.

"길가에 핀 꽃을 함부로 꺾어! 내가!"

이때 어디선가 말소리가 들려왔다.

"그만둬……."

운흔의 음성이었다. 나지막하고 기력 없는, 심각한 부상이라도 입은 것 같은 목소리. 소리가 나는 곳은 맹부요의 머리 바로 위쪽이었다.

맹부요의 눈빛이 일순 흔들렸다. 칼을 쥔 손이 멈칫하자마자 기다렸다는 듯 앞쪽에서 강풍이 불어닥쳤다. 바람 속에 무언가가 매섭게 공기를 찢어발기며 쇄도하는 소리가 섞여 있었다.

쇠심줄로 만든 채찍이 그녀의 얼굴을 향해 정면으로 달려드는 듯한 소리였다.

공격을 받아 낼 요량으로 팔뚝을 얼굴 앞쪽으로 들어 올리는 순간, 무언가가 시천과 맞부닥치는 것 같더니 세상에 베지 못할 것이 없는 시천의 날에 '휘리릭' 하고 휘감겼다. 이어서 '까드득' 소리가 났다. 모종의 생명체가 제 뼈대로 칼날을 빙빙 감아 조이고 있는 것 같았다.

맹부요는 칼을 빼내려고 했지만, 칼날 위에 올려놓은 머리카락이 저절로 두 동강 날 정도로 날카로운 시천이 어째서인지 전혀 위력을 발휘하지 못했다. 갑자기 녹이라도 잔뜩 슨 것처럼, 찐득찐득한 무언가에 붙잡힌 채 옴짝달싹을 못 하는 것이었다.

그녀가 멈칫하는 틈에 또 한 번 얼굴을 향해 바람이 불어닥쳤다. 이번 바람은 몹시도 기묘했다. 바람에서 그윽한 향내가 느껴졌다. 꽃향기도, 풀향기도, 음식에서 나는 냄새도, 사향도 아니었다. 특별히 짙지 않음에도 사람을 홀리는 구석이 있었다. 코끝에 향기가 스치기 무섭게 정신이 혼미해졌다.

맹부요 정도의 고수 앞에서 어지간한 환각제나 미혼술은 전부 무용지물이었다. 그러나 지금 느껴지는 향기는 달랐다. 천하의 맹부요도 일순 머릿속이 아찔해졌다.

잠시 혼란을 겪는 사이에 무언가가 그녀에게로 빠르게 접근해 왔다. 거세게 몰아닥친 광풍 속에서 작은 황금색 발톱이 불쑥 튀어나왔다.

시천은 꼼짝없이 붙들려 있고 맹부요 본인은 혼미한 정신으로 허공에 떠 있는 상황.

타앗!

기습적으로 허리를 뒤로 꺾으며 칼을 손에서 놓은 그녀가 추락하기 시작했다. 첫 시도에서 목표물을 놓친 황금색 발톱이 곧바로 그녀를 따라붙었다. 가슴을 향해 번개처럼 달려드는 것이, 기어코 심장을 후벼 파고야 말 기세였다.

황금색 발톱의 움직임은 마치 폭포를 타고 떨어지는 듯 날렵하기 이를 데 없었다. 웬만한 일류 고수도 못 쫓아올 경지였다.

돌연 맹부요가 몸을 회전시키면서 다시 위쪽으로 날아올랐다. 추락 도중 툭 튀어나온 바위에 발끝을 걸고, 몸이 경사면과 좁은 각을 이루는 순간 360도 회전해 마치 풍차가 돌듯 날아오른 것이었다.

바람 세기를 제일 강하게 올린 선풍기 날개보다도 빠른 회전이 한바탕 맹풍을 만들어 냈고, 그 맹풍이 무서운 기세로 황금색 발톱을 덮쳐 갔다.

그 즉시 뒤로 물러나는가 싶던 발톱이 다음 순간 맹부요의 시야에서 감쪽같이 사라졌다. 심장을 파내겠다고 덤벼들 때도 빨랐지만, 줄행랑을 놓는 속도는 그보다 한 수 위였다.

하지만 놈을 호락호락 보내 줄 맹부요가 아니었다. 그녀가 막 뒤를 쫓아가려는데, 갑자기 갓난애 우는 소리가 들렸다. 절박하고 간절한, 가슴을 찢어 놓는 울음소리.

한밤중, 시커먼 절벽, 푸른 안개, 정체불명의 괴수, 그리고 갓난애 울음.

맹수에게 잡혀 온 아이가 놈의 아가리에 물려 발버둥 치며 내는 소리일까? 실수로 절벽에서 떨어진 아이가 마지막으로 보내는 구조 신호는 아닐까?

구해야 해! 구해야 해!

고개를 번쩍 든 맹부요가 냅다 주먹을 내질렀다. 갓난애 울음소리가 나는 쪽을 향하여, 일말의 망설임도 없이!

산을 무너뜨리고 바위를 박살 낼 위력이 실린 주먹이 여리디 여린 갓난애를 향해 돌진했다.

"응애!"

울음이 더 격렬해졌다. 언뜻, 금빛으로 반짝이는 무언가가 벌렁 나자빠지는 모습을 본 듯했다.

맹부요는 웃음을 흘리면서 푸른 안개 속으로 손을 뻗었다. 그러고는 손에 닿은 물체를 단단히 틀어잡고 그것으로 안개 너머의 존재를 매섭게 갈라 버렸다.

크오오!

정체불명의 생명체가 거친 포효를 내질렀다.

안개 속을 빠져나온 맹부요의 손에는 조금 전 무언가에 휘감겨 포기할 수밖에 없었던 시천이 잡혀 있었다. 검은색 칼날에 진득하게 늘어 붙은 피가 절벽 아래로 방울방울 조금씩 떨어져 내렸다.

맹부요가 팔을 떨치자 '좌앗' 하고 시커먼 핏물이 사방으로 튀었다. 검은 천과도 같은 피의 장막이 허공을 가르자 안개가 거짓말처럼 흩어지고, 암벽이 또렷한 모습을 드러냈다.

맹부요는 자기 옆으로 1미터쯤 떨어진 지점에서 거대한 몸뚱이가 온통 가시로 뒤덮인 파란색 뱀을 발견했다. 똬리를 틀고 있는 뱀의 머리 위에는 여우 같은 생김새에 우아한 꼬리가 아홉 개 달린 황금색 동물이 앉아 있었다.

뱀은 뱀이되 그다지 뱀처럼 생기지 않은 파충류는 뇌동의 책자에서 본 '뇌사牢蛇'라는 짐승이었다. 여우 역시 완전한 여우는 아니었는데, 녀석의 정체는 뇌동이 내내 탐내던 구미리였다.

뇌사는 조금 전 맹부요의 일격으로 등이 길게 찢긴 채 머리를 쳐들고 고통스럽게 울부짖고 있었다. 놈의 꼬리가 미친 듯이 펄떡거리며 암벽을 내리치자 견고한 암벽에서 돌 부스러기가 우수수 쏟아졌다.

뇌사의 아가리는 상상을 초월하는 크기였고, 그 안에 들어앉은 길고 가느다란 혓바닥이 바로 아까 맹부요를 공격했던 무기였다. 쩍 벌어진 입을 통해 앞서 본 오색 빛깔 기화요초가 들여다보였다.

한 가지 이상한 점은 고통에 몸부림치면서도 처음에 있던 위치를 한 치도 벗어나지 못하고 암벽에 착 달라붙어 있는 뇌사의 행태였다. 가만 보니, 절벽에서 자라난 오색 기화요초가 아래턱을 뚫고 들어가 뇌사를 꼼짝 못 하게 한 자리에 붙박아 놓은 것 같았다. 뇌사는 그 상태에서 목숨을 부지하기 위해 구미리와 공생 관계를 맺고, 꽃을 이용해 사냥감을 끌어들여 잡아먹으며 살아온 것이었다.

둘이 짝패였구나. 짝패도 아주 죽여주게 호흡이 잘 맞는 짝패였다.

뇌사가 입을 쩍 벌리고 꽃으로 사람들을 암벽 위로 유인한 다음, 사냥감이 입 안으로 손을 뻗는 순간 긴 혓바닥으로 휘감아 포획하고, 그걸 구미리와 나누어 먹는 식이었다.

만에 하나 사냥감이 대단한 무공 고수거나 조심성이 특별히 많아서 유인에 실패하면, 그때는 구미리가 사냥감과 가까운 인물의 목소리를 흉내 내 뇌사의 입 안으로 끌어 들이는 방법이 있었다.

그 방법마저 통하지 않는다면 뇌사가 제 단단한 꼬리를 희생할 각오로 사냥감의 무기를 옴짝달싹 못 하게 붙들고 늘어졌다. 사냥감이 무기를 잃고도 저항을 포기하지 않을 경우에는 미혼약 뺨치는 구미리의 방귀가 기다리고 있었다.

만약 운이 대단히 좋아 무기가 없는 상황에서 미혼향을 피하고, 그 김에 구미리가 내지르는 일격까지 흘려보낸다 쳐도, 구미리 대인에게는 백발백중의 히든카드가 남아 있었다.

바로 갓난쟁이 울음소리.

한밤중에 갓난애 우는 소리가 들려오면 누구라도 손에서 힘이 빠지기 마련이다. 한번 빠진 힘을 되돌리기는 쉽지 않고, 그러면 죽을 일만 남는 것이다.

두 놈이 거의 정신병에 가깝도록 집요하게 파 놓은 함정을 전부 통과할 사람이 과연 천하에 몇이나 될까? 이쯤 되면 환상의 콤비라 아니할 수가 없었다.

맹부요는 주변을 둘러보며 혀를 찼다. 바위틈마다 조각난 백골이 끼어 있었다. 아까는 안개에 가려서 보이지 않았지만, 지금은 어둠 속에서 저마다 희끄무레한 인광을 발하고 있었다. 백골들이 부서져 있는 모양새만 봐도 두 놈이 뼈대를 얼마나 깔끔하게 발라 먹었는지 표시가 났다.

그녀의 눈빛을 본 구미리가 겁에 질려 몸을 동그랗게 말았다. 절대 이길 수 없는 적을 만났음을 눈치챈 것이다. 가진 재주란 재주는 이미 다 써먹어 봤겠다, 더 반항하는 건 미련한 짓이었다. 구미리는 눈치를 살살 봐 가며 최대한 공손히 자기 뒤쪽을 가리켰다.

맹부요가 녀석을 손아귀에 틀어쥐었다. 그녀가 하얗게 번뜩이는 송곳니를 보여 주자 뒤쪽을 가리키는 구미리의 발짓이 한층 더 바쁘고 절박해졌다.

녀석의 뒤편에는 사람 몸통 절반 너비의 균열이 있었다. 바위틈으로 하얀 옥고가 흐르고 있는 게 보였다. 옥고는 뱀의 아래턱 부근에 뚫린 구멍을 통해 오색화의 뿌리로 흘러들고 있었다. 보아하니 그 옥고가 바로 오색화의 양분인 모양이었다.

아마 어린 뇌사가 다친 채로 옥고에 엉겨 붙자 그 상태에서 턱을 뚫고 오색화가 자라난 것 같았다. 그러자 지능이 있는 뇌사는 꼼짝 못 하게 된 김에 아예 오색화를 이용해서 먹고살기로 작정했고, 지금껏 명을 이어 온 것이리라.

뇌사의 몸부림이 약해지고 있었다. 맹부요는 놈의 등을 마저 가르고 내단을 끄집어내서 자루에 담았다. 그런 다음 구미리를 붙잡아 황금색 발톱을 시천으로 쓱싹쓱싹 자른 후 녀석 역시 자루에 욱여넣었다.

그나저나 운흔이 걱정이었다. 주위를 둘러보다가 고개를 든 참인데, 암벽 꼭대기 부근에서 도약을 반복하고 있는 검은 옷의 소년이 보였다. 무언가와 싸움을 벌이고 있는 것 같았다.

맹부요가 반색하며 운흔을 소리쳐 부르려는 순간, 등 뒤에서 누군가 그녀를 툭 밀었다.

"으아아!"

맹부요는 빙글빙글 돌며 절벽 아래로 추락했다.

몸이 허공에 붕 뜬 와중에도 번개처럼 뇌리를 스치는 의문이 있었다.

암벽에 바짝 붙어 있었는데, 하늘에 머리가 닿아 있는 것도 아니고 땅에 발을 딛고 있는 것도 아니었는데, 등 뒤는 공기뿐이고 분명 아무도 없었는데, 대체 누가 등을 민 거지?

일단 지금은 고민에 빠져 있을 상황이 아니었다. 맹부요는 허공에서 도약을 시도했다. 사실 그녀 정도 되는 고수가 절벽에서 떨어졌다고 진짜로 죽을 일은 없었다. 기껏해야 번지점프 뛰는 수준의 스릴을 맛보는 게 전부였다.

그런데 갑자기 몸이 움직여 주질 않았다. 공중에서 팔다리를 펴는 순간 주변 공기가 물엿처럼 걸쭉한 질감으로 변했다. 묵직해진 공기가 사지를 휘감고 놓아주질 않았다. 손발에 커다란 바윗덩이를 매달아 놓은 것 같았다.

꼼짝할 수가 없었다. 그 와중에 심장은 또 쿵쾅쿵쾅 격렬하게 뛰기 시작했다. 옷을 입고 있는데도 가슴이 들썩거리는 게 눈에 보이는 것 같았다. 몸 안에서 심장이 미친 듯이 살가죽을 치받고 있는 탓이었다. 마치 야생마가 내달리듯, 갈비뼈와 살점을 뚫고 그대로 밖으로 튀어나오고 싶은 것처럼.

맹부요는 묵직한 돌덩이로 화한 양, 세찬 바람 소리를 끌고 아래로 추락했다. 대기층을 돌파하기에 가장 완벽한 자세인 큰 대자로 팔다리를 활짝 벌리고서.

떨어진다!

일순 머릿속이 새하얗게 비었다.

으아아, 오주 일곱 나라를 종횡무진 누비던 여제께서 대체 누구 짓인지, 무슨 영문인지도 모르는 채 이리 억울하게 끝을 맞이하다니!

맹부요는 매섭게 불어닥치는 바람에 맞서 눈을 커다랗게 부릅떴다. 물론 그런다고 뭐가 달라지는 건 아니었다.

흡사 눈앞에서 영화 필름을 돌리는 것처럼, 무수히 많은 정체불명의 형상들이 시야를 스쳐 갔다. 둥글납작한 것, 길게 곧추선 것, 흑백인 것, 알록달록한 것 등 어지러운 형상들 너머로 절벽 꼭대기에서 아래를 내려다보고는 얼굴색이 급변해 뛰어내리는 검은 옷의 소년이 보였다.

주위가 텅 빈 것 같았다. 안개마저도 사라진 뒤였다. 이 순간, 아무도 없는 주변에 존재하는 것은 오직 투명한 바람뿐이었다.

시야 가장자리에 점점 가까워지는 지면이 잡혔다. 거칠고 울퉁불퉁한 지표면은 흡사 거대한 빨래판 같았다.

지금 가장 끔찍한 점을 하나 꼽자면 무공이 지나치게 고강한 관계로 이 상황에서도 남들처럼 정신을 잃을 수가 없다는 것이었다. 잔인한 일이지만, 맹부요의 의식은 어느 때보다도 또렷했다. 그녀는 팔다리를 마음대로 움직일 수 없는 꼭두각시 인형 같은 모양새로, 고공 낙하가 선사하는 무중력감과 자살 시도자가 마지막 순간에 경험하는 무시무시한 속도의 추락감을 고스란히 체험하고 있었다.

풍경이 화살처럼 멀어져 가고, 온 세상이 뒤흔들리고, 바람이 덮쳐 오더니……, 팟!

비누 거품이 터지는 것 같은 소리.

어린 시절, 풍선껌 불기에 항상 실패하면서도 집요하게 도전하면서 자주 듣던 소리였다. 희미하지만 어디선가 풍선껌 냄새가 나는 듯도 했다. 껌으로 만든 풍선이 터진 것처럼, 새하얀 무언가가 은은한 향기와 함께 코와 입을 와락 덮었다.

헛, 죽은 건가? 현대로 돌아온 거야? 맹부요의 타임 슬립 분투기가 드디어 끝났어? 이렇게 좋을 수가, 해방이다!

감격에 겨워 눈을 뜬 맹부요는 뜨거워지는 눈시울을 느끼며 엄마한테 할 말을 준비했다.

나는 오렌지 맛 껌으로, 사과 맛은 별로야!

바로 그때 까마득하게 높은 검은색 암벽이 눈에 들어왔다. 검푸른 하늘을 배경으로 날 선 검신처럼 우뚝 치솟은 직각 절벽, 절벽 꼭대기와 뿌리에 들쭉날쭉하게 돋친 톱니 모양 바위들.

땅바닥에 대자로 드러누운 맹부요의 눈에는 절벽이 자신을 향해 내리꽂히는 것처럼 보였고, 그 광경은 상당히 직관적인 충격으로 다가왔다.

그보다 더 충격적인 것은 오렌지 맛 풍선껌 생각에 들떠 있던 조금 전과, 막상 맞닥뜨린 현실 사이의 막대한 간극이었다.

맹부요가 눈물을 머금고 중얼거렸다.

"오호통재라! 세상에 희망을 줬다가 빼앗는 것보다 더 잔인한 일이 있을까."

"희망이라니?"

몸 아래쪽에서 불쑥 들려온 질문이었다.

한참 전부터 무언가 묵직한 것에 깔려 있는 사람이 낸 것처럼 소리가 낮게 잠겨 있었다.

"그렇게나 죽고 싶었소?"

맹부요가 막 대답을 하려는데 등 아래쪽의 아래쪽, 세 번째 층에서 벽력같은 호통이 터져 나왔다.

"뻔뻔한 것들, 썩 비키지 못해! 이 몸을 죽일 셈이냐!"

두 번째 층이 피식 웃는가 싶더니, 두 팔로 맹부요를 껴안고 옆으로 굴러 비켜났다. 그러면서 맨 아래층에 감사의 말을 전하는 것도 잊지 않았다.

"고생하셨습니다. 참으로 튼실하시더군요."

씩씩거리며 일어난 뇌동이 옷에 붙은 진흙을 털며 역정을 냈다.

"내가 받았으면 될 것을, 네놈이 막판에 왜 끼어들어?"

문어에 빙의해 맹부요를 단단히 끌어안은 장손무극이 태연자약하게 미소 지었다.

"남녀칠세부동석이라는 말은 바로 어르신께서 하지 않으셨습니까."

"그럼 네놈은 지금 뭐 하는데?"

뇌동이 발끈했다.

"내 제자 색시한테서 당장 손 못 떼냐!"

"놀란 것 같아 달래 주고 있습니다."

맹부요를 안은 채로 반 바퀴 뒹굴어 자세를 바꾼 장손무극이 빙긋이 웃었다.

"다친 데는 없는지 확인 중이지요. 보시다시피 부요도 불만이 없군요."

그럼 불만이 있겠냐!

맹부요가 눈을 부라렸다.

혈도 찍힌 사람이 왜 여기저기 더듬어 대냐고 불만 표시하는 거 봤어?

잠시 도끼눈을 뜨고 있다 보니 금방 또 마음이 약해졌다.

아무렇지 않은 척 웃으며 뇌동을 상대하고 있지만, 사실상 태자 전하는 상태가 별로 좋아 보이지 않았다. 항상 우아하던 사람이 지금은 머리카락에 나뭇잎이며 진흙 덩어리를 잔뜩 매달고 있었다. 얼마나 다급하게 달려왔는지 안 봐도 알 것 같았다.

장손무극이 팔로 머리를 가만히 괴고서 그녀를 바라봤다. 소중함이 7할, 염려가 3할인 눈빛. 그 모두가 오롯이 그녀를 향한 것이었다.

한숨을 내쉰 맹부요는 속으로 생각했다.

나라는 인간은 민폐의 아이콘이구나. 지금도 가는 데마다 사건 사고가 끊이지 않지만, 모르긴 몰라도 앞으로는 더하지 싶다.

장손무극은 그녀를 만나고 나서부터 한시도 마음 편한 순간이 없었다. 잠시라도 눈을 떼거나 곁을 비울라치면 백발백중 사고를 치니, 덕택에 항상 노심초사인 장손무극도 신세가 참 가련했다.

'얘도 참 딱해.'라고 말하는 그녀의 눈빛을 보고 픽 웃어 버린 장손무극이 그녀의 얼굴을 살며시 어루만졌다. 그러고는 노친네가 버럭하기 전에 재빨리 혈도를 풀어 주며 말했다.

"위험했소. 하마터면 그대를 고기 전병으로 만들 뻔했군."

맹부요가 벙한 표정으로 일어나 앉았다.

"고기 전병 되는 건 안 무서워요. 내가 어쩌다가 죽는지만 알고 죽는다면. 지금 문제는 무슨 일이 일어난 건지 전혀 모르겠다는 거예요."

"누군가 근방에서 술법을 행했소."

장손무극이 말했다.

"아주 고명한 술법이었지. 사실 우리는 한참 전부터 이곳 절벽 아래에 있었소. 그런데 그대가 갑자기 시야에서 사라지더군. 절벽 위로 올라가 보려는데 사방에서 괴수들이 떼를 지어 몰려들었소. 괴수들을 처리하는 그 잠깐 사이에 그대가 위에서 떨어졌고."

"나도 마찬가지야."

말을 받은 사람은 암벽을 타고 내려온 운흔이었다. 창백하게 질려 있던 운흔은 멀쩡히 앉아 있는 맹부요를 보고서야 가까스로 안도의 한숨을 내쉬었다.

"암벽 위에서 괴조와 싸우고 있었는데 네 비명이 들렸어. 뒤를 돌아봤을 때는 이미 늦어 버린 뒤였고."

"오색화 따러 올라간 거 아니었어?"

맹부요가 말했다.

"네가 위험해 보여서 달려온 건데."

운흔의 대답은 맹부요를 얼빠진 얼굴로 만들기에 충분했다.

"암벽 중간에서 위험한 상황을 맞은 적은 없어. 오색화라는 건 보지도 못했고."

셋이 이야기를 나누는 사이에 암벽에 올라가 오색화와 옥고를 파서 내려온 뇌동이 마대 자루를 등에 짊어진 채 헤벌쭉 웃었다.

"노획물부터 나누자!"

"이 상황에 그러고 싶어요?"

분개한 맹부요가 쏘아붙였다.

"남은 하마터면 죽을 뻔했는데 관심도 없고!"

"관심은 가져서 뭐 하게?"

뇌동이 그녀를 흘겨보며 천둥 같은 목청으로 말했다.

"잘 들어라. 부풍은 우리가 온 내륙과는 근본 자체가 달라. 술법과 무공은 완전히 별개의 영역이고, 시전자의 수준이 중요하기는 하겠으나 각자가 가진 강점 또한 전혀 다르다. 우리가 아무리 천하제일의 무공을 자랑한다 해도 진정 현묘한 술법에는 밀릴 수 있어. 물론 술법이 수준 미달인 자야 우리 밥이겠지만. 좌우지간, 여기 쭈그리고 앉아서 술법을 쓴 자가 누구인지 캐고 있느니 오늘 손에 넣은 수확물이나 나눠 먹는 게 훨씬 영양가 있는 일이다. 이곳에서 얻은 물건들이 다음번에 네 목숨을 구해 줄 수도 있어."

"못 찾아낼 것도 없잖아요?"

맹부요가 이를 갈았다.

"솜씨를 보아 하니 정상급 음양사인 것 같은데, 오늘 미종곡에 모인 자들을 하나하나 확인하다 보면 대충 윤곽이 잡힐 거 아니냐고요."

"아까 이 근처에 다른 사람은 없었소."

장손무극이 불쑥 끼어들었다.

"그 말인즉슨, 대단한 신통력을 지닌 자가 멀리 떨어진 곳에서 벌인 일이라는 의미지. 진정 강력한 신통력의 소유자라면 천 리 밖에서도 술법을 쓸 수 있다고 하더군. 그러니 부요, 골짜기 안에 있는 사람들만 조사해서는 부족할 수 있소."

의기소침하게 쪼그리고 앉아 있던 맹부요가 잠시 후 말했다.

"처음이 있으면 다음도 있겠죠. 조바심 내지 않을래요. 언젠가는 꼬리가 잡힐 테니까. 자, 자, 노획물이나 나눕시다!"

말을 마친 맹부요가 '룰루랄라' 자루를 펼쳐 놨다.

그때부터 그녀와 뇌동은 엉덩이를 뒤로 쭉 빼고 서로 이마를 맞댄 채 협상에 돌입했다.

얼마나 지났을까, 쩌렁쩌렁한 포효가 연달아 골짜기를 뒤흔들자 놀란 새들과 괴수들이 후닥닥 줄행랑을 쳤다.

"전모수는 내가 더 많이 잡았잖아요. 뭘 근거로 똑같이 나누자는 거야!"

"그거 다 나한테 치여 죽은 거니까!"

"안 돼요! 반씩 나누면 이불 한 채 양도 안 나와."

"안 나누면 부부용 원앙 모포는 뭐로 만들라고!"

"그 나이에 원앙 모포는 어디다 쓰게요? 두 번째 청춘이라도 돌아오셨나?"

"헛소리하지 마라, 야아 혼인 선물이다. 결국은 네가 쓸 거다!"

"에라!"

쿵!

"등지는 왜 뼈다귀만 준다는 거예요? 살이랑 가죽은 자기가 다 갖고!"

"뼈에 붙은 고기가 맛있는 법이야!"

"에라!"

쿵!

"저 두 사람이 구해 온 건 다 내 거예요!"

"그럼 내가 잡은 건 다 내 거다!"

"안 되거든요!"

"어째서?"

"본 사람도 소유권이 있으니까!"

"그럼 저 녀석들이 가져온 걸 본 나는 왜 소유권이 없는데?"
"이중 잣대라고 몰라요?"
"에라!"
쿵!
"구미리 내단은 내 거다!"
"내가 목숨 걸고 잡았거든요, 단념하시지!"
"그럼 돈 내고 사겠다!"
"안 팔아요!"
"그럼 피라도 좀 줘 봐."
"안 줘요!"
"너……."
"발톱 쪼가리나 먹고 떨어져요!"
잠시 후, 각자 커다란 자루를 품에 안은 두 사람은 어쩌다 눈이 마주치자 누가 먼저라 할 것 없이 고개를 팩 돌렸다.
"흥!"
"이만 나가도록 하지."
노획물을 나누는 둘을 보며 조용히 미소 짓고 있던 장손무극이 맹부요 쪽으로 다가섰다.
"수확이 두둑하군. 필요한 물건은 얼추 다 손에 넣은 듯하니 더 머물러 봐야 큰 의미가 없을 듯하오. 따로 해야 할 일이 있기도 하고."
알겠다고 답한 맹부요가 계산을 끄적이느라 바닥에 꺼내 놨던 시천을 집어 들어 풀잎에다 쓱쓱 문질러 닦았다. 시천을 칼집에 넣으려던 그녀가 고개를 갸웃했다.

"으응? 웬 글자가 생겼지?"

시천에 덕지덕지 엉겨 붙었던 뇌사의 피가 닦여 나가고 나자 검은색 칼 표면에 기묘하게 생긴 금빛 문자가 나타난 것이었다. 문자는 크기가 제각각이었고, 칼날을 전체적으로 빽빽하게 뒤덮고 있었다. 당황한 맹부요가 시천을 이리저리 돌리며 살펴봤다.

비밀을 품은 칼이라는 건 진즉에 알고 있었지만, 그 비밀이 무엇인지는 최근까지도 완전히 오리무중이었다. 불에 달궈도 보고, 명반 녹인 물에 담가도 보고, 옛사람들이 비밀문서를 볼 때 쓰던 비법이란 비법은 다 시도해 봤다. 하다 하다 나중에는 혹시 김용의 소설 《의천도룡기》처럼 다른 보검으로 내리치면 무슨 비급이라도 나오는 거 아닌가 하는 생각까지도 해 봤다. 하지만 시천이 망가질까 봐 실행에 옮기지 못했다.

그런데 뇌사의 피가 해법이었을 줄이야.

맹부요는 글자를 한참 들여다봤지만, 단 한 자도 읽을 수가 없었다. 일행에게 돌아가면서 보여 줘도 다들 고개를 가로저을 뿐이었다.

맹부요가 멍하니 중얼거렸다.

"망할 도사 영감이 말한 비밀이 이 글자였나 보네. 그나저나 이 지렁이 기어가는 글씨를 누가 알아본다는 거야?"

"누군가는 알겠지."

뇌동이 한 마디를 툭 내뱉었다.

"인연이 닿기를 기다리는 수밖에."

"그놈의 인연 타령. 글자 보여 주는 인연을 얻는 데만도 몇 년이 걸렸는데, 번역해 주는 인연까지는 또 얼마나 기다리라는 건지."

맹부요는 '쳇' 하고 콧방귀를 뀐 다음 칼을 갈무리해 넣고 앞장서서 골짜기 밖으로 향했다. 뇌동이 뒤를 따라오면서 큰 소리로 말했다.

"여인은 그저 참한 게 최고다. 맨 밖으로만 나돌면 못써. 내가 생각해 봤는데, 대한으로 데려다줄 테니 가서 야아하고 혼례부터 치르거라."

고개를 팩 돌린 맹부요가 쏘아붙였다.

"노망이 났나!"

격분한 뇌동이 그녀의 뒷덜미를 낚아챌 요량으로 손을 뻗었다. 그러자 장손무극이 소맷자락을 펄럭 떨치며 말했다.

"선배님, 익기도 전에 억지로 비틀어 딴 참외는 맛이 없는 법입니다."

번뜩이는 장검을 '챙' 하고 빼 든 운흔도 말했다.

"부요를 억지로 데려가려 하신다면 목숨을 걸고서라도 막을 것입니다!"

"뭐가 억지라는 게야?"

노친네가 땅바닥을 걷어찼다.

"우리 야아가 좋아한다니까!"

"그 댁 야아는 꿀물 칠한 돼지고기 훈제도 좋아합니다!"

맹부요가 고개를 틀어 한심하다는 눈초리를 보냈다.

"가서 돼지한테 물어봐요! 남이 뒷다리 잘라다가 구워 먹으면 기분 좋겠냐고!"

"네가 돼지냐!"

"할배 면상 보고 있느니 차라리 돼지인 게 낫겠네!"

두 사람은 골짜기를 완전히 벗어날 때까지 내내 서로 잡아먹을 듯 으르렁댔다.

그런데 밖에 나오자마자 도검이 부딪치는 소리가 들렸다. 맹부요가 눈썹을 치켜세우며 말했다.

"또 어떤 새끼가 죽고 싶어서!"

소리가 나는 쪽으로 냅다 달려가 보니, 한 무리의 무인과 음양사들이 빙 둘러서 있는 게 눈에 들어왔다. 놈들은 그녀가 골짜기 밖에 대기시켜 둔 호위대를 공격하고 있었다. 개중에는 그녀에게 탈탈 털리다 못해 장포까지 빼앗긴 음양사도 끼어 있었다.

영문도 모른 채 약탈극에 희생당한 그들은 골짜기 안을 다시 뒤져 봤지만, 다른 보물을 더 찾지는 못했다. 그대로 울분에 차서 밖에 나왔는데, 마침 맹부요 일행을 기다리고 있는 호위대가 눈에 띈 것이다. 때깔 좋은 의복과 멀끔한 장비를 보니 털면 돈 좀 나오겠구나 싶었다.

순간, 그들의 머릿속을 스쳐 간 생각이 있었다.

남은 나를 털고, 나는 남을 털고, 이것이 바로 공평함의 극치 아니겠는가!

그리하여 약탈이 시작됐다. 물론 시작하자마자 벽에 부딪혔지만.

맹부요와 장손무극의 호위대가 어디 그저 그런 오합지졸들인가. 절대 호락호락할 리가 없었다. 그러던 중에 또 한 차례 불운이 약탈자들을 덮쳤다. 약탈 현장에 호위대의 주인이 들이닥친 것이다.

정체불명의 술법에 당해 절벽에서 내동댕이쳐진 일로 몹시 기분이 상해 있던 맹부요는 습격자 전원을 서슴없이 곤죽으로 만들어 놨다. 아까 골짜기 안에서는 그나마 바지라도 남겨 줬으나, 이번에는 아랫도리까지 전부 훌러덩 벗겨 버렸다.

어디 궁둥이 까고 줄행랑쳐 봐라!

땅바닥 여기저기에 널브러진 색색깔 옷가지 중에는 왕실 주술사들의 것도 있었다. 맹부요는 소리 내 웃으면서 옷가지들을 밟고 천막으로 향했다.

그런데 문득, 발밑에서 이질감이 느껴졌다. 그 부분을 발로 몇 번 툭툭 차자 왕실 주술사들의 옷 아래에서 복숭아나무로 만든 목패와 뼛조각을 실에 꿰어 놓은 염주 같은 것이 나왔다.

운흔이 다가와서 물건들을 살펴보더니 말했다.

"소당 왕실의 2급 주술사들이 지니고 다니는 목패군. 아란주한테서 들은 적이 있어."

곧이어 고개를 갸웃한 그가 말을 이었다.

"어라, 발강 왕실 주술사들의 목패도 있네. 표식이 새겨져 있어. 이상하다, 소당족 주술사들이 어떻게 이걸 가지고 있었지?"

말이 끝나기 무섭게 천막 안에서 비명이 울렸다.

"아아악!"

아란주의 목소리였다.

맹부요가 즉시 안으로 뛰어 들어갔다. 양탄자 위에서 바둥대며 굴러다니고 있는 아란주가 보였다. 이마에서는 땀이 비 오듯 쏟아지고, 눈꺼풀을 격렬하게 떨고 있었다. 하지만 눈꺼풀의 경련과는 별개로 정작 눈을 뜨지는 못했다.

맹부요가 소리쳤다.

"주주! 주주!"

아란주의 귀에는 그 외침이 들리지 않는 듯했다. 자기 악몽에 완전히 잠식당한 상태로 보였다.

천둥이 치는 것 같은 굉음과 함께 거대한 산이 달려 들어왔다. 뇌동이었다. 뇌동의 목청으로도 아란주를 깨우는 건 불가능했다.

"구미리는? 등지는? 얼른 꺼내서 써야지, 뭐 해!"

맹부요가 자루에서 구미리를 꺼냈다. 그녀의 손아귀에 붙잡힌 구미리는 죽을 때가 도래한 걸 감지한 듯, 낑낑대며 눈물을 흘렸다. 게다가 앞발을 모으고 허리를 꾸벅거려 가면서 살려 달라고 빌기까지 했다.

맹부요의 눈이 녀석의 까만 눈동자에 고정됐다. 그러다가 곧 바닥에 서서 자기 앞발을 주둥이 가득 물고 있는 원보 대인의 까만 눈망울을 곁눈질했다.

이렇게 털도 보송보송하고 지능도 있는데. 원보 대인이랑 다를 바 없이 영리하고 귀여운 동물을 죽이라니. 그건 아무래도 힘들 것 같았다.

옆에서 뇌동이 콧방귀를 뀌었다.

"살려 두면 쓸모가 있을지도 모르지만, 반대로 동티가 될 수도 있다. 잘 판단해!"

맹부요는 뇌동의 말을 무시하고 등지의 금색 뿔을 조금 잘라냈다. 그런 다음 뿔을 불에 태워 가루로 만들고, 그 가루를 탄 샘물을 아란주에게 먹였다.

조금 지나자 아란주가 크게 한 번 경련을 일으키더니, 마침내 눈을 떴다. 아란주가 눈을 뜨는 찰나, 맹부요는 온통 새빨간색으로 물든 눈동자를 똑똑히 목격했다.

붉은 눈동자에 희미하게 무언가가 비치고 있었다. 하늘 높이 치솟은 화염, 그리고 표류하는 인파.

눈동자에 비친 형상은 다음 순간 곧바로 지워졌고, 아란주의 눈은 금세 정상을 회복했다. 아란주는 원래 눈빛으로 돌아오고도 영혼은 아직 돌아오지 않은 양 멍청히 앉아 있었다.

맹부요가 아란주의 반응을 주의 깊게 살피며 이름을 불렀다.

"주주! 주주……."

"아바마마!"

갑자기 벌떡 일어난 아란주가 담요를 두른 채 밖으로 뛰쳐나갔다.

"어마마마!"

아란주의 외침은 처절했다. 알록달록한 담요를 두른 그녀는 마치 팔랑거리며 추락하는 나비처럼 앞을 향해 날았고, 그 속도는 본인이 원래 가진 무공을 한참 넘어서는 것이었다. 미처 붙잡을 새도 없이, 아란주는 그렇게 밖으로 튀어 나가 버렸다.

애끓는 외침이 숲의 고요 속으로, 푸른 연무 자욱한 산골짜기 안으로 퍼져 나갔다.

골짜기 모처, 뒷짐을 지고 서서 별자리를 올려다보던 인물이 일순 움찔하더니, 뒤를 돌아보면서 '흐음' 하는 콧소리를 냈다. 그러고는 나지막이 한마디를 중얼거렸다.

"여기 있었을 줄이야……."

유유히 소맷자락을 걷어 올린 인물이 손끝으로 허공을 가볍게 그었다.

아란주는 미친 듯이 내달리고 있었다. 속도가 점점 더 올라갔다. 산길을 달리는 그녀의 다리 움직임은 번개처럼 민첩했다. 본인 실력을 넘어선 경공일 뿐 아니라 장손무극과 맹부요보다도 빠르고, 아예 인간 한계를 초월해 버린 속도였다. 마치 유령처럼 전혀 무게감이 느껴지지 않는 그 모습은 달린다기보다는 나풀나풀 날고 있는 것에 가까워 보였다.

자세 자체도 기묘했다. 다리를 올렸다 내렸다 하는 데도 어깨가 들썩거리거나 고개가 흔들리지 않았다. 뻣뻣한 목각 인형이 보이지 않는 손에 이끌려 어디론가 빠르게 날아가는 듯한 광경이었다.

일행 모두가 급히 아란주의 뒤를 쫓았다. 하지만 난데없이 일취월장한 아란주의 경공 때문에 초반에 벌어진 격차를 도무지 좁힐 수가 없었다.

아란주는 산 아래가 아닌 위쪽을 향해 정신없이 내달리는 중이었다. 그녀가 향하는 산기슭에는 비스듬하게 돌출된 낭떠러지가 있었다. 낭떠러지 아래에서는 깊이를 가늠할 수 없는 골짜기가 자욱한 연무에 휩싸인 채 입을 벌리고 있었다.

낭떠러지를 발견한 맹부요는 눈앞이 캄캄해졌다. 그녀는 허겁지겁 품속에서 원보 대인을 꺼내 앞으로 집어 던졌다.

“쥐 새끼, 가서 막아!”

평소에 그렇게 예뻐하던 원보 대인을 보면 잠시라도 정신이 돌아올지 모른다.

원보 대인은 공중을 가르고 도약해 하얀 잔영을 남기며 아란주의 어깨에 올라앉았다. 그러고는 아란주의 귓불을 죽자 사자 잡아당기면서 귓가에 대고 큰 소리로 찍찍거렸다. 지난번처럼 따귀를 때리는 것까지 시도했다.

그러나 아란주는 처음부터 끝까지 원보 대인에게 눈길 한 번 주지 않았다. 원보 대인이 무슨 짓을 하든 전혀 감각이 없는 것 같았다. 아란주는 그저 맹렬하게, 두려움 없이, 빌어먹을 목표지점을 향해 질주할 뿐이었다.

아란주를 구하는 건 고사하고 원보 대인까지 같이 추락사할 판국이었다. 맹부요의 눈에 핏발이 벌겋게 섰다.

바로 다음 순간, ‘훅’ 하고 바람이 불어 옷자락을 날리는가 싶더니 장손무극이 그녀의 곁을 스쳐 가 아란주의 등을 향해 손을 뻗었다. 낭떠러지까지 불과 열 장 정도가 남은 시점. 장손무극의 손이 아슬아슬하게 아란주의 어깨를 붙잡았다.

맹부요의 얼굴에 막 화색이 도는 참인데, 돌연 아란주가 한 걸음 훌쩍 앞으로 튀어 나갔다. 그 결과 장손무극의 손이 미끄러졌고, 맹부요는 신음을 흘렸다. 미칠 노릇이었다.

또다시 거리가 한참 벌어져 버렸다. 맹부요는 이를 악물고 옷자락을 찢어 냈다. 그걸로라도 어떻게 아란주를 붙들어 볼 요량이었다.

바로 그때 뒤쪽에서 기다란 검은색 밧줄이 날아오더니 아란주와 가장 가까이에 있는 장손무극의 등을 절묘하게 때려서 그를 앞으로 밀어 보냈다. 운흔이었다. 운흔이 달리는 도중에 겉옷을 벗어 밧줄 모양으로 길게 꼰 다음, 그걸 던져 장손무극을 밀어 준 것이었다. 덕분에 장손무극은 아란주의 바로 등 뒤까지 접근할 수 있었다.

그가 다시금 손을 뻗었다.

좌앗!

아란주의 웃옷 어깨가 찢겨 나가면서, 원보 대인까지 포함된 천 조각이 장손무극의 손아귀에 쥐어졌다.

밖으로 드러난 아란주의 살갗은 백옥처럼 뽀얗고 매끈했다. 이제 장손무극은 아란주의 속살에 손을 올릴 수밖에 없는 상황이었다.

장손무극이 무의식적으로 팔을 뒤로 물리자, 아란주가 그 즉시 훌쩍 몸을 날렸다. 맹부요는 이를 악물다 못해 아작을 내 버릴 뻔했다.

그 절호의 기회를 못 살리다니!

안간힘을 다한 세 차례의 시도가 모조리 실패로 돌아가는 사이, 아란주는 어느덧 낭떠러지 끄트머리에 당도해 있었다. 아란주는 두말없이, 마치 누군가의 부름을 따라가는 것처럼, 속도를 조금도 줄이지 않고 낭떠러지 밖으로 돌진했다. 맹부요는 젖 먹던 힘까지 다해 내달리는 한편, 두 눈을 질끈 감았다.

돌이키기에는 너무 늦어 버린 뒤였다. 지금의 아란주는 이미 아란주가 아니었다. 통제를 벗어난 한 가닥 혼백일 뿐.

절벽에서 추락한 아란주의 모습을 상상하고 싶지는 않았지만, 선혈이 낭자하고 살점이 짓뭉개진 장면이 저절로 눈앞을 스쳐 갔다. 점점 더 짙은 두려움이 덮쳐 왔다. 그녀 본인이 암벽에서 떨어졌을 때보다도 훨씬 겁이 났다.

쿵!

앞쪽에서 둔탁한 소리가 났다. 소리를 들은 맹부요는 심장이 다 쪼그라드는 기분이었다.

주주가 떨어지는 소리였을까?

몸이 바들바들 떨렸다. 눈을 뜰 용기가 생기질 않았다. 유일한 동성 친구가 절벽 밑에 널브러져 돌아올 수 없는 강을 건넌 광경을 보게 될까 겁이 났다.

그때였다. 뒤쪽에서 뇌동이 껄껄 웃는 소리가 들렸다.

"잘했다!"

맹부요가 반색을 하며 눈을 떴다. 저만치 앞쪽 낭떠러지 끄트머리에 서 있는 아란주가 보였다. 아란주는 웬 남자의 가슴팍을 머리로 들이받은 자세 그대로 그의 품에 갇혀 있었다.

아란주를 꼼짝 못 하게 붙잡고 있는 남자는 검은색 바탕에 붉은 화염 문양이 들어간 비단 장포 차림이었다. 남자의 이목구비는 칼로 깎아 놓은 것처럼 영준하고 입체적이었으며, 눈빛은 강렬하기 이를 데 없었다. 마치 쌩쌩 불어닥친 광풍이 별빛 흐드러진 하늘을 때려 '펑' 하고 산산이 조각내자 그 가루가 금강석처럼 반짝이며 온 세상에 쏟아져 내린 듯한, 남자는 그런 광채를 품은 눈을 가지고 있었다.

전북야!

맹부요는 잠깐 동안 그저 멍하니 그를 쳐다보고 있었다. 숨이 목구멍에 턱 걸려 버린 탓에 숨통이 트이기까지 시간이 조금 필요할 정도였다. 너무 반가운 나머지 체면도 잊은 그녀가 냅다 달려가 그에게 주먹을 먹였다.

"하하! 전북야, 어떻게 왔어요? 어떻게 온 거예요? 하아, 덕분에 살았어요. 덕분에……."

아란주의 혈도부터 제압한 전북야가 그녀를 바닥에 내려놓은 다음 눈을 들어 맹부요를 쳐다봤다. 맹부요를 발견한 순간부로 그의 눈 안에는 오로지 맹부요 한 사람만이 존재했다.

강렬하게 빛나는 눈동자를 맹부요에게 고정한 채로 한동안 있던 그가 마침내 입을 열었다.

"꼴이 왜 그래? 그 핏자국은 다 뭐고?"

맹부요는 흠칫했다. 지금껏 옷이 피 칠갑인 줄도 모르고 있었던 것이다. 암벽에서 뇌사에게 칼을 박아 넣을 때 튄 피였다. 뇌사의 피는 검은색이기에 검은 옷에는 묻어 봐야 표시도 나지 않는데, 그걸 한눈에 알아보다니 재주도 좋았다.

"괜찮아요, 내 거 아니야."

맹부요가 씩 웃었다. 지금 그녀의 눈에 비친 전북야는 요리 보고 조리 봐도 그저 어여뻤다. 전북야가 제 고린내 나는 발에 뽀뽀를 시킨대도 적극적으로 검토해 볼 의사가 있었다.

"그렇다면 다행이고."

그제야 미간에서 주름을 지운 전북야가 환하게 웃었다.

"듣자 하니 스승님하고…… 함께 다니고 있다기에."

그러더니 일단 뇌동을 한 번 노려보고 나서 말을 마저 이었다.

"둘 다 불같은 성정이라 혹시 무슨 오해라도 생기는 거 아닌가 걱정이 되더군. 마침 북방 순시 중이기도 했고, 그래서 살짝 방향을 틀어 와 봤지. 아까 미종곡을 찾다가 높은 데서는 눈에 잘 띌까 해서 여기 올라왔는데, 우연히 아란주와 맞닥뜨리게 된 거야."

맨 앞과 맨 뒤는 맞는 말이었지만, 중간은 헛소리였다.

대한 북부를 순시하다가 부풍까지 왔다니?

또 슬그머니 도망쳐 나온 게 분명했다. 어쨌든 맹부요는 지금 기분이 아주 좋으므로 전북야의 거짓말을 굳이 까발리고 싶지 않았다. 그녀가 눈매를 휘며 웃었다.

"그래, 잘 왔네! 번거롭겠지만 그 댁 노친네 좀 데려가요."

"그래, 잘 왔다, 야아!"

뇌동이 씩씩거리면서 끼어들었다.

그는 사부님 마음도 몰라주고 눈알이나 부라리는 제자 놈에게 불만이 이만저만이 아니었다. 자기가 당한 그대로 황소 눈깔을 한 번 부릅떠 준 그가 말했다.

"애는 내가 붙잡아다 줬으니 얼른 데려가서 첫날밤이나 보내."

그러자 전북야가 인상을 구기면서 스승을 노려봤다.

"쓸데없는 짓 좀 하지 마십시오!"

"쓸데없는 짓?"

발끈한 뇌동이 등에 지고 있던 자루를 바닥에 냅다 팽개치더니, 거꾸로 뒤집어서 내용물을 탈탈 쏟아 놨다.

"내가 무슨 쓸데없는 짓을 했는데? 그간 내가 손제자를 얼마나 눈 빠지게 기다렸는지 알기나 하냐! 이거나 보고 지껄여라, 이거나!"

뇌동이 피범벅인 동물 사체를 비롯해 온갖 잡다한 물체들을 땅바닥에 마구 헤쳐 놨다.

"전모수 가죽은 겨울에는 뜨듯하고 여름에는 시원하대서 너희 원앙 이불 해 줄 작정이었고, 화와 껍질은 마음을 편안하게 해 준다기에 너희 아들내미 쌈지 만들어 줄 생각이었고, 적별조 깃털은 독으로부터 몸을 지켜 준대서 구해 놨다. 기껏 마음써서 선물을 준비해 놨더니, 뭐가 어쩌고 어째? 어? 어!"

전북야가 콧방귀를 뀌더니 쏘아붙였다.

"하여튼 오지랖은!"

뇌동이 펄쩍 뛰었다.

"아니 이 망나니 놈이!"

"오지랖!"

"망나니 놈!"

쾅! 쿠웅!

맹부요가 아란주를 안아 들고 잽싸게 전장을 벗어나면서 혀를 찼다.

"잘 돌아가는 꼴이다! 난리도 아니네, 나랑 싸울 때보다 더해!"

잠시 후, 전북야가 어두운 얼굴로 다가와 바닥에 널브러져 있는 노획물을 발끝으로 뒤적이며 맹부요를 쳐다봤다. 맹부요가 어색하게 웃으면서 말했다.

"폐하, 그 댁 노친네가 과대망상증이 있는 것 같던데 데려가서 좀 고쳐 줘요. 약 필요한 거 있으면 내가 돈도 안 받고 대 줄 테니까."

그녀가 못 견디고 눈을 피할 때까지 지긋이 눈빛을 보내던 전북야가 입을 열었다.

"정말 망상에 불과한가?"

그러더니 뭐라고 대답하기도 전에 덧붙였다.

"최종 결론이 나기 전까지는 누구도 그게 망상이라고 확정 지을 수 없지."

"옳은 말씀입니다!"

장손무극이 한가로이 걸어와 맹부요를 자기 쪽으로 끌어당기더니 전북야를 보며 온화하게 미소 지었다.

"언젠가 대한 황제께서 저희 둘이 내린 최종 결론의 증인이 되어 주실 날을 기다리고 있겠습니다."

맹부요의 입꼬리에 경련이 일었다.

먹여도 완전 외교적인 화법으로 먹이는 거 봐, 으으…….

"점잖은 몸가짐으로 보나 흠잡을 데 없는 언사로 보나, 태자께서는 신랑보다는 혼례 진행하는 사의관 자리에 더 어울릴 듯한데."

전북야가 마주 웃었다.

"나와 부요의 혼례에서 사의관 역할을 해 주는 것은 어려울는지? 스승님께서 혼례를 주관하시고 무극 태자가 사의관을 맡는다면 대한의 무한한 영광이 될 것 같군!"

"그 영광은 무극국에서 가져갔으면 합니다."

장손무극이 부드럽게 웃음 지었다.

"부친께서 오래전부터 고대하고 계시는지라."

"성의로 따지자면 직접 나서서 혼담까지 넣으신 우리 스승님이 한 수 위 아닌가."

전북야의 입은 웃는 모양새였으나, 새카만 눈동자는 한 치도 물러서지 않고 상대를 찌를 듯이 노려보고 있었다.

뇌동이 난리판에 껴 맹부요를 달랑 집어 들었다.

"그만해라! 알 만한 사람들이 무슨 촌구석 무지렁이처럼 여인 하나 놓고 싸우고들 있어!"

맹부요가 이 영감쟁이도 어른값을 할 때가 있구나 하는 참인데 다음 말이 들려왔다.

"초야부터 싹싹 치러 버리면 땡이다! 이 스승이 책임지고 도와주마!"

순간 휘청한 맹부요는 이내 울상을 하고서 아란주를 꼬집기 시작했다. 꼬집, 꼬집, 꼬집, 꼬집…….

주주, 일어나 봐. 제발 일어나 보라니까! 화제라도 좀 돌려 줘, 미친놈들 중에 하나라도 대신 상대해 주면 안 되겠니…….

그러자 아란주가 깨어났다.

눈꺼풀이 열린 직후, 아란주의 눈빛은 그저 멍했다. 그러다가 갑자기 수면에 번지는 파문처럼 동공이 스르르 풀리더니, 다시 서서히 초점을 되찾아 가던 끝에 급기야는 바늘 끝처럼 날카롭게 좁혀졌다.

아란주의 눈을 가득 채운 것은 공포였다. 세상에서 가장 무시무시한 무언가를 보기라도 한 듯 온몸을 부르르 떤 아란주가 돌연 맹부요의 발치로 뛰어들었다. 그러더니 그녀의 다리를 붙들고 목놓아 울기 시작했다.

"부요, 부요! 부탁할게, 제발 부탁이야. 어마마마와 아바마마를 구해 줘, 우리 발강 왕실을 구해 줘!"

발강 왕실

"무슨 소리야?"

화들짝 놀란 맹부요가 허겁지겁 아란주를 일으켜 세웠다. 겉보기에는 마냥 장난스럽고 명랑하기만 한 것 같아도, 사실 주주는 자존심 강하고 독립적인 성격이었다. 지금껏 남 앞에서 고개를 숙이는 모습을 한 번도 못 봤을 정도로.

그런 아란주가 맹부요의 발치에 매달려 빌고 있었다. 억장이 무너지는 모습으로, 처절하리만치 애달프게.

대체 무슨 일이 굳세고 긍지 높은 공주님을 이렇게까지 절박하게 만들었단 말인가?

아란주는 대답 없이 맹부요의 어깨에 기대 울기만 했다. 어깨 부근의 옷이 금방 둥그렇게 젖어 들었다. 맹부요는 가여운 마음을 가누지 못하고 아란주를 가만가만 토닥여 줬다.

"주주, 너무 걱정할 거 없어. 무슨 일이 됐든지 간에 내가 꼭 도와줄 테니까……."

한참을 울고 나더니 정신이 좀 돌아왔는지.

"응."

하고 답한 아란주가 눈을 들어 맹부요를 보면서 말을 이었다.

"나도, 나도 사실은 정확히 무슨 일이 일어났는지 몰라. 하지만 봐 버렸어. 왕궁이 공격받고, 아바마마와 어마마마가……."

아란주가 말을 멈췄다. 목에 메어서인 것 같기도 하고, 차마 뒷말을 입 밖으로 낼 수가 없는 것 같기도 했다. 아란주의 눈시울이 또다시 붉어졌다.

맹부요는 하늘을 보며 생각에 잠겼다. 자기가 암벽에서 추락했던 일, 아란주가 하마터면 골짜기로 뛰어내릴 뻔했던 일, 그리고 아란주가 봤다는 발강 왕실의 위기. 세 가지 사건 사이에 무언가 연결 고리가 있으리라는 직감이 들었다. 그러나 사건의 전체적인 면모는 침묵에 잠긴 이곳 괴산과 마찬가지로 아직 자욱한 운무 뒤에 가려져 있었다.

한바탕 감정을 쏟아 내고 나서 어느 정도 안정을 되찾은 아란주는 주위를 둘러보다가 저만치서 허겁지겁 달려오는 운흔을 발견했다. 운흔의 허리춤에는 아까 주운 복숭아나무 목패가 매달려 있었다.

목패가 시야에 들어오자마자 아란주의 눈동자가 그대로 얼어붙었다. 곧이어 그녀가 냅다 달려들어 목패를 낚아채려 하자 화들짝 놀란 운흔이 급하게 목패를 허리춤에서 끌러 냈다.

복숭아나무 목패를 이리저리 만져 보며, 아란주가 말했다.

"우리 발강 주술사들의 명패야. 주인이 한평생 수련한 술법의 정수가 깃들어 있는 물건. 주술사가 죽은 게 아니고서야 이게 다른 사람 손에 들어갈 수는 없어. 대체 어디서 난 거야?"

운흔이 명패를 입수하게 된 경위를 설명했다.

멍하니 앉아서 듣고 있던 아란주가 잠시 후 나지막이 중얼거렸다.

"소당……, 소당!"

그녀가 복숭아나무 목패를 쥔 손에 힘을 주자 목패가 새카만 재로 변해 바닥으로 우수수 쏟아졌다. 재의 색깔과 형태를 상세히 살펴보고 난 아란주가 혼잣말을 했다.

"끔찍하게 살해당했어!"

잠시 후, 당초에 어쩌다가 정신을 잃게 된 거냐는 맹부요의 물음에 아란주가 고개를 가로저었다.

"부풍 삼대 왕실은 저마다 다른 비술을 보유하고 있어. 그리고 왕족 자제들은 태어나자마자 혼술을 이용해 진혼 일부를 따로 보관해 두기 때문에 고위급 음양사나 주술사들이 우리를 소리 소문 없이 쓰러뜨릴 방법이야 차고 넘치지. 단, 무슨 방법을 쓰든지 간에 일단 진혼이 담긴 구슬을 손에 넣는 게 먼저야. 진혼의 구슬을 한데 모아 보관해 둔 장소가 뚫렸다가는 왕족이 전멸할 수 있기 때문에 정확한 위치는 삼대 왕실 최대의 비밀이고. 그런데도 지금 내 진혼이 누군가에게 조종받고 있다는 건 왕실에 위기가 닥쳤다는 뜻이 되니까, 마음이 급할 수밖에 없었어.”

“완전히 조종받고 있는 것처럼은 안 보이는데. 적어도 지금 네 진혼 구슬을 가지고 있는 인물이 너한테 적의를 품은 것 같지는 않아.”

하늘을 보며 머릿속을 더듬던 아란주가 모르겠다는 듯 도리질을 쳤다.

맹부요가 그런 아란주를 잡아끌면서 말했다.

“고민할 게 아니라 한번 가 보자. 가 보면 다 알게 되겠지.”

알겠다고 답한 아란주가 눈물이 그렁그렁한 눈으로 전북야 쪽을 쳐다봤다.

전북야가 얼른 고개를 틀어 그녀를 외면하면서 말했다.

“걱정하지 마라. 우리가 있는 한 누구도 널 괴롭히지는 못할 테니.”

맹부요는 속으로 전북야의 대응에 칭찬을 보냈다. ‘우리가’를 ‘내가’로 바꿨으면 더 완벽했을 테지만. 그리고 상대방을 다정히 응시하며 한 말이면 더욱 좋았을 테고.

맹부요가 미처 훈수를 두기도 전에 전북야의 눈길이 그녀의 얼굴에 꽂혔다. 전북야는 그 상태로 아란주에게 한 마디를 더 했다.

“부요를 봐서라도 네 일을 모른 척할 수야 없지.”

아란주의 눈빛이 어두워졌다. 맹부요가 옆에서 걱정스럽게 쳐다보고 있는 참인데, 금방 원래 표정으로 돌아온 아란주가 빙긋 웃으면서 전북야를 향해 살짝 허리를 숙였다.

"이유야 어찌 됐든 고마워요, 폐하!"

맹부요는 아무런 말도 할 수 없었다. 순간 가슴이 지끈했다.

주주는 겉으로 보이는 요란한 모습과 달리 생각이 크고 분별 있는 아이였다. 그런 아이기 때문에, 가족이 당한 재난 앞에서 제 마음은 잠시 접어 두기로 한 것이리라.

하지만 아란주가 애써 참는 모습을, 억지로 웃는 모습을 지켜봐야만 하는 맹부요는 가슴에 구멍이 뚫린 느낌이었다.

누가 감히 우리 주주를 건드려?

누가 우리 화려하고 찬란한, 마음에 둔 사내를 쫓아 보란 듯이 저잣거리를 누비고 다닐 줄 아는 공주님을 건드렸냐고!

걸리기만 해 봐, 넌 죽었어!

일행은 사흘을 다급히 달려 왕성 근방에 당도했다. 발강 왕성의 정식 명칭은 대풍성大風城이었다. 본래는 양성襄城이라고 불리다가 이름이 바뀐 사연이 있었다.

오래전 악해에 흉포한 바다 괴물이 나타나 수많은 사람을 죽이고 해일을 일으켰다. 부풍 삼대 왕성은 모두 내해인 악해와 맞닿아 있었는데, 그중에서도 접경 면적이 가장 넓은 발강이 최악의 피해를 봤다.

그러던 어느 날 십대 강자 서열 5위 대풍이 북쪽 바다에서부터 조각배 한 척을 타고 내려와 바다 괴물을 처치하고 해안 지대 주민들의 목숨을 구해 주었다. 이에 발강은 감사의 의미로 왕성의 이름을 대풍으로 고쳤다.

맹부요가 듣기에는 영 괴상한 이야기였다. 곰곰이 생각에 빠져 있던 그녀가 잠시 후 물었다.

"조각배를 타고 북쪽에서 왔다고? 어느 북쪽?"

"악해 북쪽, 절역 해구."

아란주가 대답했다.

"어디까지나 전해지는 이야기에 불과해. 절역은 악해 나찰도 북쪽 바다를 말하는데, 궁창 안쪽까지 이어져 있다고 해. 하지만 워낙 험하고 기묘한 곳이라 거기 갔다가 살아 나온 사람은 이제껏 없었어. 우리 부풍 삼대 부족은 절대 나찰도 위쪽으로 올라가지 않아. 절역까지야 말할 필요도 없고. 그런데 그해에는 나찰도 부근에서 진주를 캐던 뱃사람들이 절역 해구 방향에서 오는 대풍 선배를 똑똑히 봤다는 거야."

맹부요가 눈을 빛내면서 의미심장한 감탄의 소리를 뱉자, 장손무극이 불쑥 말했다.

"대풍이 꼭 절역에서 왔다는 법은 없소. 뱃사람들이 잘못 봤는지도 모르지. 절역 해구에서 살아 돌아온다는 것은 불가능하오. 단순히 무공이 고강하다고 해서 무사히 건널 수 있는 곳이 아니니까."

히죽 웃는 맹부요를 쓱 한 번 쳐다본 장손무극이 목소리를 낮춰 말했다.

"약속했을 텐데. 혼자 궁창에 가는 일은 없을 것이라고……."

"에?"

맹부요가 나사 빠진 표정으로 눈동자를 굴렸다.

"잊어버렸소? 아, 그렇다면 내가 기억나도록 해 주지. 갓 부풍으로 넘어왔을 때 달빛 아래 개울가 옆, 나뭇가지 꼭대기에서 내 품에 안긴 채로……."

장손무극은 상대의 파렴치함에 분개하거나 조급해하지 않았다. 다만 목소리를 점점 크게 키웠을 뿐.

파바밧, 주변인들의 눈길이 즉각적으로 날아들었다. 운흔은 생각에 잠긴 얼굴이었고, 전북야는 굳은 표정으로 의심스러운 기색을 내비쳤고, 뇌동은……, 뇌동은 미종곡에서 얻은 보물들을 가지고 사라진 뒤였다. 헐레벌떡 뛰어가는 모양새를 봐서는 무슨 약속이라도 있는 듯했다.

"아!"

맹부요가 큰 소리로 대답했다.

"맞다!"

태자의 표정에서 칭찬이 읽혔다.

옳지, 착하다.

맹부요는 분할 따름이었다.

옛말에 도道가 한 자 높아지면 마魔는 한 장 높아진다던가.[6]

도가 됐든 마가 됐든 뭐가 얼마나 높아지건 간에 그래 봤자

6 정종 무공은 익히기 어렵고 사악한 마공은 익히기 쉽다는 뜻으로 무협 소설에 흔히 등장한다.

태자 전하 발끝에도 못 미칠 거다.

한편, 전북야는 맹부요를 보면서 스승님이 떠나기 전에 남기신 당부를 떠올리고 있었다.

행동 개시는 확고하게, 정확하게, 결연하게. 가로채기는 악랄하게, 거칠게, 신속하게 할지어다. 필요에 따라서는 음험한 수단도 동원할 줄 알아야 하며 체면 따위는 버려도 무방하니라.

노친네가 의기양양하게 웃으며 덧붙인 말이 더 있었다.

'내가 바로 그렇게 네 사모를 차지했지. 그때 어땠느냐면…….'

전북야는 그 즉시 스승을 걷어차 쫓아 보냈다.

당시 사모님한테 죽자고 엉겨 붙어 혼인을 성사시킨 사연이야 벌써 만 번은 족히 들은 뒤였다. 게다가 그의 스승은 그냥 떠들게 놔뒀다가는 대한에 돌아갈 때까지 한시도 안 멈추고 입을 나불거릴 인간이었다.

노친네야 하도 시끄러워서 쫓아 보내기는 했으나, 그렇다고 전북야가 스승의 말을 한 귀로 듣고 한 귀로 흘린 것만은 아니었다.

전북야는 그 시절 스승님이 사모님을 쟁취하기까지의 과정을 열심히 곱씹으면서, 그 안에서 여인의 마음을 사로잡는 데 도움이 될 만한 깨달음을 얻어 내고자 나름 애를 썼다.

그러나 한참을 검토해 본 끝에 얻은 결론은 이렇다 할 실용성이 없다는 것이었다.

일단 사모님은 주먹 쓰는 걸 좋아하지 않으셨다. 반대로 맹부요는 싸움만 붙었다 하면 거의 미쳐 날뛰다시피 했다.

사모님은 현숙한 분이셨다. 반대로 맹부요는 한평생 현숙이란 단어가 뭔지도 모르고 살 여자였다.

사모님은 재자가인의 이야기부터 화조풍월을 읊는 데까지, 언변이 청산유수였다. 맹부요도 언변이 좋기는 했다. 살인 방화부터 옥녀심경까지, 못 하는 소리가 없었으니까.

사모님은 지략에 능한 분답게 집안을 질서 정연하게 관리하셨다. 맹부요도 지략에 능하기는 했다. 남의 나라를 통째로 날름하는 데 일가견이 있었으니까.

사모님은 호랑이 같은 아내였다. 스승님이 다른 여인에게 눈길 한 번만 줘도 칼을 들고 온 동네를 쫓아다닐 정도였다. 맹부요도 호랑이 같기는 했다. 그를 아란주 옆으로 쫓아 보내지 못하는 게 한이어서 날이면 날마다 으르렁거리는…….

전북야는 고뇌 끝에, 정상적인 여인을 기준 삼아 맹부요를 평가하거나 그러한 여인들을 상대해 본 경험을 맹부요에게 그대로 적용하는 것은 무리라는 결론을 내렸다. 맨땅에서부터 차근차근 방법을 찾아 나가는 수밖에 없었다.

그녀의 마음에 누가 있는지 하는 문제는…….

전북야가 맹부요를 힐끔 쳐다봤다.

그녀가 누굴 마음에 두고 있든지 간에 그것이 그녀를 포기해야 하는 이유가 될 수는 없었다. 끝까지 가 보지도 않고 한낱 좌절감 때문에 중도에 꺾이는 건 전북야답지 못한 일이었다.

물론, 그렇다고 해서 힘으로 맹부요를 어찌해 볼 생각은 추호도 없었다.

강요하지 않고, 재촉하지도 않고, 그저 나를 너에게 보여 주리라.

맹부요는 황제 폐하가 속으로 무슨 주판을 튕기시는지 전혀 모르고 있었다. 말을 멈춰 세우고 석양에 젖은 대풍성을 바라보는 데만 정신이 팔려 있는 까닭이었다.

이곳의 건축 양식은 다른 오주 국가들과는 확연히 달랐다. 묘하게 이슬람풍이 느껴졌다. 성벽은 나지막했고, 가옥은 색채가 선명했다. 곧고 간결한 도로가 성 전체를 건두부 조각처럼 여러 구역으로 나누어 놓은 모습이었다. 구역마다 집들의 색깔이 제각각이었다. 노란색, 파란색, 검은색, 갈색 구역이 따로따로 있었고 성 중심의 왕궁은 순백색이었다.

"노란색 집에는 승려들이 살고 파란색은 음양사 거주 구역, 검은색은 주술사, 갈색 집에는 술법을 익히지 않은 일반 백성들이 살아."

아란주가 간략한 설명을 이어 갔다.

"부풍은 계층 구조가 분명한 나라야. 단, 여기서 계층은 지위의 높고 낮음이 아니라 그 사람이 일상생활 중에 어떤 역할을 수행하는가를 가리켜. 승려, 음양사, 주술사는 부풍에서 크게 존경받는 사람들이야. 승려는 불타광명법, 음양사는 치유술과 고술, 주술사는 혼술 등이 주특기지. 각자의 능력에 따라 신분 고하가 결정돼."

"어떤 직업이 제일 센데?"

"그건 비교 대상이 될 수 없어. 같은 직업 중에 누가 제일 강한지는 가릴 수 있어도."

아란주가 피식했다.

"예를 들어, 천문 음양사가 한 시대를 풍미했던 100년 전에는 음양사들의 입김이 셌어. 고위 통치 계급은 전부 음양사였지. 10년 전, 비연이 혜성같이 등장해 삼대 부족으로부터 신공성녀라는 이름을 받고부터는 어느 부족 왕실에서건 주술사들이 대부분의 자리를 꿰차고 있고."

"비연이라면 나도 한 번 본 적이 있어. 평소에 남들이 언급하는 것도 많이 들어 봤고. 그래 봤자 정작 아는 건 별로 없지만."

맹부요가 호기심을 드러냈다.

"비연에 대해 뭐 좀 알아?"

"아마 다들 잘 모를걸."

아란주가 고개를 가로저었다.

"10년 전 탑이 보보족의 성녀가 세상을 떠나고 나서 그 자리를 이어받은 게 바로 비연이야. 마침 그해 악해에 독 안개가 발생해서 사람들이 무더기로 죽어 나갔는데, 비연이 나서서 안개를 몰아냈어. 그때부터 점점 지위가 높아져서 지금처럼 삼대 부족 모두로부터 존경받는 위치까지 간 거야. 부풍에서는 고위 통치자의 이력을 비밀에 부치거든. 아무래도 온갖 술법에 능한 이들이 많다 보니 누군가 통치자의 과거 이력을 이용해서 못된

짓을 할 수도 있으니까."

까맣고 커다란 눈망울로 안개에 뒤덮여 가는 왕성을 빤히 응시하던 아란주가 걱정 어린 눈빛을 내보이며 중얼거렸다.

"어마마마와 아바마마는 어떻게 되신 걸까. 왜 아무도 나한테 연락을 안 줬지?"

"무턱대고 왕성으로 달려갈 게 아니라."

앞장서서 길가 밥집으로 들어간 맹부요가 자리를 잡으며 말했다.

"요신한테 먼저 상황을 좀 알아보라고 하는 편이 좋겠어. 요신도 일단은 부풍 사람이니까 말투가 현지인이랑 비슷하겠지."

잠시 후, 요신이 돌아와서 정황을 보고했다.

"왕실에 큰 변동 사항은 없다고 해요. 딱 하나, 정무를 맡아보던 대법사 강철康啜이 새 재상으로 임명됐답니다. 술법에 대단히 능하다고 존경받는 사람인 것 같더라고요. 그래서 왕실에서의 신임도도 높고 그만큼 권한도 크고요. 강철이 재상 자리에 오르자마자 조정에 대대적인 물갈이가 있었대요. 대왕과 왕후, 왕자, 공주들은 사람들 앞에 모습을 보이지 않은 지 오래이고요."

"아, 어마마마, 아바마마는 분명……, 분명……."

신음을 내뱉으며 아란주가 눈물을 뚝뚝 떨궜다.

"너무 나쁜 쪽으로만 생각하지 마."

아란주의 어깨를 토닥여 주며 생각에 잠겨 있던 맹부요가 잠시 후 입을 열었다.

"주주, 뭐 하나만 물어볼게. 과거 부풍은 두 부족으로 나뉘어 있었고, 그전에는 아예 한 부족이었다면서. 그렇다면 말이야, 만약 누군가 부풍 삼대 부족을 다시 하나로 묶고자 한다면 무슨 수단을 쓸 것 같아?"

아란주가 고민 끝에 대답했다.

"사실 부풍 삼대 부족 백성들에게 부족 간의 경계란 그리 명확한 개념이 아니야. 문제는 왕실이지. 셋 중에 흔쾌히 남의 밑으로 들어가겠다는 왕실은 없을걸. 절대적인 힘을 가지고 강권통치를 펼칠 수 있는 인물이 나타나 삼대 왕실 모두를 무릎 꿇리고 자기를 주인으로 받들게 만든다면 모를까. 그런 다음 영토 분계선을 지우고, 서로 간의 혼인을 허락하고, 경제 교류를 장려한다면 몇 년 지나지 않아 통합은 자연스레 이루어질 거야."

말을 하다 말고 움찔한 아란주가 놀란 기색으로 중얼거렸다.

"그러니까 네 말뜻은……."

"추측일 뿐이야."

맹부요가 싱긋 웃었다.

곧이어 주위를 빙 둘러본 아란주는 장손무극 등 다른 사람들의 표정에서도 똑같은 '추측'을 읽어 냈다. 오주 정계의 꼭짓점에 서서 무수한 풍파와 싸워 온 인물들이 전부 같은 생각이라면, 그 추측은 사실에 상당히 근접해 있을 공산이 컸다.

"오늘 밤에는 왕궁에 가 봐야겠네."

맹부요가 잇새를 쑤시면서 음흉하게 웃었다.

"이 나라 저 나라 다니면서 하는 일은 다 달라도 궁궐 탐방은 꼭 거치게 된다니까…….”

발강 천정天正 18년 6월의 어느 밤, 발강 왕궁은 건립 이래 가장 제멋대로에 극악무도한 '탐방단'을 맞이했다.

왕성을 지키는 병사들이 맨 처음 본 것은 검은색 옷을 입은 젊은 놈 하나가 항아리를 짊어지고 으쌰으쌰 걸어오는 광경이었다. 놈의 왼쪽 어깨에는 하얀색 털 뭉치가, 오른쪽 어깨에는 황금색 털 뭉치가 달려 있었다. 거리낌 없이 궁문 앞까지 온 녀석이 근위병에게 말을 붙였다.

“형씨, 말 좀 물읍시다. 재상 대인이 계신 어서방은 어느 쪽인가?”

차분한 말투, 태연한 표정. 이웃 삼식이네 집이 어디냐고 묻는 듯한 태도였다. 서로 눈빛을 교환한 근위병들은 아무래도 살짝 맛이 간 놈인 것 같다는 결론을 내렸다.

고귀하신 재상 대인과 신성한 왕궁을 제까짓 게 함부로 입에 올려?

“꺼져, 훠이!”

근위병이 놈을 홱 밀쳤다.

“웬 미친놈이, 심심하면 집에 가서 놀아!”

밀쳤는데, 밀리지를 않았다. 그냥 봐서는 비리비리한 녀석이 막상 밀어 보니 몸무게가 장난 아닌 것이, 땅에 뿌리라도 내린 것처럼 그 자리에서 꿈쩍도 안 했다.

근위병은 불안해졌다. 부풍은 기기묘묘한 능력자들이 넘쳐나는 곳이었다. 혹시 정체를 숨기고 왕궁을 습격하러 온 실력자라면?

근위병이 고개를 돌려 신호를 보내자 성루 안에서 병사들이 우르르 쏟아져 나왔다.

"궁에 침입하려는 자다!"

근위병이 젊은 놈, 맹부요를 가리키며 외쳤다.

"잡아!"

말이 끝나기도 전에 거센 바람이 몰아닥쳤다. 근위병은 숨이 턱 막히고 눈이 핑 돌았다. 눈앞을 '쐐액' 하고 지나치는 바람 속에서 검은 그림자가 훌쩍 도약하는 것 같았다. 다음 순간, 병사들은 각자 전투를 준비하던 화려한 자세 그대로 동상이 되어 있었다.

어두침침한 성문 안쪽에 우스꽝스러운 모습의 병사들을 잔뜩 세워 둔 채 팔짱을 끼고 담벼락에 기대 미소 짓고 있던 왕궁 침입 선봉대, 위대한 영웅 맹부요가 우아하게 손짓을 보냈다.

"기사 여러분, 공주님께서 길을 닦아 두었어요. 이제 여러분이 마녀를 구하러 갈 차례랍니다."

뻣뻣하게 굳은 근위병의 눈앞에서, 지금껏 어둠 속에 몸을 숨기고 있던 자들이 느긋하게 모습을 드러냈다.

연보라색 비단 장포의 남자가 연기처럼 곁을 스쳐 가는 찰나, 근위병은 독특하면서도 은은한 향기를 맡았다. 가면 밖으로 드러난 남자의 눈동자는 악해의 바닷물만큼이나 깊었다. 세상 전부를 포용하고도 남을 것 같은 눈빛. 그러나 정작 남자의 눈동자가 담고 있는 것은 검은색 옷을 입은 애송이 녀석 하나뿐이었다.

까만 옷에 붉은색 장포를 걸친 사내가 성큼성큼 걸어왔다. 곁을 지나며 무신경하게 팔꿈치를 구부린 사내가 그 팔꿈치로 근위병을 호되게 찍었다. 비명조차 지르지 못한 근위병이 사지를 오그리고 고통에 떨고 있는데, 사내가 나직이 콧방귀를 뀌는 소리가 들렸다.

"감히 여자의 거길 밀어? 쳇!"

거기 어디? 내가 대체 어딜 밀었길래?

죄 없는 근위병은 깊은 고뇌에 빠졌다.

그윽한 눈동자에 불티를 품은 흑색 옷의 소년이 다가왔다. 근위병의 고통스러운 표정을 본 소년이 그를 일으켜 세워 줬다. 근위병은 감격해서 눈물을 흘렸다.

다 일어서기도 전에 감사의 눈빛부터 보내고 있던 그때, 알록달록한 옷차림에 얼굴을 복면으로 가린 소녀가 달려오더니 정강이뼈를 냅다 걷어찼다.

"역적 새끼!"

가련한 근위병이 '콰당' 하고 고꾸라지자 공주의 황금색 신발이 가차 없이 그를 짓밟고 지나갔다.

역적! 재상한테 빌붙어서 문간 지키고 있는 역적 새끼!

왕궁 탐방 5인조는 가운데가 넓고 양 끝이 좁아지는 방추형 대형을 갖추고 당당하게 왕궁 안으로 행진했다.

첫 번째 궁문을 통과한 지 얼마 지나지 않아 검은 그림자 세 개가 위에서 훌쩍 날아 내려왔다. 폭이 넉넉한 검은색 장포와 길게 풀어 헤친 머리를 보아 하니 왕실 주술사인 것 같았다.

맹부요가 아란주 쪽을 돌아보자 아란주가 말했다.

"모르는 얼굴이야."

그러자 맹부요가 기다렸다는 듯 외쳤다.

"오른쪽, 발사!"

구미리가 휘리릭 뒤로 돌더니 궁둥이를 쑥 빼고 '뽕' 향기 짙은 푸른빛 안개를 발사했다. 주술사들은 뭐가 어떻게 돌아가는지도 모르는 상태에서 갑작스레 엄습해 온 향기 폭풍에 휘말렸다. 황급히 숨을 참았으나 이미 한발 늦은 뒤였다. 셋은 머릿속이 아찔해지는 걸 느꼈다.

검은 옷 애송이 놈의 외침이 또 한 번 들려왔다.

"왼쪽, 출격!"

세 주술사는 허겁지겁 대응 태세를 갖췄다. 싸울 사람은 싸울 사람대로, 술법을 펼칠 사람은 술법을 펼칠 사람대로 저마다 자세를 취했는데, 흐릿한 안개 너머 상대편 다섯 명은 어째 움직일 기미가 없어 보였다.

대체 이게 무슨 상황인가 하는 찰나, '쐐액' 하고 쏘아져 온 하얀색 동그라미가 '360도 연속 뒤돌려 옆차기'를 날렸다!

받아라! 팟! 파바바밧!

발차기 한 번에 주술사를 하나씩 자빠뜨린 녀석이 곧이어 발톱을 세웠다. 녀석의 발톱에는 맹부요가 최근 새로 개발한 독공 호갑투가 장착되어 있었다.

호갑투가 달빛을 받아 파르스름하게 반짝였다. 거기에 번뜩이는 앞니와 음산한 눈빛까지 더해지니 몹시도 선정적이고 폭력적이며, 대단히 충격적이고 악마적인 그림이 완성됐다.

좌앗! 좌앗!

왼발과 오른발이 각기 한 놈씩을 그었다.

털썩!

적들이 빛의 속도로 제압당했다.

맹부요가 흐뭇하게 말했다.

"환상의 콤비로다!"

그 즉시 구미리가 꼬리 아홉 개를 살랑살랑 주인에게 비비면서 아양을 떨었다. 그러는 동시에 원보 대인에게도 눈웃음을 살살 쳤다.

오만불손한 원보 대인은 구미리를 고깝게 한 번 흘겨봐 준 후, 상대할 가치를 못 느끼겠다는 양 팔짱을 끼고 고개를 홱 돌려 버렸다.

고귀한 영혼의 소유자가 어찌 저런 간신의 곁에 나란히 서겠는가.

그러나 경쟁자의 출현은 부담으로 작용할 수밖에 없었다. 구미리의 존재가 유발한 위기감으로 인해 현재 원보 대인의 전투의지는 최고치를 찍은 상태였다.

맹부요는 싱긋 웃으면서 왼쪽 오른쪽을 번갈아 토닥여 줬다.

그런 다음 한 녀석에게는 육포를, 다른 녀석에게는 열매를 물려 줬다. 여제께서 신하들을 다루실 때 쓰는 수단이 애완동물들에게도 어김없이 먹혀 드는 중이었다.

주술사들이 나가떨어진 직후, 두 번째 궁문 안에서 다른 자들이 소란을 감지하고 쏘아져 나왔다. 모양새를 보니 무공과 술법 양쪽에 두루 통달한 고수들인 듯했다.

허공을 가로질러 쇄도해 오는 자들의 뒤쪽으로 회청색 연기가 피어나는가 싶더니, 곧 자욱한 연무가 놈들의 모습을 삼켜 버렸다. 그 순간 맹부요가 공기를 찢으면서 앞으로 돌진했다. 거친 폭풍으로 화한 그녀가 바람의 중심에서 철퇴 같은 주먹을 내질렀다.

맹씨 페가수스 유성권!

광풍이 일면서 연무가 요동쳤다. 땅에 깔려 있던 낙엽 부스러기와 진흙이 권풍에 휩쓸려 소용돌이치면서 공중으로 날아올랐다가, 한꺼번에 담벼락을 후려쳤다. 낙엽이 강타한 자리마다 움푹한 구멍이 생겼다. 연무는 폭발하듯 산산이 흩어진 뒤였다. 아무런 기교도 실리지 않은 주먹 한 방이 그 단순하고 명료한 위력으로 연무 세 덩어리를 깔끔하게 처리해 버린 것이다.

남은 것은 땅바닥 근처를 맴도는 적들의 가느다란 신음 소리뿐이었다.

훌쩍 몸을 날려 처음 대형을 회복한 다섯 사람이 발밑의 적들을 여유롭게 짓밟으며 다시 움직이기 시작했다. 미소를 머금은 장손무극이 손을 소매 안에 감춘 채 맹부요를 향해 물었다.

"손톱 부러진 데는 없소?"

전북야가 심기 불편한 기색으로 바닥에서 걸리적거리는 것들을 걷어찼다.

"부요, 아무리 그래도 내 몫으로 한 놈은 남겨 줬어야 하는 거 아니냐!"

전북야가 한쪽으로 차곡차곡 걷어차 놓은 적들에게서 무기를 회수하는 일은 운흔이 맡았다. 무기를 압수한 운흔은 놈들이 미처 꺼내 보지도 못한 각종 법기를 밟아 부수는 것도 잊지 않았다.

놈들의 얼굴에다 대고 신발을 문질러 닦은 아란주가 역정을 냈다.

"낯가죽이 투박해서 신발을 다 긁어 놨잖아!"

5인조는 흡사 정원 산책이라도 나온 사람들처럼 미소 띤 얼굴로, 왕궁 내부를 향해 거리낌 없이 직진했다. 밀물처럼 몰려드는 왕궁 근위병들도 장애물이 되지 못했다.

처음에는 신을 내다가 나중에 가서는 슬슬 기분이 나빠진 아란주가 투덜거렸다.

"우리 근위병들이 이렇게 형편없는 머저리들이었을 줄이야."

맹부요가 갑갑한 표정으로 하늘을 올려다봤다.

호흡이 척척 맞는 십대 강자 급 5인조를 당해 낼 장소가, 궁창 빼고 세상천지에 또 있을 것 같나? 솔직히 나 혼자 상대해도 충분할 걸 공주님 체면 봐서 다 같이들 나서 줬구먼. 설마 우리 수준에 이얍! 야압! 해 가면서 불꽃 대결이라도 펼치길 기대한 거야? 한낱 왕궁 근위병들이랑?

마지막 궁문 앞에 당도했을 때, 맹부요가 문득 걸음을 멈췄다. 그녀의 어깨 위에서 구미리가 낑낑거리기 시작했다. 아란주도 눈썹을 찌푸렸다.

“부요, 조심해!”

그사이 맹부요는 지면을 빤히 내려다보는 중이었다.

지면 위에 물결 같은 그림자가 일렁이고 있었다. 그림자만 봐서는 누군가 접근해 오고 있는 듯한데, 정작 앞쪽에는 아무도 없었다.

그녀가 경계 태세에 돌입하는 참인데, 등 뒤에서 전북야가 기합을 넣는 소리가 들렸다. 그가 내리친 장검이 붉은 검광을 뿜자 아무것도 없는 허공에서 짧은 비명이 터져 나오는 동시에 피가 튀었다.

아란주가 갑자기 몸을 회전시키면서 질풍 같은 발차기를 날렸다. 알록달록한 치마가 화려한 꽃송이를 피워 내는 찰나, ‘퍽’하고 둔탁한 소리가 났다. 그러더니 바로 뒤이어 멀찍이 떨어진 담장에서 또 한 번 충돌음이 울렸다. 누군가 발차기를 맞고 날아가 담벼락에 처박힌 것 같았다.

충돌음이 미처 가시기도 전에 운흔이 한 걸음 뒤로 물러나면서 번뜩이는 검을 뽑았다. 칼날이 아래에서부터 위쪽으로 공기를 걷어 올리듯 움직이면서 별빛 같은 광채를 점점이 흩뿌리자, 별빛이 새겨진 자리마다 금방 핏빛이 비쳤다. 무수히 많은 핏방울이 허공에 산개하는 광경은 흡사 밤의 어둠을 배경으로 그려진 기괴한 그림을 보는 듯했다.

잔웃음을 머금고 서서 옥빛 광채가 맺힌 손가락으로 지면을 겨누고 있는 장손무극과 어깨에 구미리를 얹고 있는 맹부요만 무사했을 뿐, 나머지 일행들은 동시다발적인 무형의 공격을 받고 있었다.

아란주가 발차기를 날리면서 외쳤다.

"무영진無影陣이야. 누군가 보이지 않는 곳에서 조종하고 있어!"

말이 끝나기 무섭게 어두침침한 구석에서 그림자가 움직였다. 등롱이 바람에 흔들리면서 드리운 음영 같은 형체였다.

맹부요는 이미 지면을 박차고 오른 뒤였다. 공중에 비단 띠처럼 유연한 잔영을 남기면서 몸을 날린 그녀는 그대로 앞쪽 담장을 훌쩍 넘었다. 그녀가 담장 꼭대기를 지나며 몸을 비스듬히 트는 찰나, 옆구리 부근에서 시천이 기묘한 각도로 튀어나왔다.

쑤걱.

칼날이 조금의 오차도 없이 살을 뚫고 들어가는 소리였다. 그러나 피는 튀지 않았다.

새하얀 송곳니를 드러내며 씩 웃은 맹부요가 빠르게 회전하면서 시천을 걷어차 날려 보냈다. 소리 없이 쏘아져 나간 시천의 궤적을 따라 허공에 연속적으로 붉은색 얼룩이 피어났다.

비명이 연달아 터져 나왔다. 시천이 버러지 몇 마리를 한꺼번에 관통하고 지나간 것이었다. 맨 마지막 비명은 다소 짧았다. 제일 끝쪽에 있었던 덕택으로 가벼운 상처만 입은 놈이 도망치면서 낸 소리인 듯했다.

공중에 핏방울이 흩뿌려지더니, 일정한 궤적을 그리며 날듯이 멀어져 갔다.

"핏자국을 따라가 봐야겠어!"

나머지 일행들에게 외친 맹부요가 바로 혈흔의 뒤를 따라붙었다. 중간중간 나오는 문을 다섯 개 정도 지나치고 보니, 혈흔이 발강 왕궁의 정전인 성혼전聖魂殿 쪽으로 향하고 있다는 것을 알 수 있었다.

온갖 장애물이 첩첩이 가로놓여 있었던 지금까지의 길과는 딴판으로 성혼 대전은 적막에 잠겨 있었다. 다만, 그 적막에서는 어딘지 기괴한 분위기가 느껴졌다. 어둠 속을 떠다니는 수없이 많은 눈들이 갑자기 들이닥친 불청객을 은밀히 감시하고 있는 듯한.

핏자국은 대전 앞 계단 근처에서 돌연 자취를 감췄다. 가까스로 피가 멈춘 건지, 아니면 누군가의 도움을 받아 피신한 건지 모를 일이었다.

맹부요도 거기서 걸음을 멈췄다. 뒤따라오고 있는 일행들과 상의 후에 움직여야지, 생각하고 있는데, 뒤에서 불쑥 치고 나온 아란주가 그녀를 추월해 성혼 대전으로 직행했다.

이곳은 아란주의 성전, 발강의 성전이었다. 아바마마와 어마마마를 바로 찾아내지는 못한대도, 이곳 성혼 대전에는 발강 왕실 구성원의 안위를 하나하나 확인할 수 있는 밀실이 존재했다. 아란주는 급한 마음에 앞뒤 가릴 것 없이 전각 안으로 돌진했다.

"아버지!"

드넓은 대전이 텅 비어 있었다. 아란주의 신형이 깃발처럼 나부끼며 그 공허한 공간으로 몰아쳐 들어갔다.

아란주는 오랫동안 만나지 못한 부모님이 계실 곳을 향해 곧장 몸을 날렸다. 그때였다. 조금 전까지만 해도 비어 있던 옥좌 위쪽에 하얀 삼베 뭉치가 등장했다. 그 어떠한 기척도 조짐도 없었건만, 삼베 뭉치는 마치 원래부터 거기 있었던 양, 어느새 옥좌 위에 버젓이 자리하고 있었다.

아란주는 급하게 돌진하던 관성 탓에 그대로 삼베 뭉치를 향해 뛰어들고 말았다.

삼베 뭉치가 순식간에 그녀를 집어삼켰다!

삼베 폭이 기다랗게 펼쳐지는 찰나, 청색 위주의 전각 안에 두 줄로 늘어선 푸른빛 등불들이 한꺼번에 확 밝아졌다. 삼베 폭이 급격히 수축했다. 사람이 품에 안은 물체를 으스러뜨리려 힘을 주는 듯한 모양새였다.

갑자기 세찬 바람이 불어닥치면서 검은 그림자가 허공을 스쳤다. 맹부요가 돌진해 들어온 것이었다.

막 전각 안에 진입한 그녀의 시야에 잡힌 것은 딱 두 가지 사실뿐이었다.

아란주가 사라졌고, 앞쪽에는 웬 삼베 천이 보인다!

머리가 아니라 발가락으로 생각해도 사태의 원흉은 삼베 뭉

치임이 분명했다. 맹부요는 두말없이 등에 지고 있던 항아리를
풀어 앞쪽으로 냅다 집어 던졌다.

좌앗!

선홍빛 액체가 한꺼번에 쏟아졌다. 흰색 삼베가 대번에 시뻘
겋게 물들었다.

뜨끈한 개 피에서 풍기는 비린내를 된통 뒤집어쓴 삼베 폭이
격렬하게 뒤틀리면서 사람 형상으로 변했다. 놈은 비린내 나는
오물의 습격을 도저히 못 버텨 내겠는지, 아란주를 옥좌 밖으
로 튕겨 냈다.

맹부요가 팔을 뻗어 아란주를 받아 내면서 깔깔거렸다.

"생리대 한번 큼지막하다!"

사실 그녀가 개 피를 등에 지고 온 건 그냥 재미있을 것 같아
서였다. 아란주의 얘기로는 부풍 주술은 종류가 워낙 다양하고
금기도 제각각이라 개 피가 꼭 통하리란 보장은 없다고 했는
데, 소 뒷걸음질 치다가 쥐 잡은 격이었다.

이때 상대가 분하다는 듯 콧방귀를 뀌더니, 휘리릭 회전하면
서 모습을 감췄다. 그리고 다음 순간, 맹부요의 얼굴을 향해 음
산한 바람이 불어닥쳤다!

고개를 뒤로 꺾으며 단숨에 석 장을 물러난 맹부요는 지체
없이 아란주를 끌고 출입구 쪽으로 향했다. 바로 뒤이어 삼베
옷의 인물이 다시 모습을 드러냈다. 이번에는 맹부요의 바로
옆, 서로 몸이 맞닿을 정도로 가까운 위치였다. 놈이 일으킨 음
산한 바람이 그녀의 뒤통수를 곧장 덮쳐 오는데도 맹부요는 거

들떠보지 않았다.

순간 누군가가 손가락을 뻗었다. 백옥 같은 손가락이 허공을 가볍게 한 번 찍자 새하얀 빛무리가 물결처럼 공기 중으로 번져 나갔다. 손가락의 움직임을 따라 폭발한 백색 광채가 삼베옷의 인물을 밀어냈다.

웃음기가 엷게 스민 음성이 들려왔다.

"누굴 더럽히려고."

맹부요는 뒤쪽에서 벌어지는 일에 아예 신경을 껐다. 뒤에 장손무극이 있다면 그건 절대적으로 안심을 해도 된다는 의미였다.

아란주를 데리고 밖으로 뛰어나가면서, 그녀가 작은 소리로 물었다.

"괜찮아?"

"네가 피를 뿌리는 순간에 소화小花를 밀실에 들여보냈어."

아란주의 손에는 고술용 독충을 담아 두는 작은 상자가 들려 있었다. 상자를 내려다보며 입술을 깨문 아란주가 이내 눈시울을 붉히며 말했다.

"아바마마의 혼등魂燈에는 불이 켜져 있었는데 어마마마 것은……. 어마마마는 이미……."

아무런 말도 못 하고 있던 맹부요가 잠시 후 길게 한숨을 내쉬었다.

"일단은 저놈부터 처치하고 실권을 되찾는 게 급선무야. 새 재상 강철이 분명해. 죽여 버려야겠어!"

"무슨 수로?"

뒤에서 쫓아오고 있는 삼베 옷의 인물과 왕실 주술사들을 보며 음산하게 웃은 맹부요가 이어서 턱짓으로 앞쪽을 가리켜 보였다.

가슴이 얼어붙다

앞에서는 5인조가 날듯이 내달리고, 뒤에서는 삼베 옷의 인물이 집요하게 쫓아오고 있었다. 더 멀리서는 왕궁 근위대와 주술사, 음양사들이 기세 좋게 몰려오는 중이었다.

사실 맹부요는 당장 오늘 밤 안에 아란주의 부모님을 구출해 내겠다고 온 것은 아니었다. 상대편도 당연히 방비를 하고 있을 테고, 부풍이라는 나라의 특성상 작정하고 술법을 써서 특정인을 숨긴다면 쉽게 찾아질 리가 없기 때문이었다. 오만 가지 잡다한 술법 한복판을 목숨 내놓고 헤매고 다니느니 왕궁을 차지하고 앉아 실권을 장악하고 있는 재상부터 처리하는 게 빨랐다.

어쨌든 왕실이 통째로 엎어진 것은 아니니 아란주는 여전히 발강의 정통성을 계승한 공주였다. 다른 왕족들은 전부 감금당하거나 생사 불명인 상황인 만큼, 당당한 명분을 내세워 정권을 넘겨받을 사람은 현재 아란주가 유일했다.

재상 강철의 권세가 제아무리 하늘을 찌르고 그 속셈이 제아무리 음흉하다 쳐도, 아직까지는 조정 신료의 탈을 쓰고 있었다. 명분도 없이 정통 왕족의 지시에 반기를 들지는 못한다는 뜻이었다.

발강 왕실을 친 자는 필시 조용한 정권 교체를 바라고 있을 터. 일단 왕족들을 자기 지배하에 두고 나서 대권을 찬탈할 작정이었으리라. 대권만 손에 넣으면 이루지 못할 일이 무엇이 있으랴.

바로 그런 연유로 주주에게 위험이 닥친 것이다. 왕궁에 일이 터졌을 때 유일하게 궁을 떠나 있었던 왕족. 그 덕에 마수를 피한 주주가 놈들의 1순위 제거 대상이 되는 건 당연한 수순이었다.

상대편도 대단한 작자이긴 했다. 맹부요를 비롯해 뇌동, 장손무극, 운흔이 전부 모여 있는 앞에서 아란주를 거의 죽일 뻔했으니. 난데없이 튀어나온 전북야가 아니었다면 아란주는 지금쯤 고기 전병이 되어 있었을 것이다.

그래도 아예 무력에 밟혀 정권을 강탈당했다면 모를까, 이 상황에서는 얼마든지 비집고 들어갈 틈이 있었다.

우선은 아란주가 재상의 손아귀에서 실권을 되찾아 와야 했다. 아란주는 인맥도, 명성도, 위신도 가지지 못한 공주님이었지만, 그쯤은 자기가 만들어 주면 그만이라는 게 맹부요의 생각이었다.

새 정권의 탄생은 무릇 옛 정권의 폐허 위에서 이루어지는 법. 지금부터 맹부요가 아란주를 도와서 하려는 일은 현존 정권을 폐허로 만드는 것이었다!

추격전을 최외곽 궁문 앞까지 끌고 온 맹부요가 문 바깥을 내다봤다.

음, 많이들 모였군.

왕궁 근처에 사는 관원과 주술사들이 거의 다 광장으로 쏟아져 나와 있었다.

이번에는 그녀가 뒤를 돌아봤다.

음, 이쪽도 잔뜩이군.

뒤편에서는 소란을 감지한 왕궁 근위병들이 떼를 지어 우르르 몰려오고 있었다.

그녀가 아란주를 끌어당겨 귀에다 대고 몇 마디를 속닥거리자 아란주가 눈을 휘둥그렇게 뜨면서 '쓰읍' 숨을 들이켰다.

"그게 되겠어?"

"안 될 건 또 뭐야."

맹부요가 말했다.

"저놈 특기가 술법이라며. 네가 술법으로 코를 납작하게 눌러 주는 거야. 반동파는 아무리 잘나 봐야 종이호랑이에 불과

하다는 걸 백성들에게 알려 주라고. 그러는 김에 남자한테 미친 공주라는 오명도 씻고!"

"나 술법은 자신 없단 말이야."

아란주가 꿍얼거렸다.

"술법은 옛날부터 별로 안 좋아해서 무공 수련만 열심히 했다고."

"괜찮아."

맹부요가 아란주의 어깨를 토닥이면서 주머니 하나를 건넸다.

"담대하게 투쟁에 임하도록 하렴. 뒤는 부요당黨이 든든히 받쳐 줄 테니까."

아란주가 고개를 돌려 살기등등하게 뒤쫓아 온 삼베 옷의 인물을 쳐다봤다. 성혼 대전 밀실에서 본 불 꺼진 등잔을 떠올리는 사이, 그녀의 눈빛이 시시각각 싸늘하게 식어 갔다.

"신분을 밝혀라!"

상대방이 소리쳤다. 횃불에 비친 사내는 잔뜩 화가 난 얼굴이었다.

아란주가 도도하게 서서 손을 내젓자 맹부요가 따까리 모양새로 한 걸음 앞으로 나서며 외쳤다.

"그러는 그쪽은 누구길래?"

"발강의 재상 강철이다!"

삼베 옷의 인물이 호통을 쳤다.

"어디서 굴러먹다 온 도적놈이냐? 썩 무릎을 꿇지 못할까!"

"발강의 여왕 아란주 님이시다!"

맹부요가 고개를 쳐들었다.

"당장 여왕님께 예를 올리지 못할까!"

놀란 인파가 술렁였다.

하지만 놀람은 한순간뿐이었다. 곧이어 여기저기서 킥킥거리는 비웃음이 흘러나오더니, 저들끼리 속닥대는 소리가 이어졌다. 다들 나름대로 목소리를 낮춘다고 낮추었으나, 그래 봤자 들릴 사람에게는 다 들리는 크기였다.

"아항, 그 잘생긴 사내만 보면 정신 못 차린다는 공주님이구먼!"

"어디 그뿐인가. 백치라는 소문까지 더하면 2관왕이야. 왕족 중에 제일 머리가 나쁘다더라고."

"하여튼 발강의 수치라니까. 사내 뒤꽁무니 쫓아서 온 대륙을 들쑤시고 다닌다더니 웬일로 여길 왔대?"

"그러고도 차였다잖아. 대한 황제가 왕야 시절에도 거들떠보지 않던 여자를 이제 와서 좋다고 하겠어?"

"여왕이라는 소리는 또 뭐야? 대왕께서 아직 건재하신데."

"사내한테 차이고 정신 줄 놓은 거 아니겠어? 자기를 여왕이라고 생각하는 거지. 대한 황제는 자기 남편이고."

"하하, 이제 3관왕을 하시는구먼……."

맹부요의 낯빛이 어둡게 가라앉았다. 그녀는 가슴속에서부터 분노하고 있었다.

주주가 전북야의 뒤를 쫓아다닌다는 이유로 사람들 입에 오르내리는 거야 원래도 알고 있었다. 부풍을 떠나 지낼 때가 많았던 주주에게 현지 인맥이 없으리라는 것도, 나중에는 발강 왕과 왕후도 딸을 포기했다는 사실 역시 알고 있었다.

하지만 주주에 대한 발강 조정의 평가가 이 정도로 참담할 줄은 몰랐다.

주주는 항상 대충 이야기했기에 상상도 못 했건만, 실상은 이런 모욕을 견디고 있었다니!

전북야의 얼굴 역시 굳었다. 아란주가 자기를 얼마나 좋아하는지야 그도 잘 알고 있었다. 가끔가다 한 번씩 성가시다고 느낄 때도 있었지만, 그렇다고 해서 아란주를 우습게 본 적은 없었다.

게다가 부요를 만나고 나서부터는 아란주의 심정이 어느 정도 이해되기 시작했다. 동병상련을 느낀다고나 할까. 아란주와 부요가 워낙 친하기에 아란주를 의식적으로 더 멀리하고 있는 것은 사실이었다.

하지만 아란주는 그가 한낱 천덕꾸러기 왕야 신세였을 때부터 그의 쓸쓸한 일상을 특유의 다채로운 색으로 채워 준 아이였다. 서로 쫓고 쫓기며 함께 보낸 세월만도 몇 년이던가. 그에게 아란주는 더할 나위 없이 살갑고 익숙한 친구였다.

그런 아란주가 자신을 쫓아다니는 동안 이토록 모욕적인 오명과 압력을 견디고 있었을 줄이야!

운흔의 눈빛도 차갑게 얼어붙었다. 오늘 모인 일행 중에 아란주와 알고 지낸 시간이 가장 짧은 사람이 바로 운흔이었으나, 반대로 그는 아란주와 가장 많은 속 이야기를 나눈 사이였다.

대한에서 지낼 때 아란주는 둘 다 서러운 신세 아니냐며 틈만 나면 그를 데리고 나가서 같이 술을 마셨었다. 평소에는 자기 이야기를 자세히 하지 않는 아란주였지만, 술이 어느 정도 들어가면 그때껏 전북야를 쫓아다닌 역사며, 속 터져 하는 부모님 이야기며, 형제자매들로부터 받는 업신여김과 따돌림을 종알종알 털어놓곤 했다. 그랬기에 운흔은 아란주의 처지를 누구보다도 잘 알고 있었다.

하지만 현장에서 그 모든 비방을 직접 듣는 기분은 아란주에게서 간접적으로 전해 들을 때와는 전혀 달랐다. 그는 인내심의 한계를 느꼈다. 맑고도 서늘한 소년의 눈동자 안에서 불티가 어지럽게 휘돌며 명멸했다. 좀처럼 화를 내지 않는 운흔이 실로 오랜만에 노기를 내보인 순간이었다.

그러나 정작 아란주 본인은 그저 차분하게 서 있었다. 전혀 분개한 표정이 아닌 것은 물론, 여왕이라는 말 한마디로 자신을 욕먹인 맹부요를 원망하는 기색도 없었다.

전북야를 처음 만난 열두 살 그해를 기점으로 어딜 가서도 좋은 소리를 들어 본 적이 없는 그녀였다. 오늘은 한 번에 욕을 좀 많이 먹었을 뿐, 남들의 조롱과 비난이야 이미 익숙했다.

지금 이 순간, 그녀는 모든 것을 잃은 뒤였고 더는 그 무엇에도 연연할 여력이 없었다.

세상사 영욕이 뭐 그리 대단한 것이랴. 그까짓 일편단심쯤 이루지 못하면 또 어떠하랴. 그녀는 단지 피붙이들을 살리고 싶을 뿐이었다.

"아란주 공주님이셨을 줄이야!"

일순 흠칫하던 강철이 금방 입가에 미소를 내걸었다. 얼핏 정중해 보이나 실상은 경멸이 담긴 미소였다.

"언제 돌아오셨습니까? 얼마 만인지 모르겠군요."

주위를 쓱 돌아본 그가 장손무극, 전북야, 운흔을 하나하나 가리키며 조롱과 도발이 뒤섞인 웃음을 흘렸다.

"드디어 염원을 이루신 겁니까? 저 셋 중 부마는 어느 분이신지? 말씀을 해 주셔야 소신도 혼례 준비를 하지요."

인파 사이에 킥킥거리는 소리가 번졌다. 눈썹이 곧추선 전북야가 손가락을 꿈틀하는 걸 맹부요가 즉각 저지했다.

급할 게 뭐라고. 이따가 제대로 쓴맛을 보여 주면 되지.

"본 궁의 혼사는 왕실에서 주관할 중대사일 터인데, 한낱 재상이 언제부터 그런 일에까지 나서게 됐지?"

마치 주변의 웃음소리가 전혀 들리지 않는 듯, 아란주의 어투는 차분하고도 신랄했다.

"어쩐지 부풍에 돌아오자마자 발강 재상이 대권을 차지하고 왕의 상투 위에서 논다는 소리가 들리더라니. 괜히 하는 이야기가 아니었군."

그 소리에 얼굴색이 급변한 강철이 아란주를 위아래로 훑어봤다. 아란주 공주를 직접 보기는 오늘이 처음이었지만, 그녀에 관한 소문이라면 귀에 진물이 나도록 들어 봤다.

그중에 호평이라고는 한 톨도 없었다. 대충 요약하자면 인물 좋은 사내나 밝히는 얼뜨기 공주라는 것이었다. 사실상 경계할 가치가 전혀 없는.

물론 아란주 공주가 오주 여타 국가의 지도층과 상당한 친분이 있다는 사실은 알고 있었다. 특히 대완 여제와는 막역한 사이라고 들었다.

하지만 일국의 황제가 개인적인 친분을 이유로 남의 나라 내정에 간섭하는 것은 얼토당토않은 일이었다. 하물며 대완 여제가 황궁을 비웠다는 소식은 없지 않았는가. 지금쯤 자기 나라에서 정무 보느라 바쁘겠지!

애석하게도 강철은 대완 여제에 대해 아는 게 너무 없었다. 폐하께서는 사고를 잘 쳐서 인생이 흥한 분이셨다. 남의 신상에 실컷 사달을 내고 나면 다음 차례는 본인 신상이고, 자기 나라를 발칵 뒤집어 놓고 나면 다음 차례는 남의 나라인, 단 하루도 주변에 사건 사고가 끊일 날이 없는 위인.

"말씀이 과하십니다, 공주님."

강철이 적당히 허리를 굽히며 말했다.

"제 말은 대왕께 보고드려 혼사를 준비한다는 뜻이었습니다."

"그건 본 궁이 할 일이겠지."

아란주가 칼같이 대꾸했다.

"이야기가 나온 김에 아바마마를 좀 모시고 나오지 그러나."

강철이 곧바로 받아쳤다.

"대왕께서는 궐 안에서 공주님을 기다리고 계십니다. 왕성에 돌아오셨으면 대왕과 왕후마마께 인사부터 드릴 일이지, 저런 너절한 놈들이나 데리고 와서 근위병은 왜 때려눕히신 겁니까?

도무지 공주님의 의중을 헤아릴 길이 없군요. 아마 대왕께서도 심기가 불편하실 겝니다."

그의 뒤편에 서 있던 패거리들이 시끌벅적하게 맞장구를 치면서 수신호를 보내자, 근위병들이 기척 없이 주위를 포위했다.

"아바마마의 심기는 자네가 멋대로 짐작하라고 있는 게 아닐 텐데."

금방이라도 일행을 향해 달려들 기세인 그림자들을 힐끔 쳐다본 아란주가 입술을 삐죽이며 말했다.

"내 행동거지 역시 네놈이 멋대로 재단하라고 있는 것이 아니고."

마침내 뚜껑이 열린 강철이 고개를 세우고 목소리를 높였다.

"조정 대신을 이리 능멸하십니까! 신은 이 나라의 재상입니다! 대왕께서도 제 앞에서는 언행을 삼가신단 말입니다!"

"그럼 아바마마부터 불러와 보시지. 네놈 앞에서 무슨 언행을 어떻게 삼가시는지 구경 좀 하게."

아란주는 한 발짝도 물러서지 않았다. 입은 웃고 있을지 몰라도 그녀의 눈빛은 서슬 퍼렇게 날이 서 있었다.

발끈한 강철이 날카롭게 쏘아붙였다.

"신에게는 그만한 권한이 없습니다!"

"그래? 나한테는 널 파면할 권한이 있는데."

아란주가 찬웃음을 흘렸다.

"무능한 재상은 왕족의 명으로 갈아 치울 수 있거든."

"신이 무능하다 하셨습니까?"

세상에서 제일 우스운 농담이라도 들은 양, 강철이 고개를 젖히고 파안대소했다. 그러자 바람에 실려 깃발처럼 넓게 펼쳐진 삼베 자락이 어깨의 들썩임에 맞춰서 나풀거렸다.

주변에서 그 광경을 지켜보고 있던 구경꾼들도 강철을 따라서 일제히 웃음을 터뜨렸다.

"재상이 무능하다고?"

"각종 술법대회를 평정하고 독보적인 청염술로 온 세상을 놀라게 한 재상이?"

"공주 왜 저래? 실성해서 그냥 되는 대로 지껄이는 거 아니야?"

"공주님, 평소에 키우는 장난감 같은 독벌레랑 재상 대인의 괴수랑 싸움이라도 붙여 보시려고요?"

"하하……."

"쓸데없는 소리는 그쯤 지껄였으면 됐고."

아란주가 턱 끝을 세우고 말했다.

"오늘 우리 발강의 신료들과 백성들 앞에서 네놈의 실체를 까발리고야 말겠어. 부풍에서 통용되는 규칙에 따라 일반 술법, 치유술, 정신제어술, 혼술, 괴수 중에 원하는 종목 세 가지를 택해라. 진짜 얼뜨기가 누군지 어디 한번 보자고!"

"공주님께서 기어코 확인을 하셔야겠다면, 저도 협조하는 수밖에요."

기가 찬다는 듯 웃어 버린 강철이 옷자락을 펄럭 떨치면서 싸늘하게 말했다.

“저는 종목을 고심해 가며 고를 필요가 없을 것 같습니다만, 공주님께서는 개중에 잘하는 게 있는지 모르겠습니다? 소문을 듣자 하니 정신제어술을 수련하다가 돼지를 미치게 만든 적이 있다던데. 참으로 재주도 좋으십니다, 재주도 좋아요!”

구경꾼들이 또 한 차례 박장대소했다.

부풍에서는 술법 능력과 행정 능력이 동등한 중요도를 가졌다. 왕족의 지위가 아무리 높다 해도 술법에 능하지 못하면 백성들로부터 존경받을 수 없었다.

“맞아, 네놈한테 써먹기에 딱 좋은 재주지.”

아란주가 피식했다.

“그럼 치유술, 정신제어술, 괴수로 할까.”

맹부요의 어깨 위에 앉아 있는 구미리를 힐끔 쳐다본 강철이 코웃음을 쳤다. 곁에 있던 패거리 중 하나가 강철 본인 대신 입을 열었다.

“그 짐승은 구미리가 아닙니까? 운도 좋으십니다. 괴수 대결은 공주님께서 이긴 것으로 해 두지요.”

그러자 맹부요가 생긋 웃으면서 구미리를 틀어잡아 소매에 욱여넣었다. 녀석이 소매가 좁다고 깽깽 난리를 쳐 대자 꿀밤 한 방으로 그 주둥이를 다물린 맹부요가 느긋하게 말했다.

“설마하니 아란주 공주님이 고작 얼뜨기 놈 한번 이겨 보자고 최상위급 괴수까지 동원하실까. 이 녀석은 출전 안 해.”

“좋습니다!”

강철이 앞으로 한 걸음 나섰다.

"그럼 3판 2승제로 가지요. 만약 신이 패한다면……."

그가 말끝을 흐렸다. 척 보기에도 아란주의 술법 능력은 제자리고 본인의 승리가 확실시됐으나, 아란주의 자신만만한 표정이 마음에 걸렸다. 갑작스레 불안감이 엄습하는 통에 '패배한다면 미련 없이 관직에서 물러나겠습니다.'라는 말이 선뜻 입 밖으로 나오질 않았다.

"패배해도 특별히 뭘 강요할 생각은 없어."

아란주가 강철을 노려보며 냉소했다.

"원한다면 그 자리에서 계속 뭉개고 있도록 해. 과연 배겨 낼 수 있을지 모르겠지만."

"아란주 공주님이 발강에서 배겨 내지 못한 것처럼 말이지요?"

강철이 건조하게 말했다.

"하면, 시작하시지요!"

첫 번째 대결, 치유술.

대풍성 서쪽에는 각종 난치성 질환, 전염병, 중증 환자들을 수용하기 위해 조정에서 설립한 멸혼원이라는 곳이 있었다. 별의별 병자들이 다 모여 있는 탓에 평소 멸혼원 주변 3리 안에서는 행인을 찾아볼 수가 없었다. 치유술 대결을 펼치고자 한다면, 멸혼원에 수용된 병자들이야말로 가장 적합한 대상자였다.

강철이 손을 내젓자 그 즉시 수하 하나가 복면으로 코와 입을 가리고 멸혼원 쪽으로 향했다.

맹부요는 강철이 자리를 뜨는 수하에게 슬쩍 눈치를 주는 걸

놓치지 않았다. 강철을 보며 눈을 가늘게 좁힌 그녀도 이내 구경꾼들 사이에 섞여 있던 요신에게 눈짓을 보냈다. 요신은 그 즉시 소리 소문 없이 인파 속으로 사라졌다.

요신의 고향은 부풍 악해 나찰도. 주군인 맹부요가 발굴해 준 장사 수완 외에 그가 가진 최고의 재주는 바로 미꾸라지 같은 경공술이었다.

잠시 후 들것 두 개가 광장에 임시로 설치된 반개방형 천막 안으로 옮겨져 왔다. 들것에 실려 있는 인물들은 나무토막처럼 미동도 없었고, 구경꾼들은 알아서 멀찍이 물러났다.

맹부요는 구경꾼들 틈에서 그새 돌아온 요신을 발견했다. 요신이 그녀에게 손짓을 보냈다. 손짓의 의미를 알아들은 맹부요는 분노했다.

둘 중 하나는 송장이라니!

— 어느 쪽인데?

맹부요가 전음으로 물었다.

전음을 시전할 만한 공력이 안 되는 요신이 대답 대신 고개를 가로저었다. 자기도 모른다는 뜻이었다.

맹부요의 눈이 들것에 꽂혔다. 양쪽 모두 미동조차 없었다. 반송장으로 보이기는 어느 쪽이나 마찬가지인데, 하나는 문둥병인 것 같았고 다른 하나는 겉으로만 봐서는 무슨 병인지 알 수 없었다.

아까까지만 해도 치유술은 반드시 이길 자신이 있었다. 미종곡에서 잡아 온 괴수와 종월의 약에다가 눈속임만 살짝 더하면 아무 문제 없으리라 생각했다. 그런데 강철 저 작자가 아예 시체를 데려다 놓을 정도로 파렴치할 줄이야.

여기서 아란주가 선택을 삐끗하면 첫 대결은 그길로 패배였다. 첫판부터 기가 꺾이면 아무리 남은 두 판을 이긴다고 쳐도 강철의 위신을 밑바닥까지 추락시키기는 힘들었다.

맹부요는 눈을 감고 두 병자의 숨소리에 집중했다. 그러나 광장에 몰려든 인원이 너무 많았다. 빈도도 굵기도 제각각인 호흡이 마구잡이로 뒤섞여 있는 이곳에서 둘 중 어느 쪽이 숨을 안 쉬는지 분간해 내기란 불가능에 가까운 일이었다.

심판 둘이 앞으로 나와서 병자별로 각기 따로 마련된 천막 안을 살펴본 후, 군중들에게 두 병자에 관한 기본적인 정보를 알렸다.

한 명은 심한 문둥병, 다른 한 명은 악성 종창을 앓고 있으며, 양쪽 모두 명이 다하기 직전이라는 것이었다.

사람들 사이로 흥분이 번져 나갔다. 아란주에게는 전혀 기대가 없어도 소문으로만 듣던 재상의 신들린 술법을 직접 볼 수 있다는 건 행운이었다.

광장 부근으로 몰리는 인파가 점점 더 불어났다. 입에서 입으로 소식을 전해 듣고 구경 나온 백성들이 왕궁 앞 드넓은 광장을 발 디딜 틈 없이 메웠다.

강철이 피식 웃으면서 아란주에게 원하는 대로 병자를 고르라고 했다. 맹부요가 급하게 머리를 굴리는 참인데, 뒤쪽에서 갑자기 전북야가 기합을 내질렀다.

"흐아압!"

오주대륙을 통째로 뒤흔들어 놓다시피 한 사자후였다.

막대한 내공이 실린 포효가 마치 하늘 끝까지 닿는 거대한 혼철곤처럼, 허공을 가르며 쏘아져 나와 벼락같은 기세로 폭발했다.

바닥에 깔려 있던 낙엽들이 소용돌이치며 날아올랐다. 핵폭탄이 터지듯, 해일이 몰아치듯, 거인이 산을 들이받아 쓰러뜨리듯, 무형의 광풍이 무섭게 불어닥쳤다. 안면을 정통으로 때리는 강풍에 군중이 일제히 '히익' 하고 숨을 들이켰다.

일제히.

맹부요는 바로 그 순간 전북야의 의도를 알아차렸다.

나머지 사람들이 단체로 숨을 들이켜면 호흡을 조절할 기력이 없는 병자 둘의 숨소리만 그 사이에서 확연히 튈 것이다!

맹부요의 눈이 즉각 병자들에게로 향했다. 한 명은 아무런 반응이 없었고, 다른 한 명은 호흡이 흐트러지면서 손끝을 꿈틀하는 것처럼 보였다. 이를 눈치챈 맹부요가 얼른 아란주에게 전음을 보냈다.

— 왼쪽은 이미 송장이야!

이때, 전북야를 보며 눈썹을 구긴 강철이 성난 목소리로 말했다.

"지금 뭐 하자는 거요?"

그러자 전북야가 강철한테다 대고 무심하게 가래를 '캭' 뱉었다.

"아니 그냥, 목이 좀 근질거려서."

맹부요도 냉큼 가래를 뱉더니, 강철이 버럭하기도 전에 히죽거리며 말했다.

"아, 나도 목이 좀."

화가 나서 낯빛이 새파랗게 질린 강철이 오른쪽 천막을 향해 걸음을 내딛는 찰나, 아란주가 재빨리 한 발자국 앞서 나갔다.

"오른쪽으로 하겠어! 부풍 삼대 부족 왕실에서는 예로부터 오른쪽을 왼쪽보다 존귀하다고 여겨 왔으니까."

강철이 고개를 비스듬히 틀어 아란주를 쳐다봤다. 눈빛이 어딘지 음침했다.

그가 입을 열었다.

"원하신다면야."

전체적으로 덤덤한 얼굴이었지만, 그의 입꼬리에는 비릿한 웃음기가 걸려 있었다.

맹부요는 그 모습을 보며 갑작스러운 불안감을 느꼈다.

표정이 저게 아닌데, 뭔가 잘못되어 가고 있는 건가?

오른쪽 병자 쪽으로 걸어간 아란주가 돌연 뻣뻣하게 얼어붙었다.

굳이 천막을 들추어 보지 않아도 그녀가 가진 무공이면 충분히 알 수 있었다. 안에 누워 있는 게 시체라는 사실을!

아란주가 굳어 버리는 걸 본 맹부요는 가슴이 덜컥 내려앉았다. 굳이 전음을 보내 물어볼 것도 없이 무슨 일이 벌어졌는지 감이 왔다.

맹부요가 재깍 강철 쪽을 확인했다. 강철은 희미하게 웃으면서 왼편 천막 쪽으로 걸어가고 있었다. 걸음을 옮기는 사이에 그의 손바닥에 연한 붉은색 광채가 맺혔다. 광채의 출현과 함께 주변 공기가 확연히 맑아졌고, 바람결에 무언가 기분 좋은 기운이 섞여 들었다. 주변에 있던 구경꾼 몇몇은 벌써부터 황홀한 얼굴이 되어 있었다.

다음 순간, 천막 안에 꼼짝도 안 하고 누워 있던 병자가 갑자기 가느다란 신음 소리를 냈다. 잘 들리지도 않을 만큼 미약한 소리였지만, 군중은 극도로 흥분했다.

"오오! 역시 재상 대인은 다르셔! 손도 안 대고 천막 밖에서 병자를 치료하다니!"

"저기 봐, 종창이 그렇게 심하다던 사람이 금방 움직이잖아!"

"재상 대인은 못하는 게 없으셔……."

"크크, 아란주 공주는 어째 꿔다 놓은 보릿자루처럼 서 계시네?"

누군가 작게 웃음을 흘렸다.

"기절초풍해서 정신이라도 놓으셨나?"

키득거리는 소리가 주위를 가득 채운 가운데, 맹부요가 이를 갈았다. 강철은 그녀의 예상보다 훨씬 간교한 자였다.

멸혼원까지 미행을 붙일 걸 알고 있었을 줄이야. 술법으로 병자의 상태를 조작해 이쪽을 감쪽같이 속여 넘긴 것이다.

이제 어쩐다?

본의 아니게 주주를 벼랑 끝으로 떠민 상황이었다. 만약 오늘 대결에서 위신을 세우지 못한다면 안 그래도 바닥을 찍기 직전인 주주의 사회적 지위와 존엄은 마지막 한 점까지 철저히 짓밟히고 말 게 뻔했다. 그러면 왕위 가까이 접근할 기회는 다시는 오지 않을 것이다.

무력을 동원해 주주에게 왕관을 안겨 주는 건 큰 의미가 없었다. 술법력을 최고 가치로 생각하는 왕국에서 그렇게 왕위에 오른 여왕은 기껏해야 허수아비 취급밖에 못 받을 테니까.

빙긋이 웃고 있던 강철이 흡족한 기색으로 천막 안으로 걸어 들어갔다. 걸음을 내디딜 때마다 손의 붉은 광채가 점점 더 찬란해졌다. 천막 안에서 들려오는 병자의 기척도 갈수록 뚜렷해지고 있었다. 조금 지나자 급기야는 병자가 일어나 앉으려는 듯이 바르작거렸다.

아란주 쪽은 당연히 아무런 변화가 없었다. 아무리 맹부요가 온갖 영험한 보배를 잔뜩 안겨 줬어도 죽은 사람을 살리는 건 불가능한 일이었다.

강철은 오만한 웃음을 머금은 채, 주위를 온통 붉게 물들인 광채 속에서 느릿느릿 앞으로 나아가고 있었다.

맹부요는 당장 벽공장[7]이라도 날려 놈을 땅바닥에 처박고 싶은 마음이 굴뚝같았으나, 강철을 때려눕힌다고 해서 이 상황이 해결되는 건 아니었다.

지금 강철이 쓰러지면 온 천하에 아란주가 농간을 부리고 있

---

7 《사조영웅전》에 등장하는 무공 이름.

다고 알리는 꼴밖에 안 되고, 그건 곧 패배를 의미했다.

물론 정 안 되겠다 싶으면 그 수라도 쓰는 수밖에 없었다. 강철이 병자를 완벽하게 치료해 아란주를 궁지에 몰아넣는 꼴을 보는 것보다는 나으니까.

맹부요가 여차하면 장풍을 쏠 요량으로 소매를 걷어붙였을 때였다. 곁에서 누군가 스윽, 한 걸음 앞으로 나섰다.

"우와아!"

그와 동시에 환호성이 광장을 뒤흔들었다. 물론 강철을 향한 환호였다. 강철이 천막을 걷기 직전에 마침내 스스로 일어나 앉은 병자가 마른 나뭇가지 같은 손가락으로 강철보다 먼저 천막을 들췄던 것이다.

천막이 가느다랗게 벌어지면서 병자의 얼굴이 드러났다. 죽음의 기운이 완연한 잿빛 얼굴. 안색만 봐도 생명의 불씨가 꺼지기 직전이라는 걸 확신할 수 있었다. 바로 그런 얼굴을 한 사람이 제 손으로 천막을 열었기에, 지켜보는 군중들은 더한 경이로움을 느낄 수밖에 없었다.

귀청이 떨어질 것 같은 환호성과 함께 아란주를 향한 비웃음 또한 무서운 기세로 쏟아져 나왔다. 아란주는 사람들에게서 등을 돌린 채 미동도 없이 서 있었다.

맹부요는 우두커니 서 있는 아란주의 가녀린 뒷모습을 보며 문득 가슴이 먹먹해졌다.

저 어린 여자아이가, 지금껏 얼마나 많은 부당한 모욕을 견뎌 왔던 걸까? 그리고 앞으로는 또 얼마나 많은 것들을 견뎌 내야 하는 걸까?

천막이 천천히 옆으로 걷히고, 강철이 흡족하게 지켜보는 앞에서 병자가 느릿느릿 고개를 들었다. 강철의 얼굴을 본 병자가 감격한 표정으로 웃더니, 갑자기 무엇을 봤는지 눈길을 다른 쪽으로 옮겼다.

흐릿하게 번진 병자의 시야에 그나마 형체가 확연히 잡히는 것은 아주 가까이에 있는 사람들뿐이었다. 나머지 군중의 얼굴과 눈빛은 모호한 얼룩으로만 보였다.

그런데 그 불분명한 형상들을 배경으로, 한 쌍의 눈동자가 먼지를 걷어 낸 고대 유적의 부조처럼 유독 도드라져 보였다. 바로 그 눈동자가 병자의 눈길을 그의 의지와 무관하게 끌어당긴 것이었다.

검고도 깊은, 바닥을 가늠할 수 없는 심연과도 같은 눈동자. 한순간 눈이 마주친 것만으로도 영영 빠져나올 수 없는 심연으로 떨어지고 마는.

병자는 자신이 바닥없는 암흑 속으로 추락하고, 추락하고, 또 추락하고 있다는 생각에 사로잡혔다. 곧이어 그 영원과도 같은 어둠 깊숙이에서 작은 불티가 기묘하게 한들거리며 나부껴 올라왔다.

그리고 다음 순간 두둥실, 빙글빙글, 펄떡거리던 불티가 그의 머릿속에서 폭발했다.

쾅!

어디선가 맹렬한 파열음이 울리더니, 산산이 조각난 영혼과 눈부시게 반짝이는 불씨가 천지간을 가득 채웠다. 술법의 힘이 가까스로 응집시켜 놓은 병자의 의식은 그대로 박살이 나고 말았다.

그것은 10년 이상의 혹독한 수련을 거쳐 파구소를 익힌 맹부요마저 휘청이게 했던 불티였다. 죽기 직전에 인위적으로 잠시 정신이 들었을 뿐인 병자가, 무공을 연마하지 않은 몸으로 그걸 어떻게 감당해 내겠는가?

병자가 완전히 낫는다는 건 처음부터 불가능한 일이었다. 술법의 효과는 일시적으로 원기를 북돋우는 데까지가 한계였다. 그런데 술법으로 어렵사리 살려 놓은 그 미약한 원기를 미혼술 유동이 일소시켜 버린 것이다.

병자가 얼굴 절반을 천막 밖으로 내보인 직후, 강철의 입꼬리가 말려 올라가기 시작한 순간, 주위의 환호성이 최고조에 달한 그때, 천막을 잡고 있던 병자의 손가락에서 스르르 힘이 풀렸다.

천막이 도로 닫히고, 천막 뒤편의 그림자가 뻣뻣하게 뒤로 쓰러지는 게 보였다. 널빤지로 된 들것에 '쿵' 하고 등을 부딪히면서 시커먼 피를 토해 낸 병자는 몇 번 몸을 뒤틀며 경련하다가 완전히 움직임을 멈췄다. 숨이 끊어진 것이다.

천막 안에서 난 '쿵' 소리는 그리 크지 않았으나 쩌렁쩌렁한 환호성을 단숨에 압살하기에는 부족함이 없었다. 환호성을 지르다가 말고 급작스럽게 목소리를 잃은 사람들은 환희, 경이, 감탄이 뒤섞인 표정 그대로 황망히 입을 벌린 채였다. 광장을 한가득 메우고 서서 입을 쩍 벌린 사람들 사이로 기묘한 침묵이 흘렀다.

완벽한 고요 속에서 운흔이 조용히 한 걸음 뒤로 물러섰다. 미혼술 유동을 써 보기는 아주 오랜만의 일이었다. 사파 출신 절정 고수였던 첫 번째 사부가 전수해 준 절기. 정파 인사들에게 쫓기던 사부를 우연히 구해 준 후 보답으로 배우게 된 유동과 검법 덕분에 그는 운씨 문중의 다른 자식들을 제치고 일찌감치 이름을 날릴 수 있었다.

하지만 실제로 유동을 사용한 적은 많지 않았다. 유동은 살인술이었으나 사실상 일정 수준 이상의 고수를 죽음까지 몰고 가기는 힘들었고, 자칫했다가는 도리어 시전자 쪽이 당할 위험이 컸다.

그런 기술을, 부요를 처음 만났을 때 썼었다. 현원산에서 만난 그녀는 추레한 변장으로 본 모습을 감춘 채였다. 유동에 놀라 비틀거리며 뒷걸음질 치던 순간 그게 무슨 기술인지를 알아채고 그녀가 내보였던, 경악과 혐오로 물든 눈빛.

그 경악과 혐오는 아주 오랜 시간이 지난 뒤까지도 이따금 기억나 그를 부끄럽게 만들었다.

언제나 정정당당하고 떳떳한 부요 앞에서 그토록 음험한 무공을 썼다니.

그때부터 다시는 유동을 쓰지 않겠다 결심한 그는 대신 검법 수련에 곱절로 매달렸다. 부요와 어깨를 나란히 하고 함께 걷고 싶은 마음이야 간절했으나, 삿된 수단으로 곁에 있는 그녀에게까지 더러움을 옮기고 싶지는 않았다.

하지만 오늘에 이르러 결국은 또다시 유동을 시전해 한 인간의 목숨을 빼앗고야 말았다. 부요가 실망하거나 자책하는 모습을 차마 볼 수가 없어서였다. 그녀의 환하게 반짝이는 눈동자가 피 말리는 초조함으로 인하여 붉은 핏발로 뒤덮이는 것을 견딜 수가 없었다. 이내 눈길을 거둔 운흔은 입술을 힘줘 다물고 말없이 한쪽으로 물러났다.

그를 향해 짧게 고마움의 눈길을 보내고서 곧바로 고개를 돌린 맹부요가 경직된 적막 한복판에서 큰 소리로 웃음을 터뜨렸다.

"이야, 기똥차네, 기똥차! 치료받다가 살았다는 사람 얘기, 죽었다는 사람 얘기 다 들어 봤지만, 살아났다가 죽는 사람은 또 생전 처음 보는구먼. 재상 어르신 치유술은 참으로 특별도 하십니다!"

강철은 얼굴색이 말이 아니었다. 아예 처음부터 효과가 없었으면 차라리 낫지, 치유술이 중도에 실패한 것은 최악의 상황이었다. 병을 근본적으로 치료한 게 아니라 얄팍한 사술로 얼마 남지 않은 정기를 긁어모아 의식을 반짝 되돌려 놨을 뿐이라는 의미가 되기에.

주위를 에워싼 인파 중에 술법에 능한 자들이 어디 한둘인가. 그들이 눈치채지 못했을 리가 없었다. 그야말로 제 발등을 찍은 격이었다.

강철의 미간에 주름이 잡혔다. 아무래도 이상하다는 생각이

들었다.

만에 하나 아란주가 치유술을 성공시키는 사태를 방지하기 위해 절대 회복 가능성이 없는 중환자들을 골라서 데려온 건 사실이었다. 하지만 그가 가진 능력이라면 아무리 임시방편인 사술을 썼어도 효과가 최소 반 시진은 갔어야 옳았다. 중도 실패로 궁지에 몰린다는 건 있을 수 없는 일이었다.

맹부요의 오만 방자한 웃음소리가 귀청을 때리고 있었지만, 지금 강철은 감히 성을 낼 형편이 못 됐다. 서로서로 눈치를 살피던 심판들이 시체 두 구를 확인하고 쑥덕거리더니, 잠시 후 판정 결과를 발표했다.

"양쪽 모두 병자를 살리지 못했으니 첫 번째 대결은 무승부입니다."

말이 끝나자마자 맹부요가 피식 코웃음을 쳤고, 심판들은 몹시 난감한 표정이 됐다. 누가 봐도 강철에게 기울어진 판정이었다. 치유술이 아닌 사술을 동원했으니 원칙대로라면 강철의 패배 판정이 나오는 게 정상이었다.

맹부요는 생각할수록 분했다. 조금 전 군중 한복판에 홀로 덩그러니 서 있던 아란주의 뒷모습을 떠올리자 속에서 울화가 치밀었다. 그녀가 참다못해 한마디 하려는 참인데, 문득 장손무극이 미소를 보냈다.

그 미소를 보자 마음이 거짓말처럼 평온해졌다. 보아하니 다음 대결에서는 장손무극이 손을 쓸 생각인 것 같았다. 입꼬리가 저절로 말려 올라간 맹부요는 눈을 빛내면서 웃음으로 그에게 화답했다.

두 번째 대결, 정신제어술.

아란주와 강철이 마주 보고 정좌할 수 있도록 광장 바닥에 양탄자가 깔렸다. 대결 방식은 간단했다. 양쪽이 각기 정신제어술을 펼치다가 상대방의 의식을 먼저 장악하는 쪽이 승리하는 것이었다.

비록 도검이 난무하는 싸움은 아니었지만, 역대로 정신제어술 대결에서는 참가자가 미쳐 버리거나 목숨을 잃는 사고가 빈번했다.

두 참가자 뒤편으로는 각자의 지지자들이 자리를 잡았다. 사람이 우글우글한 강철 쪽과 맹부요를 포함한 일행 몇 명이 전부인 아란주 쪽이 이루는 대비는 실로 극명했다.

그러나 아란주는 기분이 좋아 보였다. 자리에 앉기 전에 맹부요를 향해 고맙다고 환하게 웃어 보이기도 했다.

손가락으로 커다란 원을 그려 일행 모두를 그 안에 담은 아란주가 손을 자기 가슴에 대고 지그시 눌렀다. 소녀의 입매가 완벽하게 아름다운 호선을 그렸다. 이 밤의 별빛처럼 찬란한 웃음이었다.

아란주를 보며 마주 웃어 준 맹부요가 얼른 앉으라고 눈짓을 보냈다. 그리하여 아란주가 막 등을 돌렸을 때, 맹부요의 입가에서는 웃음기가 흔적도 없이 지워졌다.

이게 정말 주주를 돕는 길일까? 주주가 정말 여왕 자리에 적합한 아이일까?

그래야만 했다. 아란주는 반드시 책임지고 왕족들을 구해 내야만 하는 처지였다. 현재 왕족 중에 자유의 몸인 사람은 아란주 하나뿐이었다.

주주가 아니면 누가 나선단 말인가? 주주가 힘내지 않으면 누가 대신해 줄 수 있단 말인가?

아마 주주 본인도 각오가 되어 있을 것이다.

그런데 왜 불현듯, 주주에게 가장 좋은 길은 대권을 잡는 게 아니라 지금처럼 쾌활하고 자유로운 아란주로 살아가는 것이라는 생각이 들까?

맹부요는 싱숭생숭해지는 마음을 다잡으며 한숨을 내쉬었다. 다시 대결 상황을 살피던 그녀가 눈썹을 꿈틀 곧추세웠다. 아란주가 미처 정좌하기도 전에 강철이 툭 던진 한마디 때문이었다.

"왕후께서 공주님을 보고 싶어 하십니다."

낮고 묵직한 음성. 목구멍이 아니라 배 속에서 밀려 나온 듯한 소리였다.

모호함과 분명함 사이를 오가는 음절 하나하나가 진득한 여운을 끌며 공기 중을 맴돌다가 못질을 하듯 가차 없이 귀에 박혔다. 순간 아란주가 움찔하는 게 보였다.

맹부요는 졸렬한 새끼라는 소리가 절로 튀어나오려는 걸 겨우 참아 냈다.

개만도 못한 작자 같으니, 주주가 마음의 준비를 하기도 전에 기습 공격을 날렸으렷다. 그것도 첫마디부터 심장을 후벼 파는 소리로.

불과 조금 전에 모친의 죽음을 알게 된 주주였다. 지금 주주의 가장 큰 약점은 어머니일 터. 강철이 저런 질문을 던지면 영향을 받지 않을 수가 없었다.

역시나, 강철의 공격이 먹혀들었다. 망연히 허공을 응시하던 아란주가 눈시울을 붉히며 중얼거렸다.

"어마마마……."

"왕후께 전하고 싶은 말은 없으십니까?"

강철이 아란주의 눈동자를 응시하며 느릿하게 말했다.

"못 만난 지 족히 한 해가 다 되었다며, 왕후께서 공주님 목소리를 듣고 싶다 하십니다."

"어마마마!"

아란주의 몸이 휘청했다.

"제가 잘못했어요……."

지극히 작은 목소리였지만, 그 안에 담긴 비통함은 헤아릴 수 없이 컸다.

주변으로 가냘프게 번져 나가는 소녀의 음성에서 지난날의 밝고 자신만만하던 태도는 더 이상 찾아볼 수 없었다. 나뭇가지를 떠나 팔랑팔랑 추락하는 꽃잎처럼, 애처롭고도 무력한 목소리가 듣는 이들의 가슴을 아프게 했다.

주위의 쑥덕거림이 점차 잦아들었다. 광장에 모인 사람들 모두 아란주 쪽으로 귀를 세웠다. 아란주가 휘청거리는 순간 맹부요 역시 쓰러질 듯 휘청했다.

잘못했다니, 대체 무얼……, 무얼 그리도 잘못했다는 걸까.

맹부요가 아는 아란주는 자기 신념이 확고한 아이였고, 그녀와 마찬가지로 이미 지나간 일에 연연하는 성격이 아니었다.

그렇게 밝은 아이의 입에서 잘못했다는 말이 나오다니?

"무엇을 잘못하셨지요?"

강철이 기회를 놓치지 않고 집요하게 캐물었다.

"어마마마를 두고 가는 게 아니었는데, 두 분만 남겨 두는 게 아니었는데……."

마치 어머니가 거기에 있는 양 허공을 바라보며, 아란주가 속삭이듯 말했다.

"……그날 제가 궐을 빠져나갈 줄 미리 아셨던 거죠. 궁문 밖에 놓여 있던 보따리, 어마마마가 준비해 주신 거였어요. 그때……, 그때 어마마마 침궁을 향해 절을 올렸었어요. 알고 계셨어요? 보름 뒤 어마마마 생신에 올릴 절을 조금 일찍……, 일찍 올렸던 거예요. 불효녀를 용서하세요, 이 불효녀를……."

맹부요가 천천히 소맷자락을 들어 올려 얼굴을 덮었다. 무엇으로라도 눈두덩이를 누르고 있지 않으면 눈물이 터져 버릴 것 같았다.

주주! 주주…….

유리처럼 반짝반짝 빛나던 너는, 유리처럼 깨지기 쉬운 아픔을 품은 아이기도 했구나.

광장 전체에 침묵이 내려앉았다. 불명예스러운 평판이 온 나라에 자자한 왕족 소녀, 그녀의 애절한 참회에 모두가 귀를 기울이고 있었다. 사람들은 소녀의 말투에서 한없는 아픔과 처량함을 느꼈다.

강철은 흡족한 기색으로 한쪽 입꼬리를 끌어 올렸다. 공주의 의식을 장악하는 건 생각보다 간단했다. 온통 상처와 방황으로 얼룩진 내면 덕택이었다.

공주는 겉보기에는 단단할지 몰라도 실상은 너덜너덜한 만신창이였다. 그런 상태의 정신세계를 잠식하기란 식은 죽 먹기였다. 여기서 극약 처방을 약간만 더 추가하면 공주는 죽거나 미쳐 버릴 것이다.

"불효임을 알면서 왜 기어코 떠났을까?"

강철이 중년 여인의 애달픈 말투를 흉내 내면서, 한탄을 섞어 말했다.

"얼마나 보고 싶었는데, 얼마나 보고 싶었는데……."

"저는……, 저는……."

아란주는 허공에 눈을 고정한 채 부들부들 떨고 있었다. 상상이 만들어 낸 어머니의 모습을 붙들어 보고자, 잔뜩 힘이 들어가 곱은 손가락을 꿈틀거리면서.

그러다가 마침내 이승과 저승의 벽을 넘어 익숙한 향내가 밴 옷자락이 생생하게 손안에 잡혔고, 그녀는 코끝을 스치는 어머니의 향기에 벼락이라도 맞은 양 전율했다.

느닷없이 바닥으로 몸을 쿵 던진 아란주가 목 놓아 울기 시작했다.

"……그 사람을 사랑해요! 자기 어머니의 머리를 감겨 줄 줄 아는 남자를 사랑해요! 부인이 씻을 물을 떠다 주면 걷어차 엎어 버리기나 하는 부풍의 사내들이 저는 싫었어요! 아바마마께서는 어마마마를 은애한다고 하시면서도 비를 서른여덟이나 거느리셨잖아요! 어마마마는 평생을 남몰래 한숨지으면서도 아바마마를 위해 한 명, 또 한 명, 계속 여인들을 들이셨죠. 어마마마가 그리도 빨리 나이를 먹어 버린 건 잠 못 이루고 지새운 밤들 때문이었어요. 저는 어마마마처럼 살고 싶지 않았어요! 그러다가 그 사람이 자기 어머니와 나누는 이야기를 듣게 된 거예요. 어머니한테 며느리를 하나 얻어 줄 거라고 했어요, 딱 하나만! 자기가 물을 떠 오면 부인이 어머니를 위해 머리를 감겨 주면 좋겠다고 그랬어요. 저는……, 저는 그 집 세 식구 중의 하나가 되고 싶었어요. 저만 사랑해 줄 사람을 만나서 둘이 평생을 함께하고 싶었다고요!"

아란주는 바닥에 엎어진 채 처절한 울음을 토했다. 앙상한 어깨가 마치 나비의 가녀린 날갯짓처럼, 찬 바람을 이기지 못하고 파르르 떨리고 있었다.

광장에 모인 사람들은 소녀의 흐느낌이 섞인 밤바람 속에서 저마다 마음을 뒤흔드는 울림을 느끼며 침묵하고 있었다.

공주가 남자에 미쳐 제정신이 아니라는 소문이 파다하게 퍼진 지도 벌써 여러 해였다. 사람들은 공주가 염치도, 집도, 나라도, 왕족으로서의 존엄도 버리고 사내 뒤꽁무니를 쫓아다닌다고 쑥덕거렸다.

게다가 상대는 이민족 사내였다. 남녀 할 것 없이 부풍 사람들 모두가 공주를 멸시했다. 그들은 공주가 발강의 체면을, 나아가 부풍 전체의 체면까지도 땅에 떨어뜨렸다고 여겼다.

그러다가 오늘 이곳 광장에서 정신제어술에 걸려든 공주로부터 생각지도 못했던 사실을 듣게 된 것이다. 오랜 세월 오명을 짊어지고 살아온 소녀의 숨김없는 진심을, 남들과는 다른 결혼관을, 두려움을 모르는 집념을, 일생일대의 목표를, 광장에 메아리치는 그녀의 쓰라린 울음소리를.

소녀가 울면서 말했다.

"열세 살 되던 해, 그 사람 뒤를 쫓다가 실수로 절벽에서 떨어져 다리가 부러졌었죠. 낫는 데 반년이 걸린 부상이었는데, 어마마마께서 보낸 호위무사가 저를 구조해 궐로 데려다줬어요. 그때 다시는 도망치지 않겠다고 약속해 놓고 반년 후 다리가 낫자마자 또 궁을 뛰쳐나갔던 거, 제가 잘못했어요!"

소녀가 울면서 말했다.

"열네 살 되던 해, 전북항이 보낸 예물을 부숴 버렸다고 아바마마께서 밥을 굶겼는데, 나중에 어마마마께서 먹을 것을 가져다 주셨죠. 그때 다시는 그 사람 찾아 나서지 않겠다고 해 놓고 배를 채우자마자 또 달아났던 거, 제가 잘못했어요!"

소녀가 울면서 말했다.

"열다섯 생일날 어마마마께서 성대한 잔치를 열어 주셨죠. 그때 선물로 주신 보석을 궁 밖에 내다 팔아 여비 마련했던 거, 제가 잘못했어요!"

소녀가 울면서 말했다.

"……지난 몇 년 동안 그 사람 뒤를 쫓아 수만 리를 달리고, 수천 일을 길에서 보내느라 어마마마의 곁에 있었던 날들은 다 합쳐 봐야 보름밖에 안 되는 거, 제가 잘못했어요!"

소녀가 울면서 말했다.

"……미처 말씀 못 드렸지만 사실 그 사람, 따로 사랑하는 여자가 생겼어요. 다른 여자를 사랑한대요! 나 같은 건 상대도 안 되는 멋진 여자예요. 어마마마, 몇 번이고 저를 말리고 또 말리셨던 거, 그 심정 이해해요. 다 알아요! 하지만 한번 줘 버린 마음과 쏟아 버린 물을 주워 담을 수 없는 거잖아요? 저더러 어찌 되돌리라고요. 이미 나를 전부 던져 버렸는데……. 나는, 나는, 산산이 부서져 버렸는데……."

듣고 있던 맹부요 역시 산산이 부서져 버리기 일보 직전이었다. 그녀는 가슴을 찢는 울음소리 한복판에서 쓰러질 듯 위태롭게 비틀거렸다.

점점 커지는 울음소리가 심장을 점점 더 사납게 잡아 뜯어 피를 내고 있었다. 지금껏 주주의 눈물과 주주의 아픔을 알면서도 그 밝게 빛나는 겉모습에 미혹되어 멋대로 생각해 왔다. 그리 많이 아프지는, 아주 많이 아프지는 않은 거라고.

하지만 착각이었다. 주주는 원래부터 그리 무덤덤한 아이가 아니었는데, 아프지 않을 리가 있었겠는가?

너무나 일찍 사랑을 알아 버린 아이가 아픔이라고 일찍 배우지 못했을까. 주주는 줄곧 아팠으면서도 그저 표시 내지 않았을 뿐이고, 자신은 그걸 보면서 주주가 정말로 괜찮다고 믿었던 것이다.

얼마나 이기적이었던가!

맹부요는 흐느낌을 참기 위해 하늘을 보며 코를 훌쩍였다. 그리고 잠시 후, 눈물이 그렁그렁한 눈으로 전북야 쪽을 돌아봤다.

〈부요황후〉 11권에서 계속